FOLIO SCIENCE-FICTION

Isaac Asimov

Histoires mystérieuses

*Traduit de l'américain
par Michel Deutsch*

Denoël

Titre original :

ASIMOV'S MYSTERIES Doubleday and Company, Inc. (New York)

CHANTE-CLOCHE « *The Singing Bell* » © 1954, by Fantasy House, Inc. LA
PIERRE PARLANTE « *The Talking Stone* » © 1955, by Fantasy House, Inc. LE
PATRONYME ACCUSATEUR « *What's in a Name* » © 1956, by King-Size Publi-
cations, Inc. LA CANE AUX ŒUFS D'OR « *Pâté de foie gras* » © 1956, by Street
& Smith Publications, Inc. CACHE-CASH « *A Loint of Paw* » © 1957, by
Fantasy House, Inc. À PORT MARS SANS HILDA « *I'm in Marsport without
Hilda* » © 1957, by Fantasy House, Inc. AU LARGE DE VESTA « *Marooned
Off Vesta* » © 1938, by Ziff-Davis Publishing Co. © renewed 1966, by Isaac
Asimov. ANNIVERSAIRE « *Anniversary* » © 1959, by Ziff-Davis Publishing
Co. MORTELLE EST LA NUIT « *The Dying Night* » © 1956, by Fantasy House,
Inc. LA POUSSIÈRE QUI TUE « *The Dust of Death* » © 1956, by Fantasy House,
Inc. LE CARNET NOIR « *Obituary* » © 1959, by Mercury Press, Inc. LA BONNE
ÉTOILE « *Star Light* » © 1962, by Hoffman Electronics Corporation. LA CLEF
« *The Key* » © 1966, by Mercury Press, Inc. LA BOULE DE BILLARD « *The
Billiard Ball* » © 1967, by Galaxy Publishing Corporation.

© *Éditions Denoël, 1969, pour la traduction française.*

Figure emblématique et tutélaire de la science-fiction, Isaac Asimov (1920-1992) s'est imposé comme l'un des plus grands écrivains du genre par l'ampleur intellectuelle de ses créations littéraires. Scientifique de formation, il se rendit mondialement célèbre grâce aux séries *Fondation* et *Les Robots*, qui révolutionnèrent la science-fiction de la première moitié du siècle par leur cohérence et leur crédibilité scientifique.

Écrivain progressiste, fervent défenseur du respect de la différence, Isaac Asimov fut un auteur extrêmement prolifique, abordant tour à tour la vulgarisation scientifique et historique, le polar, ou les livres pour la jeunesse.

Introduction

Beaucoup de profanes ont tendance à ne voir dans la science-fiction qu'un genre littéraire spécialisé au même titre que le policier, le western, le récit d'aventure, l'histoire à thème sportif, le roman d'amour, etc. Ce parti pris a toujours paru étrange à ceux qui connaissent bien la science-fiction car celle-ci est la réponse littéraire à un changement des structures scientifiques, réponse qui engage la totalité de l'expérience humaine. En d'autres termes, la science-fiction englobe tout.

Comment établir une ligne de démarcation entre un récit de science-fiction et un récit d'aventure, par exemple, alors que la charge d'« aventure » qui informe un récit de science-fiction est si puissante que, par comparaison, les histoires du genre paraissent plutôt pâlottes ? Il n'y a pas de discussion possible : une expédition lunaire, quel qu'en soit, au demeurant, le mérite, constitue une aventure plus passionnante que n'importe quoi d'autre.

J'ai lu d'excellents récits de science-fiction ne correspondant en rien aux classifications traditionnelles et qui enrichissent considérablement les thèmes trai-

tés. Arthur C. Clarke a écrit un merveilleux « western » mais l'action se passait sous la mer et mettait
en scène des dauphins au lieu de taureaux. Il s'inti-
tulait néanmoins *Home on the Range* : c'était un titre
parfaitement adapté.

Rule 18, de Clifford D. Simak, est une histoire de
sport à l'état pur à ceci près qu'elle implique le
voyage temporel : de la sorte, l'équipe terrienne qui
joue les barrages peut gagner tous les matches et
remporter la coupe du grand tournoi qui l'oppose à
Mars.

Dans *Les Amants étrangers*, Philip José Farmer
brode magnifiquement sur le thème du roman
d'amour classique et, dans un style sobre mais ému-
vant, raconte une belle histoire romantique où ce
n'est ni la religion ni la couleur de la peau qui constitue l'élément dramatique mais l'appartenance des
amants à des races différentes.

Chose bizarre, c'était le « policier » qui semblait le
plus réfractaire à la science-fiction. Voilà qui était
inattendu ! On aurait pu penser qu'il s'agissait, bien
au contraire, d'un genre susceptible de s'intégrer aisément à la science-fiction. La science, en tant que telle,
est presque un roman policier et le savant a bien des
points communs avec Sherlock Holmes.

Inversons le problème : ne connaissons-nous pas
des romans policiers qui font appel à « l'esprit scientifique » ? Le Dr Thorndyke, cher à Austin Freeman,
n'est-il pas un exemple célèbre de détective scientifique aux enquêtes (romancées) couronnées de succès ?

Et pourtant, on avait le sentiment que la science-
fiction se sentait complexée en face du roman policier.

En ce qui me concerne, c'est à la fin des années 40 que j'ai enfin percé ce mystère. Dans un roman de science-fiction, le détective peut dire : « Mais c'est élémentaire, mon cher Watson ! Comme vous ne l'ignorez pas, à partir de 2175, tous les Espagnols se sont mis à apprendre le français. Comment se fait-il donc que Juan Lopez ait prononcé *en espagnol* ces paroles significatives ? » À moins que le détective en question ne sorte de son sac à malices un instrument bizarroïde en s'exclamant : « Ainsi que vous le savez, mon bon Watson, mon frannistan portatif est parfaitement capable de détecter en un clin d'œil le bijou caché. »

Je ne me laisse pas impressionner par ce genre d'arguments. À mon sens, l'auteur qui écrit un policier classique (sans rapport avec la science-fiction) est capable de se montrer déloyal avec le lecteur. Il peut dissimuler délibérément un indice indispensable. Il peut faire surgir du néant un personnage supplémentaire. Il peut, tout simplement, « oublier » un détail et ne plus y faire allusion après avoir lourdement insisté sur lui. Il peut faire tout ce qu'il veut !

Seulement, les auteurs en question ne font pas n'importe quoi. Il y a une règle qu'ils respectent : être honnête avec le lecteur. Peut-être obscurcissent-ils tel ou tel indice : ils ne l'omettent pas. Les lignes de force essentielles du raisonnement peuvent n'être mentionnées qu'en filigrane : elles sont là. On mystifie impitoyablement le lecteur, on le branche sur de fausses pistes, on l'égare mais on ne l'escroque pas.

Il me semble que ce principe doit être appliqué tel quel à la science-fiction policière. Il ne s'agit pas de sortir de sa poche des gadgets inédits pour résoudre l'énigme posée. Il ne s'agit pas de faire appel à l'Histoire future et à ses développements pour introduire des phénomènes *ad hoc*. En fait, il faut s'attacher à expliquer méticuleusement tous les aspects de l'univers anticipé auquel on se réfère et les expliquer à l'avance afin que le lecteur ait tous les éléments en main pour parvenir à la solution. Le détective ne doit utiliser que les faits connus du lecteur *dans le présent* et ceux appartenant à un avenir imaginaire qui auront préalablement été exposés. En certains cas, il y aura même lieu de mentionner telle ou telle donnée actuelle si elle a un rôle à jouer, ne serait-ce que pour avoir la certitude que le lecteur soit au fait du monde qui l'entoure.

Une fois ce postulat admis, il est évident que la science-fiction policière n'est pas seulement un genre littéraire acceptable mais aussi que cette littérature est beaucoup plus amusante, à écrire, comme à lire, que la littérature non science-fiction dans la mesure où, abstraction faite de l'élément policier dont elle peut être le véhicule, ses données de base sont souvent fascinantes.

Mais comme les belles paroles ne coûtent rien, plutôt que de parler je me suis mis à ma machine à écrire et, en 1953, j'ai écrit un policier science-fiction intitulé *Les Cavernes d'acier*. La critique a considéré que c'était un bon livre de science-fiction en même temps qu'un bon roman policier. Par la suite, je n'ai plus jamais entendu dire que la science-fiction policière fût quelque chose d'impossible. J'ai également écrit *Face aux Feux du Soleil*, rien que pour prouver que ce premier bouquin n'était pas un accident.

Entre-temps — et après —, j'ai composé plusieurs nouvelles afin de démontrer qu'une histoire de science-fiction policière pouvait avoir n'importe quelle longueur.

Le présent volume rassemble ces nouvelles de science-fiction policière (plus quelques-unes qui sont à la frontière des deux genres) dans l'ordre chronologique de leur publication. Au lecteur de juger.

Chante-cloche

Louis Peyton ne fit jamais publiquement allusion aux méthodes qu'il avait utilisées pour mystifier la police terrienne à une douzaine de reprises, à coups d'astuce et de bluff, en échappant chaque fois à la curiosité de la psychosonde. Il aurait été bien malavisé d'être aussi bavard mais, dans ses moments d'euphorie, il caressait l'idée de rédiger un testament (à n'ouvrir qu'après sa mort) à la lecture duquel il apparaîtrait clairement que toutes ses victoires étaient dues, non à la chance, mais à son habileté.

Dans ce testament, il écrirait : « Le criminel qui cherche à dissimuler son crime laisse inévitablement l'empreinte de sa personnalité dans une telle tentative. Il est donc préférable d'utiliser les données concrètes existantes et d'agir en fonction de celles-ci. »

C'est en appliquant cette règle d'or que Louis Peyton prépara l'assassinat d'Albert Cornwell.

Ce dernier, fourgue à la petite semaine, se rendit chez Grinell, le restaurant de Peyton, pour prendre contact avec lui. Son complet bleu avait un brillant tout particulier, son visage ridé un sourire tout particulier et sa moustache décolorée un hérissement tout particulier.

— Quel plaisir de vous rencontrer, Mr Peyton ! s'exclama-t-il sans éprouver le moindre frisson quadridimensionnel à la vue de son futur meurtrier. J'avais presque renoncé à cet espoir.

— Si vous avez une affaire à me proposer, Cornwell, vous savez où me toucher, répondit Peyton qui avait horreur d'être dérangé quand il dégustait son dessert en lisant le journal chez Grinell.

Il était passé du mauvais côté de la quarantaine et ses cheveux n'étaient plus aussi noirs qu'autrefois mais il se tenait droit, son maintien était juvénile, son regard direct et, résultat d'une longue habitude, sa voix conservait sa sonorité sèche.

— Il s'agit d'une affaire tout à fait spéciale, Mr Peyton, dit Cornwell. Tout à fait spéciale. Je connais une cachette de... vous voyez ce que je veux dire, monsieur...

Son index droit s'agita doucement comme pour frapper un objet invisible et il plaça sa main en coupe derrière son oreille.

Peyton tourna la page de son journal encore humide — il venait de le sortir du télédistributeur —, le replia et demanda : « De chante-cloches ?

— Chut ! Taisez-vous, Mr Peyton, chuchota son interlocuteur avec affolement.

— Venez avec moi. »

Les deux hommes gagnèrent le parc. C'était là un autre axiome de Peyton : si l'on voulait qu'une conversation demeure à peu près discrète, la meilleure solution était de discuter à voix basse et en plein air.

— Je sais un endroit où il y a des chante-cloches en pagaille, Mr Peyton, dit Cornwell. À l'état brut mais de toute beauté.

— Vous les avez vues ?

— Non. Mais je connais quelqu'un qui les a vues. Cette personne m'a donné suffisamment de preuves pour me convaincre. Le stock est assez important pour nous permettre à tous les deux de finir nos jours dans la prospérité. C'est la fortune, cher Mr Peyton !

— Quelle est cette personne ?

Une expression rusée passa sur le visage de Cornwell telle une torche fumeuse l'assombrissant au lieu de l'éclairer et donnant à ses traits une sorte d'onctuosité repoussante. « Je tiens l'information d'un fouille-tout spécialisé dans les recherches séléniques qui avait trouvé une méthode pour localiser les chante-cloches dans les cratères lunaires. Je ne connais rien de sa technique : il ne m'en a jamais parlé. Mais il a ramené sur terre une bonne douzaine de chante-cloches qu'il a revendues.

— Je suppose qu'il est mort ?

— Oui. Un déplorable accident, Mr Peyton. Il a fait une chute d'une grande hauteur. Quelle tristesse ! Comme bien vous pensez, ses activités lunaires étaient parfaitement illégales. Le Dominion est extrêmement strict en ce qui concerne les prospecteurs clandestins qui sont à la recherche de chante-cloches Aussi peut-on présumer qu'on lui a réglé son compte Toujours est-il que je possède les cartes qu'il a établies.

— Les détails de votre petite transaction me sont indifférents, dit Peyton avec un calme imperturbable

Ce qui m'intéresse, c'est de savoir pourquoi vous êtes venu me trouver.

— C'est que le gâteau est assez gros pour que nous le partagions, voyez-vous ? Nous sommes l'un et l'autre des spécialistes dans notre branche. Pour ma part, je sais où sont les chante-cloches et je suis en mesure de fréter un astronef. Quant à vous...

— Quant à moi ?

— Vous êtes un pilote émérite et vous possédez tous les contacts nécessaires pour négocier ensuite les chante-cloches. J'estime que c'est là une division du travail tout ce qu'il y a d'honnête, Mr Peyton. Qu'en pensez-vous ? »

Peyton réfléchit quelques instants. Il avait des règles d'existence fixées *ne varietur* et cela convenait admirablement à l'opération, semblait-il.

— Nous partirons pour la Lune le 10 août, laissa-t-il tomber.

Cornwell sursauta. « Mais nous ne sommes qu'en avril ! s'exclama-t-il. En avril, Mr Peyton, répéta-t-il en pressant le pas car il s'était arrêté sous l'effet de la surprise et Peyton avait continué de marcher.

— Le 10 août... Je prendrai langue avec vous en temps voulu pour vous dire où l'astronef devra m'attendre. Je vous serais reconnaissant de ne pas chercher à prendre personnellement contact avec moi avant que je ne vous fasse signe. À bientôt, Cornwell.

— Cinquante-cinquante ? demanda ce dernier.

— Parfaitement. Je vous salue, mon cher Cornwell. »

Peyton, une fois débarrassé de Cornwell, continua sa promenade tout en réfléchissant à certains aspects immuables de son style de vie. À vingt-sept ans, il avait acheté un terrain dans les montagnes Rocheuses. L'ancien propriétaire y avait fait construire une maison destinée à servir d'abri en cas de guerre atomique. Deux siècles s'étaient écoulés depuis cette époque et il n'y avait pas eu de guerre atomique. Néanmoins, le refuge était toujours debout. C'était un véritable monument dont les occupants, en proie à la panique, pouvaient se suffire à eux-mêmes dans des conditions d'autarcie absolue.

La maison, construite en ciment armé, se dressait dans un endroit isolé, très haut au-dessus du niveau de la mer, et les montagnes la protégeaient de toute part. Elle était équipée d'un groupe électrogène autonome, des torrents assuraient son alimentation en eau, dix quartiers de bœuf pouvaient tenir à l'aise dans la chambre froide et la cave constituait une véritable forteresse où était entreposé un arsenal suffisant pour repousser les hordes affolées et affamées... qui n'étaient jamais venues. Le système de climatisation était conçu pour filtrer et refiltrer l'air jusqu'à élimination complète de la radio-activité.

Peyton, qui était célibataire, avait pour principe intangible de passer le mois d'août dans ce bastion de survivance. Il coupait les communications, la télévision et le distributeur de téléjournaux. Il enclenchait le champ de force ceinturant la propriété et mettait en place un signal d'alarme rapproché à l'endroit où la piste qui serpentait à travers la montagne coupait ce rempart.

Un mois par an, il jouissait ainsi d'une solitude absolue. Personne ne l'apercevait, personne ne pouvait l'importuner. C'étaient là des vacances inappré-

ciables après onze mois passés à côtoyer une humanité envers laquelle il n'éprouvait qu'un mépris glacé.

La police elle-même — un sourire joua sur les
lèvres de Peyton — était au courant de la valeur qu'il
attachait à ce mois d'inactivité totale. Il lui était
arrivé, alors qu'il était en liberté provisoire, de se
dérober à la justice au risque de passer à la psychosonde plutôt que de renoncer à son congé d'août.

Peyton médita sur un autre aphorisme qu'il envi-
sageait également de faire figurer dans son testament : rien ne fait autant préjuger l'innocence d'un
suspect que l'absence triomphale de tout alibi.

Le 30 juillet, comme le 30 juillet de chaque année,
Louis Peyton prit le stratojet agravifique de 9 h 15 à
New York et arriva à Denver à midi trente. Il embarqua à bord du stratobus semi-gravifique et atterrit à
Hump's Point où Sam Leibman le conduisit jusqu'à
son domaine dans un vieux tacot tout terrain (à peine
gravité !). Sam Leibman accepta solennellement le
pourboire de dix dollars traditionnel et toucha le
bord de son chapeau comme il le faisait tous les
30 juillet depuis quinze ans.

Le 31 juillet — comme chaque année à la même
date —, Louis Peyton se rendit à Hump's Point à
bord de son aéroglisseur subgravifique et acheta au
bazar tout ce dont il aurait besoin pour un séjour
d'un mois. Sa commande n'avait rien d'inhabituel.
Depuis quinze ans, il faisait pratiquement les mêmes
emplettes.

MacIntyre, le directeur du magasin, pointa gravement la liste, la communiqua au bureau d'appro-
visionnement central de Denver et, une heure plus
tard, le transféreur de masse livra la totalité des arti-

cles demandés. Peyton chargea le tout dans son aéroglisseur avec l'aide de MacIntyre, laissa un pourboire de dix dollars — c'était encore dans la tradition — et rentra chez lui.

Le 1er août, à 0 h 1, il brancha le champ de force qui isolait complètement son domaine du monde extérieur.

À partir de ce moment, il rompit avec sa routine. Il s'était accordé huit jours qu'il mit à profit pour détruire méticuleusement tous les vivres qu'il était censé consommer pendant le mois d'août. Pour cela, il utilisa le dispositif d'élimination dont était équipée la demeure et qui servait à se débarrasser des ordures ménagères. C'était un système perfectionné capable de réduire toute forme de matières, y compris les métaux et les silicates, à l'état de poussière moléculaire impalpable et indécelable. L'excès de chaleur dû à l'énergie mise en œuvre était absorbé par la rivière qui traversait la propriété. Pendant une semaine la température de l'eau fut de cinq degrés supérieure à la normale.

Le 9 août, Peyton prit son aéroglisseur et gagna le Wyoming où l'attendaient Albert Cornwell et son astronef. Ce dernier constituait naturellement un maillon de moindre résistance dans la mesure où quelqu'un l'avait vendu à Cornwell et où une équipe l'avait préparé. Mais, en définitive, la piste aboutirait au seul Cornwell. Et cette piste, songea Peyton avec un sourire glacé, serait en l'occurrence une impasse.

Le 10 août, l'astronef décolla avec un pilote, Peyton en personne, et un passager, Cornwell. Plus les cartes de ce dernier. Le champ non-gravifique était parfait. À plein régime, le poids de l'engin se réduisait à quelques grammes. Ses micropiles silencieuses fonctionnaient efficacement. Sans bruit et sans sillage de flammes, le vaisseau traversa l'atmosphère et disparut.

Il était fort peu vraisemblable que quiconque eût assisté à son départ, ou que, en cette époque de paix, il y eût un radar aux aguets dans les montagnes. Effectivement, il n'y en avait aucun.

Deux jours dans l'espace. Puis deux semaines sur la Lune. Presque instinctivement, Peyton s'était fixé ce délai dès le départ. Il n'avait aucune illusion quant à la valeur des cartes relevées par les cartographes amateurs. Elles étaient indiscutablement utiles à celui qui les avait confectionnées — à titre d'aide-mémoire — mais, pour quelqu'un d'autre, ce n'étaient que des cryptogrammes indéchiffrables.

Cornwell ne montra la sienne à son compagnon qu'après qu'ils eurent décollé. « Après tout, mon cher, c'était mon seul atout, fit-il avec un sourire obséquieux.

— Avez-vous vérifié sur des projections sélénologiques ?

— Comment l'aurais-je fait ? Je me fie entièrement à vous. »

Peyton lui rendit la carte en lui décochant un regard dépourvu d'aménité. Le seul élément sérieux de ladite carte était la localisation du cratère Tycho, site de Luna City, la ville enlisée.

Néanmoins, l'astronomie jouait en la faveur des deux hommes : pour le moment, Tycho se trouvait dans la zone éclairée de la Lune. Autrement dit, il y aurait moins de patrouilleurs de la Spatiale et le risque de détection serait réduit au minimum.

Témérairement, Peyton se posa en catastrophe dans l'ombre portée d'un cratère où l'on serait en sécurité : le soleil avait dépassé le point zénithal et la zone d'ombre s'allongeait au lieu de diminuer.

Cornwell fit la grimace. « Je nous vois mal faire de la prospection pendant le jour lunaire, cher Mr Peyton.

— Le jour lunaire ne dure pas éternellement, répondit sèchement Louis. Il nous reste une centaine d'heures d'ensoleillement. Nous pourrons les utiliser pour nous acclimater et mettre votre carte à l'épreuve. »

La réponse au problème intervint rapidement. Mais c'était une réponse multiple. Peyton se plongea dans les relevés lunaires, effectua des mesures méticuleuses pour essayer d'identifier les cratères indiqués sur le plan gribouillé et qui étaient la clé... la clé de quoi ?

Enfin, il déclara : « Le cratère qui nous intéresse peut être ou bien GC-3, ou bien GC-5, ou bien MT-10.

— Comment allons-nous procéder ? s'enquit anxieusement Cornwell.

— Nous allons les essayer tous les uns après les autres en commençant par le plus rapproché. »

Le soleil passa au-delà du terminateur et ce fut la nuit. Les deux hommes firent des stages de plus en plus prolongés à l'extérieur, s'accoutumant au silence et aux ténèbres, à la vue des aveuglants points de lumière qu'étaient les étoiles et de l'étroit croissant de la Terre qui les observait, juste au-dessous du cratère. Leurs pas laissaient de profondes empreintes informes dans la poussière sèche, immuable et immobile. Peyton ne les remarqua que le jour où ils eurent escaladé la paroi intérieure du cratère et que le clair de Terre les baigna. Il y avait une semaine qu'ils étaient arrivés.

En raison du froid lunaire, ils ne pouvaient rester longtemps dehors. Néanmoins, chaque jour, ils prolongeaient un peu la durée de leurs excursions. Le onzième jour, ils avaient éliminé GC-5 : ce ne pouvait être là que se trouvaient les chante-cloches.

Le quinzième jour, le désespoir faisait bouillir le flegmatique Peyton. Il fallait que les chante-cloches soient dans les entrailles de GC-3. MT-10 était trop loin : ils n'auraient pas le temps de parvenir à ce cratère et de l'explorer, compte tenu du fait qu'il était impératif qu'ils soient de retour sur Terre pour le 31 août.

Ce fut précisément ce jour-là qu'ils découvrirent les chante-cloches.

Elles n'étaient pas belles. C'étaient de simples blocs de roche grise à la forme irrégulière, gros comme les deux poings réunis, légers comme des plumes du fait de la faible pesanteur lunaire. Elles étaient, pourrait-on dire, pleines de vide. Il y en avait deux douzaines et chacune, après polissage, pourrait rapporter cent mille dollars au bas mot.

Les deux hommes les couchèrent avec soin dans des lits de paille. Il leur fallut faire trois navettes en terrain accidenté. Sur Terre, le voyage aurait été épuisant mais, en raison de la gravité lilliputienne de la Lune, ces accidents de terrain constituaient un obstacle dérisoire.

Enfin, Cornwell tendit à Peyton, debout dans le

caisson d'accès de l'astronef, la dernière chante-cloche.

— À présent, je monte à bord, dit-il dans son micro.

Sa voix avait un timbre métallique dans les écouteurs.

Il prit son élan pour sauter, leva la tête et, pris de panique, parut se pétrifier. Une dernière grimace de terreur crispa son visage que son complice voyait distinctement à travers le hublot de lusilite du casque. « Non, Mr Peyton ! s'exclama-t-il. Non ! »

Peyton serra plus fortement la crosse de son fulgurateur. L'arme cracha. Il y eut un éclair aveuglant, presque intolérable, et Cornwell ne fut plus qu'un débris humain, un geyser de chairs mêlées à des fragments de vidoscaphe maculés de gouttes de sang gelé.

Peyton ne s'attarda pas plus d'une seconde à contempler sa victime d'un air sombre. Il rangea la dernière chante-cloche dans le récipient prévu à cet usage, ôta sa combinaison, enclencha d'abord le champ de non-gravité, puis les micropiles, et mit le cap sur la Terre avec, dans son escarcelle, un ou deux millions de dollars potentiels de plus qu'il n'en avait deux semaines plus tôt.

Le 29 août, le vaisseau se posa, la poupe en avant, sur le terrain d'où il était parti le 10. L'endroit avait été bien choisi. L'aéroglisseur était toujours là, dissimulé dans une anfractuosité rocheuse comme il y en avait tant dans cette région tourmentée.

Peyton cacha les étuis contenant les chante-cloches dans une crevasse et les recouvrit de terre. Cela fait, il regagna la cabine de l'astronef, procéda à un ultime réglage et mit pied à terre. Deux minutes plus tard, le vaisseau, en pilotage automatique, décolla. En silence, il s'éleva, mit cap à l'ouest. Peyton les pau-

pières plissées le suivait des yeux. Soudain, une
minuscule étincelle fulgura et une infime bouffée de
fumée naquit dans le ciel.

Un rictus retroussa les lèvres de Peyton. Il avait
bien calculé son coup. Il avait rendu inutilisables les
barres de cadmium régularisant la fusion nucléaire :
l'astronef s'était volatilisé dans un embrasement atomique.

Vingt minutes plus tard, Peyton était chez lui. Il
était fatigué. La pesanteur terrestre lui plombait dou-
loureusement les muscles. Il dormit bien.

Douze heures plus tard, au petit jour, la police fit
irruption dans son refuge.

*

L'homme qui avait ouvert croisa les mains sur sa
bedaine et, souriant, hocha la tête à deux ou trois
reprises en signe de salut. Son visiteur, H. Seton
Davenport, du T.B.I., le Terrestrial Bureau of Investigation, regarda autour de lui d'un air embarrassé.

La vaste pièce était plongée dans la pénombre.
Seul un projecteur, braqué sur le fauteuil de relaxa-
tion, était allumé. Les murs disparaissaient derrière
des rayonnages remplis de filmolivres. Des cartes
galactiques s'entassaient dans un coin et, dans un
autre, la maquette d'un noyau galactique brasillait
doucement.

— C'est bien au Dr Wendell Urth que j'ai l'honneur de parler ? s'enquit Davenport sur le ton d'un
homme qui n'en croit pas ses yeux.

Il était massif, ses cheveux étaient noirs, son nez
était effilé et proéminent et, sur sa joue, une cicatrice

étoilée, indélébile, indiquait l'endroit où il avait été un jour frappé à bout portant par un gicleur neuronique.

— Lui-même, répondit le Dr Urth d'une voix grêle. Et je présume que vous êtes l'inspecteur Davenport ?

Le policier tendit sa carte à son interlocuteur.

— Je me suis adressé à l'Université parce que j'ai besoin de l'avis d'un extraterrologiste. On m'a conseillé de venir vous voir.

— C'est ce que vous m'avez dit tout à l'heure au téléphone.

Urth avait répondu avec urbanité. Il avait les traits bouffis, son nez était une sorte de bouton de bottine et des verres épais protégeaient ses yeux quelque peu globuleux.

— Je n'abuserai pas de votre temps, Dr Urth et j'irai droit aux faits. Je suppose que vous connaissez la Lune...

Urth, qui avait sorti un flacon contenant un liquide rouge et deux verres poussiéreux dissimulés derrière une rangée de filmolivres en désordre, l'interrompit avec brusquerie :

— Je n'ai jamais été sur la Lune, Inspecteur, et je n'ai aucune intention d'y aller. La spationavigation, c'est de la folie ! Je n'y crois pas. Prenez donc un siège, ajouta-t-il en se radoucissant. Nous allons boire quelque chose.

L'inspecteur Davenport s'assit. « Mais vous êtes...

— Oui, je suis extraterrologiste. Les autres planètes m'intéressent mais pourquoi donc voulez-vous que j'aille les visiter ? Point n'est besoin d'être un grand voyageur devant l'Éternel pour être un historien qualifié, sacré nom d'une pipe ! » Il s'assit à son tour et un large sourire s'épanouit sur son visage envahi de graisse. « Bon... Qu'y a-t-il pour votre service ? »

L'inspecteur plissa le front. « Je suis venu vous consulter à propos d'un meurtre.

— Un meurtre ? Ce n'est pas dans mon rayon !

— Le meurtre en question a été commis sur la Lune, Dr Urth.

— Voilà qui est stupéfiant !

— Plus que stupéfiant : c'est sans précédent. Le Dominion lunaire existe depuis cinquante ans. Au cours de ces dix lustres, il y a eu des navires qui ont explosé, des hommes qui sont morts à cause d'un défaut d'étanchéité de scaphandre, des hommes qui sont morts grillés sur la face solarisée, des hommes qui sont morts gelés sur la face froide, des hommes qui sont morts par asphyxie côté Soleil et côté nuit. Il y a eu des morts consécutives à des chutes, ce qui, compte tenu de la gravité lunaire, laisse quand même rêveur. Mais, jusqu'à présent, jamais un homme n'est mort sur la Lune à la suite d'un acte de violence délibéré d'un de ses semblables.

— Comment cet assassinat a-t-il été exécuté ?

— La victime a été tuée d'un coup de fulgurateur. Les autorités ont pu se rendre sur les lieux dans l'heure qui a suivi le crime grâce à un jeu de circonstances favorables. Un astronef de patrouille a enregistré un éclair sur la surface du satellite. Vous n'ignorez pas que la visibilité est remarquable dans ces conditions sur la face nocturne. Le pilote a signalé la chose à Luna City et s'est immédiatement posé. Il jure que, pendant la manœuvre d'atterrissage, il a pu apercevoir grâce au clair de Terre un vaisseau qui décollait. Après avoir pris contact, il a découvert un cadavre déchiqueté et relevé des empreintes de pas.

— Selon vous, cet éclair correspondait au coup de fulgurateur ?

— Cela ne fait aucun doute. Le corps était encore chaud. Certains organes internes n'avaient pas eu le temps de se congeler. Quant aux empreintes, elles étaient de deux types différents. On a effectué des mesures précises démontrant que les dépressions n'avaient pas le même diamètre et qu'elles avaient, par conséquent, été faites par des bottes de pointures différentes. Grosso modo, la piste conduisait aux cratères GC-3 et GC-5, c'est-à-dire deux...

— Je connais le code officiel utilisé pour l'identification des cratères lunaires, dit le Dr Urth avec affabilité.

— Hem... Bref, ces traces de pas ont mené les enquêteurs droit sur une crevasse de la paroi interne de l'entonnoir et l'on a retrouvé des fragments de pierre ponce. L'analyse effectuée aux rayons X et au spectre de diffraction a révélé... »

L'extraterrologiste interrompit l'inspecteur en s'écriant avec animation : « Qu'il s'agissait de chante-cloches ! Vous n'allez pas me dire que cet assassinat a été commis pour des chante-cloches !

— Et si tel était le cas ? demanda Davenport d'une voix égale.

— J'en ai une. Une mission subventionnée par l'Université en a trouvé une et m'en a fait cadeau pour me remercier de... Suivez-moi, inspecteur, il faut que je vous la montre. »

Le Dr Urth sauta sur ses pieds et s'éloigna précipitamment en faisant signe à son visiteur de lui emboîter le pas. Davenport soupira et obtempéra.

La pièce où il pénétra était encore plus grande que la première : elle était également plus sombre et le fouillis y était plus considérable. Le policier ouvrit des yeux stupéfaits en contemplant le fatras hétéroclite qui l'encombrait. Il parvint à identifier un petit bloc de « vitrite bleue » martienne, le genre de choses dans lesquelles certains esprits romantiques voyaient un objet manufacturé, vestige d'un artisanat indigène éteint depuis des millénaires. Il remarqua également la maquette d'un astronef remontant à l'époque des pionniers ainsi qu'un flacon scellé apparemment vide sur l'étiquette duquel on pouvait déchiffrer tant bien que mal la mention « atmosphère vénusienne ».

— Ma maison est un véritable musée, s'exclama jovialement le Dr Urth. Voilà un des avantages du célibat. Bien sûr, tout n'est pas encore parfaitement classé. Un de ces jours, si j'arrive à avoir une semaine de tranquillité...

Il s'interrompit et tourna la tête dans tous les sens, l'air quelque peu égaré. Enfin, la mémoire lui revint. Il repoussa un diagramme schématisant l'évolution des vertébrés aquatiques qui constituaient la forme de vie la plus développée de la planète de Barnard et dit : « Tenez ! La voici. Elle est là. Malheureusement, elle est fêlée. »

La chante-cloche était suspendue à un mince fil métallique auquel elle avait été soigneusement soudée. Elle présentait un étranglement qui donnait l'impression qu'il s'agissait de deux sphères fermement mais imparfaitement accolées l'une à l'autre. Malgré ce défaut, elle avait été amoureusement polie ; sa surface

lustrée et grise, grêlée d'alvéoles quasi impercepti-
bles, avait cette douceur soyeuse que, dans leurs vains
efforts pour fabriquer des chante-cloches artificielles,
les laboratoires ne parvenaient jamais à imiter parfaitement.

— Il m'a fallu longtemps pour trouver un percuteur
correct, dit le Dr Urth. Une chante-cloche fêlée est
capricieuse. Mais l'os est efficace. J'en ai un ici.

Il brandit quelque chose qui ressemblait à une
sorte de grosse cuiller blanchâtre. « Je l'ai confec-
tionné avec un fémur de bœuf. Écoutez ! »

Avec une surprenante délicatesse, le Dr Urth palpa
la chante-cloche de ses doigts boudinés pour déterminer le point d'impact le plus favorable. Il la mit en
place et l'immobilisa avec des gestes gracieux. Puis,
l'ayant lâchée, il en heurta précautionneusement la
surface à l'aide de son fragment d'os.

Un million de harpes lointaines se mirent à bruire,
à vibrer. Le son s'enfla, s'affaiblit, s'enfla à nouveau.
Il ne venait d'aucune direction particulière, il reten-
tissait à l'intérieur même de la tête de ceux qui
l'entendaient, c'était une sonorité incroyablement
douce, pathétique et frémissante.

Les dernières notes du carillon moururent. Les
deux hommes restèrent silencieux pendant une longue minute.

— Pas mal, n'est-ce pas ? s'exclama le Dr Urth.

D'une chiquenaude, il fit osciller la cloche.

Davenport se trémoussa avec gêne. « Attention !
Ne la cassez pas... »

La fragilité des bonnes chante-cloches était pro-
verbiale.

— D'après les géologues, les chante-cloches ne

sont rien de plus que de la pierre ponce durcie par un phénomène de pression et recelant des alvéoles vides où de petits grains de roche crépitent librement. Enfin, c'est ce qu'ils disent ! Mais s'ils ont raison, comment se fait-il que nous soyons incapables de fabriquer des chante-cloches artificielles ? Notez que, à côté d'une cloche sans défaut, celle-ci serait à peu près aussi harmonieuse qu'un mirliton d'enfant.

— Je sais. Et il n'y a pas dix personnes sur Terre qui peuvent se vanter de posséder une chante-cloche sans défaut. Des centaines de gens et d'institutions seraient prêts à en acheter une à n'importe quel prix sans poser de questions. Un stock de chante-cloches aurait de quoi justifier un assassinat.

L'extraterrologiste se tourna vers Davenport et, d'un geste de son index grassouillet, remit en place ses lunettes sur son nez inexistant. « Je n'ai pas oublié le but de votre visite. Continuez, je vous prie.

— Pour conclure, une phrase suffit : je connais l'identité du criminel. »

Ils regagnèrent la bibliothèque et se rassirent. Le Dr Urth croisa ses mains sur son majestueux abdomen.

— Vraiment ? Eh bien, dans ce cas, l'énigme est sûrement résolue. Inspecteur.

— Connaître le coupable et pouvoir prouver que c'est bien lui l'assassin sont deux choses différentes, Dr Urth. Malheureusement, l'homme en question n'a pas d'alibi.

— Vous voulez dire qu'il en a malheureusement un, n'est-ce pas ?

— Pas du tout. Je pèse mes mots. S'il avait un alibi, j'arriverais à le démolir car il serait fabriqué de toutes pièces. S'il y avait des témoins affirmant l'avoir vu sur la Terre à l'heure où le meurtre a été commis, on pourrait démontrer qu'ils mentent. S'il possédait un document quelconque qui le blanchirait, il serait possible d'en faire éclater la fausseté. Malheureusement, il n'existe rien de tout cela.

— Expliquez-vous mieux.

L'inspecteur Davenport décrivit minutieusement à son interlocuteur la propriété de Peyton dans le Colorado. « Tous les ans, il s'y retire pendant le mois d'août pour y vivre dans l'isolement le plus complet, acheva-t-il. Le T.B.I. lui-même en témoignerait devant la justice. Si nous sommes dans l'incapacité d'affirmer, preuves en main, qu'il était sur la Lune le mois dernier, n'importe quel jury tiendra pour acquis qu'il n'a pas quitté son domaine.

— Qu'est-ce qui vous fait croire qu'il était sur la Lune ? Peut-être est-il innocent ?

— Non ! » rétorqua Davenport.

Son ton était presque violent. « Il y a quinze ans que j'essaie de le coincer et je n'y suis jamais arrivé. Mais, à présent, quand un crime est signé Peyton, je le sens. Croyez-moi : personne d'autre que lui n'aurait eu l'audace, sans même parler des contacts indispensables pour ce faire, de tenter d'écouler un lot de chante-cloches de contrebande. Peyton est un pilote spatial de grande classe, c'est un fait notoire. On sait qu'il a été en rapport avec la victime, encore qu'il n'ait pas été en relation directe avec elle depuis plusieurs mois. Hélas, ce ne sont là que des affirmations qu'aucune preuve ne vient étayer.

— Pourquoi ne pas le soumettre à la psychosonde

puisque son emploi est maintenant légal ? Ce serait le plus simple. »

Un rictus déforma les traits de Davenport et sa cicatrice prit une teinte livide.

— Avez-vous lu le texte de la loi Konski-Hiakawa, Dr Urth ?

— Non.

— Je suppose que vous n'êtes pas le seul dans ce cas. Le droit au secret mental est imprescriptible, dit le gouvernement. Parfait ! Mais où cela mène-t-il ? Le suspect dont la psychosonde établit l'innocence est autorisé à réclamer et à recevoir tous les dommages et intérêts que la justice trouve bon de lui accorder. Récemment, un comptable, employé dans une banque, s'est vu attribuer vingt-cinq mille dollars sous prétexte qu'il avait été psychosondé et reconnu non coupable du vol qu'on lui imputait. En fait, les indices qui avaient éveillé les soupçons n'avaient apparemment rien à voir avec une indélicatesse : il s'agissait d'une vague histoire d'adultère. Il s'est pourvu en justice, soutenant qu'il avait perdu son travail, qu'il ne vivait plus depuis que le mari trompé l'avait menacé et, pour finir, que la révélation faite par la presse des résultats du psychosondage l'avaient couvert de ridicule. La cour s'est rendue à ces raisons.

— J'avoue que je comprends les sentiments qu'éprouvait ce monsieur.

— Nous les comprenons tous. Et c'est bien là l'ennui. Encore un détail dont il est bon de se souvenir : une personne qui a été psychosondée une fois pour un motif quelconque, ne peut plus jamais l'être à nouveau en aucune circonstance. La loi est sans équivoque : nul ne saurait être mentalement torturé à deux reprises au cours de son existence.

— Voilà qui est gênant.

— À qui le dites-vous ! Depuis deux ans que le psychosondage est officiellement autorisé, vous ne pouvez pas savoir combien de filous et de truands se sont efforcés de se faire lessiver le cerveau sous prétexte de vol à la tire, afin de pouvoir ensuite monter des coups sérieux en toute quiétude. Non... Le Département n'autorisera jamais que Peyton passe à la psychosonde tant que nous n'aurons pas la preuve irréfutable de sa culpabilité. Peut-être pas une preuve au sens juridique du terme mais, au moins, un indice suffisant pour emporter la conviction. Le pire, Dr Urth, c'est que si nous sommes dans l'incapacité de présenter au tribunal un procès-verbal de psychosondage, nous perdrons inévitablement le procès. Dans une affaire aussi grave qu'un meurtre, le plus obtus des jurés conclura, faute de psychosondage, que l'accusation n'est pas sûre de son fait.

— Qu'attendez-vous au juste de moi ?

— Que vous m'apportiez la preuve que Peyton s'est rendu sur la Lune au cours du mois d'août. Et il faut que vous fassiez vite. Je ne peux pas le garder à vue éternellement. Si la nouvelle de cet assassinat s'ébruite, la presse mondiale prendra feu et flamme comme un astéroïde pénétrant dans l'atmosphère de Jupiter. Ce sera un titre sensationnel : le premier meurtre lunaire !

— Quand le crime a-t-il été commis exactement ? demanda Urth sans transition.

— Le 27 août.

— Et quand avez-vous arrêté votre suspect ?

— Le 30. Hier.

— Donc, si Peyton est effectivement votre coupable, il a eu le temps de regagner la Terre.

— Tout juste.

Les lèvres de Davenport se crispèrent. « Si j'étais arrivé chez lui un jour plus tôt... si j'avais trouvé la maison vide...

— Et combien de temps, à votre avis, les deux hommes — le meurtrier et sa victime — sont-ils restés ensemble sur la Lune ?

— À en juger par la densité des empreintes qu'ils ont laissées, plusieurs jours. Au minimum une semaine.

— Leur navire a-t-il été localisé ?

— Non. Et il ne le sera probablement jamais. Il y a une dizaine d'heures, l'Université de Denver a signalé une augmentation du taux de la radio-activité ambiante. Le phénomène a commencé avant-hier à dix-huit heures et s'est prolongé pendant plusieurs heures. Il n'est pas difficile de régler les contrôles d'un astronef pour le faire exploser à cent cinquante kilomètres dans l'atmosphère par suite d'un court-circuit des micropiles.

— À la place de Peyton, murmura le Dr Urth d'un air songeur, j'aurais liquidé mon bonhomme à bord et j'aurais fait sauter en même temps l'astronef et le cadavre.

— Vous ne le connaissez pas, rétorqua l'inspecteur d'un ton farouche. Les victoires qu'il remporte dans le duel qui l'oppose à la loi lui font boire du petit-lait. Il les savoure et les déguste. S'il a laissé le corps du mort sur la Lune, c'était manière de nous jeter un défi. »

Le Dr Urth se massa la bedaine. « Je vois... Il y a peut-être une chance.

— De pouvoir prouver qu'il s'est rendu sur la Lune ?

— De pouvoir vous donner un avis.

— Tout de suite ?

— Le plus tôt sera le mieux. Mais, pour cela, il faudrait que j'aie un entretien avec Mr Peyton.

— Rien de plus facile. J'ai un jet non-gravité qui m'attend. Nous pouvons être à Washington dans vingt minutes. »

Une ombre d'inquiétude passa sur le visage joufflu de l'extraterrologiste qui se leva et, manifestant tous les signes d'une profonde angoisse, s'éloigna en se dandinant pour se réfugier dans le coin le plus sombre de la bibliothèque.

— NON ! s'écria-t-il.

— Qu'avez-vous, Dr Urth ?

— Je ne monterai jamais dans un jet non-gravité. Je n'ai pas confiance.

Davenport le dévisagea avec ébahissement et bégaya : « Vous préférez le monorail ?

— Je n'ai confiance en aucun moyen de transport, répliqua le Dr Urth avec véhémence. Aucun n'est sûr. Il n'y a que la marche. Cela, ça m'est égal. Écoutez, Inspecteur... Pouvez-vous faire venir Mr Peyton ici ? Pas bien loin. À l'hôtel de ville, par exemple ? Il m'est souvent arrivé d'aller jusque-là, à pied. »

Davenport balaya la pièce du regard avec désespoir. Il contempla les milliers et les milliers de volumes alignés, volumes parlant de choses qui se trouvaient à des années-lumière de la Terre. Par la porte ouverte, il voyait dans la pièce voisine une multitude d'objets provenant des mondes d'outre-ciel. Et il voyait aussi le Dr Urth qui pâlissait à l'idée de voyager à bord d'un jet non-gravifique !

Il haussa les épaules.

— J'amènerai Peyton chez vous. Cela vous convient-il ?

L'extraterrologiste poussa un soupir de soulagement. « Parfaitement.

— J'espère que vous réussirez, Dr Urth.

— Je ferai de mon mieux, Mr Davenport. »

Peyton examina la pièce d'un air dégoûté et décocha un regard empreint de mépris au bonhomme adipeux qui le saluait d'une inclinaison de tête. Avant de s'asseoir, il épousseta d'un revers de main le fauteuil que son hôte lui désignait. Davenport s'assit à côté de lui, le fulgurateur bien en vue.

Boule de Suif s'assit à son tour, le sourire aux lèvres, et se tapota la panse comme s'il venait de s'offrir un repas fin et souhaitait que le monde entier le sache.

— Bonsoir, Mr Peyton, dit-il. Je suis le Dr Wendell Urth, extraterrologiste de mon état.

Peyton le toisa.

— Que voulez-vous de moi ?

— Je veux savoir si vous vous êtes rendu sur la Lune au cours du mois d'août.

— Non.

— Pourtant, personne ne vous a vu sur Terre entre le 1er et le 31 août.

— Cela n'a rien que de très normal. Personne ne me voit jamais pendant le mois d'août. Vous n'avez

qu'à lui demander, acheva-t-il en désignant Davenport d'un coup de menton.

Le Dr Urth pouffa. « Ce serait merveilleux si l'on
pouvait imaginer des tests. S'il y avait un moyen permettant d'identifier l'origine de la matière, de savoir
si un échantillon donné provient de la Lune ou de la
Terre. Ah ! Si l'on pouvait analyser la poussière qu'il
y a dans vos cheveux et dire : Ah, ah ! C'est de la
roche lunaire ! Hélas, c'est impossible. La roche
lunaire est pratiquement semblable à la roche terrestre. Et même s'il y avait une différence sensible, on
ne trouverait pas de poussière dans vos cheveux, sauf
si vous vous étiez promené sur la Lune sans vidoscaphe, ce qui ne serait guère plausible. »

Peyton écoutait, impassible.

Le Dr Urth poursuivit avec un sourire aimable,
levant la main pour rétablir l'équilibre précaire de
ses lunettes perchées sur le bouton qui lui servait de
nez : « Le voyageur qui se balade dans l'espace
ou sur la Lune respire l'air de la Terre, mange de la
nourriture de la Terre. Qu'il soit dans son navire ou
qu'il revête une combinaison, il transporte avec lui
l'atmosphère de la Terre. Nous recherchons un
homme qui a passé deux jours dans l'espace, qui est
resté une semaine sur la Lune et qui a encore passé
deux jours dans le vide pour regagner la Terre. Et,
pendant tout ce temps-là, il baignait dans un environnement intégralement terrestre. Cela complique
l'enquête.

— Pour vous simplifier la vie, je vous suggère de
me remettre en liberté et de découvrir le véritable
assassin.

— Nous en arriverons peut-être là, répondit le

Dr Urth. Avez-vous déjà vu quelque chose qui ressemble à ceci ? » Sa main grassouillette tâtonna sur le sol et réapparut avec une sphère grise aux reflets estompés.

Peyton sourit. « On dirait une chante-cloche.

— C'est une chante-cloche. C'est pour des chante-cloches qu'un homme a été tué. Que pensez-vous de celle-ci ?

— Ce que j'en pense ? Qu'elle a un défaut.

— Examinez-la donc de près. » Et, en disant ces mots, le Dr Urth lança d'un geste prompt la chante-cloche à Peyton.

Davenport poussa un cri et se souleva de son fauteuil. Peyton leva les bras et réussit à attraper l'objet au vol.

— Vous êtes fou ! s'écria-t-il. On ne jette pas une chante-cloche de cette façon !

— Vous les respectez, dirait-on ?

— Oui. Je les respecte trop pour en briser une. En tout cas, ce n'est pas un crime.

Il tapota légèrement la chante-cloche, l'approcha de son oreille et la secoua, attentif à l'infime crépitement des lunolithes, ces minuscules particules de pierre ponce qui s'entrechoquaient dans les vides alvéolaires. Puis, la tenant par le fil métallique auquel elle était toujours suspendue, il la gratta légèrement de l'ongle du pouce dans un geste ondulant — un geste d'expert.

La chante-cloche chanta. Une note voilée et flûtée, se prolongeant en un vibrato qui allait s'affadissant, évoquant un crépuscule d'été.

Pendant quelques instants les trois hommes restèrent immobiles et silencieux, fascinés par la mélodieuse sonorité.

Enfin, le Dr Urth reprit la parole : « Relancez-la-moi, Mr Peyton », ordonna-t-il en tendant une main péremptoire.

Peyton obéit machinalement. Mais la chante-cloche n'alla pas jusqu'au bout de sa course. Sa trajectoire s'infléchit et elle se fracassa par terre dans un soupir discordant propre à vous briser le cœur.

Davenport et Peyton en contemplèrent les fragments épars, aussi muets l'un que l'autre. La voix calme du Dr Urth retentit à nouveau, et c'était à peine s'ils l'entendirent :

— Quand on aura découvert l'endroit où le criminel a caché son butin, je demanderai à recevoir une chante-cloche bien polie et sans défaut pour remplacer celle-ci en guise d'honoraires.

— Des honoraires ? s'exclama Davenport avec irritation. En quel honneur ?

— Voyons, cela saute aux yeux ! En dépit de mon petit discours de tout à l'heure, il existe un élément de l'environnement terrestre qu'aucun voyageur de l'espace ne peut emporter dans ses bagages : la pesanteur. Le fait que Mr Peyton ait commis une aussi grossière erreur d'évaluation sur le poids d'un objet qu'il considérait manifestement comme infiniment précieux ne peut s'interpréter que d'une seule manière : ses muscles ne se sont pas encore réadaptés à l'intensité de la pesanteur régnant à la surface de la Terre. Mes conclusions, Mr Davenport, et c'est en professionnel que je vous parle, sont que votre prisonnier n'était pas sur la Terre ces jours derniers. Il était ou bien dans l'espace ou bien sur un objet planétaire d'une taille de beaucoup inférieure à celle de la Terre. La Lune, par exemple.

Davenport bondit sur ses pieds, l'air triomphant. « Mettez-moi ça noir sur blanc, dit-il, la main sur la crosse de son fulgurateur. Ce sera suffisant pour que je sois autorisé à faire passer le suspect à la psycho-sonde. »

Louis Peyton, abasourdi et apathique, se rendait seulement compte d'une manière assez vague que s'il devait laisser un testament, celui-ci ferait maintenant état de l'échec final de sa carrière.

Post-scriptum

Mes récits me valent généralement des lettres de lecteurs, des lettres fort agréables, la plupart du temps, même lorsqu'elles mettent en évidence un détail embarrassant. C'est ainsi que, après la publication de la nouvelle ci-dessus, j'ai reçu une lettre d'un jeune homme me disant que le raisonnement du Dr Urth l'avait conduit à faire des vérifications afin de savoir si une différence de poids influait véritablement sur la manière dont on lance quelque chose. Au bout du compte, cette expérience lui donna matière à une thèse scientifique.

Ayant préparé un certain nombre d'objets, identiques par la taille et par l'aspect extérieur mais d'un poids différent, il les fit lancer par des sujets ignorant lesquels étaient lourds et lesquels étaient légers. Il constata que chaque jet avait approximativement le même degré de précision.

La chose me tracassa quelque peu mais j'ai fini par considérer que la découverte de mon correspondant n'était pas valide au sens strict du terme. Le simple fait de saisir un objet que l'on se prépare à lancer vous fait — de façon tout à fait inconsciente — estimer son poids et on ajuste l'effort musculaire en conséquence pour autant que l'on soit accoutumé à l'intensité du champ gravifique sous lequel on opère.

Au cours de leurs vols, les astronautes ont généralement été attachés et n'ont pas eu l'expérience de l'apesanteur, sauf au cours de courtes « promenades dans l'espace ». Il semble que ces incursions aient été particulièrement épuisantes et que l'on puisse en conclure qu'une modification de la gravité exige une accoutumance considérable. Après l'avoir subie, une période de réacclimatation tout aussi considérable s'avère nécessaire une fois le retour aux conditions gravifiques prévalant sur Terre.

Ainsi — dans l'état actuel de nos connaissances tout au moins —, je me solidarise avec le Dr Urth.

La pierre parlante

La ceinture des astéroïdes est vaste et la densité de l'occupation humaine y est faible. Il y avait sept mois que Vernadsky était de service à la Station 5. Il lui en restait encore cinq à tirer et il se demandait de plus en plus fréquemment si son salaire était capable de compenser ce confinement dans un isolement presque total, à cent cinq millions de kilomètres de la Terre. C'était un jeune homme maigre dont l'aspect n'évoquait ni l'ingénieur en spationautique ni l'astéroïdologue qu'il était. Il avait les yeux bleus, les cheveux jaune paille et une expression d'innocence inaltérable qui dissimulait un esprit vif et une curiosité intense que l'esseulement n'avait fait qu'aiguiser.

Cette expression innocente et cette curiosité lui rendirent un fieffé service sur le *Robert Q.*

Lorsque le *Robert Q.* se posa sur la plate-forme extérieure de la Station 5, Vernadsky fut presque immédiatement à bord, vibrant de ravissement et habité par une excitation qui, chez un chien, se serait accompagnée de frétillements de l'appendice caudal et d'une joyeuse cacophonie d'aboiements.

Le silence morose et le masque pesamment maus-

sade avec lesquels le commandant du *Robert Q.*
accueillit son sourire ne lui firent ni chaud ni froid.
Pour lui, l'astronef représentait de la compagnie, une
compagnie dont il éprouvait une lancinante nostalgie
et il était le bienvenu. Vernadsky était prêt à fournir
autant de millions de gallons de glace, autant de tonnes de concentrés alimentaires surgelés, entassés à
l'intérieur de l'astéroïde baptisé Station 5, qu'on lui
en demanderait, prêt à offrir n'importe quel outillage,
n'importe quelle pièce de rechange requise par
n'importe quel type de moteur hyperatomique.

Son visage juvénile fendu d'un sourire béat, il remplit hâtivement le bordereau de routine qui serait
ensuite traduit en code informatique aux fins de clas-
sement. Il nota le nom du navire, son numéro de série,
son numéro de moteur, le numéro du générateur de
champ, etc., le port d'embarquement (« C'était dans
les astéroïdes. Il y en a tellement ! Je ne sais pas quel
était le dernier. » Vernadsky écrivit simplement :
« Ceinture », l'abréviation habituelle désignant la
« Ceinture des Astéroïdes »), le port de destination
(« Terre »), le motif de la relâche (« Le générateur
hyperatomique cafouille »).

— Quel est l'effectif de l'équipage, commandant ?
demanda-t-il en feuilletant le manifeste.

— Deux hommes. Et maintenant, si vous jetiez un
coup d'œil sur mes générateurs ? J'ai du fret à livrer.

Sa barbe mal rasée bleuissait les joues du commandant qui avait toute l'apparence d'un prospecteur dur
à cuire ayant passé toute sa vie à fouiller les astéroïdes. Pourtant, il s'exprimait comme un homme ins-
truit, presque comme un homme cultivé.

— On y va.

Sa trousse de diagnostic à la main, Vernadsky, le commandant du *Robert Q.* sur les talons, entra dans la salle des machines. Décontracté et efficace, il vérifia les circuits, le degré de vide, la densité du champ de force. Pendant tout ce temps, il ne pouvait s'empêcher de se poser des questions sur le commandant. Bien qu'il eût personnellement en horreur son actuel environnement, il se rendait vaguement compte que l'immensité déserte et libre de l'espace fascinait certaines personnes. Pourtant, il pressentait que ce n'était pas seulement par amour de la solitude que l'officier s'était fait prospecteur d'astéroïdes.

— Vous vous intéressez à un genre de minerai particulier ? lui demanda-t-il.

— Le chrome et le manganèse, répondit l'autre en fronçant le sourcil.

— Vraiment ? Si j'étais vous, je changerais le collecteur Jenner.

— C'est lui qui est la cause de la panne ?

— Non, pas du tout. Mais il est un peu usé. Vous risquez un nouveau pépin avant d'avoir franchi un million et demi de kilomètres. Puisque vous êtes là, autant en profiter pour...

— D'accord, remplacez-le. Mais trouvez l'origine du cafouillage, voulez-vous ?

— Je fais de mon mieux, commandant.

La dernière remarque de l'officier avait été proférée avec tant de rudesse que Vernadsky en fut décontenancé. Après avoir travaillé un moment en silence, il se redressa. « L'exposition aux rayons gamma a brouillé votre semi-réflecteur. Chaque fois que le faisceau positronique circulaire revient à son point de départ, le générateur a un passage à vide d'une seconde. Il faut remplacer la pièce.

— Cela demandera combien de temps ?

— Plusieurs heures. Peut-être une douzaine.

— Hein ? Je suis déjà en retard sur mon tableau de marche.

— Que voulez-vous que j'y fasse ? » La bonne humeur de Vernadsky n'était pas altérée. « Il faut vidanger tout le système à l'hélium pendant trois heures avant qu'on puisse entrer dans le caisson. Ensuite, il faudra que je calibre le nouveau semi-réflecteur et cela ne se fait pas en un clin d'œil. Bien sûr, je pourrais l'installer à peu près en quelques minutes. Mais à peu près seulement. Vous tomberiez en panne avant d'avoir atteint l'orbite de Mars. »

Le commandant le fusilla du regard. « Eh bien, allez-y. Dépêchez-vous. »

Vernadsky embarqua prudemment le réservoir d'hélium à bord du *Robert Q.* Les générateurs de pseudogravité étant coupés, le réservoir ne pesait virtuellement rien mais sa masse et son inertie demeuraient inchangées. Aussi devait-il le manipuler avec beaucoup de précautions dans les tournants, opération d'autant plus difficile que l'ingénieur ne pesait plus rien, lui non plus.

Son attention était tellement absorbée par le cylindre qu'il guidait que Vernadsky se trompa de coursive et pénétra involontairement dans une salle où il faisait étrangement sombre. Il n'eut que le temps de pousser une exclamation d'étonnement : deux hommes bondirent, repoussèrent brutalement la bouteille et la porte se referma.

Sans souffler mot, Vernadsky brancha le réservoir

à la valve d'admission du moteur et s'immobilisa, attentif au chuintement feutré de l'hélium qui se déversait à l'intérieur du caisson pour absorber lentement les gaz radio-actifs et les déverser dans le vide vorace de l'espace. Mais finalement la curiosité l'emporta sur la prudence :

— Vous avez une siliconite à bord, commandant. Une grosse.

Le commandant se retourna pesamment et le dévisagea.

— Vraiment ? fit-il d'une voix dépourvue de toute expression.

— Je l'ai vue. Est-ce que je peux l'examiner de plus près ?

— Pour quoi faire ?

— Oh, commandant, il y a plus de six mois que je suis sur ce morceau de rocaille, s'exclama Vernadsky sur un ton suppliant. J'ai dévoré tous les ouvrages traitant des astéroïdes sur lesquels j'ai pu mettre la main, c'est-à-dire que j'ai lu beaucoup de choses sur les siliconites. Et je n'en ai jamais vu une seule, même une petite ! Ayez un peu de cœur !

— Il me semble que vous avez du travail.

— Bah ! Le rinçage à l'hélium dure plusieurs heures. Tant que ce ne sera pas terminé, je ne peux rien entreprendre. Dites, commandant... comment se fait-il que vous transportiez une siliconite ?

— Il y a des gens qui aiment les chiens. Moi, j'aime les siliconites.

— Avez-vous réussi à la faire parler ?

Le teint du commandant vira à l'écarlate. « Pourquoi cette question ?

— Il y en a qui parlent. Il y en a même qui lisent dans les pensées des gens.

— Seriez-vous un spécialiste de ce satané truc ?

— Non, je vous le répète : je sais ça par mes lectures. Allez, commandant... Un bon mouvement ! Laissez-moi y jeter un coup d'œil. »

Vernadsky s'efforçait de ne pas montrer qu'il s'était rendu compte que deux marins l'encadraient, à présent. Chacun des trois hommes était plus grand que lui, chacun était plus lourd, chacun — il en avait la conviction — était armé.

— Qu'est-ce que cela peut vous faire, commandant ? Je ne vais pas la voler. Je veux juste la voir.

Peut-être fût-ce au fait que la réparation n'était pas terminée qu'il dut d'avoir la vie sauve. Peut-être fût-ce à cause de son air d'innocence béate, presque imbécile, qu'il se tira de ce mauvais pas.

— D'accord... venez, grommela le commandant.

Et Vernadsky le suivit, son esprit agile tournant à plein régime. Son pouls battait nettement plus vite.

Vernadsky contemplait, profondément intimidé et non sans une pointe de répulsion, la chose grisâtre qu'il avait sous les yeux. Il n'avait jamais vu de siliconite, c'était absolument vrai, mais il avait étudié des photos tridimensionnelles et lu des descriptions de ces êtres. Pourtant, ni les mots ni les images ne remplacent la réalité.

La créature avait une surface lisse à la consistance onctueuse. Elle se mouvait avec lenteur, ce qui était normal pour un être qui s'enfonce à l'intérieur d'une pierre et est lui-même plus qu'à demi minéral. On ne distinguait pas le frémissement des muscles sous cette peau. De fines plaques de pierre, minces comme des feuilles, qui glissaient l'une sur l'autre en crissant assuraient le déplacement de la siliconite. Elle avait une forme approximativement ovoïde, renflée sur le dessus, aplatie en dessous, et était munie d'un double jeu d'appendices sous lesquels se trouvaient les « pattes » qui affectaient une disposition radiale. Elle en possédait six se terminant par un bord de silex affûté que renforçaient des dépôts métalliques. Ces espèces de lames étaient capables de fendre le rocher et de le fragmenter à des fins alimentaires.

Un méat, qui n'était visible que si l'on retournait l'animal, s'ouvrait à même le « ventre » de celui-ci. Des bribes de roche pouvaient ainsi pénétrer par cet orifice. À l'intérieur, le calcaire et les silicates hydratés agissaient pour former les silicones dont étaient constitués les tissus. La silice en excès était expulsée par la même voie sous forme d'excrétions blanches semblables à du gravier.

Les extraterrologistes s'étaient longtemps interrogés sur la présence de ces cailloux blancs que l'on trouvait ici et là dans les anfractuosités des astéroïdes avant que les premières siliconites n'eussent été découvertes. Alors, ils s'étaient émerveillés devant l'aptitude de ces créatures à utiliser les silicones — il s'agissait de polymères d'oxygène à chaînes hydrocarbones latérales — pour assumer la plupart des fonctions qui reviennent aux protéines dans la vie terrestre.

Deux autres appendices se hérissaient en haut du dos bombé de la siliconite : deux cônes creux et inversés pointant dans des directions opposées qui se logeaient dans des sillons parallèles ménagés sur la carapace et qui pouvaient se soulever jusqu'à un certain point. Quand l'animal s'enfouissait dans la roche, ces « oreilles » se rétractaient afin d'assurer un meilleur profilage et quand la siliconite était au repos dans le trou qu'elle s'était creusé, elles se redressaient afin que la perception sensorielle soit plus précise. Les extraterrologistes les plus sérieux pensaient que ces « oreilles » étaient plus ou moins liées aux facultés télépathiques rudimentaires dont était dotée *Siliconeus asteroidea*. Une minorité avait un avis différent.

La siliconite glissait lentement sur une roche huilée. D'autres roches identiques étaient entassées dans un coin de la pièce ; Vernadsky devina qu'il s'agissait des provisions de bouche de l'animal. Ou, tout au moins, d'une réserve de matériel utilisé pour la reconstruction des tissus.

— C'est un monstre ! s'exclama-t-il avec stupéfaction. Elle a plus de trente centimètres de diamètre.

Le commandant émit un grognement qui n'engageait à rien.

— Où l'avez-vous trouvée ?

— Sur une de ces rocailles.

— C'est formidable ! Les plus grosses qu'on a découvertes jusqu'à présent ne mesuraient guère plus de cinq centimètres. Vous pourriez vendre celle-ci à un musée ou à une université. On vous l'achèterait peut-être deux mille dollars !

Le commandant haussa les épaules. « Bon... Vous l'avez vue. Maintenant, allez vous occuper du générateur. »

Il empoigna sans ménagements Vernadsky par le coude pour l'obliger à faire demi-tour mais se figea sur place : une voix venait de s'élever, ânonnante et bredouillante, une voix creuse et grinçante. Elle était produite par le frottement modulé de la roche sur la roche. Ce fut presque avec horreur que Vernadsky contempla la siliconite — car c'était elle, subitement devenue pierre parlante.

— L'homme se demande si cette chose parle, disait la voix.

— Eh bien, par tous les diables de l'espace, elle parle ! fit Vernadsky dans un souffle.

— Ça y est, jeta le commandant avec irritation. Vous l'avez vue. Vous l'avez même entendue. Maintenant, au travail.

— Et elle lit dans les pensées, poursuivit Vernadsky.

— La période de révolution de Mars est de deux heures trente-sept minutes et demie, enchaîna la siliconite. La densité de Jupiter est de un virgule vingt-deux. Uranus a été découvert en mil sept cent quatre-vingt-un. Pluton est la planète la plus éloignée du système solaire. Le Soleil est le corps le plus lourd avec une masse égale à deux zéro zéro zéro zéro zéro zéro...

Le commandant entraîna Vernadsky qui, marchant à reculons et trébuchant à chaque pas, écoutait avec fascination cette litanie de zéros débitée d'une voix balbutiante.

— Comment a-t-elle répertorié toutes ces données, commandant ?

— Nous lui avons lu tout haut un vieux manuel d'astronomie. Un livre très ancien.

— Il datait d'avant la navigation spatiale, laissa tomber un matelot avec dégoût. C'étaient des vraies lettres d'imprimerie.

— Toi, boucle-la.

Vernadsky s'assura que l'évacuation de l'hélium chargé de radiations gamma s'effectuait normalement. Finalement, cette étape préliminaire arriva à son terme et il put entrer dans le caisson. Le travail était pénible mais le jeune homme ne s'interrompit qu'une seule fois pour la pause-café.

Un sourire innocent aux lèvres, il se tourna vers le commandant : « Voulez-vous que je vous dise à quoi je pense ? Cette bête a passé toute sa vie dans la roche. Des centaines d'années, peut-être. C'est inouï ! Et un beau jour, vous l'avez trouvée et placée dans un univers non rocheux. Elle a découvert des milliards de choses qu'elle n'avait jamais imaginées. Voilà pourquoi l'astronomie l'intéresse. Pour elle, c'est un monde nouveau de même que les idées inédites qu'elle glane dans les livres et dans l'esprit des hommes. Vous n'êtes pas de mon avis ? »

Vernadsky cherchait désespérément à arracher quelques informations au commandant, à l'obliger à lâcher un détail concret qui pourrait servir de base à ses déductions. C'est pour cela qu'il avait pris le risque d'exprimer tout haut ce qui était sûrement la moitié de la vérité. La moitié la moins importante, naturellement.

Mais le commandant, le dos appuyé contre la paroi, les bras croisés sur la poitrine, se contenta de grommeler : « Quand aurez-vous fini ? »

Ce fut son dernier commentaire et force fut à Vernadsky de s'en contenter. La réparation s'acheva, le commandant régla comptant la facture — qui était raisonnable —, empocha le reçu et le vaisseau décolla en crachant des flammes incandescentes.

Vernadsky suivit des yeux l'astronef qui s'éloignait. Il était dans un état d'excitation quasi intolérable. Il se précipita vers l'émetteur subéthérique tout en murmurant : « Je ne peux pas me tromper ! Je ne peux pas me tromper ! »

L'appel parvint à Milt Hawkins dans l'intimité du logement de fonction qu'il occupait sur la Station de Patrouille de l'astéroïde n° 72 où, caressant une barbe de deux jours, il était en compagnie d'une bouteille de bière frappée et d'une visionneuse de films. La mélancolie peinte sur son visage rubicond et joufflu était le fruit de la solitude au même titre que l'enjouement forcé qui se lisait dans les yeux de Vernadsky.

Ces yeux joyeux, le patrouilleur Hawkins était heureux de rencontrer leur regard. Enfin quelqu'un avec qui parler — même si ce quelqu'un n'était que Vernadsky ! Il salua son interlocuteur avec enthousiasme et savoura le son de sa voix sans s'inquiéter beaucoup du contenu des propos de l'ingénieur.

Mais, d'un seul coup, sa délectation prit fin et il ouvrit toutes grandes ses deux oreilles.

— Attends... attends ! Qu'est-ce que tu racontes ?

— Alors quoi, espèce de flicaillon sous-développé, tu ne m'écoutes pas alors que je t'ouvre mon cœur ?

— Eh bien, ouvre-le mais morceau par morceau. Pourquoi tout ce remue-ménage pour une siliconite ?

— Le type en question en a une à bord. Il dit que c'est comme un petit chien et il la nourrit avec de la roche grasse.

— Tu sais, un prospecteur des astéroïdes ferait

copain-copain avec un bout de fromage s'il réussissait
à lui apprendre à parler.

— Ce n'est pas une vulgaire siliconite, un de ces
petits machins de quelques centimètres. Elle mesure
près de trente centimètres de diamètre. Tu comprends ou tu ne comprends pas ? Par l'espace ! Un
gars qui vit dans la Ceinture devrait connaître quelque chose sur les astéroïdes !

— Bon ! Supposons que tu éclaires ma lanterne !

— C'est pourtant simple ! Cette roche grasse forme
ses tissus. Mais où une siliconite de cette taille puise-
t-elle son énergie ?

— Je n'en ai pas la moindre idée.

— Elle se la procure... Est-ce qu'il y a quelqu'un
près de toi ?

— Pas pour le moment. Et je le regrette !

— Dans une minute, tu tiendras un autre langage...
Les siliconites trouvent leur énergie dans les rayons
gamma qu'elles absorbent directement.

— Qui prétend cela ?

— Un dénommé Wendell Urth. C'est un des gros
pontes de l'extraterrologie. Et ce n'est pas tout : il
affirme que c'est à cela que servent leurs oreilles.

Vernadsky posa ses index sur ses tempes et les fit
pivoter. « La télépathie », tintin ! Elles détectent les
radiations gamma sous des concentrations que les
instruments humains sont incapables de déceler.

— Vu. Et alors ? demanda Hawkins dont la mine
devenait songeuse.

— Alors ? Selon Urth, il n'y a pas suffisamment
de radiations gamma sur les astéroïdes pour qu'on y
trouve des siliconites d'une taille supérieure à quel-

ques centimètres. Or, en voilà une qui en mesure trente !

— Euh...

— Par conséquent, elle doit provenir d'un asté-roïde bourré de radio-activité, pourri d'uranium, imbibé de rayons gamma comme une éponge. Un astéroïde « chaud » situé à l'écart des routes fréquen-tées puisque personne ne l'a signalé. Maintenant, imagine qu'un petit malin se soit posé par le plus grand des hasards sur cet astéroïde, qu'il ait remarqué la température de la roche et que cela lui ait donné des idées. Le commandant du *Robert Q.* n'est pas un fouille-cailloux abruti. C'est un malin.

— Continue.

— Admettons qu'il ait fait sauter un peu de rocaille, histoire de prélever des spécimens aux fins d'analyse, et qu'il soit tombé sur une siliconite géante. Du coup, il a la certitude d'avoir mis la main sur le filon le plus fumant de l'histoire. Et pas la peine d'effectuer d'essais minéralogiques : la siliconite peut le conduire tout droit sur les veines les plus riches.

— Je ne vois pas pourquoi.

— Parce qu'elle a soif d'apprendre. Parce qu'elle veut connaître l'univers. Parce qu'elle a peut-être passé mille ans enterrée dans le rocher et qu'elle vient de découvrir les étoiles. Elle lit dans les pensées et elle est capable d'apprendre à parler. Ils peuvent faire affaire, tous les deux. Réfléchis ! Notre capitaine ne peut que sauter à pieds joints sur une affaire pareille. La recherche de l'uranium est un monopole d'État. Les prospecteurs qui n'ont pas une licence d'agrément ne sont même pas autorisés à posséder un compteur. C'est un coup de chance inouï !

— Tu as peut-être raison.

— Le peut-être est de trop. Si tu l'avais vu pendant que je regardais la siliconite ! Il ne me quittait pas des yeux et il était prêt à me tomber dessus si j'avais eu le malheur de prononcer une parole imprudente. Et il n'a pas perdu de temps pour me virer : en deux minutes, c'était fait.

Hawkins gratta son menton rugueux, calculant le temps qu'il lui faudrait pour se raser.

— Jusqu'à quand peux-tu le garder en carafe ? demanda-t-il enfin.

— Le garder ? Il est reparti !

— Quoi ? Mais alors, à quoi riment tous ces discours ? Pourquoi l'as-tu laissé se débiner ?

— Ils étaient trois, répondit patiemment Vernadsky. Tous plus costauds que moi, tous armés et tous prêts à tuer, ma main au feu ! Que voulais-tu que je fasse ?

— Mais qu'est-ce que tu veux que nous fassions maintenant ?

— Qu'on leur mette la main au collet. C'est tout ce qu'il y a de simple. J'ai monté le semi-réflecteur à ma façon. Au bout de quinze mille kilomètres, ils tomberont en panne de courant. Et j'ai installé un traceur dans le Jenner.

Hawkins contempla en écarquillant les yeux le visage rieur de Vernadsky.

— Et ne mets personne d'autre dans le coup, enchaîna ce dernier. C'est une affaire à régler entre toi, moi et ton croiseur. Ils n'auront plus d'énergie et nous aurons un ou deux canons. Ils nous diront où est situé l'astéroïde d'uranium. Nous le localiserons et c'est seulement alors que nous entrerons en rap-

port avec l'état-major de la Patrouille. Nous livrerons
à la police trois — je dis bien : trois — contrebandiers
en uranium, une siliconite géante comme on n'en a
jamais vu sur Terre et une — je répète : une — colossale réserve d'uranium brut d'une richesse sans précédent. Alors, tu seras nommé lieutenant et j'obtien-
drai, pour ma part, un emploi permanent sur la Terre.
D'accord ?

Hawkins était tout étourdi. « D'accord ! s'exclama-
t-il. J'arrive tout de suite. »

Ils étaient presque arrivés au contact du navire
quand ils le repérèrent visuellement : la coque réfléchissait faiblement un rayon de soleil.

— Tu ne leur as pas laissé assez d'énergie pour
qu'ils puissent allumer leurs feux de position ? fit
Hawkins. Tu n'as quand même pas saboté leur générateur de secours, dis donc ?

Vernadsky haussa les épaules. « Ils y vont à l'économie dans l'espoir qu'on les récupérera. Je parie
que, pour le moment, ils utilisent tout le courant qui
leur reste pour lancer des messages sub-éthériques.

— Pour ma part, je ne reçois rien, dit sèchement
Hawkins.

— C'est vrai ?

— Pas un son. »

Le croiseur s'approcha en décrivant des spirales.
Sa proie, moteurs coupés, dérivait dans l'espace à un
petit quinze mille kilomètres-heure.

— Oh, non ! s'exclama Hawkins quand les vitesses
furent synchrones.

— Un météore a touché cet astronef. C'est qu'il y
en a en pagaille dans la ceinture des astéroïdes.

— Comment ça, touché ? murmura Vernadsky d'une voix atone, toute sa verve enfuie. Ils ont fait naufrage ?

— Il y a un trou gros comme une maison. Je suis navré, mon vieux, mais ça risque d'être ennuyeux.

Vernadsky ferma les yeux et déglutit péniblement sa salive. Il savait ce que voulait dire Hawkins. Il avait volontairement effectué une réparation défectueuse, ce qui était susceptible d'être considéré comme un agissement criminel. Et s'il y avait mort d'homme consécutivement à un acte criminel, c'était la peine de mort.

— Écoute, Hawkins... Tu sais pourquoi j'ai fait cela, murmura-t-il.

— Je sais ce que tu m'as dit et je le répéterai devant le tribunal si je le dois. Mais s'ils ne faisaient pas de contrebande...

Il ne termina pas sa phrase. C'était inutile.

Ils pénétrèrent, revêtus de leurs vidoscaphes, à l'intérieur de l'épave.

Le *Robert Q.* offrait un spectacle de désolation. Faute d'énergie, ses occupants avaient été dans l'incapacité de s'entourer d'un champ de force, si faible fût-il, qui les eût protégés de la météorite, leur eût permis de la détecter à temps ou, l'ayant décelée, de faire une manœuvre d'évitement. La coque avait été transpercée comme une vulgaire feuille d'aluminium. Le poste de pilotage était détruit, tout l'air s'était échappé du vaisseau et ses trois occupants étaient morts.

L'un des marins avait été plaqué contre une paroi par la force de l'impact et était réduit à l'état de viande congelée. Le commandant et le deuxième homme d'équipage étaient figés sur place, la peau ponctuée de taches rouges partout où l'oxygène en ébullition avait rompu les vaisseaux sanguins.

C'était la première fois que Vernadsky voyait de près la mort spatiale et il fut pris d'un accès de nausées ; il réussit cependant à ne pas vomir dans sa combinaison.

— Il faut jeter un coup d'œil sur leur cargaison, balbutia-t-il. La pierre est peut-être encore vivante.

Il faut qu'elle le soit, ajouta-t-il dans son for intérieur. Il le faut !

La porte de la soute avait été faussée au moment de la collision et il y avait un interstice d'un centimètre entre le panneau et le chambranle. Hawkins souleva le compteur qu'il tenait dans sa main gantée et appliqua la fenêtre de mica sur la fente.

Le compteur se mit à jacasser comme un million de pies en délire.

— Je te l'avais bien dit, murmura Vernadsky avec un soulagement infini.

Le sabotage auquel il s'était livré n'était plus, maintenant, qu'un acte ingénieux et digne d'éloges accompli par un citoyen loyal et conscient de ses devoirs. Quant à la collision avec le météore qui avait entraîné la mort de trois hommes, c'était désormais un incident regrettable et rien de plus.

Il fallut deux coups de fulgurateur pour faire céder la porte gauchie. Des tonnes de rocher se révélèrent à la lueur des torches électriques. Hawkins glissa maladroitement deux blocs de taille modeste dans l'une des poches de sa combinaison. « À titre de pièces à conviction, laissa-t-il tomber. Et aux fins d'analyse.

— Ne garde pas ça à proximité de ta peau trop longtemps, l'avertit Vernadsky.

— Le vidoscaphe me protégera jusqu'à ce que nous ayons réintégré le croiseur. Et ce n'est pas de l'uranium pur, tu sais.

— Il ne s'en faut pas de beaucoup, je le parierais. » Vernadsky avait retrouvé tout son aplomb.

— Bon..., fit Hawkins. Les choses sont claires. Nous avons découvert un réseau de contrebande — un de ses maillons, en tout cas. Et maintenant, que fait-on ?

— L'astéroïde à uranium... Oh !

— Très juste. Où est-il ? Les seules personnes qui étaient capables de répondre à cette question sont mortes !

— Par tous les diables de l'espace !

À nouveau, l'esprit de Vernadsky était en pleine déroute. Sans l'astéroïde, il n'avait que trois cadavres et quelques tonnes de minerai d'uranium. Un butin, certes, mais peu spectaculaire. Cela vaudrait une citation, bien sûr, mais ce n'était pas une citation qui intéressait Vernadsky. Il voulait être affecté à un poste permanent sur Terre. Pour obtenir cette promotion, il fallait autre chose.

— La siliconite ! hurla-t-il. Elle peut vivre dans le vide. Elle y a toujours vécu et elle sait où se trouve l'astéroïde !

Hawkins poussa un rugissement d'enthousiasme. « Tu as raison. Où est-il, ce machin ?

— À l'arrière. Par ici... »

La siliconite scintillait sous le pinceau des lampes. Elle bougeait. Elle était vivante. Le cœur de Vernadsky se mit à battre follement dans sa poitrine.

— Hawkins, il faut la transporter ailleurs.

— Pourquoi ?

— Mais parce que le son ne se transmet pas dans le vide, pour l'amour de l'espace ! Il faut la transporter dans le croiseur.

— D'accord, d'accord.

— On ne peut pas la fourrer dans un vidoscaphe avec un émetteur, tu sais.

— D'accord, je te répète.

Ils soulevèrent précautionneusement la siliconite avec des gestes maladroits. C'était presque avec amour que leurs gantelets de métal caressaient la surface huileuse de la pierre parlante.

La siliconite était au milieu du poste de contrôle. Les deux hommes s'étaient débarrassés de leurs casques. Hawkins se dépouillait de son vidoscaphe. Vernadsky était trop impatient pour attendre.

— Est-ce que tu peux lire dans nos pensées ? demanda-t-il.

Il retint son souffle jusqu'à ce que le crissement des feuillets rocheux frottant les uns contre les autres se modulât enfin et se changeât en mots. En cet instant, jamais Vernadsky n'eût imaginé son plus merveilleux.

— Oui, répondit la siliconite. Et elle ajouta : « Le vide partout. Rien.

— Comment ? » fit Hawkins.

Vernadsky mit un doigt sur ses lèvres et murmura : « Je suppose que le voyage à travers l'espace l'a impressionnée. » Il se tourna vers la siliconite et se mit à crier comme pour rendre ses pensées plus claires : « Les hommes qui étaient avec toi recueillaient de l'uranium, un minerai spécial. Des radiations. De l'énergie.

— Ils voulaient de la nourriture », grinça faiblement la siliconite.

Naturellement ! Pour elle, c'était de la nourriture. Une source d'énergie.

— Tu leur as montré où ils pourraient s'approvisionner ?

— Oui.

— On l'entend à peine, dit Hawkins.

Vernadsky plissa le front. « Oui, il y a quelque chose d'anormal. » Et il se remit à crier : « Est-ce que tu vas bien ?

— Pas très. L'air parti d'un seul coup. Quelque chose de défectueux à l'intérieur.

— La décompression brutale a dû l'endommager, souffla Vernadsky. Bon Dieu ! Écoute... Tu sais ce que je veux. Où est ton habitat ? L'endroit où il y a la nourriture. » Les deux hommes attendirent la réponse en silence.

Les oreilles de la siliconite se soulevèrent lentement, très lentement ; elles frémirent et retombèrent.

— Là-bas, dit-elle.

— Où ? vociféra Vernadsky.

— Là-bas.

— Elle indique une direction, chuchota Hawkins.

— Oui... mais va-t'en savoir laquelle.

— Qu'espérais-tu ? Qu'elle te donnerait les coordonnées ?

— Pourquoi pas ?

La siliconite gisait inerte sur le plancher. À présent, elle ne bougeait plus et sa surface externe présentait une matité de mauvais augure.

Vernadsky reprit la parole : « Le capitaine savait où se trouve l'endroit où tu as ta réserve de nourriture. Il avait les chiffres permettant de le localiser, n'est-ce pas ? » Il faisait des vœux pour que la siliconite comprenne, pour qu'elle lise dans ses pensées et ne se contente pas d'entendre les mots qu'il prononçait.

— Oui, fit-elle dans un grincement de roc.

— Trois groupes de chiffres ?

Il devait y en avoir trois. Trois coordonnées spatiales affectées d'une date donnant trois positions de l'orbite de l'astéroïde autour du Soleil. À partir de ces renseignements, on pouvait calculer avec exactitude cette orbite et déterminer à tout moment la situation précise de l'objet céleste. Il était même possible de faire entrer en ligne de compte d'une manière approchée les perturbations planétaires.

— Oui, dit la siliconite d'une voix encore plus faible.

— Lesquels ? Quels étaient ces nombres ? Prends un papier, Hawkins et note-les.

Mais la siliconite répliqua : « Je ne sais pas. Les chiffres pas d'importance. L'endroit où il y a à manger est là-bas.

— C'est lumineux, commenta Hawkins. Elle n'avait pas besoin de coordonnées. Aussi n'y a-t-elle pas prêté attention.

— Bientôt, reprit la siliconite, ce sera... » Il y eut une pause prolongée, puis elle acheva avec lenteur comme si elle essayait un mot nouveau avec lequel elle n'était pas familiarisée : « ... la non-vie. Bientôt... » — une pause encore plus longue — « ... la mort. Quoi après la mort ?

— Fais un effort, l'implora Vernadsky. Le capitaine a-t-il écrit ces chiffres quelque part ? »

Une longue minute s'écoula avant que la siliconite ne réponde. Les deux hommes se penchèrent à tel point que leurs têtes touchaient presque la pierre agonisante. « Quoi après la mort ? répéta-t-elle.

— Un mot ! Rien qu'un mot, s'écria Vernadsky. Le capitaine a sûrement noté cela quelque part. Où ? Où ?

— Sur l'astéroïde », répondit la siliconite d'une voix à peu près inaudible.

Et ce furent ses dernières paroles.

Ce n'était plus qu'une roche morte. Aussi morte que celle qui lui avait donné naissance, aussi morte que les cloisons du vaisseau, aussi morte qu'un humain mort.

Vernadsky et Hawkins se relevèrent et échangèrent un regard désespéré.

— Cela n'a aucun sens, dit le second. Pourquoi aurait-il noté les coordonnées sur l'astéroïde lui-même ? Autant enfermer la clé à l'intérieur du coffre !

Vernadsky secoua la tête. « Une fortune en uranium ! Le filon le plus fabuleux de l'histoire et nous ne savons pas où il se trouve ! »

*

Seton Davenport examina les lieux avec un curieux sentiment de plaisir. Même au repos, il y avait en général une certaine dureté sur son visage buriné au nez saillant. La cicatrice qui s'étoilait sur sa joue droite, ses cheveux noirs, ses étonnants sourcils, son

teint mat — tout contribuait à faire de lui le prototype
même de l'Incorruptible du Terrestrial Bureau of
Investigation... qu'il était.

Et pourtant, comme il contemplait de la sorte la
vaste pièce où, dans la pénombre, les rangées de filmolivres paraissaient s'étirer à l'infini, où l'on distinguait vaguement les formes énigmatiques d'échantillons de Dieu sait quoi venus de Dieu sait où, quelque
chose qui ressemblait presque à un sourire retroussait
ses lèvres. Le désordre intégral qui régnait dans la
bibliothèque et l'impression qu'elle donnait d'être
entre parenthèses, comme coupée du monde, lui
conféraient une apparence irréelle. Elle était en tout
point aussi irréelle que le maître de céans.

Ce dernier, installé dans un combiné fauteuil-
bureau sur lequel était braqué un projecteur éblouissant, la seule source de lumière de la pièce, feuilletait
lentement le document officiel. De temps en temps,
il levait la main pour remettre en place les lunettes
aux verres épais qui paraissaient invariablement sur
le point de glisser de son nez, un petit nez rond
dépourvu de toute majesté qui ressemblait à un chétif
épi de maïs avorté. Tandis qu'il lisait, sa panse se sou-
levait et s'abaissait avec placidité.

Cet homme était le Dr Wendell Urth qui, si l'on
ajoutait foi à l'opinion des experts, était l'extraterrologiste le plus éminent qui fût au monde. Toutes les
informations relevant du domaine extraterrestre
aboutissaient à lui quoique, depuis qu'il avait atteint
l'âge d'homme, le Dr Urth n'eût jamais fait d'autre
voyage que le trajet d'une demi-heure nécessaire

pour couvrir la distance qui séparait sa maison du campus de l'université.

Il considéra l'inspecteur Davenport d'un air solennel et laissa tomber : « Un garçon fort intelligent, ce jeune Vernadsky.

— Parce qu'il a fait toute cette série de déductions à partir de la présence de la siliconite ? Je suis absolument de votre avis.

— Mais non, mais non ! Ses déductions sont la simplicité même. En réalité, elles étaient inéluctables. Le dernier benêt les aurait faites. Je faisais allusion... — une ombre de sévérité passa dans son regard — au fait que ce jeune homme a entendu parler de mes expériences mettant en évidence la sensibilité aux rayons gamma de *Siliconeus asteroidea*.

— Ah oui. » Évidemment... Le Dr Urth était le grand expert en matière de siliconites. C'était d'ailleurs la raison pour laquelle Davenport était venu le consulter. Il ne lui avait posé qu'une seule question, une question toute bête. Cependant, le Dr Urth avait plissé ses lèvres charnues, hoché sa tête massive et demandé à avoir connaissance de tous les documents relatifs à l'affaire.

En principe, n'importe qui d'autre aurait essuyé un refus catégorique. Mais le Dr Urth avait récemment rendu un service signalé au T.B.I. en démolissant l'anti-alibi du suspect dans cette histoire de trafic de chante-cloches, grâce à l'argument massue de la gravité lunaire : aussi l'inspecteur n'avait-il pas protesté.

Ayant terminé sa lecture, le Dr Urth posa la liasse de papiers sur son bureau, sortit le pan de sa chemise de son pantalon dont la ceinture était serrée à le faire éclater, poussa un grognement et essuya ses lunettes à l'aide du coin de cette étoffe vestimentaire. Après avoir examiné les verres pour vérifier la réussite de cette opération de nettoyage, il les replaça en équilibre précaire sur son nez et croisa sur son ventre ses mains aux doigts boudinés.

— Voulez-vous me répéter votre question, Inspecteur ?

Patiemment, Davenport obtempéra : « Est-il vrai, selon vous, qu'une siliconite ayant les mensurations indiquées et appartenant au type décrit dans ce rapport n'a pu se développer que sur un monde riche en uranium... »

Le Dr Urth l'interrompit :

— Riche en matériel radio-actif. En thorium, peut-être. Mais il s'agit probablement d'uranium, en effet.

— Donc, votre réponse est affirmative ?

— Oui.

— Quelles seraient les dimensions de ce monde ?

— Quinze cents mètres de diamètre, répondit pensivement l'extraterrologiste. Peut-être même davantage.

— Ce qui représente combien de tonnes d'uranium ? De matériel radio-actif, plus exactement ?

— Plusieurs trillions. Au minimum.

— Accepteriez-vous de donner votre réponse par écrit et de signer votre déclaration ?

— Bien sûr.

— Eh bien, c'est parfait, Dr Urth.

Davenport se leva, saisit son chapeau d'une main et le rapport de l'autre. « C'est tout ce dont nous avons besoin. »

Mais le poing du Dr Urth s'écrasa sur la liasse.

— Une minute, Inspecteur. Comment allez-vous trouver cet astéroïde ?

— En le cherchant. Tous les astronefs dont nous pourrons disposer auront mission de fouiller un volume d'espace déterminé et... nous chercherons, voilà.

— Cela représente des frais énormes. Et quelle dépense de temps et d'efforts ! D'autant que vous ne le trouverez peut-être jamais.

— Nous avons une chance sur mille. Nous pouvons réussir.

— Une sur un million. Vous ne réussirez pas.

— Il n'est pas possible de renoncer à un pareil dépôt d'uranium sans essayer. Votre avis professionnel est suffisant pour que nous tentions le coup.

— Il existe un meilleur moyen de localiser votre astéroïde. Moi, je peux le trouver.

Davenport décocha un regard aigu à l'extraterrologiste. En dépit des apparences, le Dr Urth était rien moins qu'un farfelu. L'inspecteur l'avait appris par expérience personnelle. Aussi un vague espoir vibrait-il dans sa voix quand il demanda :

— Comment ferez-vous ?

— Parlons d'abord du prix.

— Du prix ?

— De mes honoraires, si vous préférez. Quand la mission gouvernementale se posera sur cet astéroïde, il se peut qu'elle y découvre une autre siliconite de grande taille. Les siliconites sont très précieuses. C'est la seule forme de vie dont les tissus sont constitués de silicones solides et dont le fluide circulatoire est formé de silicones liquides. Peut-être détiennent-elles la réponse à la grande question qui se pose : les

astéroïdes de la Ceinture sont-ils les débris d'une
ancienne planète ? Et il y a une foule d'autres problèmes. Me fais-je bien comprendre, Inspecteur ?

— Vous voulez recevoir une grosse siliconite ?

— Oui. Vivante, en bon état et franco de port.

Davenport hocha la tête. « Je suis certain que les
autorités accepteront vos conditions. Maintenant,
expliquez-moi un peu ce que vous avez en tête.

— La remarque de la siliconite », répondit le
Dr Urth d'une voix suave comme si cela expliquait
tout et le reste.

Davenport parut déconcerté. « Quelle remarque ?

— Celle dont il est fait état dans le rapport. Le
commentaire qu'elle a proféré juste avant de mourir.
Vernadsky lui demandait où le commandant du
Robert Q. avait noté les coordonnées. Elle a répondu : *Sur l'astéroïde.* »

Une expression profondément désappointée se
peignit sur les traits de l'agent du T.B.I.

— Nous avons examiné cet élément sous tous les
angles, Dr Urth. Ces paroles ne signifient rien.

— Croyez-vous, Inspecteur ?

— Rien d'important, en tout cas. Relisez le rapport. La siliconite n'écoutait même pas ce que lui
disait Vernadsky. Elle sentait que la vie l'abandonnait
et s'obnubilait là-dessus. À deux reprises, elle a
demandé : *Quoi après la mort ?* Enfin, comme Vernadsky continuait de l'interroger avec insistance, elle
a dit : *Sur l'astéroïde.* Selon toute probabilité, elle
n'avait même pas entendu la question. C'était à celle
qu'elle se posait elle-même qu'elle répondait. Elle se
disait que, après sa mort, elle regagnerait son asté-

roïde, sa patrie, où elle serait à nouveau en sécurité. C'est tout.

— Vous avez l'âme trop poétique, mon cher, répliqua le Dr Urth en dodelinant du chef. Trop d'imagination ! C'est un problème intéressant. Voyons si vous serez capable de le résoudre par vous-même. Supposons que ce commentaire de la siliconite ait été la réponse à la question de Vernadsky.

— Même si c'était le cas, en quoi cela nous avancerait-il ? s'exclama Davenport avec irritation. De quel astéroïde parlait-elle ? De l'astéroïde d'uranium ? Comme nous ne pouvons pas le localiser, nous ne pouvons pas en connaître les coordonnées. Faisait-elle allusion à un autre astéroïde, à un astéroïde servant de base au *Robert Q.* ? Nous sommes tout aussi incapables de trouver celui-là.

— Vous êtes vraiment aveugle à l'évidence, Inspecteur ! Vous devriez vous demander ce que l'expression « *sur l'astéroïde* » signifiait pour la siliconite. Ni pour vous ni pour moi : pour elle.

Davenport fronça les sourcils. « Excusez-moi, Dr Urth, mais je ne comprends pas.

— Pourtant, je m'exprime clairement. Quel sens la siliconite donnait-elle au mot *astéroïde* ?

— Elle connaissait la composition de l'espace puisqu'on lui avait lu à haute voix un traité d'astronomie. Je présume que ce manuel définissait les astéroïdes.

— Exactement, roucoula le Dr Urth en appuyant un doigt sur son trognon de nez. Et quelle pouvait être cette définition ? Un astéroïde est un corps céleste de taille réduite, plus petit que les planètes, tournant autour du soleil selon une orbite située

grosso modo entre celle de Mars et celle ne lupiter
Vous êtes d'accord ?

— Sans doute.

— Et qu'était le *Robert Q.* ?

— Vous parlez du vaisseau ?

— C'est vous qui lui donnez ce nom-là ! Or, ce
traité d'astronomie datait Il ne faisait pas mention
des astronefs. L'un des hommes d'équipage l'a précisé : il a dit qu'il avait été publié avant la découverte
de la spatio-navigation. Alors, qu'était le *Robert Q.* ?
N'était-il pas un corps céleste de taille réduite, plus
petit qu'une planète ? Et, pendant que la siliconite
était à bord, ne tournait-il pas autour du soleil selon
une orbite située grosso modo entre celle de Mars et
celle de Jupiter ?

— Donc, d'après vous, la siliconite ne voyait dans
le vaisseau qu'un autre astéroïde ? Et en disant *sur
l'astéroïde*, elle entendait *sur le vaisseau* ?

— Précisément. Je vous avais bien dit que vous
trouveriez vous-même la solution. »

Mais l'inspecteur conservait une mine morose et
ne se déridait pas. « Ce n'est pas la solution,
Dr Urth. »

L'extraterrologiste cligna lentement des paupières
et la joie candide qu'il éprouvait aboutit seulement
à rendre encore plus amène, si c'était possible,
l'expression débordante d'une affabilité enfantine
qui faisait s'épanouir son visage rondouillet.

— Bien sûr que si, Inspecteur.

— Absolument pas, Dr Urth ! Nous n'avons pas
suivi le même raisonnement que vous, c'est vrai. Nous
avons purement et simplement négligé le commentaire de la siliconite. Mais voyons ! Vous n'imaginez

quand même pas que nous n'avons pas fouillé le *Robert Q.* de fond en comble ! Nous l'avons mis en pièces détachées, nous avons démonté chacune de ses plaques de blindage. Un peu plus, et nous le dessoudions.

— Et vous n'avez rien trouvé ?

— Rien.

— Peut-être n'avez-vous pas regardé au bon endroit.

— Nous avons regardé partout !

Davenport se leva comme pour prendre congé. « Comprenez-vous, Dr Urth ? Quand nous en avons eu fini, il était clair que ces fameuses coordonnées ne pouvaient se trouver nulle part à bord de l'astronef.

— Rasseyez-vous, Inspecteur, dit calmement le Dr Urth. Vous continuez d'analyser de façon incorrecte la déclaration de la siliconite. Comment avait-elle appris l'anglais ? En glanant un mot par-ci par-là. Elle ne le parlait pas de façon idiomatique. Tenez... ne demandait-elle pas : *quoi après la mort ?* Ce qui est une formulation maladroite.

— Eh bien ?

— Quelqu'un qui ne parle pas couramment une langue traduit mot à mot les idiotismes de la sienne ou utilise tout simplement les mots étrangers au sens littéral. La siliconite ne possédant pas d'idiome qui lui soit propre, c'est donc le second terme de l'alternative qui convient dans le cas qui nous occupe. Attachons-nous donc au pied de la lettre, inspecteur. Elle a dit : *sur l'astéroïde. Sur.* Elle n'entendait pas par là que les coordonnées avaient été écrites sur un morceau de papier mais bien sur le vaisseau lui-même. Littéralement...

— Quand le T.B.I. perquisitionne, il perquisitionne, répliqua Davenport d'une voix lugubre. Il n'y avait pas non plus de mystérieuses inscriptions sur l'astronef. »

Le Dr Urth eut l'air désappointé. « Diable ! Vous me décevez, Inspecteur. Je persiste néanmoins à espérer que vous découvrirez la réponse. Vraiment, il y a tant d'indices ! »

Davenport vida lentement ses poumons. Sans broncher. Ce ne fut pas facile mais sa voix était ferme et ne vacillait pas quand il demanda une fois de plus : « Voulez-vous m'expliquer ce que vous avez en tête, Dr Urth ? »

L'interpellé tapota son confortable abdomen et remit ses lunettes en place. « Ne voyez-vous pas, Inspecteur, qu'il y a dans un astronef un endroit où des chiffres secrets sont en lieu sûr ? Un endroit où, bien qu'ils crèvent les yeux, ils échappent totalement à l'attention ? Où ils peuvent être lus par des centaines de paires de pupilles qui n'y voient que du feu ? Sauf, bien entendu, si l'une de ces paires de pupilles appartient à une personne dotée d'un esprit avisé.

— Où cela ? À quel endroit ?

— À l'endroit où se trouvent déjà des chiffres. Des chiffres parfaitement normaux. Réglementaires. Des chiffres qui sont censés se trouver là où ils se trouvent.

— De quoi parlez-vous ?

— Du numéro de série du vaisseau, lequel est gravé à même la coque. *Sur* la coque, notez-le bien. Il y a le numéro du moteur, celui du générateur de champ et quelques autres encore. Tous gravés sur des plaques faisant partie intégrante de l'astronef. *Sur* le vaisseau comme disait la siliconite. »

Davenport eut un éclair de compréhension et ses sourcils s'arquèrent. « Vous avez peut-être raison. Et si vous avez raison, j'espère que nous vous trouverons une siliconite deux fois plus grosse que celle du *Robert Q.* Une siliconite qui ne se contentera pas de parler mais qui sifflera aussi : *Allons, Enfants des Astéroïdes !* » Il s'empara avidement du dossier, le feuilleta à toute vitesse et en sortit un imprimé officiel du T.B.I. « Nous avons naturellement transcrit tous les matricules d'identification que nous avons trouvés. » Il agita le feuillet. « Si trois de ces numéros ressemblent peu ou prou à des coordonnées spatiales...

— Il faut s'attendre à un minimum de camouflage, fit observer Urth. Il est vraisemblable que nos amis ont ajouté des lettres et des chiffres pour rendre les choses plus plausibles. »

L'extraterrologiste prit un bloc et en tendit un autre à l'inspecteur. Pendant quelques minutes, les deux hommes travaillèrent en silence, essayant de permuter des chiffres qui n'avaient manifestement aucun rapport entre eux.

Enfin, Davenport exhala un soupir où se mêlaient à la fois la satisfaction et un sentiment de frustration. « Je suis dans le noir, avoua-t-il. Vous avez sans doute raison. Le matricule porté sur le moteur et sur le calculateur sont visiblement des coordonnées et des dates déguisées. Ils ne correspondent à aucun numéro de série et il est facile d'identifier les faux chiffres. On en isole deux mais le reste du chiffre de série est

parfaitement normal, j'en mettrais ma main au feu.
Et vous, Dr Urth, quelles sont vos conclusions ? »

Wendell Urth hocha la tête.

— Je suis d'accord avec vous. Nous avons deux
coordonnées et nous savons que la troisième a été
notée quelque part.

— Vraiment ? Et comment...

L'inspecteur s'interrompit et poussa une exclamation. « Bien sûr ! Le numéro d'identification de
l'astronef ! Et nous ne l'avons pas parce que la coque
a été éventrée à cet endroit précis par le météore. Je
crains qu'il ne vous faille mettre une croix sur votre
siliconite, mon cher ami. » Soudain, le visage buriné
de Davenport s'épanouit. « Mais je suis complètement idiot ! Le numéro n'existe plus, c'est certain,
mais il suffit d'envoyer un télégramme à l'Inscription
Interplanétaire !

— Je suis navré mais je conteste formellement la
seconde partie de votre affirmation. L'Inscription
vous donnera le numéro d'enregistrement officiel du
vaisseau, pas le numéro falsifié que le commandant
de bord a inventé pour camoufler son petit secret.

— Tout ça parce que la météorite a crevé la coque
en cet endroit exact, murmura Davenport. Une
chance sur je ne sais combien ! Et, maintenant, nous
ne retrouverons peut-être jamais cet astéroïde. Deux
coordonnées n'offrent aucun intérêt si l'on ne connaît
pas la troisième.

— Pourtant, deux coordonnées peuvent être d'une
grande utilité à une créature bidimensionnelle. Hélas,
les créatures vivant comme nous dans un univers à
trois dimensions, ajouta-t-il en se tapotant le ventre,

en ont besoin de trois. Dieu merci, nous avons la troisième à portée de la main.

— Où ça ? Dans le dossier du T.B.I. ? Mais nous venons de vérifier tous les chiffres...

— Vous oubliez le rapport originel du jeune Vernadsky. Il est évident que le numéro d'identification du *Robert Q.* qu'il a noté était le faux numéro sous lequel naviguait l'astronef. Ses occupants n'allaient pas risquer d'éveiller la curiosité d'un réparateur méfiant avec une immatriculation manifestement illogique. »

Davenport reprit son bloc et s'empara du bordereau rempli par Vernadsky. Après s'être livré à quelques calculs, il sourit largement.

Le Dr Urth parvint à s'extraire de son siège avec un soupir de satisfaction et se dirigea précipitamment vers la porte. « Je suis toujours enchanté de vous voir, mon cher Inspecteur. Revenez quand vous voudrez. Et rappelez-vous : que le gouvernement garde l'uranium mais je tiens expressément à avoir une siliconite géante, vivante et en bon état. » Il sourit.

— « De préférence, une siliconite qui sache siffler », conclut Davenport.

Et lui-même s'en fut en sifflotant.

Post-scriptum

Naturellement, quand on écrit une énigme policière, on risque de tomber dans un traquenard. Il arrive que l'on concentre tellement son attention sur l'affaire elle-même que l'on perd de vue certains éléments marginaux qui ont leur importance.

Après la publication de cette nouvelle, j'ai reçu un abondant courrier révélant l'intérêt que les lecteurs portaient aux siliconites et, parfois, me reprochant d'avoir condamné la mienne à mort de sang-froid.

Ayant relu ce texte, il me faut bien reconnaître que mes lecteurs ont raison. Je suis resté indifférent à la mort tragique de la siliconite parce que j'étais hypnotisé par ses dernières et mystérieuses paroles. Si je devais récrire cette nouvelle, je manifesterais indiscutablement plus de miséricorde.

Que l'on veuille bien m'excuser.

Cela prouve que les auteurs expérimentés eux-mêmes peuvent parfois frapper à côté de la plaque et être aveugles à ce qu'ils ont sous le nez.

Le patronyme accusateur

Ante-scriptum

La nouvelle qu'on va lire n'est pas une histoire de science-fiction policière au sens strict du terme. Néanmoins, j'ai décidé de l'inclure dans le présent recueil pour la raison que la science est étroitement et intimement liée à l'énigme elle-même et que j'ai hésité à pénaliser ce récit en l'éliminant sous prétexte qu'il s'agit, en l'occurrence, de la science d'aujourd'hui et non de celle de demain.

Si vous vous figurez qu'il est difficile de se procurer du cyanure de potassium, vous avez intérêt à tourner sept fois votre langue dans votre bouche. J'en avais une bouteille d'un demi-litre à la main. Une bouteille de verre foncé ornée d'une jolie petite étiquette bien proprette portant la mention *Cyanure de Potassium C.P.* (initiales qui, m'apprit-on, signifient « chimiquement pur ») et agrémentée d'une tête de mort et de deux tibias entrecroisés.

Le propriétaire de ladite bouteille me regardait en clignant des yeux tout en polissant ses lunettes. C'était le professeur Helmuth Rodney, maître de conférences à l'université de Carmody. Un individu de taille moyenne, trapu, au menton onctueux, aux lèvres charnues, à la bedaine pléthorique, surmonté d'un toupet de cheveux châtains et qui semblait parfaitement indifférent au fait que j'avais en main une quantité de poison suffisante pour exterminer un régiment.

— Dois-je comprendre que ce flacon se trouvait tout bêtement sur votre étagère, professeur ? lui demandai-je.

— Oui, inspecteur, me répondit-il sur le ton posé qu'il employait probablement lorsqu'il faisait son cours. Toujours. Avec tous les autres produits classés par ordre alphabétique.

Je balayai la pièce du regard. Les murs disparaissaient derrière les rayonnages sur lesquels s'alignaient d'innombrables bouteilles, grandes et petites.

— Mais ce produit-ci est un poison dangereux, lui fis-je observer.

— C'est le cas d'un grand nombre d'autres produits, répliqua-t-il avec sérénité.

— Notez-vous ceux que vous avez en stock ?

— En principe, oui.

Il se gratta le menton. « Je savais que cette bouteille était là.

— Mais supposons que quelqu'un entre et en prélève la valeur d'une cuiller à café. Le remarqueriez-vous ? »

Il eut un geste de dénégation. « Absolument impossible.

— Bien... Qui peut s'introduire dans votre laboratoire ? Est-il fermé à clé ?

— Je ferme le soir en partant... quand je n'oublie pas. Pendant la journée, la porte reste ouverte. Je vais et je viens.

— En d'autres termes, professeur, n'importe qui peut entrer, même un passant, et ressortir avec du cyanure sans que personne le sache ?

— En effet, je le crains.

— Dites-moi une chose, professeur... Pourquoi conservez-vous une telle quantité de cyanure ici ? Pour tuer les rats ?

— Dieu du Ciel, non ! » Cette suggestion lui semblait à l'évidence passablement révoltante. « On se sert parfois de cyanure pour obtenir des états intermédiaires dans certaines réactions organiques, pour créer un milieu favorable, pour catalyser...

— Je vois, je vois... Dans quels autres laboratoires y a-t-il également du cyanure ?

— Dans presque tous, répondit-il du tac au tac. Même dans les labos à la disposition des étudiants. Après tout, c'est un produit chimique banal qu'on utilise quotidiennement pour réaliser des synthèses. Il a des applications de routine.

— Ce qui s'est passé aujourd'hui ne me semble pas mériter d'être qualifié d'application de routine.

— Évidemment », soupira-t-il. Et, songeur, il ajouta : « On les appelait les Jumelles de la bibliothèque. »

Je hochai la tête. La raison de ce sobriquet m'apparaissait clairement. Les deux jeunes bibliothécaires se ressemblaient énormément.

Pas quand on les examinait de près, bien sûr. L'une avait un petit menton pointu et un visage poupin, l'autre la mâchoire carrée et un long nez. Pourtant, toutes deux se tenaient penchées au-dessus de leur table et toutes deux avaient des cheveux couleur de miel partagés par une raie au milieu et qui avaient un pli identique. Si l'on jetait sur elles un coup d'œil rapide, on avait toutes les chances de remarquer au premier abord une paire d'yeux assez écartés qui avaient la même teinte de bleu. Si on les voyait debout à une certaine distance, on se disait qu'elles avaient la même taille et qu'elles portaient vraisemblablement le même modèle de soutien-gorge pigeonnant de la même pointure. Toutes deux avaient la taille bien prise et des jambes faites au moule.

Aujourd'hui, elles s'étaient habillées de la même façon. Toutes deux étaient en bleu.

Mais, à présent, on ne risquait plus de commettre d'erreur sur leur identité respective. Celle qui avait le petit menton et le visage poupin était bourrée de cyanure. Elle était tout ce qu'il y a de plus morte.

Cette ressemblance avait été la première chose qui m'avait frappé quand j'étais arrivé en compagnie d'Ed Hathaway, mon adjoint. L'une des deux était affalée dans un fauteuil, morte, un bras pendant, une tasse brisée à ses pieds tel le point d'un point d'interrogation. Elle s'appelait Louella-Marie Busch. Il y avait une autre jeune fille, le portrait craché de la première, à croire que c'était son double ressuscité, pâle et tremblante, le regard fixé droit devant elle. Elle semblait ne pas se rendre compte des allées et venues des policiers qui faisaient les constatations d'usage. Elle répondait au nom de Susan Morey.

— Elles sont parentes ? demandai-je. Ce fut ma première question.

Non, elles n'étaient pas parentes. Pas même cousines au second degré.

J'examinai la bibliothèque. Des rayonnages supportant des rangées de livres à la reliure identique, d'autres rayonnages avec des livres différemment reliés, des collections de revues scientifiques. Dans une autre pièce étaient entassés ce que j'appris plus tard être des manuels, des monographies et des ouvrages anciens. Au fond, dans une niche spéciale, s'empilaient des périodiques scientifiques récents à la couverture morose et à la typographie soignée. D'un mur à l'autre s'étiraient de longues tables devant lesquelles une centaine de personnes auraient pu prendre place si la salle avait été pleine. Ce n'était, heureusement, pas le cas.

Susan Morey nous fit sa déclaration d'une voix monocorde et dépourvue d'émotion. Mrs Nettler, la bibliothécaire en chef, avait pris son après-midi et avait confié la responsabilité de la bibliothèque aux deux jeunes filles. Apparemment, la chose n'était pas inhabituelle.

À quatorze heures — à cinq minutes près —, Louella-Marie était entrée dans la petite pièce qui se trouvait derrière le bureau et où, outre les livres récents qui attendaient d'être mis au catalogue, les piles de revues qui attendaient le relieur, les ouvrages réservés qui attendaient ceux qui les avaient retenus, il y avait un petit réchaud, une petite bouilloire et tout ce qu'il fallait pour faire un petit thé faiblard.

La pause-thé de quatorze heures, elle non plus, n'était apparemment pas inhabituelle.

— Louella-Marie faisait-elle le thé tous les jours ?

Susan me décocha un regard azuréen autant qu'inexpressif. « Parfois, Mrs Nettler le fait mais c'était généralement Lou... Louella-Marie qui le préparait. »

Quand le thé avait été prêt, Louella-Marie avait annoncé la nouvelle à sa collègue et, quelques instants plus tard, toutes les deux s'étaient retirées dans la petite pièce.

— Toutes les deux ? m'exclamai-je. Qui s'occupait de la bibliothèque ?

Susan haussa les épaules comme s'il s'agissait là d'une question mineure indigne d'éveiller la curiosité et me répondit :

— La porte était ouverte et on voyait ce qui se

passait. Si quelqu'un était entré, l'une d'entre nous s'en serait occupée.

— Et quelqu'un est-il entré ?

— Non. C'est l'intersession. Nous avons peu de clients.

Par intersession, elle voulait dire que le trimestre de printemps était terminé et que le trimestre d'été n'avait pas encore commencé. J'appris des tas de choses sur la vie universitaire, ce jour-là.

Le reste de la déclaration de Susan Morey peut tenir dans un mouchoir de poche. Les infusettes étaient déjà sorties des tasses d'où s'élevait une légère vapeur et le breuvage était sucré.

Je l'interrompis :

— Vous prenez du sucre toutes les deux ?

— Oui. Mais ma tasse n'était pas sucrée.

— Tiens ?

— Pourtant, Louella-Marie n'avait jamais oublié. Elle sait que je prends du sucre. J'ai avalé une ou deux gorgées et je me préparais à y mettre un morceau de sucre et à lui faire l'observation quand...

Quand Louella-Marie avait poussé un cri étranglé, un drôle de petit cri, et lâché sa tasse. Une minute plus tard, elle avait cessé de vivre.

Alors, Susan s'était répandue en hurlements et, finalement, nous étions arrivés.

Le travail de routine se passa en douceur. On prit des photos, on releva les empreintes digitales, on nota l'identité et l'adresse de toutes les personnes qui se trouvaient dans le bâtiment et qui furent priées de regagner leur domicile. La mort était de toute évidence due à l'absorption de cyanure et le coupable était le sucrier. On préleva des échantillons pour les analyses officielles.

Il y avait six personnes dans la bibliothèque à l'heure du meurtre. Cinq d'entre elles étaient des étudiants qui paraissaient effrayés, affolés ou nauséeux — cela dépendait, je suppose, du caractère de chacun. La sixième était un homme entre deux âges, un étranger à l'accent allemand qui n'avait aucun lien avec l'université. Il avait, lui, l'air tout à la fois effrayé, affolé et nauséeux.

L'ami Hathaway fit sortir tout ce monde-là. Son idée était de réunir les six individus au foyer des étudiants où ils marineraient jusqu'à ce que nous ayons le temps de les cuisiner chacun en détail.

L'un des étudiants quitta le groupe et passa devant moi sans daigner m'adresser un regard. Susan se précipita à sa rencontre et s'accrocha à lui en murmurant : « Pete ! Pete ! »

Pete était bâti comme un joueur de rugby à ceci près que, à en juger par son profil, il ne s'était jamais approché à moins d'un kilomètre d'un stade. Il ne m'emballait pas, ce garçon, mais il faut dire que je suis facilement jaloux.

Il ne regardait pas la jeune fille. Son visage se défaisait comme une étoffe qui s'effrange et une grimace horrifiée diluait sa joliesse.

— Comment Lolly a-t-elle...

Il parlait d'une voix rauque et étranglée.

— Je ne sais pas, haleta Susan. Je ne sais pas.

Elle cherchait à rencontrer le regard de Pete mais celui-ci la repoussa. Ses yeux fixaient un point situé à l'infini. Hathaway le prit par le coude et il se laissa entraîner passivement.

— C'est votre copain ?

Susan détacha ses yeux de l'étudiant qui s'éloignait.

— Comment ?

— C'est votre copain ? répétai-je.

Elle se plongea dans la contemplation de ses mains qu'elle tordait convulsivement. « Nous sortons parfois ensemble.

— C'est sérieux ?

— Très sérieux, fit-elle dans un souffle.

— Connaissait-il aussi votre collègue ? Il l'a appelée Lolly. »

Elle haussa les épaules. « C'est-à-dire que...

— Je vais formuler ma question autrement. Est-ce qu'il la sortait ?

— Quelquefois.

— Et... c'était sérieux ?

— Que voulez-vous que j'en sache ? répliqua-t-elle d'une voix sèche.

— Allons, allons... Était-elle jalouse de vous ?

— Où voulez-vous en venir ?

— Quelqu'un a mis du cyanure dans le sucre et a flanqué ce mélange dans une seule des deux tasses. Admettons que Louella-Marie ait été jalouse au point de vouloir vous empoisonner afin d'avoir le champ libre en ce qui concerne le dénommé Pete. Et supposons qu'elle ait commis une erreur et se soit trompée de tasse ?

— C'est absurde ! Jamais Louella-Marie n'aurait fait une chose pareille. »

Mais ses lèvres étaient pincées, ses yeux étincelaient. Quand j'entends vibrer la haine dans la voix de quelqu'un, je sais où j'en suis.

Le professeur Rodney entra. C'était lui qui m'avait accueilli quand j'étais arrivé et je n'éprouvais pas à son égard de sentiments particulièrement chaleureux. Il avait commencé par me faire savoir qu'il était le plus ancien des membres de la faculté présents et que la responsabilité de la maison lui incombait.

— Maintenant, le responsable, c'est moi, professeur, lui répondis-je.

— Pour ce qui est de l'enquête, peut-être. Mais je dois rendre des comptes au doyen et j'ai l'intention d'assumer pleinement mes responsabilités.

Bien qu'il ne ressemblât en rien à un aristocrate, on aurait plutôt dit un boutiquier — est-ce que vous me suivez bien ? —, il se débrouillait pour me regarder comme s'il y avait un microscope entre nous deux, lui-même étant du bon côté de l'oculaire.

— Mrs Nettler est dans mon bureau, m'annonça-t-il. Elle a appris ce qui s'est passé en écoutant les informations et est venue aussitôt. Elle est très agitée. Désirez-vous la voir ?

La question sonnait comme un ordre.

— Faites-la entrer, professeur.

Je fis de mon mieux pour que ma réponse eût l'air d'une permission que je lui accordais.

Mrs Nettler était le type même de la vieille dame qui se demande avec inquiétude quelle attitude il convient d'adopter. Elle ne savait pas trop si elle devait être horrifiée ou fascinée par cette mort à laquelle, somme toute, elle avait échappé de justesse. Ce fut l'horreur qui triompha quand elle vit le reste du thé. Naturellement, le corps avait été enlevé.

Elle s'effondra dans un fauteuil et se mit à larmoyer. « J'ai bu mon thé ici. Ç'aurait pu être moi...

— Quand l'avez-vous pris, Mrs Nettler ? » demandai-je avec tout le calme dont j'étais capable et sur le ton le plus apaisant possible.

Elle se tortilla sur son siège et leva les yeux. « Ah... À une heure, je crois bien. J'en ai offert une tasse au professeur Rodney, je m'en souviens. Il était à peine plus d'une heure, n'est-ce pas, professeur ? »

Une ombre passa sur le visage grassouillet de Rodney.

— Je suis passé un instant après le déjeuner pour chercher une référence, m'expliqua-t-il. Effectivement, Mrs Nettler m'a proposé une tasse de thé. Mais j'étais trop bousculé pour l'accepter. Et je n'ai pas noté l'heure exacte.

Je poussai un grognement et me tournai vers la vieille. « Prenez-vous du sucre avec le thé, Mrs Nettler ?

— Oui, monsieur.

— En avez-vous pris aujourd'hui ? »

Elle fit signe que oui et se remit à pleurnicher.

J'attendis quelques instants, puis : « Avez-vous remarqué l'état du sucrier ?

— Il était... il était... » La question la surprit tellement qu'elle bondit sur ses pieds. « Il était vide. Je l'ai rempli moi-même. J'ai été chercher le paquet de sucre cristallisé et je me rappelle avoir pensé que chaque fois que je prenais du thé, il n'y avait plus de sucre et que ces demoiselles devraient... »

Peut-être était-ce parce qu'elle avait employé le pluriel : elle éclata à nouveau en sanglots.

Je fis signe à Hathaway de la faire sortir.

De toute évidence, entre treize heures et quatorze heures quelqu'un avait vidé le sucrier puis y avait ajouté un peu de... comment dirai-je ? de sucre fantaisie.

Je ne sais si l'apparition de Mrs Nettler avait rendu à Susan le sens de ses responsabilités. Toujours est-il que lorsque Hathaway revint et sortit un cigare — il avait déjà gratté l'allumette —, elle lui dit : « Il est interdit de fumer dans la bibliothèque, monsieur. »

La stupéfaction d'Hathaway fut telle qu'il souffla son allumette et rangea le cigare dans sa poche.

Ensuite, la jeune fille se dirigea d'un pas vif vers un gros livre posé, ouvert, sur l'une des tables.

Hathaway la devança. « Que voulez-vous faire, mademoiselle ? »

Elle le dévisagea avec ahurissement. « Remettre ce volume en rayon.

— Pourquoi ? Qu'est-ce que c'est que ce bouquin ? » Il se pencha sur la page. Je le rejoignis et regardai par-dessus son épaule.

Le livre en question était en allemand. Je ne connais pas cette langue mais quand je vois quelque chose d'écrit en allemand, je sais que c'est de l'allemand. Le texte était en petits caractères et il y avait des figures géométriques avec, par-ci par-là, des lettres qui se baladaient. Je reconnus des formules chimiques. Ça aussi, je suis capable de l'identifier.

J'examinai le titre : « Beilstein — Organische Chemie — Band VI — System Nummer 499 — 608. » Le livre était ouvert à la page 233. Les premiers mots, histoire de vous donner une idée, étaient les suivants : 4'-chlor-4-brom-nitrodiphenyläther-$C_{12}H_7O_3NClBr$.

Hathaway s'empressa de copier tout cela.

Le professeur Rodney s'était approché, lui aussi, de sorte que nous étions tous les quatre devant la table. D'une voix froide, comme s'il était sur une estrade une règle dans la main gauche, une craie dans la main droite, il dit : « C'est un tome du Beilstein. (Il prononçait Bile-chtaïne.) Il s'agit d'une sorte d'encyclopédie des composés organiques. Des centaines de milliers de corps y sont catalogués.

— Là-dedans ? demanda Hathaway.

— L'œuvre intégrale comporte plus de soixante volumes semblables à celui-ci, y compris les suppléments. C'est une œuvre monumentale mais qui date de plusieurs années. D'abord parce que la chimie organique évolue à un rythme toujours accéléré, ensuite parce que la politique et la guerre stimulent le progrès. Pourtant, aucun ouvrage anglais n'est comparable à ce répertoire. Pour les spécialistes de la chimie organique, c'est une référence indispensable. » Tout en parlant, Rodney caressait tendrement le bouquin. « Avant de travailler sur un corps avec lequel on n'est pas familiarisé, il est bon de jeter un coup d'œil sur le Beilstein. On y trouve des méthodes de préparation, les propriétés du corps en question, etc. C'est un point de départ. Les différents composés sont inventoriés en fonction d'un système logique d'une grande clarté mais qui ne saute pas aux yeux. Dans mon cours de synthèse organique, je prévois plusieurs conférences consacrées à la méthodologie afin de faire comprendre à mes étudiants comment ils peuvent trouver tel ou tel corps caché dans tel ou tel de ces soixante volumes. »

Je ne sais pas combien de temps il aurait continué sur ce ton mais je n'étais pas là pour apprendre la synthèse organique et le moment était arrivé de revenir à l'affaire qui nous occupait.

— Professeur, fis-je à brûle-pourpoint, je voudrais m'entretenir avec vous dans votre laboratoire.

Il me semblait sans doute aller de soi, je présume, que l'on conservait le cyanure à l'abri dans un coffre, que la réserve était enregistrée à la fraction de milligramme près, que les gens qui en avaient besoin d'une certaine quantité devaient signer une décharge. Je m'imaginais que les moyens utilisés pour en prélever une fraction de manière illicite seraient à eux seuls un indice suffisant pour mettre la main au collet du coupable.

Et j'étais là, avec une livre de cyanure à la main, sachant que n'importe qui pouvait en prendre autant qu'il en voulait en se contentant de le demander. Ou même sans le demander.

Rodney murmura d'une voix rêveuse : « On les appelait les Jumelles de la bibliothèque. »

Je hochai la tête. « Et alors ?

— Cela prouve simplement combien le jugement de la plupart des gens est superficiel. En dehors du fait purement accidentel qu'elles avaient les mêmes cheveux et les mêmes yeux, elles ne se ressemblaient en rien. Que s'est-il passé, inspecteur ? »

Je lui rapportai succinctement la version de Susan tout en l'observant avec attention.

Il agita le menton. « J'imagine que vous pensez que l'assassinat a été organisé par la victime. »

Pour le moment, ce que je pensais n'était pas du domaine public.

— Ce n'est pas votre avis ?

— Non. Louella-Marie en aurait été incapable. La façon dont elle concevait les devoirs de sa charge était sympathique et c'était une personne serviable. D'ailleurs, pourquoi aurait-elle fait cela ?

— Il y a un étudiant... un certain Peter...

— Peter van Norden. Un garçon d'une intelligence raisonnablement brillante mais qui est néanmoins dépourvu d'intérêt.

— Une jeune fille peut voir les choses sous un autre angle, professeur Les deux bibliothécaires s'intéressaient apparemment à lui. Il se peut que Susan ait damé le pion à I ouella-Marie et que cette dernière ait décidé de passer à l'action directe.

— Et, ensuite elle aurait pris la mauvaise tasse ?

— En période de tension, il arrive que les gens se comportent bizarrement.

— Pas à ce point-là L'une des tasses n'était pas sucrée de sorte que la meurtrière ne courait aucun risque. Même si elle n'avait pas pris soin de se rappeler avec exactitude quelle était la tasse contenant le thé empoisonné, le goût sucré l'aurait aussitôt mise en garde. Il lui aurait été facile d'éviter d'absorber une dose fatale.

— Toutes les deux prenaient du sucre, répliquai-je d'un ton sec. La victime avait l'habitude du thé sucré. Dans l'état émotif où elle se trouvait, la saveur à laquelle elle était accoutumée ne l'a pas alertée.

— Je ne crois pas à cette théorie.

— Quelle autre hypothèse peut-on faire, professeur ? Le poison a été mis dans le sucrier après treize heures, l'heure à laquelle Mrs Nettler a pris sa tasse de thé. Est-ce elle qui a agi ?

Rodney m'adressa un regard aigu. « Quel mobile aurait-elle eu ? »

Je haussai les épaules. « Peut-être avait-elle peur que ces jeunes filles ne l'évincent.

— C'est absurde ! Elle doit prendre sa retraite avant la rentrée d'automne.

— Vous étiez là, vous aussi, professeur », fis-je doucement.

À ma grande surprise, il prit la chose dans la foulée :

— Pour quel motif aurais-je tué ?

— Vous n'êtes pas trop âgé pour avoir manifesté de l'intérêt pour Louella-Marie. Supposons qu'elle vous ait menacé de rapporter au doyen tel ou tel propos, tel ou tel geste...

Il eut un sourire pincé. « Comment aurais-je eu l'assurance que ce serait bien elle qui boirait le thé empoisonné ? Pourquoi les tasses n'étaient-elles pas sucrées toutes les deux ? J'aurais eu la possibilité de mettre le cyanure dans le sucre mais ce n'est pas moi qui ai préparé le thé. »

Je commençai à changer d'avis en ce qui concernait le professeur Rodney. Il ne m'avait pas joué la comédie de l'indignation ou du bouleversement. Il s'était borné à mettre l'accent sur le point faible de mon hypothèse et avait laissé tomber. C'était une attitude qui me plaisait.

— Comment voyez-vous les choses, professeur ?

— L'image inversée dans le miroir, murmura-t-il. À mon sens, Susan vous a dit la vérité à rebours. Admettons que ce soit Louella-Marie qui ait fait la conquête de Peter et que cela n'ait pas plu à Susan. Admettons que ce soit Susan qui, pour une fois, ait fait le thé et que Louella-Marie soit restée au bureau. Dans ce cas, la fille qui l'a préparé a pris la tasse innocente. Alors, tout devient logique au lieu d'être ridiculement improbable.

Il avait mis dans le mille. Il était parvenu à la même conclusion que moi et, maintenant, j'allais le trouver sympathique, après tout. J'ai coutume d'avoir un faible pour les types qui sont de mon avis. J'imagine que cela vient du fait que je suis un Homo sapiens.

— Il faudrait pouvoir le prouver de façon irréfutable, professeur. Comment ? Quand je suis arrivé, j'espérais être en mesure de déterminer qui avait eu accès à la réserve de cyanure et qui n'avait pas pu en prendre. Je sais à présent que n'importe qui avait la possibilité de se servir. Cette approche est donc exclue. Alors, que faire ?

— Il faut que vous sachiez laquelle des deux était réellement au bureau à quatorze heures pendant que sa collègue préparait le thé.

Visiblement, Rodney lisait des romans policiers et il ajoutait foi aux dépositions des témoins. Pas moi. Néanmoins, je me levai.

— Entendu, professeur. Je vais chercher de ce côté-là.

Il se leva à son tour et me demanda sur un ton pressant : « Puis-je assister aux interrogatoires ? »

Je réfléchis. « Pourquoi ? À cause de votre responsabilité vis-à-vis du doyen ?

— En un sens. J'aimerais que cette histoire soit réglée vite et avec discrétion.

— Eh bien, si vous pensez que cela peut être utile, suivez-moi. »

Ed Hathaway m'attendait dans la bibliothèque déserte. « J'ai trouvé », s'exclama-t-il à ma vue.

— Trouvé quoi ?

— Comment ça s'est passé. En travaillant par déduction.

— Oh ?

— Quelqu'un a forcément dérobé du cyanure, poursuivit-il sans prêter attention à Rodney. Qui ? L'étranger, le loustic qui a un drôle d'accent ! Allons ! Quel est donc son nom ?

Il se mit à farfouiller dans les fiches sur lesquelles il avait noté des renseignements concernant les différents témoins présumés innocents.

Je savais à qui il pensait.

— Bon... Continue... Un patronyme n'a aucune importance, fis-je, ce qui montre bien que je peux être aussi bouché que le premier venu.

— Voilà... L'étranger s'amène avec le cyanure dans une petite enveloppe qu'il colle entre les pages de ce livre allemand, le machin-chouette organishe en je ne sais combien de volumes...

Nous acquiesçâmes en chœur, le professeur et moi.

— Il est allemand. Le bouquin aussi. Probable qu'il le connaissait. Il a glissé l'enveloppe entre deux pages bien déterminées : sur l'une d'elles, il y avait une formule particulière. Le professeur disait qu'il existe une méthode pour trouver n'importe quelle formule. Le tout, c'est de connaître le principe. Pas vrai, professeur ?

— En effet, répondit Rodney d'un ton froid.

— Bien. La bibliothécaire connaissait la formule. Ainsi, elle pouvait trouver la page, elle aussi. Elle a pris le cyanure et l'a mis dans le thé. Dans son émotion, elle a oublié de refermer le livre...

— Une minute, Hathaway. Pourquoi ce petit bonhomme aurait-il fait cela ? Quel motif donne-t-il pour expliquer sa présence ?

— Il prétend qu'il est fourreur et qu'il se documente sur les produits antimites et les insecticides. Quelle foutaise ! Avez-vous jamais entendu quelque-chose d'aussi loufoque ?

— Oui : ta théorie. Réfléchis un peu, voyons ! Il ne viendrait à l'idée de personne de dissimuler une enveloppe contenant du cyanure dans un livre. Inutile de chercher une formule ou une page bien détermi-née quand il y a une enveloppe qui fait une bosse ! N'importe qui, en prenant le volume sur le rayon, s'apercevra qu'il s'ouvre automatiquement à la bonne page. Tu parles d'une cachette !

Hathaway commençait à prendre une mine pi-teuse. Impitoyable, j'insistai : « D'ailleurs, le cyanure n'avait pas besoin d'être introduit clandestinement dans la place. Il y en a des tonnes ici même. Suffi-samment pour faire des toboggans de slalom ! Le premier venu qui en désire un ou deux kilos n'a qu'à se servir.

— Quoi ?

— Tu n'as qu'à demander au professeur. »

Les yeux d'Hathaway s'écarquillèrent. Il fouilla dans sa poche et en sortit une enveloppe. « Alors, qu'est-ce que je fais de ça ?

— Qu'est-ce que c'est ? »

Il extirpa de son enveloppe un feuillet imprimé en allemand.

— C'est une page du bouquin allemand que...

Le teint du professeur Rodney vira sans crier gare à l'écarlate. « Vous avez arraché une page du Beils-tein ? »

Le cri aigu qu'il poussa fut la surprise de ma vie. Je n'aurais jamais pensé qu'il pût piailler de la sorte.

— Je m'étais dit qu'il serait bon de l'examiner pour voir si on ne découvrirait pas un reste de colle ou un peu de cyanure, murmura Hathaway.

— Donnez-moi ça, ilote ! hurla le professeur.

Il lissa la feuille et l'examina recto verso comme pour s'assurer qu'aucun caractère d'imprimerie n'avait été effacé. « Vandale ! » gronda-t-il. Je suis sûr que, sur le moment, il aurait été capable de tuer Hathaway en riant à ventre déboutonné.

Évidemment, le professeur Rodney avait la certitude morale que Susan était la coupable et j'abondais en son sens. Cependant, une certitude morale ne suffit pas à convaincre un jury. Pour cela, une preuve matérielle est indispensable.

Aussi, comme je ne crois pas aux témoins, je décidai de m'attaquer au seul point faible des coupables possibles — de l'unique personne qui pouvait être coupable, en fait.

Je lui fis subir un nouvel interrogatoire : si mes questions n'établissaient pas sa culpabilité, ses nerfs l'établiraient peut-être.

D'après son attitude, je ne pouvais vraiment pas dire si le « peut-être » était ou non de trop. Susan Morey était assise, les mains croisées sur le bureau, le regard froid, les narines pincées.

Le petit fourreur allemand entra le premier. Il avait l'air malade d'angoisse.

— Je n'ai rien fait, balbutia-t-il. S'il vous plaît... j'ai du travail ! Combien de temps allez-vous me retenir ?

Comme Hathaway avait déjà son nom et autres

renseignements vitaux, j'entrai dans le vif du sujet sans vains préambules :

— Vous êtes arrivé un peu avant quatorze heures. C'est exact ?

— Oui. Je voulais me documenter sur les produits antimites...

— Parfait. Vous êtes allé au bureau. Exact ?

— Oui. Je lui ai dit mon nom, qui j'étais, ce que je désirais...

— À qui ?

C'était la question clé.

Il me regarda fixement. Il avait les cheveux frisés et une bouche en accent circonflexe comme s'il était édenté mais ce n'était qu'une impression : quand il parlait, on voyait parfaitement ses petites dents jaunes.

— À elle. C'est à elle que je me suis adressé. La jeune fille qui est là.

— C'est vrai, confirma Susan d'une voix unie. Il m'a parlé.

Le professeur Rodney l'étudiait avec une haine concentrée. Il me vint à l'esprit que s'il souhaitait que la justice fasse rapidement son œuvre, c'était plus pour des raisons personnelles que pour des motifs idéalistes. Mais ce n'était pas mon affaire.

— Êtes-vous absolument sûr qu'il s'agissait de la même personne ?

— Oui. Je lui ai dit mon nom et je lui ai indiqué ma profession. Elle a souri. Elle m'a expliqué où je trouverai des livres sur les insecticides. Au moment où je m'éloignais, une autre jeune fille est sortie de la pièce du fond.

— Très bien ! m'exclamai-je. Tenez... Voici une

photo de la seconde jeune fille. Est-ce que c'est à la demoiselle qui est assise au bureau que vous avez parlé et est-ce que c'est la demoiselle de la photo qui est sortie de la pièce du fond ? Ou l'inverse ?

Pendant une longue minute, le fourreur contempla Susan, puis la photo. Enfin, il se tourna vers moi : « Elles sont pareilles. »

Je poussai intérieurement un juron. L'ombre d'un sourire passa sur les lèvres de Susan et s'évanouit. Elle avait compté là-dessus, c'était évident. C'était l'intercession. Il n'y aurait presque personne à la bibliothèque, avait-elle pensé ; aucun des usagers présents ne prêterait une attention particulière aux employées qui faisaient partie des meubles au même titre que les rayonnages. Et même si quelqu'un remarquait la jeune fille de service, jamais il ne pourrait affirmer que c'était l'une ou l'autre des deux « jumelles ».

Je savais qu'elle était coupable. Mais ça ne m'avançait pas.

— Alors, dis-je au fourreur, laquelle était-ce ?

— C'est à elle que je me suis adressé, répondit-il comme s'il avait hâte d'en finir avec cet interrogatoire. Celle qui est assise au bureau.

— C'est la vérité, fit Susan avec un calme imperturbable.

Je pouvais mettre une croix sur mes espoirs : ses nerfs ne craqueraient pas.

— L'affirmeriez-vous sous la foi du serment ? demandai-je au bonhomme.

— Non, s'empressa-t-il de répliquer.

— Bien. Fais sortir monsieur, Hathaway. Il peut rentrer chez lui.

Le professeur Rodney se pencha vers moi, me donna un coup de coude et murmura :

— Pourquoi a-t-elle souri quand il lui a indiqué sa profession ? Qu'est-ce que cela a de drôle ?

— Pourquoi n'aurait-elle pas souri, fis-je sur le même ton.

Néanmoins je posai la question à Susan.

Elle haussa imperceptiblement les sourcils. « C'était pour être aimable. En quoi est-ce mal ? »

Elle s'amusait presque, j'en aurais juré !

Rodney hocha la tête et me glissa encore quelque chose dans le tuyau de l'oreille : « Ce n'est pas son style de faire des sourires à un importun doublé d'un étranger. C'était Louella-Marie qui était au bureau ! »

Je haussai les épaules. Je me voyais apportant ce genre de preuve à mon patron !

Les quatre premiers étudiants n'offraient aucun intérêt et je les expédiai rapidement. Ils faisaient des recherches, savaient de quels livres ils avaient besoin et à quel endroit ceux-ci étaient rangés. Ils étaient directement allés au rayon sans s'arrêter au bureau. Aucun d'entre eux ne pouvait dire si c'était Susan ou Louella-Marie qui était de service. Aucun d'entre eux n'avait levé la tête de son bouquin avant que ne retentisse le cri de Susan qui avait fait sursauter tout le monde.

Le cinquième était Peter van Norden. Ses yeux ne quittaient pas son pouce droit dont l'ongle était sérieusement rongé. En entrant, il ne regarda pas Susan.

Je le fis asseoir et le laissai mijoter un peu dans son jus pour l'attendrir avant de commencer.

— Que faites-vous à la bibliothèque à cette époque

de l'année ? D'après ce que j'ai compris, l'université est en vacances.

— Je passe mes examens le mois prochain, bredouilla-t-il. Je travaille. Si je réussis, je pourrai m'inscrire pour l'agrég.

— J'imagine que vous vous êtes arrêté au bureau.

Il bafouilla quelque chose d'inaudible.

— Comment ?

— Non, répéta-t-il d'une voix si basse que ce n'était guère plus compréhensible. Non, je ne crois pas.

— Vous ne croyez pas ?

— Je ne me suis pas arrêté.

— Vous ne trouvez pas cela bizarre ? Vous étiez ami avec Susan et Louella-Marie, si je ne m'abuse. Vous n'avez pas dit bonjour ?

— J'étais préoccupé. Cet examen me turlupine. Il fallait que je travaille. Je...

— Vous n'avez donc même pas pris le temps de dire bonjour.

Je jetai un coup d'œil à Susan pour voir ses réactions. J'avais l'impression qu'elle avait pâli mais ce pouvait être mon imagination qui me jouait des tours.

Je repris : « Est-il exact que vous étiez pratiquement fiancé à l'une de ces demoiselles ? »

Il me regarda avec un mélange de malaise et d'indignation. « Mais non ! Il n'est pas question que je me fiance avant d'avoir décroché mon diplôme. Qui vous a raconté que j'étais fiancé ?

— J'ai dit : pratiquement fiancé.

— Non ! Peut-être sommes-nous sortis quelquefois ensemble. Et alors ? Qu'est-ce que cela signifie, un ou deux rendez-vous ?

— Allons, Pete, fis-je doucement. Laquelle des deux était votre petite amie ?

— Je vous répète que vous faites fausse route. »

Il se lavait les mains de cette affaire en y mettant tant de cœur que j'avais l'impression qu'il suffoquait sous une mousse invisible.

— À vous, dis-je en me tournant brusquement vers Susan. S'est-il arrêté devant votre bureau ?

— Il m'a fait signe de la main en passant.

— Est-ce vrai. Pete ?

— Je ne me rappelle pas, répondit-il avec maussaderie. Peut-être. Et alors ?

— Alors, rien.

Au fond de moi-même, je souhaitais bien du plaisir à Susan. Si elle avait tué sa collègue pour s'approprier ce loustic, ç'avait été un coup d'épée dans l'eau. J'avais la conviction que, désormais, il se détournerait d'elle, même si elle tombait d'un immeuble de deux étages et lui dégringolait en plein sur la cafetière.

Elle devait avoir abouti à la même conclusion. D'après le regard qu'elle lui jeta, il serait le prochain candidat au cyanure — si, toutefois, elle sortait blanche comme un lys de cette histoire. Et il était à peu près certain qu'elle en sortirait aussi innocente que l'agnelet.

Je fis signe à Hathaway d'évacuer le Peter van Norden. Ed se leva et lui demanda : « Dites... tous ces bouquins, vous vous en servez ? » Du doigt, il désignait les rayonnages sur lesquels s'alignait la soixantaine de volumes de l'encyclopédie de chimie organique. Ça montait jusqu'au plafond.

Peter tourna la tête et répondit avec un étonnement sincère : « Naturellement ! Il le faut bien. Bon

Dieu ! C'est un crime que de rechercher des composés dans le Beilst... »

Je l'interrompis : « Mais non, mais non ! Allez, Ed... Remue-toi ! »

Hathaway me lança un regard noir et fit sortir le jeune homme. Quand une de ses théories lui claque entre les doigts, il n'est pas à prendre avec des pincettes.

Il n'était pas loin de dix-huit heures et je ne voyais pas trop ce que l'on pouvait faire de plus. Dans l'état actuel des choses, c'était la parole de Susan contre... contre la parole de personne. Si elle avait déjà eu maille à partir avec la justice, si elle avait des antécédents, nous aurions pu l'obliger à cracher le morceau en utilisant diverses méthodes qui, pour être fastidieuses, n'en sont pas moins efficaces. Mais, dans les circonstances présentes, c'était exclu.

Je me tournai vers Rodney pour lui faire part de ces dernières réflexions. Il regardait les fiches d'Hathaway ou, plus exactement, il en regardait une qu'il tenait entre ses doigts. On parle toujours de l'excitation qui fait trembler les mains des gens ? c'est là un phénomène que l'on n'a pas souvent l'occasion d'observer. Or, la main de Rodney tremblait, elle tremblait comme le timbre d'un de ces vieux réveille-matin de papa. Il se racla la gorge. « Je voudrais lui poser une question. Je voudrais... »

Je le toisai en ouvrant de grands yeux, puis repoussai ma chaise. « Allez-y. » Au point où nous en étions, nous n'avions plus rien à perdre.

Il dévisagea Susan et posa la fiche sur son bureau. À l'envers. « Miss Morey... » fit-il d'une voix vacillante. Manifestement il tenait à éviter toute familiarité en évitant de l'appeler par son petit nom.

Elle le regarda. L'espace d'un instant, elle parut inquiète mais elle recouvra aussitôt son sang-froid et sa sérénité.

— Oui, professeur ?

— Miss Morey, vous avez souri quand le fourreur vous a dit quelle était sa profession. Pourquoi ?

— Je me suis déjà expliquée là-dessus. Je voulais être aimable.

— Peut-être a-t-il employé une formule particulière ? Quelque chose d'amusant ?

— Je voulais tout simplement être aimable, insista-t-elle.

— Peut-être est-ce son nom qui vous a paru comique, Miss Morey ?

— Pas spécialement, répondit-elle avec indifférence.

— Personne n'a mentionné son patronyme jusqu'ici. Il a fallu que je tombe sur cette fiche pour l'apprendre.

Et, avec une soudaine tension, il s'exclama :

« Comment s'appelait-il, Miss Morey ? »

Susan ménagea une pause. « Je ne sais pas, fit-elle enfin.

— Vous ne savez pas ? Pourtant, il vous a décliné son identité, n'est-ce pas ?

— Et puis après ? dit-elle avec une certaine agressivité. Un nom n'est jamais qu'un nom. Après ce qui s'est passé, vous ne pouvez pas me demander de me souvenir de je ne sais quel nom étranger que je n'ai entendu qu'une fois par hasard !

— C'était donc un nom étranger ?

— Je ne m'en souviens pas, répondit-elle, éludant le piège. Il me semble qu'il avait une sonorité allemande caractéristique mais je ne me le rappelle pas. Il aurait aussi bien pu s'appeler Dupont. »

Je dois avouer que le sens des questions de Rodney m'échappait.

— Que cherchez-vous à prouver, professeur ?

— J'essaie de prouver ou, plus précisément, je suis en train de prouver que c'était Louella-Marie, la victime, qui était au bureau quand le fourreur est arrivé, me répondit-il sur un ton rauque. Il a décliné son identité et cela a arraché un sourire à Louella-Marie. C'est Miss Morey qui est sortie de la pièce du fond. Miss Morey, elle ! Elle venait de préparer le thé empoisonné.

— Et votre accusation se fonde sur le fait que je suis incapable de me souvenir du nom de cet homme ? s'écria Susan d'une voix stridente. C'est ridicule !

— Oh ! Que non ! Si c'était vous qui aviez été au bureau, vous vous en souviendriez. Il vous aurait été impossible de l'oublier.

Il s'empara de la fiche et la brandit. « Le prénom du fourreur est Ernest mais son nom de famille est Beilstein. Il s'appelle Beilstein ! »

Susan avait l'air d'avoir reçu un coup de savate en plein dans le plexus solaire. Elle était blanche comme du talc.

Rodney poursuivit avec animation : « Aucun agent d'une bibliothèque spécialisée dans la chimie ne pourrait oublier le nom d'un monsieur ayant annoncé qu'il s'appelait Beilstein. L'encyclopédie en soixante volumes à laquelle nous avons fait allusion une dizaine de fois depuis tout à l'heure est invariablement pour les usagers le *Beilstein*. Quand on se réfère à elle, on emploie le nom de l'éditeur. Pour un spécialiste de la littérature chimique, c'est un nom aussi familier que celui de Christophe Colomb ou de George Washington. Si cette jeune personne prétend avoir oublié le patronyme du fourreur, c'est tout simplement parce qu'elle ne l'a jamais entendu. Et si elle ne l'a jamais entendu, c'est parce qu'elle ne se trouvait pas au bureau. »

Je me levai et demandai d'une voix brutale : « Alors, qu'avez-vous à répondre à cela, Miss Morey ? » Moi aussi, j'avais renoncé à l'appeler par son prénom.

En proie à une crise de nerfs, elle se mit à pousser des hurlements à vous déchirer les tympans. Une demi-heure plus tard, elle était passée aux aveux.

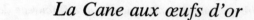

La Cane aux œufs d'or

Ante-scriptum

L'histoire qui suit n'est pas strictement une nouvelle de détection au sens habituel du terme. Ce n'est même pas une histoire au sens habituel du terme. Je ne sais comment la définir sinon, peut-être, en disant qu'il s'agit d'une satire bon enfant de la recherche scientifique.

Ce récit m'a valu après sa parution plus de courrier qu'aucun autre de longueur comparable. J'ai un souvenir particulièrement agréable, celui d'un coup de téléphone d'un monsieur à l'accent d'Europe Centrale prononcé. Il était à Boston où il assistait à un congrès, me dit-il, et il tenait à me remercier pour le plaisir que lui avait donné la lecture de La Cane aux œufs d'or parce que la science était mise sur la sellette avec humour, efficacité et érudition.

Malgré tous mes efforts, il se refusa à me donner son nom. Je suppose qu'il craignait que, si l'on apprenait qu'il était amateur de science-fiction, son prestige risquerait d'en souffrir. S'il lit ce livre en secret et se reconnaît dans ce préambule, je lui garantis qu'il est loin d'être le seul dans ce cas et je lui assure qu'il peut dépouiller son manteau couleur de muraille.

Parole d'honneur !

Même si je le voulais, je ne pourrais vous dire mon nom et, compte tenu des circonstances, je ne le veux pas.

Comme je n'ai pas la plume facile, j'ai demandé à Isaac Asimov de la tenir à ma place. Plusieurs raisons m'ont guidé dans ce choix. En premier lieu, Isaac Asimov est biochimiste et il comprend ce que j'ai à dire. En partie, tout au moins. Ensuite, il sait écrire. En tout cas, il a publié un nombre considérable de romans. Quoique, naturellement, ce soient là deux choses sans rapport entre elles.

Je ne fus pas le premier à avoir l'honneur de rencontrer La Cane. Elle appartient à un fermier texan qui cultive le coton, Ian Angus MacGregor. C'est-à-dire qu'elle lui appartenait avant que le gouvernement ne l'eût réquisitionnée.

Au cours de l'été 1955, il avait envoyé une bonne douzaine de lettres au ministère de l'Agriculture pour réclamer des renseignements sur l'incubation des œufs de cane. On lui avait expédié toutes les brochures disponibles touchant de près ou de loin au sujet mais les missives de MacGregor devenaient de

plus en plus véhémentes et ses allusions à son « ami »
le sénateur du Texas de plus en plus insistantes.

Si j'ai été mêlé à cette affaire, c'est pour la bonne
raison que je suis fonctionnaire au ministère de
l'Agriculture. Comme je devais participer à un
congrès à San Antonio en juillet 1955, mon patron
me demanda de passer chez MacGregor afin de voir
ce que je pourrais faire pour lui rendre service. Nous
sommes les serviteurs du public. En outre, nous
avions finalement reçu une lettre du fameux sénateur.

Je fis connaissance avec La Cane le 17 juillet 1955.

J'avais d'abord rencontré MacGregor, un grand
gaillard d'une cinquantaine d'années au visage plein
de rides et de méfiance. Je récapitulai toutes les informations que nous lui avions données, puis lui demandai poliment si je pouvais voir ses canes.

— C'est pas des canes, mon bon monsieur, y en a
qu'une seule, me répondit-il.

— Puis-je voir cette cane unique ?

— J'aimerais point trop.

— Eh bien, dans ce cas, je ne puis rien de plus pour
vous. S'il ne s'agit que d'une seule cane, elle a peut-
être une anomalie. À quoi bon se mettre martel en
tête pour une seule cane ? Vous n'avez qu'à la manger !

Sur ce, je me levai et tendis la main vers mon chapeau.

— Attendez ! grommela MacGregor.

Je m'immobilisai tandis que, les lèvres serrées et la
paupière plissée, il se débattait en proie à un silencieux combat intérieur. « Suivez-moi », laissa-t-il enfin tomber.

Nous nous rendîmes jusqu'à un hangar entouré de fil de fer barbelé et dont la porte était cadenassée. Une cane y logeait... La Cane.

— C'est La Cane, m'annonça MacGregor en prononçant ces mots de telle façon que j'entendis sonner les majuscules.

Je contemplai le volatile. La Cane ressemblait à la première cane venue.

— Voici un de ses œufs, reprit MacGregor. J'l'ai mis dans l'incubateur. Ça n'a rien donné.

Il sortit l'objet de la gigantesque poche de sa combinaison de travail. Je notai une certaine raideur dans son geste. Dans sa façon de le tenir.

Je fronçai les sourcils. Cet œuf avait quelque chose d'insolite. Il était plus petit et plus sphérique que la normale.

— Prenez-le en main, m'ordonna MacGregor.

Tendant le bras, j'obéis. Plus exactement, j'essayai. Je fis l'effort musculaire qui convenait pour soulever un œuf — l'œuf ne bougea pas. J'augmentai mon effort et, cette fois, je réussis.

Je comprenais maintenant pourquoi le geste de mon hôte m'avait paru étrange : l'œuf ne pesait pas loin d'un kilo.

Tandis que je le contemplais, posé sur ma paume, MacGregor eut un sourire torve. « Laissez-le tomber ! » dit-il.

Comme je le regardai sans bouger, il s'en empara et le laissa choir lui-même.

Cela fit un bruit mat. Il n'y eut ni blanc ni jaune répandu. L'œuf demeura intact dans la légère dépression qui s'était formée sous le choc.

Je le ramassai. La coquille s'était écalée au point

d'impact, laissant apercevoir quelque chose qui luisait d'un éclat jaune.

Mes mains se mirent à trembler. Mes doigts refusaient de fonctionner mais je parvins quand même à enlever encore une partie de la coquille et regardai fixement cette chose jaune.

Je n'avais nul besoin de procéder à des analyses. Mon cœur me disait de quoi il s'agissait.

J'étais face à face avec La Cane.

La-Cane-Qui-Pondait-Des-Œufs-D'Or ! Le problème numéro un était de convaincre MacGregor de me remettre cet œuf d'or. J'étais à deux doigts de l'apoplexie !

— Je vous donnerai un reçu. Je vous garantirai le paiement. Je ferai tout ce que je pourrai raisonnablement faire.

— J'veux point qu'le gouvernement vienne fourrer son nez dans mes affaires, me répondit-il avec entêtement.

Mais j'étais deux fois plus têtu que lui et, au bout du compte, je lui signai un reçu, il m'accompagna jusqu'à la voiture et resta au milieu de la route à la suivre des yeux jusqu'à ce qu'elle eût disparu.

Mon chef de service, au ministère de l'Agriculture, se nomme Louis Bronstein. Nous sommes en bons termes et j'estimais pouvoir lui expliquer les choses sans risquer d'être immédiatement placé sous surveillance médicale. Néanmoins, je ne pris pas de risques. J'avais apporté l'œuf et, quand j'en arrivai au point délicat, je me contentai de le poser sur le bureau.

— C'est un métal jaune, dis-je. Ce pourrait être du cuivre mais ce n'en est pas car l'acide nitrique concentré ne l'attaque pas.

— C'est un canular ! s'exclama Bronstein. C'est forcément un canular !

— Un canular à base d'or véritable ? Rappelez-vous : la première fois que j'ai vu cet œuf, il était recouvert d'une coquille intacte. Je n'ai eu aucune peine à en analyser un fragment. C'était du carbonate de calcium.

Et le Projet Pâté de Foie Gras démarra le 20 juillet 1955.

Au départ, j'avais été nommé enquêteur principal et je continuai d'occuper ces fonctions jusqu'au bout quoique l'affaire n'eût pas tardé à passer en d'autres mains.

Nous commençâmes par cet œuf unique. Il avait un rayon moyen de 35 millimètres (grand axe : 72 mm, petit axe 68 mm). L'enveloppe externe auréfiée avait une épaisseur de 2,45 millimètres. Plus tard, en examinant d'autres œufs, nous constatâmes que c'était là une valeur assez élevée. En moyenne, il fallait compter 2,1 millimètres.

À l'intérieur... Eh bien, à l'intérieur, c'était de l'œuf. Cela ressemblait à de l'œuf et cela avait l'odeur de l'œuf.

L'analyse révéla que les constituants organiques étaient raisonnablement normaux. Le blanc contenait 9,7 % d'albumine et le jaune avait ce qu'il lui fallait en matière de vitelline, de cholestérol, de phospholipides et de caroténoïdes. Nous n'avions pas suffisamment de matériel pour rechercher les éléments à l'état de traces mais, ultérieurement, quand nous eûmes un nombre plus important d'œufs à notre disposition, nous effectuâmes les dosages voulus et ne trouvâmes rien d'inhabituel en ce qui concernait la distribution des vitamines, des coenzymes, des nucléotides, des groupes sulfhydryles, etc., etc.

Une anomalie patente fut néanmoins enregistrée, à savoir le comportement de l'œuf soumis à la chaleur : une petite fraction du jaune « durcissait » presque immédiatement. Nous fîmes manger un peu d'œuf durci à une souris : elle survécut. J'en grignotai moi-même un morceau. La quantité était trop faible, à la vérité, pour me permettre d'en discerner la saveur mais je fus malade. Je suis sûr, néanmoins, que c'était psychosomatique.

Boris Finley, du département biochimie de l'université de Temple, supervisait ces tests. À propos du phénomène de durcissement, il dit ceci : « La facilité avec laquelle les protéines de l'œuf sont dénaturées par la chaleur indique, pour commencer, une altération partielle et, eu égard à la nature de l'enveloppe, il saute aux yeux que la responsabilité du phénomène échoit à une contamination par métal lourd. »

En conséquence, on analysa une partie du jaune pour rechercher les constituants non organiques et l'on décela ainsi une forte densité d'ions chloraurates, c'est-à-dire un ion possédant une seule charge et contenant un atome d'or et quatre atomes de chlore. Son symbole est $AuCl_4$. Quand je parle d'une forte densité en ions chloraurates, je veux dire qu'il y en avait 3,2 parts pour mille parties, soit 0,32 %. C'est une proportion suffisamment importante pour former un complexe insoluble de « protéine d'or » tendant à se coaguler aisément.

— Il est évident que cet œuf ne peut pas éclore, déclara Finley. Ni celui-là ni aucun autre qui lui ressemble. Il est empoisonné par métal lourd. L'or est peut-être plus noble que le plomb mais il empoisonne tout aussi bien les protéines.

J'acquiesçai d'un air lugubre. « En tout cas, cet œuf est à l'abri de la corruption.

— Absolument. Aucun microbe qui se respecte ne vivrait dans ce bouillon chlorauriferreux. »

Les résultats de l'analyse spectrographique de l'or périphérique nous furent enfin communiqués. C'était de l'or à l'état pratiquement pur. La seule impureté décelable était constituée par le fer qui était présent à concurrence de 0,23 %. Le contenu ferreux du jaune était, de son côté, deux fois supérieur à la normale. Toutefois, sur le moment, nous négligeâmes cette donnée.

Une semaine après la mise en train du Projet Pâté de Foie Gras, une mission se rendit au Texas. L'expédition comprenait cinq biochimistes — comme vous voyez, l'accent était toujours mis sur l'aspect biochimique du problème —, trois camions bourrés de matériel et un détachement de l'armée. Bien entendu je faisais, moi aussi, partie de l'équipe.

Dès que nous fûmes arrivés, nous isolâmes la ferme MacGregor du reste du monde. Ce fut une chance d'avoir pris ces mesures de sécurité dès le début. Notre raisonnement était faux, au départ, mais le résultat de ces précautions fut bénéfique.

Le ministère tenait initialement à ce que les choses se passent le plus discrètement possible pour la simple raison qu'il n'excluait toujours pas la possibilité d'un ingénieux canular et, si cette hypothèse devait se révéler exacte, nous ne voulions pas nous couvrir de ridicule. D'autre part, si ce n'était pas un canular, nous ne pouvions pas non plus prendre le risque de lancer les journalistes sur la piste de l'inévitable histoire de La Cane aux œufs d'or.

Ce fut bien après le démarrage du Projet et bien après notre arrivée à la ferme MacGregor que les implications véritables de cette affaire nous apparurent clairement.

Bien entendu, cette invasion et ce déploiement de force ne plurent guère à MacGregor. Quand on lui signifia que La Cane était désormais propriété du gouvernement, cela ne lui plut pas non plus. Et la confiscation des œufs pas davantage.

Non, cela ne lui plut pas mais nous finîmes par tomber d'accord — pour autant que l'on puisse parler d'accord lorsque, dans le temps même où l'on négocie, des soldats sont en train d'assembler une mitrailleuse dans la grange même de l'une des parties en présence et que, pendant les conversations, des hommes de troupe font les cent pas, baïonnette au canon.

Naturellement, MacGregor fut indemnisé. L'argent compte-t-il pour le gouvernement ?

Il y avait aussi un certain nombre de choses qui déplaisaient à La Cane. Par exemple, les prises de sang. Nous n'osions pas l'anesthésier de crainte de perturber son métabolisme et il fallait deux solides paires de bras pour l'immobiliser chaque fois que l'on effectuait un prélèvement. Vous est-il déjà arrivé d'essayer de maintenir une cane en colère ?

Elle fut placée sous surveillance vingt-quatre heures sur vingt-quatre, les sentinelles étant averties qu'elles seraient bonnes pour la cour martiale si la moindre chose arrivait au volatile. Si tel ou tel des militaires affectés au projet lit ces lignes, peut-être comprendra-t-il alors, pris d'une soudaine illumination, de quoi il retournait. Puisse-t-il avoir alors le bon sens de la boucler. Oui... s'il comprend où est son intérêt, il la bouclera probablement.

Le sang de La Cane fut soumis à tous les tests imaginables. Ils comportaient deux parties pour cent mille (0,002 %) d'ion chloraurate. Les échantillons en provenance de la veine hépatique étaient deux fois plus riches que les autres — presque 0,004 %.

— Le foie, grommela Finley.

La Cane fut radiographiée. Sur le cliché, le foie se présentait comme une masse laiteuse et gris pâle, plus claire que les viscères environnants car, recelant une proportion d'or supérieure, il absorbait davantage les rayons X. Les vaisseaux étaient encore plus laiteux que le foie. Quant aux ovaires, ils étaient tout à fait blancs : ils étaient imperméables aux radiations.

Tout cela avait une logique que Finley exposa carrément dans un rapport préliminaire dont je paraphraserai ici un extrait :

« L'ion chloraurate est sécrété par le foie et se déverse dans le torrent circulatoire. Les ovaires agissent en quelque sorte comme un piège pour l'ion chloraurate qui s'y trouve réduit à l'état d'or métallique, lequel se dépose autour de l'œuf pendant le développement de celui-ci. Des concentrations relativement élevées d'ion chloraurate non réduit pénètrent dans la substance même de l'œuf en voie de formation.

« Il n'est guère douteux que ce processus est utilisé par La Cane pour se débarrasser des atomes d'or qui, s'ils s'accumulaient, l'empoisonneraient inéluctablement. Ce phénomène d'excrétion par l'entremise de l'œuf est peut-être inédit, voire unique, dans le règne animal : il est cependant indiscutable que c'est lui qui assure la survie de La Cane.

« Malheureusement, cependant, il se produit au niveau des ovaires un empoisonnement local qui limite sévèrement la ponte au nombre d'œufs requis pour l'élimination de l'or qui s'est accumulé et ces quelques œufs ne pourraient en aucun cas être mis à couver et arriver à terme. »

À cela se bornait le rapport de Finley mais, entre nous, il se montra un peu plus prolixe. « Un problème demeure entier, dit-il, et c'est un problème particulièrement embarrassant. »

Je savais quel était ce problème. Nous le savions tous.

D'où cet or venait-il ?

La question demeura un certain temps sans réponse, exception faite de quelques indices négatifs. Il n'y avait pas d'or décelable dans la nourriture de La Cane et il n'existait pas le moindre caillou aurifère qu'elle aurait pu avaler. Il n'y avait nulle part de traces d'or, ni dans le sol, ni dans la maison, ni dans ses dépendances qui furent fouillées. Rien : ni pièces de monnaie, ni bijoux, ni gourmettes, ni montres en or. Aucun des occupants de la ferme n'avait même une dent auréfiée.

Certes, Mrs MacGregor avait une alliance en or mais elle la portait au doigt et n'avait jamais eu d'autre époux que MacGregor.

Alors... D'où venait cet or ?

Les premiers éléments de réponse commencèrent à nous apparaître le 16 août 1955.

Albert Nevis, de Purdue, s'employait à enfoncer à force des tubes gastriques dans l'œsophage de La

Cane — encore une technique contre laquelle le volatile s'insurgeait avec la dernière énergie — dans le
dessein d'analyser le contenu du bol alimentaire.
C'était là une méthode de routine que nous em-
ployions pour tenter de déceler de l'or exogène.

On en trouva effectivement mais seulement à l'état
de traces et nous avions toutes les raisons de penser
que ces traces étaient les séquelles des sécrétions
digestives et qu'elles avaient donc une origine endo-
gène — c'est-à-dire interne.

Pourtant nous découvrîmes quelque chose. Ou,
plus précisément, l'absence de quelque chose.

J'étais là quand Nevis fit irruption dans le bureau
de Finley installé dans une baraque préfabriquée que
nous avions montée en l'espace d'une nuit à côté du
hangar réservé à La Cane.

— La Cane est déficitaire en pigments biliaires,
annonça-t-il. Il n'y en a pratiquement pas dans le
contenu du duodénum.

Finley fronça les sourcils. « Le foie fonctionne probablement en circuit fermé du fait de la concentration
en or, dit-il. Il ne produit sans doute pas de bile.

— Si, il en sécrète. Les acides biliaires existent en
quantité normale. Enfin, quasi normale. Ce sont uniquement les pigments biliaires qui font défaut. L'analyse des excréments le confirme : il n'y a pas de bile
dans les matières fécales. »

Là, il faut que j'apporte quelques précisions. Les
acides biliaires sont des stéroïdes produits par le foie
et que la bile véhicule pour les déverser dans la partie
supérieure du petit intestin. Ces acides sont des molécules de type détergent qui aident à saponifier les
corps gras que nous absorbons — ou que La Cane

absorbe — avec la nourriture et les transportent sous forme de minuscules bulles à l'intérieur du tractus intestinal. Cette distribution — ou, si vous préférez, cette homogénéisation — facilite la digestion des graisses.

Les pigments biliaires, ces substances qui brillaient par leur absence chez La Cane, sont quelque chose de tout à fait différent. Le foie les fabrique à partir de l'hémoglobine, la protéine rouge du sang qui assure le transport de l'oxygène. L'hémoglobine usée est détruite dans le foie qui dissocie l'un de ses constituants, l'hème. L'hème est une molécule carrée, la porphyrine, construite autour d'un atome de fer central. Le foie met ce fer en réserve aux fins d'utilisations ultérieures et fragmente le reste de la molécule. La porphyrine brisée constitue le pigment biliaire. Celui-ci, qui est de couleur brunâtre ou verdâtre — cela dépend des modifications chimiques qu'il subit —, émigre dans la bile.

Les pigments biliaires n'ont pas d'utilité physiologique. Ce sont des déchets que la bile évacue par l'intestin et qui sont excrétés avec les fèces. En fait, c'est à leur présence qu'est due la coloration de celles-ci.

Une lueur se mit à scintiller dans les yeux de Finley.

— Tout se passe comme si le catabolisme de la porphyrine ne suivait pas son processus normal dans le foie, dit Nevis. N'est-ce pas votre avis ?

C'était indiscutablement notre avis. Et je partageai cette opinion.

Nous étions terriblement excités. C'était en effet la première anomalie métabolique qui n'était pas directement associée à la production de l'or que nous découvrions chez La Cane !

Nous effectuâmes une hépatobiopsie (c'est-à-dire que nous prélevâmes à l'aide d'une sorte d'emporte-pièce un fragment cylindrique de foie). Cela fit mal à La Cane mais ne l'endommagea pas. Nous prélevâmes également de nouveaux échantillons sanguins.

Cette fois, nous isolâmes l'hémoglobine du sang et de petites quantités de cytochromes de nos spécimens de foie. (Les cytochromes sont des enzymes oxydantes également présentes dans l'hème.) Après séparation et traitement en solution acide, nous obtînmes un précipité de couleur orange vif. Le 22 août 1955, nous en avions 5 grammes.

Ce composé orange était analogue à l'hème mais c'était autre chose. Le fer contenu dans l'hème peut se présenter soit sous la forme d'un ion ferreux doublement chargé (Fe++). soit sous celle d'un ion ferrique triplement chargé (Fe+++), auquel cas le corps prend le nom d'hématine.

Or, le précipité orange obtenu à la suite de l'opération, s'il possédait la partie porphyrine normale de l'hème, avait pour noyau, non pas du fer, mais de l'or. Un ion aurique triplement chargé(Au+++) pour être précis. Nous le baptisâmes « aurème », ce qui est simplement l'abréviation d'« hème aurique ».

L'aurème en question était le premier composé organique naturel contenant de l'or qui eût jamais été découvert. En principe, cela aurait dû faire l'effet d'une bombe dans les milieux de la biochimie. Mais ce n'était rien, absolument rien, comparé aux vastes horizons que l'existence même de ce corps nous ouvrait.

Le foie de La Cane, semblait-il, ne dissociait pas l'hème en pigments biliaires. Au lieu de cela, l'hème se convertissait en aurème par substitution d'or au fer. L'aurème, en équilibre avec l'ion chloraurate, se déversait dans le sang et parvenait aux ovaires ; là, l'or était séparé et la portion porphyrine de la molécule éliminée, grâce à un mécanisme que nous n'avions pas encore identifié.

Des analyses plus poussées révélèrent que 29 % de l'or charrié par le sang de La Cane émigraient dans le plasma en tant qu'ion chloraurate. Les 71 % restant aboutissaient aux globules rouges sous forme d'« aurémoglobine ». Nous tentâmes de faire absorber à La Cane des traces d'or radio-actif afin de repérer leurs radiations dans le plasma et dans les globules rouges pour déterminer avec quelle facilité les molécules d'aurémoglobine étaient converties au niveau des ovaires. Il nous apparaissait en effet que l'aurémoglobine devait s'éliminer beaucoup plus lentement que l'ion chloraurate en suspension dans le plasma.

Pourtant, le test échoua ; nous ne décelâmes aucune radio-activité. Nous mîmes ce fiasco sur le compte de notre inexpérience : ni les uns ni les autres n'étions des spécialistes des isotopes. Ce fut bien regrettable car cet échec était, en vérité, hautement significatif et, faute de l'avoir compris, nous perdîmes plusieurs semaines.

L'aurémoglobine était évidemment inutile en ce qui concernait le transport de l'oxygène mais comme elle ne représentait qu'environ 0,1 % de la masse globale de l'hémoglobine des globules rouges, elle n'avait aucune incidence fâcheuse sur les fonctions respiratoires de La Cane.

La question de l'origine de l'or demeurait toujours pendante. Ce fut Nevis qui, le premier, émit la suggestion cruciale.

— Peut-être, déclara-t-il au cours d'une réunion qui se tint le 25 août 1955 au soir, peut-être n'y a-t-il pas substitution d'or au fer. Peut-être La Cane convertit-elle, au contraire, le fer en or.

Avant d'avoir fait personnellement connaissance avec Nevis cet été-là, je le connaissais déjà par ses ouvrages — il est spécialisé dans la chimie biliaire et les fonctions du foie — et je l'avais toujours considéré comme un esprit pondéré et lucide. Presque trop pondéré, même. Jamais on eût imaginé une seconde une déclaration d'un ridicule aussi achevé sortant de sa bouche. Cela prouvait à quel point le Projet Pâté de Foie Gras nous désespérait et nous démoralisait.

Nous étions désespérés parce que nul ne savait d'où sortait cet or. La Cane l'excrétait au rythme de 38,9 g par jour et cela se poursuivait ainsi depuis des mois. Il fallait bien que cet or vienne de quelque part. Et, comme il ne venait de nulle part, littéralement, il fallait bien qu'il fût fabriqué quelque part...

L'état de découragement dans lequel nous étions plongés nous conduisit à envisager que le second terme de cette alternative tenait tout bonnement au fait que nous nous trouvions ni plus ni moins en face de La-Cane-Aux-Œufs-D'Or. La Cane IRRÉFUTABLE. Dès lors, tout devenait possible. Nous vivions au pays des fées et nous réagissions les uns et les autres en perdant le sens de la réalité.

Finley prit cette hypothèse au sérieux : « L'hémoglobine, expliqua-t-il, pénètre dans le foie et un peu d'aurémoglobine sort de cet organe. Le fer est la seule impureté que nous ayons décelée dans l'enveloppe d'or de ces œufs. Les deux constituants principaux du jaune sont l'or, naturellement, et le fer, ce dernier n'existant qu'en faible quantité. Tout cela est un affreux méli-mélo ; messieurs, nous allons avoir besoin d'aide. »

Nous demandâmes donc de l'aide et passâmes ainsi au troisième stade de l'investigation. Le premier, je l'avais mené tout seul. Le second avait été conduit par l'équipe des biochimistes. Le troisième, le stade capital, le plus important, impliquait l'intervention des physiciens nucléaires.

John Billings, de l'université de Californie, arriva le 5 septembre 1955. Il avait apporté du matériel et de nouveaux équipements affluèrent au cours des semaines suivantes. On construisit des baraques supplémentaires en préfabriqué. Je prévoyais que, d'ici un an, tout un institut de recherches aurait été édifié autour de La Cane.

Billings assista à notre conférence du 5. Finley le mit au courant des derniers développements et conclut : « Cette idée de transformation du fer en or pose une multitude de sérieux problèmes. En premier lieu, la quantité totale de fer contenue dans l'organisme de La Cane est de l'ordre d'un demi-gramme au maximum. Or, elle fabrique près de quarante grammes d'or par jour.

— Il y a un problème encore plus déconcertant, répliqua Billings de sa voix claire et haut perchée. Pour convertir un gramme de fer en un gramme d'or, il faudrait presque autant d'énergie que pour désintégrer par fission un gramme d'U^{235}. »

Finley haussa les épaules. « Je vous laisse le soin de résoudre ce problème.

— Je vais y réfléchir », répondit Billings.

Il ne se contenta pas de réfléchir. Entre autres choses, il isola de nouveaux spécimens d'hème, les calcina et expédia l'oxyde de fer à l'institut de Brookhaven aux fins d'analyse isotopique. Il n'avait pas de raison particulière pour agir ainsi. C'était là un des multiples procédés de recherche que l'on tentait de mettre en œuvre. Mais ce fut celui-là qui donna des résultats.

Dès que le rapport d'analyse arriva, Billings se plongea dedans.

— Il n'y a pas de Fe^{56}.

— Et les autres isotopes ? s'enquit aussitôt Finley.

— Ils sont tous présents en proportions convenables. Mais il n'y a pas de quantités décelables de Fe^{56}.

Là encore, je dois ouvrir une parenthèse. Le fer commun est constitué de quatre isotopes différents. Ces isotopes sont des variétés d'atomes qui se distinguent les uns des autres par leur poids atomique. Les atomes de fer dont le poids atomique est de 56, ou Fe^{56}, représentent 91,6 % de la totalité des atomes formant un échantillon de fer. Le poids atomique des autres est respectivement de 54, de 57 et de 58.

Le fer extrait de l'hème de La Cane contenait exclusivement du Fe^{54}, du Fe^{57} et du Fe^{58}. Les implications de ce fait sautaient aux yeux : Fe^{56} disparaissait, alors que les autres isotopes demeuraient intacts. Autrement dit, une réaction nucléaire intervenait. Une réaction nucléaire peut faire disparaître un isotope donné sans toucher aux autres alors que dans une réaction chimique ordinaire, dans n'importe quelle réaction chimique, tous les isotopes sont attaqués.

— Mais c'est thermodynamiquement impossible ! s'exclama Finley.

Il disait seulement cela sur un ton d'aimable raillerie à cause de la remarque initiale de Billings. En tant que biochimiste, nous n'étions pas sans savoir que beaucoup de réactions physiologiques exigent un apport d'énergie et que l'organisme se débrouille en équilibrant les réactions réclamant de l'énergie avec celles qui en libèrent.

Toutefois, les réactions chimiques ne libèrent ou n'absorbent que quelques kilo-calories par molécule-gramme. Les réactions nucléaires, en revanche, absorbent ou libèrent des millions de kilo-calories. L'énergie requise pour une réaction nucléaire absorbant de l'énergie exige donc une seconde réaction nucléaire productrice d'énergie.

Nous ne vîmes pas Billings pendant deux jours.

Quand il se manifesta à nouveau, ce fut pour dire :

— Voilà... La réaction productrice d'énergie doit donner exactement autant d'énergie par nucléon que la réaction d'absorption d'énergie en consume. Si elle en dégage un tout petit peu moins, la réaction globale n'intervient pas. Si elle en dégage un tout petit peu plus, à l'égard du nombre astronomique des nucléons qui entrent en ligne de compte, l'excès d'énergie vaporiserait La Cane en une fraction de seconde.

— Alors ? demanda Finley.

— Alors ? Le nombre des réactions possibles est très réduit. Je n'ai réussi à trouver qu'un seul système plausible. L'oxygène 18 converti en fer 56 dégagerait suffisamment d'énergie pour transformer le fer 56 en or 197. C'est un peu comme les montagnes russes, si vous voulez. Il va falloir faire des tests dans cette direction.

— Comment cela ?

— Pour commencer, je me propose de vérifier la composition isotopique de l'oxygène contenu dans l'organisme de La Cane.

L'oxygène se compose de trois isotopes stables, O^{16} étant, et de loin, quantitativement le plus important. On ne trouve qu'un atome d'O^{18} sur 250.

Nouvelle prise de sang. Le contenu aqueux de l'échantillon fut distillé sous vide et une fraction du distillat soumise au spectrographe de masse. Il y avait effectivement de l'O^{18} mais uniquement dans la proportion de 1 sur 1 300. 80 % de l'O^{18} que nous nous attendions à trouver manquaient à l'appel.

— C'est là une preuve qui confirme le reste, dit Billings. L'oxygène 18 est consumé. La Cane en reçoit constamment dans ce qu'elle mange et dans ce qu'elle boit mais il disparaît. Et il y a production d'or 197. Le fer 56 n'est qu'un intermédiaire et, puisque la réaction qui le détruit est plus rapide que la réaction qui le produit, il lui est impossible de s'accumuler sous une concentration significative : c'est pour cela que l'analyse isotopique révèle son absence.

Nous n'étions pas satisfaits et nous essayâmes encore. Une semaine durant, nous ne donnâmes à boire à La Cane que de l'eau enrichie à l'O^{18}. La production d'or augmenta presque immédiatement. Au bout de huit jours, elle était de 45,8 g alors que l'O^{18} présent dans l'eau organique de La Cane ne s'était pas accru.

— Il n'y a aucun doute à avoir, conclut Billings.

Il ramassa son crayon d'un geste vif et se leva.
« Cette Cane est un réacteur nucléaire vivant. »

De toute évidence, La Cane était une mutation.

La notion de mutation était liée à celle d'irradiation et l'idée d'irradiation nous rappela les expériences nucléaires qui avaient eu lieu en 1952 et 1953 à des centaines de kilomètres de la ferme de MacGregor. (S'il vous vient à l'esprit qu'il n'y a jamais eu d'expériences nucléaires dans le Texas, cela démontre deux choses : primo — que je ne vous dis pas tout ; secundo — que vous ne savez pas tout.)

Je doute que, depuis le début de l'ère atomique, on ait jamais analysé avec autant de minutie la radioactivité ambiante, jamais tamisé avec autant de soin le sol pour isoler la poussière radio-active. Nous étudiâmes toutes les archives, même les plus confidentielles et les plus secrètes. Le Projet Pâté de Foie Gras bénéficiait de la priorité des priorités. Une priorité sans précédent dans l'histoire ! Nous allâmes jusqu'à dépouiller les vieux procès-verbaux météorologiques pour déterminer le comportement du vent, à l'époque de ces expériences nucléaires.

Nous constatâmes deux choses.

Premier point : la radio-activité ambiante aux environs de la ferme était légèrement supérieure à la normale. Je m'empresse de préciser que la dose était parfaitement inoffensive. Toutefois, cela indiquait que, lors de la naissance de La Cane, la ferme MacGregor s'était trouvée au moins deux fois à la limite d'une zone de retombées. Des retombées, je le répète, qui n'avaient rien de dangereux.

Second point : contrairement à toutes les autres

canes de MacGregor, contrairement à l'ensemble des créatures vivantes — y compris les humains — qui s'y trouvaient et qui purent être testés, La Cane ne présentait pas la moindre trace de radio-activité. Je vais formuler la chose autrement. Tout, absolument tout, accuse une certaine radio-activité. C'est précisément cela que l'on nomme la radio-activité ambiante. Mais La Cane n'accusait rien.

Je citerai en le simplifiant un extrait du rapport que Finley envoya le 6 décembre 1955 :

« La Cane est une extraordinaire mutation, fruit d'un environnement radio-actif de forte densité qui, à une certaine époque, a favorisé les mutations en général et a fait de celle-ci une mutation particulièrement bénéfique.

« Les systèmes d'enzymes de La Cane sont capables de catalyser diverses réactions nucléaires. Nous ignorons si ce système comprend une enzyme ou plusieurs. Nous ignorons également tout de la nature des enzymes en question. Aucune théorie ne peut actuellement être avancée pour tenter d'expliquer comment une enzyme est susceptible d'agir comme catalyseur d'une réaction nucléaire, les réactions auxquelles nous avons affaire impliquant des interactions particulières d'une magnitude cinq fois plus élevée que celles qui interviennent dans les réactions chimiques banales catalysées par des enzymes.

« Globalement, la réaction aboutit à la conversion de l'oxygène 18 en or 197. L'oxygène 18, abondant dans le milieu, est également présent en quantité significative dans l'eau et dans tous les aliments organiques. L'or 197 est excrété par les ovaires. L'un des intermédiaires identifié est le fer 56. Et le fait qu'il y a formation d'aurémoglobine nous incite à présumer que le groupe prosthétique de l'enzyme (ou des enzymes) agissante peut être l'hème.

« Nous avons intensément réfléchi à l'intérêt que cette transformation nucléaire globale représente pour La Cane. L'oxygène 18 ne lui est pas préjudiciable. L'élimination de l'or 197, potentiellement toxique et qui est la cause de la stérilité de l'animal, s'explique difficilement. Il se peut que sa fabrication soit nécessaire pour éviter de plus graves inconvénients. Le danger... »

Mais, quand on lit ce rapport, on a l'impression d'une discussion sereine se situant sur un plan quasiment théorique. En fait, jamais je n'avais vu un homme frôler d'aussi près l'apoplexie et y survivre que Billings, quand il prit connaissance de nos expériences sur l'or radio-actif mentionnées plus haut — vous vous rappelez ? Nous n'avions décelé aucune trace de radio-activité chez La Cane et avions conclu que le résultat de ces tests ne signifiait rien.

Combien de fois bondit-il en nous demandant comment nous avions pu considérer que la disparition de la radio-activité était un phénomène sans importance !

— Vous avez agi exactement comme un reporter spécialisé dans les chiens écrasés chargé de couvrir un mariage dans la haute société et qui expliquerait à son rédacteur en chef qu'il n'a rien à raconter parce que le fiancé n'est pas venu à l'église ! Vous avez fait absorber de l'or radio-actif à La Cane et vous avez perdu la trace de cet or radio-actif. Pire encore : vous n'avez détecté aucun signe de radio-activité naturelle chez votre volatile. Pas de carbone 14. Pas de potassium 40. Et vous appelez ça un échec !

Nous nous mîmes à alimenter La Cane en isotopes radio-actifs. Prudemment au début mais, avant la fin du mois de janvier 1956, nous la gavions littéralement à la pelle.

La Cane restait imperturbablement non radio-active.

— Autrement dit, fit Billings, la réaction nucléaire dont les enzymes sont le catalyseur, transforme tout isotope instable en isotope stable.

— C'est bien pratique, murmurai-je.

— Pratique ? C'est prodigieux ! C'est le moyen de défense absolue de l'âge atomique ! Écoutez... La conversion de l'oxygène 18 en or 197 devrait libérer huit positrons et des poussières par atome d'oxygène. Par conséquent, chaque fois qu'un positron se combine avec un électron, il devrait y avoir une émission de huit rayons gamma et des poussières. Or il n'y a pas émission de rayons gamma. Ce qui signifie que La Cane doit absorber le rayonnement gamma sans en être autrement incommodée.

Nous aspergeâmes La Cane de rayons gamma. Quand nous eûmes dépassé un certain seuil, elle eut un peu de fièvre et, pris de panique, nous arrêtâmes net. Mais ce n'était qu'une fièvre banale, pas la maladie des radiations : au bout de vingt-quatre heures, la température redevint normale et La Cane se porta à nouveau comme un charme.

— Vous rendez-vous compte de ce que nous avons entre les mains ? s'exclama Billings.

— Un miracle scientifique, répondit Finley.

— Allons, mon cher ! Ne voyez-vous pas les appli-

cations pratiques que l'on peut tirer de ce phénomène ? Si nous arrivions à démonter ce mécanisme
et à le reproduire en laboratoire, nous disposerions
d'une méthode parfaite de neutralisation des déchets
radio-actifs. La cause première de nos migraines,
l'obstacle qui nous empêche de passer au stade d'une
économie atomique sur grande échelle, c'est le problème de l'élimination des isotopes radio-actifs qui
se manifestent en cours de réaction. En les faisant
passer dans d'immenses récipients bourrés d'enzymes, le tour serait joué. Découvrons ce mécanisme,
messieurs, et nous n'aurons plus à nous inquiéter des
retombées. Nous aurions une protection efficace
contre la maladie des radiations.

« Modifions ce mécanisme d'une façon ou d'une
autre et La Cane excrétera tous les éléments dont
nous aurons besoin. Des coquilles d'œuf en uranium 235, par exemple. Qu'en pensez-vous ? »

« Le mécanisme ! Le mécanisme ! »

Nous regardions fixement La Cane.

Ah ! Si seulement des canetons pouvaient éclore de
ses œufs ! Si seulement nous pouvions avoir toute une
tribu de Canes qui soient des réacteurs nucléaires !

— Il y a sûrement eu des précédents, dit Finley. Il
faut bien que la légende de la poule aux œufs d'or
soit sortie de quelque part !

— Vous voulez attendre que le phénomène se produise ? demanda Billings.

Si nous disposions d'un troupeau de Canes caque-
tantes, nous pourrions commencer par en disséquer
quelques-unes. Étudier leurs ovaires. Préparer des
coupes de tissus.

Cela ne servirait à rien. Nous avions fait une biopsie du foie et, en dépit de tous nos efforts, l'échantillon n'avait pas réagi à l'oxygène 18.

Bon... restait la solution de perfuser le foie *in vivo*. Alors, on pourrait étudier les embryons intacts, les surveiller jusqu'à ce que le mécanisme apparaisse chez l'un d'eux.

Seulement, c'était impossible puisque nous n'avions qu'une seule Cane.

Nous n'osions pas tuer La-Cane-Qui-Pondait-Des-Œufs-D'Or.

Le secret était enfoui dans le foie de cette Cane grassouillette.

Le foie d'une grosse Cane ! Du pâté de foie gras ! Pour nous, c'était loin d'être une gourmandise.

— Nous avons besoin d'une idée, fit Nevis d'une voix rêveuse. Un point de départ révolutionnaire. Une idée cruciale.

— Tout cela, ce sont des mots, soupira Billings avec accablement.

Histoire de plaisanter afin de nous remonter le moral, je suggérai : « Il n'y a qu'à faire passer une petite annonce dans les journaux. »

Et, précisément, cela me donna une idée. « Dans les revues de science-fiction, ajoutai-je.

— Quoi ? maugréa Finley.

— Vous savez, les magazines spécialisés publient des articles bidons. Ça amuse les lecteurs. Et ça les intéresse. » Je leur parlai des articles d'Asimov sur la thiotimoline que j'avais eu l'occasion de lire [1].

---

1. La thiotimoline est une substance imaginaire conçue par l'esprit fertile d'Isaac Asimov qui la décrivit avec le plus grand sérieux et de la façon la plus scientifique qui

Ma proposition se heurta à une réprobation glaciale.

J'insistai : « Nous ne contreviendrions même pas aux règlements sur la sécurité car personne n'en croira un mot. » Et, à l'appui de mes dires, j'évoquai la nouvelle de Cleve Cartmill qui, en 1944, donnait les spécifications de la bombe atomique. Le F.B.I. n'avait pas bougé [1].

— De plus, les fans de science-fiction ont des idées, poursuivis-je. Gardez-vous de les sous-estimer. Même s'ils pensent qu'il s'agit d'un canular, ils donneront leur point de vue à la rédaction. Comme, en ce qui nous concerne, nous sommes à sec d'idées, comme nous sommes dans l'impasse, qu'avons-nous à perdre ?

Ils n'étaient toujours pas d'accord.

— Et puis, ajoutai-je, La Cane ne vivra pas éternellement, vous savez.

Ce fut l'argument massue.

Il fallut d'abord convaincre Washington. Quand nous eûmes le feu vert, je pris contact avec John Campbell, rédacteur en chef d'*Astounding Science Fiction*, qui me brancha sur Isaac Asimov.

Maintenant, l'article est écrit. Je l'ai lu, je l'ai approuvé et je vous conjure de ne pas en croire un mot. Pas un traître mot.

Toutefois...

Si jamais quelqu'un a une idée...

soit dans une revue de S.-F. La légende veut que, lorsqu'il passa son doctorat, l'examinateur, l'ayant reconnu, lui posa une question subsidiaire sur... la thiotimoline. Isaac Asimov comprit alors qu'il avait gagné ! (*N.d.T.*)

1. L'épisode est authentique. (*N.d.T.*)

Cache-cash

C'était clair comme du cristal : Montie Harlow avait, escroc de génie, détourné plus d'un million de dollars. Chose tout aussi limpide : il avait été arrêté vingt-quatre heures après l'expiration du délai suspensif de prescription.

Ce fut la méthode qu'il employa pour échapper à la justice jusqu'à ce jour qui fit entrer le procès intenté contre sa personne par l'État de New York dans les annales de la jurisprudence. Les débats marquèrent un tournant dans l'histoire du droit, la justice ayant pour la première fois fait intervenir la quatrième dimension dans ses attendus.

En effet, ayant commis ladite escroquerie et s'étant ainsi approprié plus d'un million de dollars, Harlow était entré avec le plus grand flegme dans la machine à voyager dans le temps qu'il possédait en toute illégalité et l'avait réglée de façon à faire un saut de sept ans et un jour dans le futur.

Son avocat exposa son point de vue en termes simples : se cacher dans le temps n'était pas fondamentalement différent de se réfugier dans l'espace. Si les forces de l'ordre n'avaient pas découvert son client au cours des sept années écoulées, tant pis pour elles.

L'accusation rétorqua que la prescription n'avait pas été conçue en tant que partie de cache-cache entre la justice et le criminel. C'était une mesure miséricordieuse destinée à épargner au coupable la terreur perpétuelle d'une arrestation. Pour certains crimes, on considérait qu'une période limitée dans le temps pendant laquelle le délinquant vit dans l'appréhension d'être appréhendé — si l'on peut s'exprimer ainsi — constituait à elle seule un châtiment suffisant. Mais, souligna le procureur, Harlow n'avait pas éprouvé une once d'appréhension.

L'argument n'ébranla pas la défense : la loi, répondit l'avocat, ne prétend pas mesurer l'étendue de la peur et de l'angoisse du criminel. Elle demeure muette là-dessus. Elle se borne à fixer un délai limite au-delà duquel l'action de la justice est éteinte.

L'accusation répliqua que le défenseur n'avait pas vécu au cours de ces sept années.

La partie civile répondit à cela que l'intéressé ayant sept ans de plus que le jour où il avait commis le délit qui lui était reproché avait effectivement vécu jusqu'au terme du délai suspensif de prescription.

L'accusation réfuta cette proposition et la défense produisit le certificat de naissance d'Harlow. Celui-ci était né en 2973. Lorsque le vol avait eu lieu, en 3004, il avait trente et un ans. Aujourd'hui, on était en 3011 et il en avait trente-huit.

Le procureur, s'échauffant, proclama que l'inculpé avait physiologiquement, non pas trente-huit ans, mais trente et un ans.

Sans se laisser démonter, la défense rappela à la

Cour que, aux termes de la loi, l'âge de tout individu, à condition que celui-ci soit reconnu normal sur le plan intellectuel, était exclusivement son âge chronologique obtenu en soustrayant sa date de naissance de l'année en cours.

Le procureur, perdant son sang-froid, jura que si jamais Harlow obtenait le non-lieu, la moitié des codes juridiques serait *de facto* caduque.

Eh bien, riposta la défense, modifions la loi pour tenir compte du transfert temporel. Mais, tant qu'elle n'est pas changée, les textes doivent être appliqués à la lettre.

Le juge mit l'affaire en délibéré. Le verdict fut rendu huit jours plus tard. Ce fut un tournant dans l'histoire du droit. On peut presque regretter que certaines personnes soupçonnent le magistrat de n'avoir prononcé l'ordonnance de relaxe que parce qu'une impulsion irrésistible l'avait poussé à formuler l'arrêt dans ces termes :

— Le temps suspend son vol.

Post-scriptum

Et si vous vous figurez que je vais m'excuser pour cette histoire, c'est que vous me connaissez bien mal. J'estime que le calembour est la forme la plus noble de l'esprit. Voilà...

À Port Mars sans Hilda

Ante-scriptum

Cette histoire est une aventure de type James Bond. Quand je l'ai écrite, je n'avais jamais entendu parler de James Bond.

D'ailleurs, ceux qui connaissent mon style savent qu'il n'y a jamais de thèmes osés dans mes récits. Témoin toutes les nouvelles de ce recueil — à l'exception de celle-ci.

Or, il se trouva qu'un éditeur — dont je tairai le nom — me déclara un jour qu'il soupçonnait que s'il n'y avait jamais de scènes égrillardes dans mes histoires, c'était parce que j'étais incapable d'écrire des grivoiseries. Je repoussai naturellement cette accusation avec le mépris et l'insolent dédain qu'elle méritait : je répliquai véhémentement que c'étaient ma pureté et ma santé naturelle qui m'en empêchaient.

Devant la mine franchement incrédule de mon interlocuteur, j'ajoutai : « Je vous le prouverai en écrivant une histoire S.-F. empaillardée. Mais elle ne sera pas publiée. »

Cette histoire S.-F. empaillardée s'avéra être en même temps une énigme policière et elle me plut tant que j'acceptai en définitive de la laisser publier.

En tout cas, ce texte montre ce que je suis capable de faire quand je veux. La seule chose, c'est que, en général, je ne veux pas.

Au début, tout se goupilla à merveille. Un vrai rêve ! Aucun coup de pouce à donner. Aucune ficelle à tirer. Je n'eus qu'à laisser les choses suivre leur cours. C'est peut-être dès le départ que j'aurais dû subodorer la catastrophe.

C'était le mois de congé auquel j'avais droit. Un mois de travail, un mois de repos : tel est le principe en vigueur au service Galactique. Un excellent principe. Et tout à fait justifié. J'arrivai à Port Mars pour l'indispensable escale technique de trois jours avant de sauter dans la fusée en partance pour la Terre.

Normalement, Hilda — Dieu la bénisse, elle est l'épouse la plus accomplie dont il ait jamais été donné à un homme de s'enorgueillir —, Hilda aurait dû m'attendre et nous aurions eu trois jours à nous, charmant interlude placé sous le signe de l'intimité partagée. Le seul ennui, c'est que Port Mars est le trou le plus infernal du système solaire. Comme coin tranquille pour les interludes intimes, vous pouvez repasser ! Mais dites-moi un peu comment j'aurais pu expliquer cela à Hilda, hein ?

Or, cette fois, ma belle-mère — Dieu la bénisse,

elle aussi... pour changer — tomba malade deux jours avant que je n'atteigne Port Mars et, la veille de l'atterrissage, je reçus un spatiogramme d'Hilda me prévenant qu'elle restait sur Terre avec sa maman et que, par exception, elle ne me rejoindrait pas.

Je lui expédiai par retour un spatiogramme où je lui exprimai mes regrets, mon affection et la fiévreuse anxiété dans laquelle l'état de sa mère me plongeait.

Je fis contact.

Et voilà : *j'étais à Port Mars sans Hilda.*

Ce n'était encore rien, comprenez-vous ? Rien que le cadre du tableau, le squelette. Restait, maintenant, à tracer des lignes et plaquer des couleurs à l'intérieur de ce cadre, à habiller le squelette de chair.

Aussi appelai-je Flora — Flora était indissociablement liée à certains capiteux épisodes du passé — et, à cette fin, j'entrai dans une cabine vidéo. Au diable l'avarice, bille en tête...

Il y avait dix chances contre une qu'elle soit sortie, qu'elle soit occupée ou que son vidéophone soit débranché. Ou même qu'elle soit morte.

Mais elle était chez elle, son vidéophone n'était pas débranché et elle était tout ce qu'il y a de vivante, ce n'est rien de le dire.

Elle n'avait jamais été plus séduisante. L'âge ne pouvait ni flétrir l'habitude ni éventer sa diversité infinie, comme disait je ne sais qui... à moins que ce ne soit quelqu'un d'autre. Et la robe qu'elle portait — ou, plutôt, qu'elle ne portait pas — y faisait beaucoup.

Était-elle contente de me voir ? m'informai-je.

— Max ! fit-elle d'une voix aiguë. Cela fait des années...

— Je sais, Flora. Mais je suis là. Entièrement à ta disposition si tu es libre. Tu ne devinerais jamais : je suis à Port Mars sans Hilda !

Elle poussa à nouveau un petit cri strident : « Ça alors, c'est formidable ! Viens vite. Je t'attends. »

Mes yeux s'écarquillèrent quelque peu. Je n'en avais pas espéré tant. « Tu veux dire que tu es libre ? »

Il faut que vous compreniez que Flora n'était jamais libre quand on l'appelait impromptu. Un préavis était indispensable. Et un préavis sérieux. Flora, c'était la fille courue, voyez-vous ?

— Oh ! C'est-à-dire que j'ai un vague et insipide petit rendez-vous, Max, répondit-elle. Le genre barbant. Mais je m'arrangerai. Arrive tout de suite.

— J'arrive, m'exclamai-je au comble de la béatitude.

Flora était de la catégorie des filles qui... Croyez-moi ou ne me croyez pas, elle vit sous gravité martienne. Soit 40 % de la gravité terrestre. Le gadget lui permettant de neutraliser le champ pseudo-gravifique de Port Mars n'est pas donné, bien sûr, mais laissez-moi vous dire en passant que ça en valait la peine. Et elle n'avait pas de difficultés pour régler les factures. S'il vous est arrivé de serrer une fille dans vos bras sous 0,4 g, vous n'avez pas besoin d'explications. Dans le cas contraire, les explications ne vous serviraient à rien. Et je serais navré pour vous.

Tenez... les nuages qui flottent...

Par-dessus le marché, il faut que la fille en connaisse un rayon pour se débrouiller sous faible gravité. Dans ce domaine, Flora était championne. Qu'on me comprenne bien : il n'est pas dans mes intentions de m'étendre sur mes aptitudes personnelles. Mais elle ne m'avait pas supplié de venir, elle n'avait pas annulé des engagements antérieurs parce qu'elle était en panne ! Elle n'était jamais en panne.

Je coupai la communication. Seule la perspective de la voir en chair et en os — et quand je parle de chair ! — put me contraindre à faire disparaître de l'écran l'image de Flora avec une telle précipitation. Je sortis de la cabine.

C'est à ce moment précis, à cette fraction de seconde précise, que le signe précurseur de la catastrophe imminente se manifesta.

Sous la forme du crâne chauve de ce fumier de Rog Crinton, le patron de notre antenne martienne, calvitie miroitant au-dessus d'une paire d'yeux en boule de loto d'un bleu délavé et d'une moustache brunâtre qui ne l'était pas moins, le tout s'insérant dans un visage jaunâtre : le père Rog Crinton en personne qui avait une trace de sang slave dans les veines et dont la moitié des agents du Service croyaient dur comme fer que son second prénom était 'Fandepute.

Comme mon congé avait commencé à l'instant même où j'avais posé le pied sur l'aire d'atterrissage, je m'abstins de tomber à quatre pattes et de plonger le front dans la poussière. Je me contentai de dire avec une politesse normale : « Quel mauvais vent vous amène ? Je suis pressé. J'ai rendez-vous.

— Vous avez rendez-vous avec moi, répondit-il. J'ai un petit boulot à vous confier. »

J'éclatai de rire et lui expliquai sans lui faire grâce d'aucun détail anatomique où il pouvait se le flanquer, son petit boulot. Je lui proposai même un maillet pour faciliter l'opération et conclus par ces mots :

« Je suis navré mais c'est mon mois de repos, mon cher.

— Alerte rouge, mon cher », rétorqua-t-il.

Autrement dit : tintin, ceinture et balai de crins pour mon congé. Je n'en croyais pas mes oreilles.

— Rien à faire, Rog ! Il se trouve que j'ai, moi aussi, mon alerte rouge personnelle.

— Veux pas le savoir.

— Pour l'amour du ciel, Rog, vous ne pouvez pas trouver quelqu'un d'autre ?

— Vous êtes le seul agent de catégorie A actuellement sur Mars.

— Eh bien, appelez la Terre ! Ils entassent les agents comme si c'étaient des éléments de micropiles, au quartier général !

— L'affaire en question doit être réglée avant 23 heures. Allons, Max... vous pouvez bien sacrifier trois heures ?

Je me pris la tête à deux mains. Il ne pouvait pas se rendre compte ! « Laissez-moi donner un coup de fil, voulez-vous ? »

Je réintégrai la cabine, lui adressai un regard flamboyant et ajoutai : « Un coup de fil privé ! »

Flora réapparut sur l'écran tel un mirage sur un astéroïde.

— Un contretemps, Max ? Ne viens pas me dire que tu as un empêchement ! J'ai annulé mon rendez-vous.

— Je vais venir, ma petite Flora. Je te promets. Mais j'ai... un imprévu.

Elle proféra d'un air vexé l'inévitable question.

— Absolument pas. Il ne s'agit pas d'une autre fille. Il ne peut y avoir d'autre fille dans la même ville que

toi, voyons ! Des personnes du sexe féminin, je ne
dis pas, mais pas des filles ! C'est une histoire professionnelle qui me retient, mon chou. Attends-moi. Je
ne tarderai pas.

— Parfait, fit-elle.

Mais sur un tel ton que ça n'avait pas l'air parfait
du tout et que... gare à moi !

Je sortis de la cabine. « Parfait, Rog 'Fandepute.
Quel espèce de merdier m'avez-vous concocté ? »

Nous gagnâmes le bar du port spatial et nous ins-
tallâmes dans un box insonorisé.

— Le *Géant d'Antarès* en provenance de Sirius va
faire contact dans une demi-heure exactement. À
vingt heures, temps local.

— Bon.

— Trois hommes, entre autres, débarqueront pour
attendre le *Dévoreur d'Espace* qui doit se poser à
vingt-trois heures en provenance de la Terre et décoller un peu plus tard à destination de Capella. Les
trois hommes en question monteront à son bord et
seront dès lors soustraits à notre juridiction.

— Je vois.

— Entre vingt heures et vingt-trois heures, ils
seront dans une salle d'attente spéciale. En votre
compagnie. J'ai une photo tridimensionnelle de chacun d'eux. Vous n'aurez donc aucune difficulté à les
identifier. Il vous appartiendra de déterminer pendant ces trois heures d'escale lequel de ces messieurs
transporte de la contrebande.

— Quelle sorte de camelote.

— La pire. De la Spatioline modifiée.

— De la Spatioline modifiée ?

J'en étais comme deux ronds de flan. La Spatioline,

je connaissais. S'il vous est déjà arrivé de voyager dans l'espace, vous connaissez aussi. Et, au cas où vous seriez un rampant n'ayant jamais quitté la Terre, sachez que tout le monde en a besoin pour son premier voyage dans l'espace, que presque tout le monde en a besoin pour ses dix premiers voyages dans l'espace et que des tas de gens en ont besoin toute leur vie chaque fois qu'ils vont dans l'espace. Sans Spatioline, on souffre du vertige associé à la chute libre, d'angoisses à vous faire hurler et de psychose semi-permanente. Avec elle, on est peinard comme Baptiste. Et il n'y a ni risque d'accoutumance, ni effets secondaires, ni contre-indications. La Spatioline est quelque chose d'idéal, d'essentiel et d'irremplaçable. Quand vous avez des doutes, prenez de la Spatioline.

— Eh oui, fit Rog. De la Spatioline modifiée. On peut l'altérer chimiquement grâce à une réaction simple que le premier venu est capable de réaliser dans sa cave pour la transformer en une drogue d'une potentialité titanesque créant l'accoutumance dès la première injection. Ce produit est alors aussi dangereux que les alcaloïdes les plus néfastes.

— Et on vient tout juste d'apprendre son existence ?

— Non. Il y a des années que le Service est au courant. Mais nous nous arrangeons pour étouffer l'affaire chaque fois qu'un chercheur découvre les propriétés de cette substance. Toutefois, à présent, les choses sont allées trop loin.

— C'est-à-dire ?

— L'un des personnages qui vont faire escale ici même, transporte sur lui une certaine quantité de

Spatioline modifiée. Les chimistes capelliens — et je vous rappelle que le système de Capella n'appartient pas à la Fédération — analyseront le spécimen et étudieront les moyens de synthétiser massivement le produit. Alors, nous nous trouverons devant l'alternative suivante : ou bien combattre la menace d'intoxication la plus grave que nous ayons jamais connue, ou bien l'éliminer en l'arrêtant à la source.

— En stoppant la production de Spatioline ?

— Exactement. Et supprimer la Spatioline, c'est donner le coup de grâce à l'astronavigation.

Je décidai de ne pas y aller par quatre chemins. « Lequel de ces trois individus est le passeur ? » demandai-je.

Rog eut un sourire nauséabond.

— Si nous le savions, aurions-nous eu besoin de faire appel à vos services ? Ce sera à vous de le découvrir.

— Et vous avez besoin de moi pour un travail comme ça ? Pour fouiller un suspect ?

— Si on se trompe de bonhomme, c'est l'oreille fendue jusqu'au sternum. Chacun de ces messieurs est un personnage important sur sa planète. Il s'agit respectivement d'Edward Harponaster, de Joacquin Lipsky et d'Andiamo Ferrucci. Ces noms vous disent-ils quelque chose ?

Il avait raison. J'avais entendu parler de ces trois olibrius. Et il y a de fortes chances pour que vous les connaissiez de réputation, vous aussi. Oui, c'étaient des gens importants. Très importants. Et que l'on ne pouvait accuser sans preuves.

— Pourquoi un de ces gars-là se livrerait-il à ce genre de trafic...

— Il y a des trillions de crédits à la clé. C'est une raison suffisante pour que chacun d'eux puisse être dans la combine. Et l'un d'eux y est. Jack Hawk a réussi à en avoir l'assurance avant de se faire descendre.

— Jack Hawk est mort ?

— Oui. Et c'est l'un de ces trois types qui a organisé son assassinat. À vous de trouver lequel. Mettez la main sur le client qui nous intéresse et vous aurez de l'avancement, vous aurez droit à une augmentation, vous vengerez ce pauvre Jack Hawk et vous serez le sauveur de la galaxie. Trompez-vous de bonhomme et il y aura une terrible crise interstellaire, vous serez limogé et vous vous retrouverez sur la liste noire d'ici à Antarès.

— Supposons que je ne mette la main sur personne ?

— En ce qui concerne le Service, ce serait exactement comme si vous vous étiez trompé de client.

— Si je comprends bien, il faut que j'emballe le vrai coupable sous peine d'avoir la tête coupée ?

— En petites tranches. Vous commencez à piger la situation, Max.

Rog avait toujours été une mocheté mais il ne m'avait jamais encore paru aussi laid. La seule consolation que j'éprouvai en le contemplant était de songer qu'il était marié, lui aussi, et qu'il vivait toute l'année à Port Mars avec sa femme. Et il le mérite ! Je suis peut-être dur mais il le mérite...

Dès qu'il se fut éloigné, je rappelai Flora vite fait.

— Eh bien ? commença-t-elle.

Les fermetures magnétiques de sa robe étaient entrebâillées juste ce qu'il fallait et sa voix avait la même douceur à vous donner des frissons que son académie.

— Je ne peux rien dire au téléphone, mon petit, mais il s'agit d'une affaire dont je suis forcé de m'occuper. Tu comprends ? Écoute-moi : tu raccroches et je réglerai cette histoire même si je dois pour cela plonger dans le Grand Canal et gagner la calotte glaciaire à la nage et en caleçon. Même si je dois arracher Phobos du ciel avec mes ongles. Même si je dois me couper en petits morceaux et m'expédier par la poste.

— Mince alors ! Si j'avais su qu'il faudrait que j'attende...

Je fis la grimace. Elle était bouchée à la poésie. En fait, c'était un être simple, un être d'action. Mais après tout, pour flotter sous basse gravité sur un odorant océan de jasmin en compagnie de Flora, la sensibilité poétique n'était pas un préalable absolument indispensable.

— Attends-moi, Flora, fis-je d'une voix pressante. J'aurai vite fait. Et tu verras ce que je te réserve !

J'étais ennuyé, bien sûr, mais pas encore inquiet. Rog m'avait purement et simplement laissé choir au moment où je me posais la question de savoir comment j'identifierais le coupable.

C'était facile. J'aurais dû le rappeler pour lui exposer ma tactique mais aucune loi n'interdit à un homme de boire un demi-flip ou de préférer qu'il y ait de l'oxygène dans l'air qu'il respire. Cela me prendrait cinq minutes et ensuite... à moi Flora ! Je la rejoindrai avec un léger retard, peut-être, mais avec de l'avancement, une augmentation et une grosse bise du Service sur les deux joues.

Oui, c'était tout simple. Les grands manitous de l'industrie se baladent rarement dans l'espace. Ils préfèrent utiliser le transvidéocepteur. Quand ils doivent participer exceptionnellement à une conférence interstellaire au sommet, ce qui était probablement le cas de mon trio, ils prennent de la Spatioline. D'abord, parce qu'ils n'ont pas une expérience suffisante des voyages pour se risquer dans le cosmos sans biscuit. Ensuite, parce que la Spatioline est la façon la plus coûteuse de voyager et que les nababs de l'industrie choisissent immanquablement ce qu'il y a de plus coûteux. Je connais leur psychologie.

Cela dit, ce raisonnement n'était valable que pour deux d'entre eux. Celui qui passait la camelote en fraude ne pouvait pas courir le risque d'absorber de la Spatioline, même s'il devait affronter le mal de l'espace. En effet, sous l'influence de ce produit, il pourrait sortir la drogue, se rendre ou raconter des tas d'imbécillités. Il lui était indispensable de demeurer maître de lui.

Pas plus compliqué que cela !

Le *Géant d'Antarès* se pointa à l'heure dite. Lipsky fut introduit le premier dans la salle d'attente. Il avait de grosses lèvres écarlates, des joues matelassées, des sourcils très noirs et ses cheveux commençaient à peine à s'argenter. Il se borna à me regarder et s'assit. Rien de plus. Il était imbibé de Spatioline comme une éponge.

— Bonsoir monsieur, lui dis-je.

Il me répondit d'une voix rêveuse : « Cieux pudichromes qui galvaudez dans les bois de roses tuméfiés d'hallalittérature. »

C'était le syndrome classique de la Spatioline. Elle

a pour effet de mettre le cerveau en roue libre. Le sujet s'abandonne à l'automatisme verbal et à l'association phonétique.

Entra ensuite Andiamo Ferrucci : moustache noire, longue silhouette flasque, teint olivâtre, visage grêlé. Il s'assit.

Je repris la parole :

— Vous avez fait bon voyage ?

— Age tendre et tête de bois de campêche à la mouche.

— Mouchoir de poche revolver vert émeraude ôte-toi de là que je m'y mette d'école, renchérit Lipsky.

Je souris. Le malfrat était Harponaster. Mon pistaiguille était dissimulé à l'intérieur de mon poing et je n'avais qu'un geste à faire pour paralyser le suspect avec mon magnéto-ruban.

Harponaster entra à son tour. Il était maigre, parcheminé et, encore qu'il fût presque chauve, il paraissait beaucoup plus jeune que sur la photo tridimensionnelle. Et il était bourré de Spatioline jusqu'aux yeux !

— Merde ! murmurai-je.

Il prit le relais : « Air de fête bamboula lalala itou Tank-Amon commandement.

— Demandez et l'on vous ouvrira l'hôtel Aviv, fit Ferrucci.

— Vive la quille », conclut Lipsky.

Je les dévisageai successivement tous les trois tandis qu'ils se renvoyaient la balle en formules de plus en plus brèves. Enfin, ils se turent.

Il n'y avait pas de problème ; l'un d'eux jouait la comédie. Celui-là avait prévu que le fait de ne pas avoir pris de Spatioline le trahirait. Sans doute avait-il soudoyé un quelconque fonctionnaire qui lui avait fait une injection saline ou je ne sais quoi à la place.

Oui, l'un des trois était un simulateur. Il n'était pas difficile de miner la spatiolinomanie. Les chansonniers de la télé sub-éthérique utilisaient régulièrement cette astuce. Les libertés que l'on pouvait prendre avec la morale en vigueur grâce à ce subterfuge étaient quelque chose d'étonnant. Vous ne pouvez pas ne pas avoir vu un de ces numéros.

Comme je dévisageais mes trois bonshommes, je sentis un premier frisson à la base de mon crâne. Un frisson qui voulait dire : Et si tu n'alpagues pas le bon ?

Il était vingt heures trente et un certain nombre de choses méritaient d'être prises en considération : ma carrière, ma réputation et ma tête qui commençait à salement branler dans le manche. Je décidai de réserver ces réflexions pour plus tard et songeai à Flora. Elle ne m'attendrait pas éternellement. Tout compte fait, il y avait de fortes chances pour qu'elle ne m'attende pas au-delà d'une demi-heure.

Le simulateur pourrait-il continuer à se laisser aller à ces libres associations verbales si je le poussais discrètement sur un terrain dangereux ?

— Le plancher est recouvert d'un bien joli tapis qui ressemble à du droguet, dis-je.

— Drogue est ogre grosso modo ré mi fa Sol système à sauver, déclara Ferrucci.

— Vénalité ite missa est esturgeon, enchaîna Lipsky.

— Onze et trois font seize dans la marmite à soupe, reprit le premier.

— Soupçon d'un noir forfait féodal dalle de pierre, fit Harponaster.

— Pierre de lune unisson.

— Son et lumière.

Suivirent quelques grognements qui finirent par s'éteindre.

Je fis un nouvel essai prudent. Plus tard, ils se souviendraient de tout ce que j'avais dit et il fallait que mes propos demeurent anodins.

— Ce bâtiment est bien conçu. Il a beaucoup d'espace en ligne.

— L'ignorant rancunier niait la nielle ailée élémentaire...

Interrompant Ferrucci, je me tournai vers Harponaster et répétai : « Beaucoup d'espace en ligne.

— L'igname amoureux heurta le tamanoir hanté... »

Je plantai mon regard dans celui de Lipsky et lançai pour la troisième fois : « Beaucoup d'espace en ligne.

— L'ignoble vignoble obligatoire et goitreux traumatise les miasthmatiques.

— Mathématique tic-tac tactique stratégie gigolo.

— Holocauste coxalgie.

— Giométrie.

— Triporteur.

— Porteur d'eau. »

Je fis encore quelques tentatives qui n'eurent pas plus de succès. Le simulateur, quel qu'il fût, s'était entraîné à la technique de l'association des idées ou bien il était naturellement doué pour cela. Son cerveau était débrayé et il laissait les mots se former librement. Et il savait ce que je cherchais : cela stimulait son inspiration. Si le mot clé « drogue » n'avait

rien donné, mon « espace en ligne », allitération de
« spatioline », trois fois répété aurait dû déclencher
une réponse. Avec les deux autres, j'étais tranquille.
Mais lui savait à quoi s'en tenir.

Et il se moquait de moi. Tous trois avaient lâché
des formules susceptibles d'être interprétées comme
le signe d'un sentiment de culpabilité : « drogue est
ogre », « Sol système à sauver », « vénalité », « soupçon d'un noir forfait »... Pour deux de ces messieurs,
ce n'était qu'un bredouillage sans signification, des
sonorités enfilées au petit bonheur mais le troisième
s'amusait comme un petit fou.

Comment allais-je le coincer ? Une poussée de
haine me fit frémir et mes doigts se crispèrent. Ce
salaud-là était en train d'ébranler la galaxie sur ses
bases ! Pire encore : il me retardait alors que j'avais
rendez-vous avec Flora.

Certes, je pouvais les fouiller. Les deux qui avaient
effectivement pris de la Spatioline ne feraient pas un
geste pour m'en empêcher. Ils n'éprouvaient rien : ni
émotion, ni peur, ni anxiété, ni haine, ni passion, ni
désir... pas même celui de se protéger. Et si l'un d'eux
m'offrait ne serait-ce que l'ombre d'une résistance, il
se trahirait du même coup. Ce serait mon bonhomme.

Mais, plus tard, les innocents se rappelleraient ce
qui se serait passé.

Je poussai un soupir. Si j'employais cette méthode,
j'identifierais le trafiquant, d'accord, mais je serais
bon pour passer à la moulinette. Il y aurait un de ces
coups de balai dans le Service, je ne vous dis que
cela ! Ça ferait un foin terrible d'un bout à l'autre de
la galaxie et, avec tout ce remue-ménage, le secret de
la Spatioline modifiée s'ébruiterait. Alors...

Bien sûr. il y avait une chance pour que je mette la main sur le coupable du premier coup. Une chance sur trois...

Bon Dieu ! Je jetai un coup d'œil affolé à ma montre. Vingt et une heure quinze...

Où diable le temps était-il passé ?

Oh ! Bon Dieu de bon Dieu ! Oh merde ! Oh Flora !

Je n'avais pas le choix : je bondis jusqu'à la cabine du bigophone. Histoire de lui passer un petit coup de fil pour la tenir en haleine. À supposer qu'il y ait encore quelque chose à tenir en haleine.

Je n'arrêtais pas de me répéter : elle ne répondra pas.

J'essayai de me préparer à cette éventualité. Il y avait d'autres filles. Il y avait d'autres...

Et diantre non ! Il n'y en avait pas d'autres !

D'abord, si Hilda avait été à Port Mars, je n'aurais pas pensé une seconde à Flora et cela n'aurait eu aucune importance. Seulement... j'étais à Port Mars sans Hilda et j'avais rendez-vous avec Flora. Flora et un corps qui était la somme de toutes les douceurs, de tous les arômes et de toutes les fermetés. Flora, une chambre à faible gravité et, tout autour, un je-ne-sais-quoi qui vous donnait l'impression de tomber en chute libre dans un tiède océan de meringues parfumées au champagne...

Le voyant d'appel clignotait, clignotait et je n'osais pas raccrocher.

— Réponds ! Réponds !

Elle répondit.

— C'est toi ! fit-elle.

— Bien sûr, ma toute belle. Qui veux-tu que ce soit d'autre ?

— Ç'aurait pu être des tas d'autres gens. Des gens qui viendraient me voir, eux !

— J'ai juste un dernier petit détail à régler pour cette affaire.

— Quelle affaire ? Quelqu'un qui veut des plastons ?

Il me fallut un instant pour comprendre.

La mémoire me revint brusquement. Je lui avais dit un jour que j'étais représentant en plastons. Le jour où je lui avais apporté cette chemise de nuit en plaston qui était tellement chou ! À ce souvenir, j'eus encore plus mal là où j'avais déjà assez mal comme ça.

— Écoute... Accorde-moi encore une demi-heure.

Ses yeux s'embuèrent. « Je suis toute seule... toute seule.

— Je te promets une compensation. »

Vous comprendrez à quel point j'étais désespéré quand je vous aurai dit que mes pensées commençaient à divaguer sur des chemins qui ne pouvaient conduire que chez le bijoutier et ce en dépit du fait qu'un trou important dans mon compte en banque sauterait aux yeux perçants de Hilda comme la nébuleuse de la Tête de Cheval au beau milieu de la voie lactée.

— J'avais un rendez-vous tout ce qu'il y a d'intéressant, reprit-elle, et je me suis décommandée.

Je protestai : « Tu m'as parlé d'un vague petit rendez-vous insipide du genre barbant ! »

J'avais commis une erreur. Je m'en rendis compte à l'instant même où j'ouvrais la bouche.

— Un vague petit rendez-vous insipide et barbant !
piailla-t-elle.

C'étaient les propres termes qu'elle avait employés
mais, quand on discute avec une femme, il n'y a rien
de pire que d'être dans son bon droit.

— Comment ! Voilà quelqu'un qui me promet de
m'offrir une propriété sur la Terre...

Et cela continua sur ce ton. Elle en avait plein la
bouche, de cette propriété sur la Terre. Il n'y a pas
une fille à Port Mars qui ne fasse des pieds et des
mains pour se faire offrir une propriété sur la Terre
et celles qui sont parvenues à leurs fins sont aussi
nombreuses que les pommes sur un fraisier. Mais
l'espoir s'épanouit éternellement dans la poitrine
humaine et, en ce qui concernait Flora, il avait largement la place de s'épanouir.

Je tentai de l'arrêter mais en vain.

Elle finit quand même par arriver à sa conclusion :
« Et me voilà toute seule ! Sans personne. Que penses-tu que va devenir ma réputation ? » Sur ces mots,
elle raccrocha.

Elle avait raison, pardi ! J'avais l'impression d'être
le dernier des butors de la galaxie. Si le bruit se répan-
dait que quelqu'un lui avait posé un lapin, on en
déduirait qu'elle était de celles à qui l'on pose des
lapins, qu'elle perdait la main. Il y avait de quoi ruiner
une fille.

Je regagnai la salle d'attente. Le larbin en faction
devant la porte me salua au passage.

Je dévisageai mes trois industriels en me demandant
dans quel ordre je les étranglerais en prenant mon
temps si le ciel voulait que je reçoive l'ordre de les
étrangler. Je commencerais par Harponaster, peut-

être bien. Il avait un cou maigre aux tendons saillants autour duquel les doigts se riveraient sans bavures et une pomme d'Adam effilée constituant une bonne prise pour les pouces.

Ces spéculations firent remonter mon moral d'un tout petit cran et la violence de mon désir meurtrier était telle que je poussai un soupir nostalgique en murmurant : « Bigre ! »

Cela suffit pour qu'ils redémarrent. Ce fut Ferrucci qui commença :

— Hygrométrie tricycle cyclamen ménestrel ellébore...

Le cou décharné d'Harponaster frémit.

— Bora-Bora de ville et rat des champs chansons à boire et à manger.

Lipsky le relaya :

— Geyser de flammes amantes menthe à l'eau au dodo.

— Dominus vobiscum.

— Gomme arabique.

— Bique et pique et colégramme.

— Rame de pois.

— Poids et haltères.

— Térébenthine.

— Inhérent.

— Ran-tan-plan.

Silence... Ils me regardaient. Je les regardais. Ils étaient vides d'émotions — en ce qui concernait deux d'entre eux — et j'étais vide d'idées.

Et le temps passait.

Je continuai de les regarder en songeant à Flora. Et réalisai brusquement que, à présent, je n'avais plus rien à perdre, que j'avais déjà tout perdu. Alors, autant leur parler d'elle.

— Messieurs, commençai-je, il y a dans cette ville une dame dont je tairai le nom de peur de la compromettre. Permettez-moi de vous la dépeindre.

Et je m'y employai. Les deux heures qui venaient de s'écouler avaient fait de moi un véritable champ de forces si exacerbées que la description que je leur donnai de Flora devenait une sorte de poème semblable à un geyser jaillissant de je ne sais quelle source occulte de virilité tapie quelque part au plus profond des abysses de mon subconscient.

Ils étaient assis pétrifiés en face de moi, on aurait presque dit qu'ils m'écoutaient. C'était à peine s'ils m'interrompaient. Il existe une espèce de code de courtoisie qu'appliquent les usagers de la Spatioline : ils n'interrompent pas celui qui a la parole. C'est pour cela qu'ils parlent chacun à leur tour.

Naturellement, il m'arrivait par instants de ménager une pause car le thème que je développais était si poignant que j'éprouvais parfois le besoin de m'attarder un peu. Alors, l'un d'eux avait le temps de lâcher quelques mots avant que je ne me ressaisisse.

— Cette jeune personne, messieurs, habite une maison munie d'un dispositif de faible gravité. Peut-être vous demandez-vous à quoi bon la faible gravité ? J'ai l'intention de vous l'expliquer car si vous n'avez jamais eu l'occasion de passer un après-midi en tête-à-tête avec une fille galante de Port Mars, vous ne pouvez imaginer...

Mais je fis en sorte qu'il ne leur fût pas nécessaire de mettre leur imagination à contribution : en m'écoutant, c'était exactement comme s'ils y étaient. Plus tard, ils se souviendraient de ce que je leur avais raconté mais je doutais fort que l'un ou l'autre des innocents m'en tiendrait rigueur. Il y avait de fortes chances, même, pour qu'ils me supplient de leur donner certain numéro de vidéophone.

Je poursuivis sur ce ton, m'attachant amoureusement aux détails et parlant avec des accents d'une tristesse sincère, jusqu'à ce que le haut-parleur annonçât l'arrivée du *Dévoreur d'Espace*.

À ce moment, je dis à haute voix : « Debout, messieurs. »

Ils se levèrent en chœur, firent face à la porte et se mirent en marche. Quand Ferrucci passa devant moi, je lui posai la main sur l'épaule. « Pas vous, infâme criminel ! » m'écriai-je. Et, avant qu'il n'eût eu le temps de respirer deux fois, ses poignets étaient pris dans l'étau de mon serpentin magnétique.

Il se démena comme un beau diable. Il n'était pas sous l'influence de la drogue, lui. On découvrit la Spatioline modifiée qu'il transportait dans de minces sachets de matière plastique couleur chair collés sur la face interne de ses cuisses et sur lesquels étaient implantées des touffes de poils follets. C'était absolument invisible. On ne se rendait compte de la présence de ces sachets qu'au toucher, et encore fallut-il se servir d'un couteau pour en être sûr.

Un peu plus tard, Rog Crinton, épanoui et à moitié fou de soulagement, agrippa le revers de ma veste dans une étreinte mortelle. « Comment avez-vous réussi ? Qu'est-ce qui l'a trahi ? »

J'essayai de me dégager. « L'un des trois simulait le délire dû à la Spatioline, répondis-je. J'en avais la

certitude. Alors je leur ai dit... » Attention... Il fallait
être prudent. C'étaient là des détails qui ne regardaient pas cet abruti, n'est-ce pas ? « ... Euh... je leur
ai raconté des histoires poivrées, vous saisissez ?
Deux d'entre eux ne réagissaient pas : ils étaient
bourrés de Spatioline. Mais le souffle de Ferrucci
s'accélérait et je voyais des gouttes de sueur perler
sur son front. J'ai mis tout le paquet et il a réagi. Ce
qui signifiait qu'il n'était pas drogué. Quand ils se
sont levés pour monter à bord de l'astronef, j'étais
sûr de mon affaire et je l'ai arrêté. Maintenant, je
vous serais reconnaissant de bien vouloir me lâcher. »

Il me lâcha et il s'en fallut de peu que je ne dégrin-
gole à la renverse.

J'étais prêt à décoller. Mes pieds piaffaient d'impatience. Pourtant, je me retournai.

— Dites donc, Rog, pourriez-vous me signer un
chèque de mille crédits que vous me donnerez de la
main à la main... pour services rendus au Service ?

Ce fut à ce moment que je réalisai que le soulagement et un sentiment de gratitude extrêmement
éphémère l'avaient effectivement déboussolé car il
me répondit : « Bien sûr, Max, bien sûr ! Si vous voulez dix mille crédits, vous les aurez.

— Oh oui ! Je les veux. Je les veux, je les veux. »

Il remplit un chèque officiel du Service (payez au
porteur la somme de dix mille crédits) négociable à
peu près partout dans la galaxie. Croyez-moi si vous
voulez : il souriait en me le donnant. Et moi, je sou-
riais en le prenant, vous pouvez être tranquille.

Comment se débrouillerait-il pour passer ce chèque en comptes, c'était son affaire. Pour moi, l'important c'était qu'il passerait... sous le nez d'Hilda.

Je fis un dernier stage dans la cabine du vidéo phone. Je n'osais pas prendre le risque de faire le mort jusqu'au moment d'arriver chez Flora. Le trajet demandait une demi-heure, juste le temps nécessaire pour qu'elle convoque quelqu'un d'autre... si ce n'était déjà fait.

Faites qu'elle réponde ! Faites qu'elle réponde ! Faites qu'elle...

Elle répondit. Mais elle était en tenue de ville. Elle se préparait à sortir : deux minutes plus tard, je l'aurais manquée.

— Je sors, m'annonça-t-elle. Il existe encore des hommes qui savent se comporter décemment. Dorénavant, je souhaite ne plus vous voir. Je souhaite même que mes yeux ne se posent plus jamais sur vous. Je vous serais infiniment reconnaissante, monsieur Jenesaisqui, de bien vouloir dégager ma ligne et vous abstenir à l'avenir de la souiller avec...

Moi, je ne disais rien. J'étais simplement planté devant l'appareil, retenant mon souffle, le chèque bien en évidence. Sans bouger. Comme ça.

Et, de fait, au moment où elle prononçait le mot « souiller », elle se pencha pour mieux voir. C'était une fille qui manquait d'instruction mais elle était capable de lire « dix mille crédits » plus rapidement que tous les étudiants en licence du système solaire

— Max ! s'exclama-t-elle, c'est pour moi ?

— C'est pour toi, mon loulou. Jusqu'au dernier zéro. Ne t'avais-je pas dit que j'avais une petite affaire à régler. Je voulais te faire la surprise.

— Oh, Max, ce que tu es chou ! Tu sais, ce que je disais, c'était juste histoire de causer. C'était pour rigoler. Dépêche-toi... Je t'attends.

Elle ôta son manteau et quand Flora ôte son manteau, c'est un spectacle tout ce qu'il y a de passionnant.

— Et ton rendez-vous ?

— Je te répète que c'était pour rire.

Elle laissa glisser lentement son manteau sur le plancher et se mit à jouer avec une broche qui semblait destinée à maintenir la chose qui faisait office de robe.

— J'arrive, balbutiai-je péniblement.

— Avec tous ces crédits au grand complet ? ajouta-t-elle, la mine friponne.

— Il n'en manquera pas un à l'appel.

Je raccrochai, mis le pied hors de la cabine et le piège se referma définitivement.

Quelqu'un m'appela.

— Max ! Max !

Quelqu'un se précipitait vers moi en courant. « Rog Crinton m'a dit que je te trouverai là. Maman va beaucoup mieux. Alors, j'ai pris un passage spécial à bord du *Dévoreur d'Espace*. Qu'est-ce que c'est que ces dix mille crédits ? »

Je ne me retournai pas.

Je murmurai : « Bonjour, Hilda. »

J'étais ferme comme un roc.

Enfin, je pivotai sur mes talons et j'accomplis l'exploit le plus extraordinaire de toute ma carrière. Jamais au cours de ma sacrée bon Dieu d'existence de bon à rien passée à cavaler de planète en planète je n'avais fait quelque chose d'aussi difficile.

Je souris.

Au large de Vesta

Ante-scriptum

Quelques mots d'explication s'imposent. Au large de Vesta, *la première de ces deux nouvelles jumelées, n'est absolument pas une énigme policière. Il se trouve que c'est avec elle que j'ai inauguré ma carrière d'écrivain. Deux décennies plus tard, le magazine qui l'avait publiée me demanda si je pouvais en écrire un autre pour marquer cet anniversaire. Je m'exécutai, et, aussi banalement qu'on pouvait le prévoir,* Anniversaire, *cette seconde histoire, tourne autour de la réunion des héros de la première qui se retrouvent vingt ans après. Or, pris ensemble, ces deux récits constituent une histoire de détection.*

La loyauté la plus élémentaire m'oblige à prévenir l'Aimable Lecteur que très peu de changements ont été apportés au premier de ces récits qui fut mon baptême du feu. Si l'on y décèle un certain manque d'expérience — je n'avais pas vingt ans lorsqu'il fut publié —, que l'on veuille bien ne pas m'en tenir rigueur. J'irai plus loin pour apaiser la méfiance des personnes qui n'ont pas eu l'occasion de lire cette nouvelle à l'époque : je me suis abstenu d'en modifier un seul mot sous prétexte de me faciliter la tâche... vingt ans après.

*Ce n'est pas sans une certaine mélancolie que je pense que, quand le présent recueil est sorti en librairie aux États-Unis, c'était, à un an près, le trentième anniversaire d'*Au large de Vesta.

— Vas-tu arrêter de faire les cent pas comme cela ? s'exclama Warren Moore, étendu sur sa couchette. Ça ne sert à rien. Pense au bon côté de la chose : il n'y a pas de fuites d'air !

Mark Brandon fit volte-face et un rictus découvrit ses dents. « Je suis heureux de constater que tu prends aussi bien la situation, fit-il d'une voix venimeuse. Bien sûr, tu ne sais pas que notre réserve d'air ne dépasse pas trois jours. » Et il se remit à faire les cent pas avec un air de défi.

Moore bâilla, s'étira, s'installa plus confortablement et répliqua : « Dépenser autant d'énergie n'aura pour résultat que d'abréger ce délai. Tu devrais prendre exemple sur Mike. Regarde comme il est décontracté. »

Mike était le surnom de Michael Shea, ex-membre de l'équipage de la *Reine d'Argent*. Son corps courtaud et trapu occupait le seul fauteuil disponible et ses jambes reposaient sur l'unique table qui meublait la pièce. En entendant son nom, il leva la tête et esquissa un sourire torve.

— Il faut s'attendre que des accidents de ce genre

arrivent de temps en temps. Se balader dans les astéroïdes, c'est risqué. Nous aurions dû faire le Saut.
C'était le seul moyen sûr. Mais non ! Le commandant
voulait respecter l'horaire ! Il a fallu qu'il passe à
travers la ceinture... Et voilà ! conclut Mike en crachant un jet de salive d'un air écœuré.

— Le Saut... Qu'est-ce que c'est que ça ? s'enquit
Brandon.

— Oh ! Je suppose que l'ami Mike veut dire par là
qu'il aurait été préférable d'éviter la ceinture des
astéroïdes en calculant un itinéraire qui nous aurait
fait passer à l'extérieur du plan de l'écliptique, répondit Moore. C'est bien ça, Mike ?

L'interpellé hésita avant de répondre avec circonspection : « Ouais... Quelque chose dans ce goût-là. »

Moore lui adressa un sourire affable et reprit :
« Pourtant, je n'en veux pas tellement au commandant Crane. L'écran de répulsion est probablement
tombé en rideau cinq minutes avant que ce morceau
de granit nous ait télescopés. Ce n'est pas de sa
faute... Encore que, bien sûr, nous aurions dû faire
une manœuvre d'évitement au lieu de nous fier à cet
écran. » Il secoua la tête d'un air méditatif. « La *Reine
d'Argent* a éclaté en morceaux. C'est vraiment un
miraculeux coup de chance si cette section du bâtiment est demeurée intacte. Et étanche, de surcroît.

— Tu as une curieuse conception de la chance,
Warren, rétorqua Brandon. D'ailleurs, depuis que je
te connais, tu as toujours été comme cela. Nous sommes enfermés dans un compartiment de trois pièces
représentant dix pour cent du vaisseau, nous avons
trois jours d'air et la perspective de claquer au terme

de ces trois jours... et tu as le culot infernal de faire des laïus sur la chance que nous avons !

— Si l'on compare notre sort à celui de nos camarades qui sont morts en une fraction de seconde, oui... nous avons de la chance.

— Tu trouves ? Eh bien, permets-moi de te dire qu'une mort instantanée me semble encore préférable à ce qui nous pend au bout du nez. L'asphyxie est une façon extrêmement désagréable de mourir.

— Nous imaginerons peut-être un moyen de nous en sortir, suggéra Moore avec espoir.

— Pourquoi se refuser à regarder la vérité en face ? s'exclama Brandon, cramoisi, d'une voix tremblante. Nous sommes cuits, je vous dis ! Liquidés ! »

Mike examina tour à tour ses deux compagnons d'un air indécis et toussota pour attirer leur attention :

— Eh bien, messieurs, puisque nous sommes tous embarqués dans la même galère, je crois inutile de nous faire des cachotteries.

Il sortit de sa poche une petite bouteille contenant un liquide verdâtre. « C'est du Jabra grand choix. Je ne suis pas assez crâneur pour me refuser à partager. »

Pour la première fois de la journée. Brandon manifesta des signes de satisfaction. « De l'eau de Jabra martienne ? Pourquoi ne l'as-tu pas dit plus tôt ? »

Mais au moment où il tendait le bras vers le flacon, une main lui emprisonna fermement le poignet. Il leva la tête et ses yeux rencontrèrent le regard bleu et calme de Warren Moore.

— Ne fais pas l'idiot, dit ce dernier. Il n'y en a pas assez pour que nous restions ivres morts pendant trois jours. As-tu envie de te saouler maintenant et de mourir sobre plus tard ? Réservons cette bouteille pour le moment où l'air s'épaissira et où respirer commencera à devenir une torture... Six heures avant la fin. Alors, nous nous partagerons le contenu de cette bouteille et nous ne saurons pas quand le rideau tombera. Et nous nous en moquerons.

Brandon laissa retomber son bras à contrecœur. « Sapristi, Warren, quand tu te coupes, tu dois saigner de la glace ! Comment es-tu capable de raisonner aussi froidement dans une situation pareille ? » Il fit un geste à Mike qui rangea son eau de Jabra. Puis il alla se planter devant le hublot.

Moore s'approcha de son cadet et le prit doucement par l'épaule.

— Pourquoi te casses-tu tellement la tête, mon vieux ? Si tu continues comme ça, tu ne tiendras pas le coup. Avant vingt-quatre heures, tu auras perdu les pédales.

Brandon ne répondit pas. L'air sombre, il contemplait la sphère qui emplissait presque toute la surface du hublot. « Regarder Vesta ne te fera pas de bien non plus », reprit Moore.

Mike Shea rejoignit les deux hommes d'un pas lourd.

— Si seulement nous étions tombés sur Vesta, il n'y aurait pas de problème. Il y a des gens, là-bas. À quelle distance en sommes-nous ?

— Pas plus de quatre ou cinq cents kilomètres d'après l'image apparente, répondit Moore. Rappelle-toi que Vesta ne fait que trois cents kilomètres de diamètre.

— Le salut à quatre cents kilomètres ! murmura

Brandon. Il y en aurait un million, ça serait pareil.
Ah ! Si seulement il existait un moyen de nous arracher à l'orbite que cette saloperie d'épave a adoptée !
Rien qu'une petite impulsion pour nous faire tomber... Aucun danger de nous écraser au sol : la gravité
de cette planète naine est trop faible pour aplatir de
la mousse au chocolat.

— Elle est quand même suffisante pour nous maintenir en orbite, répliqua Brandon. La *Reine d'Argent*
a dû se stabiliser juste après la collision quand nous
étions tous les trois évanouis. Dommage que nous
n'ayons pas été plus près ! On aurait pu atterrir.

— C'est un drôle d'endroit, Vesta, murmura Mike
Shea. J'y ai été deux ou trois fois. Toute la surface
est couverte d'une sorte de neige. Sauf que ce n'est
pas de la neige. J'ai oublié le nom qu'on lui donne.

— De l'anhydride carbonique congelée ?

— C'est ça... un machin carbonique. De la glace
sèche. Il paraît que c'est pour ça que Vesta est tellement brillante.

— Naturellement ! Cela lui confère un albédo
intense.

Mike jeta à Moore un coup d'œil soupçonneux
mais jugea préférable de ne pas insister. « Il est difficile de distinguer quelque chose à cause de cette
neige mais, quand on regarde avec attention... — il
tendit la main — on aperçoit une sorte de tache grise.
Je crois bien que c'est le dôme de Bennett. Là où est
l'observatoire. Et, un peu plus haut, voici le dôme de
Calorn... Une réserve de carburant si je me souviens
bien. Il y en a beaucoup d'autres mais je ne les vois
pas. »

Mike parut hésiter. Il se tourna vers Moore. « Écoutez, chef... J'ai réfléchi à quelque chose. Vous ne croyez pas qu'ils se sont mis à nous chercher dès qu'ils ont appris que nous avions eu un accident ? Ça ne devrait plus être très difficile de nous repérer puisque nous sommes si près de Vesta. »

Moore secoua la tête.

— Non, Mike, ils ne se mettront pas à notre recherche. On ne saura que la *Reine d'Argent* a eu un accident qu'après l'heure prévue de son retour normal à la base. Quand cet astéroïde nous a heurtés, nous n'avons même pas eu le temps d'envoyer un S.O.S.

Il soupira et poursuivit : « Et il ne faut pas compter que les gens de Vesta nous repèrent. Même à cette distance, l'épave est trop petite pour être décelée si l'on ne sait pas exactement ce que l'on cherche et où on doit le chercher. »

Mike réfléchissait si intensément que son front se plissait.

— Dans ce cas, il faut se poser sur Vesta avant que les trois jours soient révolus.

— Tu as mis le doigt sur le nœud de la question. Le tout est de savoir comment faire pour s'y poser !

Brandon explosa brusquement :

— Allez-vous arrêter ce bavardage imbécile ? Bon Dieu de bon Dieu ! Faites donc quelque chose au lieu de jacter !

Moore haussa les épaules et, sans mot dire, alla s'allonger à nouveau sur la couchette. Il paraissait parfaitement insouciant et détendu mais ses sourcils imperceptiblement froncés trahissaient sa contention d'esprit.

Ils étaient dans un sale pétrin, la chose était incontestable. Pour la vingtième fois peut-être, il récapitula les événements de la veille.

Quand l'astéroïde avait fait voler le bâtiment en éclats, il était tombé en syncope. Comme une chandelle qu'on souffle. Il ne savait pas combien de temps il était resté inconscient : sa montre était cassée et il n'y avait pas de chronomètre. Lorsqu'il était revenu à lui, il était seul avec Mark Brandon, son compagnon de cabine, et Mike Shea, un membre de l'équipage. Tous trois étaient les uniques survivants de la *Reine d'Argent*... ou de ce qui en restait.

À présent, l'épave était en orbite autour de Vesta. Pour le moment, il n'y avait pas trop à se plaindre. Les rescapés disposaient d'une semaine de vivres. Sous le compartiment, il y avait un gravitateur local qui assurait une pesanteur normale et continuerait de faire son office pendant un temps pratiquement infini. Il fonctionnerait longtemps après que les réserves d'air seraient épuisées. Quant au système d'éclairage, la situation était moins satisfaisante mais, jusque-là, il avait tenu bon.

Le hic, c'était l'air. Il y en avait pour trois jours... Un point c'est tout.

Sans compter un certain nombre de détails inquiétants. Le chauffage, par exemple. Il était hors de combat. Néanmoins, il faudrait longtemps avant que le vaisseau ait rayonné suffisamment de chaleur dans le vide pour que le refroidissement devienne un problème sérieux. Chose beaucoup plus importante encore, il n'existait ni moyen de communication ni dispositif de propulsion dans la portion de la nef qui servait d'asile aux trois hommes.

Moore poussa un soupir. Un réacteur en ordre de

marche aurait tout réglé : il aurait suffi d'un seul jet énergétique dans la bonne direction pour les amener en douceur sur Vesta.

Les rides qui lui creusaient le front juste au-dessus du nez s'approfondirent. Que faire ? Ils ne disposaient à eux trois que d'un vidoscaphe, d'un pistolet thermique et d'un détonateur. C'était là la totalité des richesses qu'ils avaient rassemblées après avoir passé au peigne fin toutes les parties accessibles de l'épave.

Oui, ils étaient dans un joli pétrin !

Moore haussa les épaules. Il se leva et alla se servir un verre d'eau qu'il avala machinalement, perdu dans ses pensées.

Et, soudain, une idée germa dans sa tête.

Il examina d'un air intrigué le quart qu'il tenait à la main.

— Eh, Mike ! Qu'est-ce qu'on a comme réserve d'eau ? C'est marrant mais je ne m'étais pas encore posé la question.

La mine abasourdie, Mike écarquilla comiquement les yeux.

— Quoi ? Vous ne savez pas, chef ?

— Qu'est-ce que je ne sais pas ? fit Moore avec impatience.

— Toute l'eau est là, répondit Mike en faisant un grand geste circulaire du bras.

Devant l'expression d'incompréhension manifeste de Moore, il explicita sa pensée : « Vous ne voyez pas ? Le réservoir principal où est stockée toute la provision d'eau du bâtiment est de l'autre côté de la cloison. » Il tendit la main en direction de la cloison en question.

— Si je comprends bien, il y a une cuve pleine de l'autre côté ?

Mike hocha vigoureusement la tête. « Eh oui ! Un réservoir rectangulaire de trente mètres de côté. Plein aux trois quarts.

— C'est incroyable ! s'exclama Moore. stupéfait. Comment se fait-il que toute cette flotte ne se soit pas envolée après la rupture des canalisations ?

— Il n'y a qu'une conduite qui suit la coursive, juste derrière le compartiment. Il se trouve que j'étais en train de la réparer quand l'astéroïde nous a heurtés. J'avais dû fermer la valve. Lorsque j'ai repris mes esprits, j'ai remis en service la tubulure de dérivation alimentant notre robinet. C'est la seule qui soit en service à l'heure qu'il est.

— Oh ! »

Moore éprouvait un sentiment bizarre. Une vague idée à l'état embryonnaire s'était ébauchée dans son esprit mais, la tête sur le billot, il aurait été incapable de l'amener en pleine lumière. Tout ce qu'il savait, c'était que ce dialogue était important. Mais en quoi ? Mais pourquoi ? Il ne pouvait le préciser.

Brandon, qui avait écouté Shea en silence, émit un petit rire bref et sans gaieté.

— Il semble que le sort s'amuse comme un petit fou avec nous ! En un premier temps, il s'arrange pour nous placer à une portée de main d'un havre que nous n'avons aucun moyen d'atteindre. Non content de cela, il nous prodigue une semaine de vivres, trois jours d'air et une année d'eau ! Une année d'eau, vous vous rendez compte ? Tout ce qu'il faut pour boire, se gargariser, se laver, prendre des bains... Mais ce qui nous est nécessaire, ceinture ! De l'eau ! Saloperie !

— Allons, Mark, pourquoi dépeindre la situation sous des couleurs aussi sombres ? fit Moore pour essayer de chasser la mélancolie du jeune homme. Nous n'avons qu'à faire semblant d'être un satellite de Vesta... ce qui est d'ailleurs le cas. Nous avons notre propre période de révolution et notre propre période de rotation. Nous avons un équateur et un axe. Notre « pôle nord » se trouve quelque part au-dessus du hublot en direction de Vesta et notre « pôle sud » se situe du côté du réservoir d'eau. Le satellite que nous sommes est doté d'une atmosphère et, tu vois, nous venons de découvrir qu'il possède aussi un océan ! Non... sérieusement, il ne faut pas pousser les choses au tragique. Notre atmosphère ne nous laissera pas tomber pendant les trois jours qui nous restent, nous pourrons manger double ration et nous imbiber d'eau comme du papier buvard. De l'eau, nous en avons tellement que nous pouvons la flanquer en l'air !

Brusquement, l'esquisse d'idée qui était née dans sa cervelle prit forme. Le geste insouciant avec lequel Moore avait souligné son propos se figea, sa bouche se referma brusquement et il tressaillit.

Mais Brandon, abîmé dans ses pensées, ne remarqua pas l'étrangeté de son comportement.

— Pourquoi ne pousses-tu pas plus loin l'analogie ? fit-il avec hargne. Peut-être es-tu l'un de ces Optimistes Professionnels qui refusent systématiquement de voir les choses déplaisantes ? À ta place, voilà comment je continuerais : ce satellite, enchaîna-t-il en imitant la voix de Moore, est à présent habitable

et habité mais, eu égard à la raréfaction atmosphérique imminente dont il est menacé, il est condamné à
devenir un monde mort ! Eh bien ? Pourquoi ne
réponds-tu pas ? Pourquoi t'acharnes-tu à tout prendre à la blague ? Ne vois-tu donc pas... Qu'est-ce qui
te prend ?

Cette fois, c'était une exclamation de surprise et,
de fait, l'attitude de Moore ne pouvait manquer de
provoquer l'étonnement. Il s'était levé d'un seul coup
et, après s'être frappé le front, s'était pétrifié, immobile, les yeux dans le vide, les paupières à moitié
fermées. Brandon et Mike Shea le regardaient dans
un silence médusé.

— Ça y est ! s'écria-t-il soudain. J'ai trouvé ! Pourquoi n'y ai-je pas pensé plus tôt ?

La suite se perdit dans un bredouillement inintelligible.

Mike lui tendit la bouteille de Jabra avec un regard
lourd de sous-entendus mais Moore la repoussa avec
agacement. C'est alors que, sans avertissement, Brandon lui expédia un crochet à la mâchoire auquel il
était loin de s'attendre.

Moore s'écroula, poussa un gémissement et, tout
en se frottant le menton, demanda avec indignation :

— Mais qu'est-ce qui t'arrive ?

— Si tu te relèves, Je recommence ! hurla Brandon.
Je n'en peux plus ! J'en ai ma claque, de tes sermons
et de ton baratin ! Ce n'est pas moi, c'est toi qui es
en train de devenir dingue !

— Dingue mon œil ! Un peu surexcité, c'est tout.
Écoute-moi, bon Dieu ! Je crois que j'ai trouvé un
moyen...

Brandon lui décocha un regard tout à la fois fulminant et lugubre.

— Ah oui ? Un moyen ? Vraiment ? Histoire de ranimer notre espoir avec je ne sais quelle stupide invention pour s'apercevoir ensuite que ça ne marche pas ! Eh bien, je ne suis pas client, figure-toi ! Cette flotte, elle va servir à quelque chose : à te noyer. Cela nous donnera de l'air en rabiot !

À cette apostrophe, Moore perdit son sang-froid.

— Mon petit Mark, tu n'es pas dans le coup. Je me débrouillerai tout seul pour m'en sortir. Je n'ai pas besoin de ton aide et je n'en veux pas. Si tu es tellement sûr et si tu as tellement peur de mourir, pourquoi ne fais-tu pas l'économie d'une agonie ? Nous avons un fulgurant thermique et un détonateur. Deux engins parfaitement sûrs. Alors, vas-y... Fais ton choix ! Suicide-toi. Ni Shea ni moi ne t'en empêcherons.

Les lèvres de Brandon se retroussèrent en une ultime et dérisoire grimace de défi. Puis, brusquement, il capitula. Totalement. De la façon la plus abjecte.

— D'accord, Warren... D'accord ! Je marche avec toi. Je... Je crois que je ne savais pas très bien ce que je faisais. Je ne suis pas dans mon assiette. Je... Je...

— N'en parlons plus, fit Moore qui avait sincèrement pitié de son compagnon. Calme-toi. Je sais ce que tu ressens. J'éprouve la même chose, tu sais. Mais il ne faut pas se laisser aller. Il faut se battre, sinon on sombre dans la folie. Allez... Essaye de dormir un peu et laisse-moi faire. Les choses vont s'arranger.

Portant la main à son front, Brandon se dirigea en titubant vers la couchette sur laquelle il se laissa

choir. Des sanglots muets secouaient spasmodiquement son corps tandis que Moore et Shea, observant
un silence embarrassé, le regardaient.

Enfin, Moore donna un coup de coude à Mike.
« Viens, souffla-t-il. Au boulot... On a du pain sur la
planche. Le sas numéro 5 est bien au bout de la coursive, n'est-ce pas ? » Shea fit un signe de tête affir-
matif et Moore continua : « Est-ce qu'il est étanche ?

— Le tambour intérieur l'est, naturellement,
répondit Mike après réflexion. Mais le tambour extérieur... je n'en sais rien. Il n'est pas exclu qu'il ait
lâché. Quand j'ai vérifié l'hermétisme de la coque, je
n'ai pas osé l'ouvrir parce que, s'il y avait un pépin,
boum ! »

Le geste qui accompagnait la dernière phrase était
on ne peut plus explicite.

— Eh bien, c'est le moment de voir où les choses
en sont exactement. Il faut que je passe à l'extérieur.
Tant pis pour le risque : il n'y a pas moyen de faire
autrement. Où est le vidoscaphe ?

Il sortit l'unique combinaison du placard, la jeta
sur son épaule et s'engagea dans la coursive qui lon-
geait le compartiment. Elle était longue, criblée de
portes closes, barrières impénétrables derrière lesquelles se trouvaient naguère les cabines des passagers. Des cabines qui n'étaient plus que des coquilles
vides ouvertes sur l'espace. La coursive s'achevait en
cul-de-sac sur le sas n° 5.

Moore s'immobilisa et l'examina attentivement.
« Il a l'air d'être étanche, murmura-t-il, mais, évidemment, on ne peut pas deviner ce qu'il y a de l'autre
côté. Prions le ciel qu'il fonctionne. » Il fronça les
sourcils. « Bien sûr, on pourrait se servir de la cour-

sive comme sas en utilisant ce tambour et la porte de notre compartiment comme caisson extérieur et intérieur. Mais cela signifierait le sacrifice de la moitié de notre réserve d'air. Nous ne pouvons pas nous le permettre... pas encore. »

Il se tourna vers Shea.

— Bien... Le manomètre indique que la dernière fois que le sas a été utilisé, c'était pour l'entrée. Il devrait donc être plein d'air. Entrouvre le tambour d'un poil. Si tu entends un sifflement, dépêche-toi de le refermer.

— On y va.

Mike déplaça le volant d'un cran.

Le mécanisme avait été sévèrement éprouvé au moment de la collision ; il grinçait alors qu'avant il fonctionnait sans bruit mais le dispositif de déverrouillage était toujours en ordre de marche. Une mince rainure noire apparut à gauche : la porte avait joué de quelques millimètres.

Il n'y eut aucun sifflement ! L'expression inquiète de Moore se rasséréna quelque peu. Il sortit de sa poche un petit morceau de carton qu'il appuya contre la rainure. S'il y avait une fuite, le carton resterait collé, maintenu par la succion de l'air aspiré vers l'extérieur.

Le carton tomba sur le sol.

Mike mouilla son index et le posa sur la fissure.

— Dieu soit loué, dit-il dans un souffle. Pas le moindre courant d'air !

— Parfait. Ouvre davantage. Vas-y...

Mike tourna légèrement le volant et la rainure s'élargit. Toujours rien. Avec une lenteur infinie, cran par cran, elle continua de s'élargir. Les deux hommes retenaient leur respiration redoutant que le tambour extérieur, s'il n'était pas perforé, fût ébranlé et ne cédât d'un instant à l'autre. Mais non... Il tenait bon.

Exultant, Moore s'introduisit dans la combinaison antivide.

— Jusque-là, ça marche magnifiquement, Mike ! Attends-moi ici. Je ne sais pas combien de temps cela prendra mais je reviendrai. Où est le pistolet thermique ? Tu l'as pris ?

Shea le lui tendit et lui demanda :

— Qu'allez-vous faire ? J'aimerais quand même le savoir.

Moore, qui se préparait à assujettir son casque, s'interrompit.

— Tu m'as entendu dire, tout à l'heure, que nous avions assez d'eau pour la flanquer en l'air ? Eh bien, cela m'a fait réfléchir. Ce n'est pas une si mauvaise idée. Je vais la flanquer en l'air... Ce qui est une façon de parler puisqu'il n'y a pas d'air.

Et, sans plus d'explications, il pénétra dans le caisson, laissant derrière lui un Mike Shea prodigieusement ébahi.

Le cœur battant, Moore attendit que s'ouvrît le tambour extérieur. Son plan était d'une simplicité extraordinaire mais il ne serait peut-être pas commode de le mener à bien.

Il y eut des grincements de cames et des cliquetis d'engrenages. L'air fut aspiré au-dehors. Le tambour glissa d'un centimètre, puis se referma et Moore sentit son estomac se nouer à l'idée qu'il ne s'ouvrirait pas. Mais, après quelques soubresauts et quelques borborygmes préliminaires, il s'ouvrit.

Warren assura solidement son crampon magnétique et mit un pied à l'extérieur avec le plus grand luxe de précautions.

Il sortit en tâtonnant gauchement. Il ne s'était encore jamais extrait d'un navire en plein espace et un intense sentiment de panique l'envahit quand il se trouva accroché comme une mouche au perchoir précaire de la coque. Pendant quelques instants, le vertige s'empara de lui.

Il ferma les yeux et resta cinq minutes immobile, collé à la paroi lisse de ce qui avait été la *Reine d'Argent*. Le crampon magnétique remplissait fidèlement son office et, lorsqu'il se décida enfin à ouvrir les paupières, l'astronaute avait recouvré une partie de son sang-froid.

Il regarda autour de lui et, pour la première fois depuis l'accident, il vit les étoiles au lieu de ne voir que la portion de Vesta que le hublot permettait de découvrir. Il scruta avidement les cieux à la recherche de la petite étincelle bleu-blanc qu'était la Terre. Autrefois, il trouvait amusant qu'elle soit le premier objet que cherchent les voyageurs de l'espace quand ils regardent les étoiles mais, maintenant, l'humour de la situation lui échappait.

Il ne vit rien. De la position où il était, la Terre était invisible : elle était cachée par Vesta qui occultait également le Soleil.

Néanmoins, il y avait de nombreux autres détails qu'il ne put s'empêcher de remarquer. À sa gauche, Jupiter était un globe éclatant de la taille d'un petit pois. Il repéra deux de ses satellites. Saturne était une planète brillante de magnitude négative, ressemblant à Vénus vue de la Terre.

Moore avait pensé qu'un grand nombre d'astéroïdes, capturés eux aussi par la ceinture, s'offriraient à sa vue mais l'espace semblait étrangement vide. À un moment donné, il crut apercevoir un corps céleste passer à une vitesse vertigineuse à quelques kilomètres de distance. Mais ce fut si fugitif qu'il n'eût pas juré de n'avoir pas été victime d'une hallucination.

Et, bien sûr, il y avait Vesta. Le planétoïde qu'il dominait presque directement occupait le quart du ciel. C'était comme un gigantesque ballon d'un blanc de neige et Moore le contemplait avec une poignante nostalgie. En flanquant un bon coup de pied sur la coque du vaisseau, il décollerait et tomberait en direction de Vesta. Peut-être se poserait-il alors sain et sauf sur sa surface et pourrait-il trouver du secours. Mais il risquerait surtout d'orbiter éternellement autour de Vesta. Non, il y avait mieux à faire !

Et il n'avait pas de temps à perdre. Il inspecta la coque dans l'espoir de localiser le réservoir d'eau mais son regard balaya seulement une forêt de ferraille éclatée et tordue se hérissant à perte de vue. Il hésita. Il n'avait pas le choix : il fallait se porter à la hauteur du hublot éclairé de la cabine et partir de là.

Il se mit à ramper prudemment. Au bout de cinq mètres, il y avait une cavité béante qu'il identifia : ç'avait été la cabine donnant à l'extrémité de la coursive. Il frissonna. Et s'il tombait sur le cadavre gonflé d'un des passagers ? Il les connaissait à peu près tous — il en connaissait même certains personnellement.

Se cuirassant pour surmonter son appréhension, il se força à continuer son périlleux voyage.

La première difficulté se présenta immédiatement. Pour la plus grande part, la cabine était faite de matériaux non ferreux et le crampon magnétique, uniquement destiné à être utilisé sur la coque des astronefs, ne pouvait servir à grand-chose à l'intérieur même du vaisseau. Moore, qui avait oublié ce détail, sentit soudain qu'il n'adhérait plus. La gorge sèche, il s'accrocha désespérément à un montant, glissa le long d'un plan incliné et rebroussa lentement chemin.

Quand il fut à nouveau en sécurité, il resta un moment immobile, le souffle court. Théoriquement, ici, en plein espace, l'influence de Vesta étant négligeable, il aurait dû être sans poids. Mais le gravitateur local qui se trouvait sous la cabine fonctionnait. Dans la mesure où il n'était pas équilibré par les autres gravitateurs, il exerçait une attraction imprévue et variable sur Warren chaque fois que celui-ci changeait de position. Si l'action du grappin magnétique cessait tout à coup, Moore courait le risque d'être expulsé loin de la nef. À ce moment-là...

De toute évidence, l'expédition allait être encore plus malaisée qu'il ne l'avait escompté.

Il reprit sa progression, centimètre par centimètre testant chaque élément de surface pour s'assurer que la prise tiendrait. Tantôt, il était obligé de faire de longs détours compliqués pour gagner quelques dizaines de centimètres, tantôt il lui fallait jouer des pieds et des mains quand il dérapait sur des parties non ferreuses. Et, en permanence, il subissait l'éprouvante attraction du gravitateur, parfois sur le plan horizontal, parfois sur le plan vertical car les planchers et les parois faisaient maintenant des angles invraisemblables.

Moore inspectait soigneusement tous les objets qu'il rencontrait mais c'était là une quête infructueuse. Certains, comme les chaises et les tables, avaient été éjectés lors de la collision et c'étaient maintenant des corps indépendants qui tournaient quelque part dans le système solaire. Il trouva cependant une petite longue-vue et un stylo qu'il glissa dans la poche de son scaphandre. Dans la situation présente, ces vestiges étaient sans valeur aucune mais ils conféraient néanmoins une sorte de réalité à ce macabre voyage sur les flancs de ce cadavre de bâtiment.

Il avançait lentement et laborieusement vers l'endroit où il supposait que se trouvait le hublot. Un quart d'heure... Vingt minutes... Une demi-heure. La sueur qui coulait dans ses yeux l'aveuglait ; ses cheveux étaient collés, ses muscles endoloris par ces efforts inaccoutumés et son esprit, déjà ébranlé par les terribles événements de la veille, commençait à vaciller et à lui jouer des tours.

Il avait l'impression que cette interminable reptation durait éternellement, qu'elle avait toujours existé et continuerait d'exister à jamais. Son objectif lui semblait sans importance ; il ne savait qu'une chose : il était nécessaire qu'il poursuivît son chemin. La conversation qu'il avait eue une heure plus tôt avec Brandon et Shea disparaissait dans une espèce de brume, se perdait dans un lointain passé.

Rien n'existait dans son cerveau qui battait la campagne, hormis les cloisons déchiquetées qui se dressaient devant lui, hormis la conscience de la nécessité obscure mais vitale d'atteindre une destination incertaine. Il avançait. Se cramponnait. Se hissait. Tâtait la surface qui s'étendait devant lui pour identifier les alliages à base de fer. Il s'engouffrait dans des trous béants qui étaient des cabines. Il en émergeait. Il tâtonnait et se hissait... tâtonnait... se hissait...

Soudain... une lumière...

Moore se pétrifia.

S'il n'avait pas été collé à la paroi par son grappin, il serait tombé. Mystérieusement, cette lumière déchirait le voile qui obscurcissait ses pensées. C'était le hublot. Aucun rapport avec tous les hublots noirs et aveugles devant lesquels il était passé. Celui-ci était vivant. Lumineux. Et, derrière, il y avait Brandon.

Il respira à fond et se sentit mieux. Il recouvrait sa lucidité.

Maintenant, l'itinéraire à suivre lui crevait les yeux. Il rampa en direction de cette étincelle vivante. Plus près, encore plus près, toujours plus près jusqu'à ce qu'il la touchât.

Voilà !

Son regard plongea dans la cabine familière. Dieu sait que ses idées n'étaient pas joyeuses mais c'était quelque chose de réel, de presque naturel. Brandon dormait, allongé sur la couchette. Ses traits étaient tendus, son front plissé mais, de temps à autre, un sourire jouait sur ses lèvres.

Moore leva le poing pour heurter le hublot. Il éprouvait soudain un violent désir de parler à quelqu'un, ne serait-ce que par signes. Mais, au dernier moment, il se retint. Peut-être que le gosse rêvait qu'il était de retour. Il était jeune, sensible et avait beaucoup souffert. Mieux valait le laisser dormir. Il serait temps de le réveiller quand Moore aurait exécuté son projet, si tant est qu'il y parvienne.

Il localisa la paroi du compartiment derrière laquelle se trouvait le réservoir et essaya de repérer celui-ci. Ce fut facile car la partie arrière de l'énorme récipient était parfaitement visible. Moore s'émerveilla : qu'il fût intact tenait presque du miracle. Peutêtre que le destin n'était pas aussi ironique que ça, après tout !

Moore n'eut guère de difficulté à rejoindre le réservoir bien que celui-ci fût de l'autre côté du fragment. Une ancienne coursive y conduisait presque directement. Quand la *Reine d'Argent* était indemne, ce couloir était horizontal mais, à présent, sous l'action du gravitateur local qui s'exerçait sans compensation, c'était un plan incliné plus abrupt qu'aucun autre. Malgré tout, Moore n'éprouva pas de difficultés spéciales car le plancher de la coursive était en acier au béryllium et le grappin accrochait.

Maintenant, c'était l'instant fatidique... l'ultime étape. Moore se disait qu'il serait sage de prendre un peu de repos mais son excitation gagnait rapidement en intensité. Ce serait tout de suite ou jamais !

Il se glissa sous le réservoir et, allongé sur l'étroite corniche que formait la coursive qui, il y avait peu de temps encore, jouxtait ce dernier, il se mit à l'œuvre.

— Dommage que le tuyau principal soit braqué dans la mauvaise direction, murmura-t-il. Cela va me compliquer les choses.

Il soupira et se pencha en avant, régla le pistolet thermique sur la concentration maximale et un invisible faisceau d'énergie se darda en un point situé à une trentaine de centimètres au-dessus du fond du réservoir.

Petit à petit, l'action de ce faisceau excitateur sur les molécules devint manifeste. Un rond de la taille d'une pièce de monnaie commença de scintiller faiblement. Sa luminosité était incertaine ; tantôt elle diminuait, tantôt elle grandissait car Moore avait de la peine à garder immobile son bras qui se fatiguait. Il finit par poser son coude sur le plancher même de la coursive.

Progressivement, la zone d'impact passa par toutes les couleurs du spectre. Au rouge sombre du début succéda le rouge cerise. À mesure que les effluves thermiques se déversaient, le cercle lumineux s'élargissait. On aurait dit une cible faite d'une série de cercles concentriques revêtant toutes les nuances du rouge. La paroi s'échauffait progressivement, encore qu'elle ne fût pas encore incandescente, et Moore devait prendre garde à ce que sa combinaison métallique n'entrât pas en contact avec elle.

Il jura car la surface de la coursive devenait brûlante, elle aussi. Seule une litanie de blasphèmes était apparemment capable de le calmer. Quand le réservoir se mit, à son tour, à rayonner de la chaleur, les imprécations de Warren se cristallisèrent sur les fabricants de vidoscaphes. Pourquoi ces animaux-là ne pouvaient-ils pas mettre au point une combinaison capable d'empêcher la chaleur, non seulement de se dissiper, mais aussi de rentrer ?

Mais ce que Brandon appelait son Optimisme Professionnel reprit du poil de la bote. Bien que la saveur salée de la sueur lui ravageât la bouche, il se consolait en se disant : « Cela pourrait être pire. Le réservoir n'a que cinq centimètres d'épaisseur : c'est déjà ça. Suppose qu'il ait été encastré dans la coque. Tu t'imagines en train d'essayer de faire fondre une masse de métal d'un pied d'épaisseur ? »

Serrant les dents, il poursuivit sa tâche.

Le cercle lumineux virait maintenant à l'orangé : le point de fusion de l'acier au béryllium n'allait pas tarder à être atteint. Moore ne pouvait plus, maintenant, regarder ce rond scintillant que de façon fugitive et par intermittence.

Il fallait faire vite. Le pistolet thermique n'était pas chargé à bloc et il y avait près de dix minutes qu'il fonctionnait à plein régime. Sa réserve d'énergie serait bientôt épuisée. Pourtant, c'était tout juste si la surface métallique commençait de ramollir. Avec un sursaut d'impatience, Moore pointa le canon de l'éjecteur au centre du cercle vermillon et interrompit aussitôt l'émission.

Une profonde dépression s'était formée, encore que l'acier ne fût point percé. Néanmoins, Warren était satisfait. Il était pratiquement arrivé au bout de ses peines. Il appuya à nouveau sur la gâchette. En milieu atmosphérique, il aurait sans aucun doute entendu gargouiller et siffler la vapeur d'eau dans le récipient. La pression intérieure montait. Combien de temps la paroi en voie de liquéfaction la supporterait-elle encore ?

Brutalement — si brutalement que Warren mit un certain temps à réaliser qu'il avait gagné la partie —, une infime fissure apparut au fond du petit entonnoir créé par le rayonnement thermique et, en moins de temps qu'il n'en faut pour l'imaginer, l'eau bouillante gicla à l'extérieur.

Un trou irrégulier pas plus gros qu'un petit pois bâillait maintenant sur la paroi, d'où fusait un rugissant nuage de vapeur qui enveloppa Moore.

Presque instantanément, ce brouillard se conden-

sait en gouttelettes de glace qui se dissipaient aussitôt.

Moore resta à contempler le geyser pendant un
bon quart d'heure.

Soudain, il prit conscience d'une légère pression
qui tendait à l'éloigner du vaisseau et une joie déli-
rante s'empara de lui quand il comprit que ce phénomène était dû à l'accélération qu'avait prise la
Reine d'Argent. C'était l'inertie de son propre corps
qui le retenait.

Autrement dit, il avait réussi : le jet de vapeur faisait office de réacteur.

Il ne restait plus à Warren qu'à regagner le compartiment.

Si l'horreur et les périls de l'aller avaient été
grands, ceux du retour seraient plus grands encore.
Il était à présent infiniment plus fatigué, ses yeux
douloureux étaient presque aveugles et l'accélération
variable du bâtiment venait s'ajouter à la force
d'attraction incohérente du gravitateur. Mais ces difficultés n'émouvaient pas Moore. Plus tard, il ne se
souviendrait même plus de cette éprouvante expérience.

Comment parvint-il à rejoindre le havre de la
cabine ? Il n'en savait rien. Pendant la plus grande
partie du trajet, il flottait dans une sorte de brume
euphorique et c'était à peine s'il se rendait compte
des risques qu'il courait. Une seule pensée occupait
son esprit : rentrer, rentrer le plus vite possible pour
annoncer la bonne nouvelle à ses compagnons. Leur
apprendre qu'ils étaient sauvés.

Soudain, il se trouva en face du sas. C'est à peine
s'il réalisa que c'était effectivement le sas. Et ce fut

son instinct, plus que tout autre chose, qui lui fit appuyer sur le bouton d'appel.

Mike Shea était fidèle au poste. Le tambour frémit, s'entrebâilla quelque peu — pas plus que tout à l'heure — et se referma derrière Moore. Puis la porte intérieure s'ouvrit à son tour.

Warren s'effondra dans les bras de Shea.

Comme dans un rêve, il réintégra le compartiment, en partie tiré, en partie porté par son camarade qui le débarrassa de son vidoscaphe. Un liquide brûlant lui coula dans la gorge. Il s'étrangla, avala... et se sentit revigoré. Shea remit la bouteille de Jabra dans sa poche.

Les images brouillées de ses deux compagnons d'infortune devinrent nettes et précises. D'une main tremblante, Moore essuya la sueur qui perlait sur ses joues et ébaucha un sourire hésitant.

— Attends ! protesta Brandon. Ne parle pas. Tu as tout du macchabée. Repose-toi un peu, veux-tu !

Mais Moore fit un geste de dénégation. D'une voix rauque et mal assurée, il relata de son mieux les événements des deux dernières heures. Son récit, incohérent et à peine compréhensible, était prodigieusement impressionnant. Shea et Brandon l'écoutaient en retenant leur souffle.

— Si je comprends bien, l'eau, en s'échappant du réservoir, nous repousse en direction de Vesta ? bredouilla Brandon. Comme un réacteur ?

— Exactement... Comme... un réacteur, répondit Moore qui haletait. L'action et... la réaction. Le jet... est à l'opposé de Vesta et... il nous projette... vers Vesta.

Shea, planté devant le hublot, se mit à danser la gigue.

— C'est vrai, Brandon, mon petit pote ! Le dôme de Bennett est visible comme le nez au milieu de la figure. On descend ! On descend !

Moore commençait à recouvrer ses forces. « Compte tenu de notre orbite originelle, nous décrivons une spirale. Nous nous poserons sans doute dans cinq ou six heures. L'eau durera suffisamment et la pression est encore forte puisqu'elle sort sous forme de vapeur.

— De vapeur ! s'exclama Brandon avec étonnement. Pourtant, compte tenu des basses températures qui règnent dans l'espace... »

Moore l'interrompit : « Tu oublies que la tension, elle aussi, est faible dans l'espace. Le point d'ébullition de l'eau est fonction de la pression et s'abaisse en même temps qu'elle. Dans le vide, il est très bas. La pression de la vapeur de la glace elle-même est suffisante pour provoquer la sublimation. » Il sourit. « En fait, l'eau gèle et bout en même temps. J'en suis témoin. » Il ménagea une courte pause, puis se tourna vers Brandon : « Alors ? Comment te sens-tu, vieux ? Mieux, je pense ? »

Brandon rougit et se renfrogna. Après avoir vainement cherché ses mots pendant quelques secondes, il finit par murmurer : « J'ai agi comme un crétin et comme un lâche. Je... je crois que je ne mérite pas ça après avoir craqué et m'être lavé les mains de tout en te laissant la responsabilité de nous tirer d'affaire. Mon seul regret, c'est que tu ne m'aies pas laissé sur le carreau après que je t'ai volé dans les plumes. C'est pas des blagues ! »

Effectivement, il paraissait sincère.

Moore lui envoya une bourrade amicale.

— N'y pensons plus. Il s'en est fallu de peu que je ne craque, moi aussi.

Et, pour empêcher Brandon de continuer à se répandre en excuses, il lança à Shea :

— Eh, Mike ! arrête un peu de béer devant ce hublot et amène ta bouteille de Jabra.

Mike obéit sans se faire prier.

Moore remplit avec équité et à ras bord trois unités de plexatron qui accédaient ainsi à la dignité de timbales. Il était décidé à se taper une cuite carabinée.

— Messieurs, il convient de porter un toast.

D'un même mouvement, les trois hommes levèrent bien haut leur verre.

— Messieurs... à cette bonne vieille réserve d'H_2O qui devait nous durer un an !

Anniversaire

Tout était prêt pour célébrer l'anniversaire.

Cette fois, la cérémonie se passait chez Moore et Mrs Moore était partie avec résignation passer la soirée chez sa mère avec les enfants.

Warren balaya la pièce du regard, un vague sourire aux lèvres. Mark Brandon était le seul à conserver son enthousiasme inaltéré mais Moore avait fini par aimer cette remontée nostalgique du souvenir. Question d'âge, sans doute. Il avait vingt ans de plus, de la brioche, les cheveux qui se clairsemaient, les joues qui s'avachissaient. Et, surtout, il était plus sentimental. C'était le pire !

Toutes les fenêtres à polarisation étaient obscurcies et les rideaux tirés. Il n'y avait que quelques stries lumineuses ici et là sur les murs, évoquant la pénombre et l'affreuse solitude qui régnaient en maîtresses, ce jour-là, dans l'épave.

Sur la table, des blocs et des tubes de rations spatiales entouraient l'inévitable bouteille verte de Jabra pétillant, le puissant breuvage que l'activité chimique des cryptogames martiens était seule à pouvoir produire.

Moore consulta sa montre. Brandon n'allait plus tarder ; il n'était jamais en retard lors de ces réunions commémoratives. Une unique chose tracassait Warren : le souvenir des paroles que Mark avait prononcées au tube : « Aujourd'hui, j'ai une surprise pour toi, Warren. Attends, tu verras... »

Moore avait l'impression que l'âge avait peu d'effet sur Brandon. L'homme était toujours aussi mince et, au seuil de la quarantaine, accueillait avec autant d'effervescence que dans sa jeunesse tout ce que la vie apportait. Il conservait la faculté de se passionner pour les choses agréables et de se désespérer pour les choses désagréables. Il commençait à grisonner, certes, mais, en dehors de cela, quand Brandon faisait les cent pas en parlant à toute vitesse de n'importe quoi de sa voix la plus aiguë. Moore n'avait pas besoin de fermer les yeux pour revoir l'adolescent en proie à la panique dans les décombres de la *Reine d'Argent*.

Le ronfleur de la porte grésilla et, sans même se retourner, Warren fit jouer d'un coup de talon négligent la télécommande du verrou. « Entre, Mark.

— Mr Moore ? »

Une voix bizarre. À la fois douce et hésitante.

Moore fit volte-face.

C'était Brandon, hilare et surexcité. Mais en toile de fond, quelqu'un d'autre se tenait devant lui. Un homme trapu, court sur pattes, totalement chauve, le teint brou de noix et qui, eût-on dit, fleurait l'espace.

— Mike Shea ! s'exclama Warren avec stupéfaction. Pas possible ! Mike Shea !

Ils se serrèrent les mains avec de grands rires.

— Il m'a appelé au bureau, dit Brandon. Il se rappelait que je travaille aux Produits Atomiques...

— Mike... Cela fait combien d'années ? Attends... Tu étais sur la Terre il y a douze ans...

Brandon l'interrompit : « Il n'a jamais été là pour l'anniversaire. Figure-toi qu'il prend sa retraite. Il laisse tomber l'espace et se retire dans l'Arizona où il a acheté une propriété. Il est passé me dire au revoir avant de disparaître. C'est uniquement pour cela qu'il a fait étape ici. J'étais sûr qu'il assisterait à l'anniversaire. "Quel anniversaire ?" m'a-t-il demandé, cette espèce de buse ! »

Shea, tout souriant, confirma d'un signe de tête. « Il paraît que vous célébrez cette aventure tous les ans ?

— Tu parles ! s'exclama Brandon avec enthousiasme. Et ce sera aujourd'hui le premier véritable anniversaire. Enfin, nous sommes réunis tous les trois ! Vingt ans, Mike... Vingt ans depuis le jour où Warren a fait de l'alpinisme sur les débris de la *Reine d'Argent* pour qu'on puisse atterrir sur Vesta ! »

Le regard de Shea se posa sur la table. « Eh ! Ce sont des rations spatiales ! Moi, c'est mon régime sept jours par semaine ! Oh ! Du Jabra ! Oui, bien sûr... Je me rappelle. Vingt ans ! Je n'y avais jamais repensé et, d'un seul coup, j'ai l'impression que c'était hier. Tu te souviens de notre retour sur la Terre ?

— Si je m'en souviens ! s'exclama Brandon. Les défilés, les discours ! Warren était le grand héros de la fête et, comme on appuyait sur la chanterelle, nous autres, on est passé inaperçu. Tu te rappelles ?

— Nous étions les premiers survivants d'un naufrage dans l'espace, dit Moore. C'était extraordinaire.

Et le plus extraordinaire, c'est que ça se fête ! C'est irrationnel.

— Et il y avait les chansons ! dit Shea. Vous vous rappelez les marches qu'on a écrites ? "Chantons les routes de l'espace et les folles fatigues qui..." »

Brandon entonna la suite d'une vibrante voix de ténor et Moore lui-même se joignit au chœur de sorte que, à la fin du dernier couplet hurlé à l'unisson — « Sur l'épave de la Reine d'A-a-a-a-rgent » — ils éclatèrent tous les trois d'un rire tonitruant.

— Débouchons cette bouteille de Jabra, proposa Brandon. Mais juste une goutte : il faut qu'elle fasse la soirée.

— Mark exige une authenticité absolue, figure-toi. Je m'étonne qu'il ne me demande pas de me jeter par la fenêtre pour faire le tour du pâté de maisons en volant de mes propres ailes !

— Eh, eh... C'est une idée !

— Vous rappelez-vous le dernier toast que nous avons porté ? fit Shea en remplissant son verre : « Messieurs, à cette bonne vieille réserve d'H_2O qui devait nous durer un an ! » Ce sont trois pochards qui ont atterri sur Vesta ! Enfin... on était des gosses. J'avais trente ans et je me figurais que j'étais vieux. Et maintenant, on me met à la retraite, conclut-il d'une voix désenchantée.

— Allez, bois ! l'exhorta Brandon. Aujourd'hui, tu as à nouveau trente ans et nous nous rappelons ce jour sur la *Reine d'Argent*, même si nous sommes les derniers à nous en souvenir. Le public, c'est rien que des cons !

Moore s'esclaffa :

— Ça t'étonne ? Qu'espérais-tu ? Qu'on décrète

un jour férié annuel avec rations spatiales et Jabra obligatoires pour célébrer l'événement ?

— Nous sommes les seuls rescapés d'un naufrage dans l'espace. Et regarde où nous en sommes ! Engloutis dans l'anonymat !

— L'oubli est une chose excellente. Au commencement, ça a été fameux et ça nous a mis le pied à l'étrier. À présent, on ne se défend pas trop mal. Mike Shea serait aussi bien loti que nous deux s'il n'avait pas repris du service.

L'intéressé ricana et haussa les épaules. « C'était dans l'espace que j'étais à mon aise. D'ailleurs, je ne regrette rien. Avec mon indemnisation, j'ai un gentil petit paquet à palper en prenant ma retraite.

— Le fait est que ça a coûté gros à l'Assurance Transspatiale, fit Brandon d'une voix rêveuse. N'empêche qu'il y a quelque chose qui me chiffonne là-dedans. Si on souffle les mots *"Reine d'Argent"* à l'oreille du premier venu, le type répond aussi sec : Quentin.

— Qui ça ? demanda Shea.

— Quentin. Le Dr Horace Quentin. C'était un des passagers qui y est resté. Prenez un passant au hasard et demandez-lui le nom des trois survivants, il vous contemplera en écarquillant les yeux et en faisant : euh... euh...

— Il faut regarder les choses en face. Mark, dit placidement Moore. Le Dr Quentin comptait parmi les célébrités du monde scientifique. Nous trois, nous n'étions rien du tout.

— Nous avons survécu. Nous sommes les seuls à avoir survécu à un naufrage spatial depuis le début de la navigation interplanétaire !

— Et alors ? John Hester était à bord. C'était un savant réputé, lui aussi. Pas aussi éminent que Quentin, peut-être, mais ce n'était pas n'importe qui. Il se trouve justement que j'étais son voisin de table la veille de l'accident. Eh bien, la mort d'Hester est passée inaperçue, éclipsée par celle de Quentin. Personne ne se rappelle qu'Hester a péri sur la *Reine d'Argent*. Le seul dont on se souvienne, c'est Quentin. Il se peut que nous ayons également sombré dans l'oubli : au moins, nous sommes vivants.

— Si vous voulez mon avis, nous sommes encore un coup des naufragés, dit Brandon après quelques instants de silence. »

Visiblement, l'argumentation de Moore était sans effet sur lui. « Il y a vingt ans, reprit-il, nous nous abîmions au large de Vesta. Aujourd'hui, nous sommes abîmés dans l'oubli. Nous revoilà réunis tous les trois. Il y a vingt ans, Moore nous a sauvés en nous ramenant sur Vesta. Ce qui s'est produit une fois peut recommencer. Il s'agit de résoudre ce nouveau problème.

— Nous arracher à l'oubli, tu veux dire ? Conquérir la célébrité ?

— Dame ! Pourquoi pas ? Ce serait la façon idoine de célébrer ce vingtième anniversaire, tu ne crois pas ?

— Je ne dis pas le contraire mais comment faire ? Je ne pense pas que les gens se rappellent la *Reine d'Argent*, en dehors de ce qui est arrivé à Quentin. Il faudrait donc trouver le moyen de réveiller leurs souvenirs. Ce serait le point de départ. »

Shea s'agita d'un air embarrassé et une expression songeuse se peignit sur ses traits.

— Il y a quand même des gens qui se souviennent de la *Reine d'Argent* fit-il. Ses assureurs, par exemple. Tiens... Ça me fait penser à quelque chose de drôle. Il se trouve que, il y a de cela onze ans, j'étais sur Vesta. J'ai demandé si notre épave est toujours là. On m'a répondu : « Bien sûr. Qui voulez-vous qui prenne la peine de la renflouer ? » Alors, j'ai eu envie d'y jeter un coup d'œil et je suis parti avec un de ces petits réacteurs individuels qu'on s'accroche dans le dos. Compte tenu de la pesanteur sur Vesta, un simple moteur à réaction est amplement suffisant. J'ai effectivement vu la *Reine d'Argent*. Mais de loin. Elle était protégée par un champ de force qui en interdisait l'approche.

Les sourcils de Brandon prirent une forme circonflexe.

— Sans blague ? Pourquoi ?

— C'est la question que j'ai posée. On ne m'a pas répondu. On m'a simplement dit qu'on ne savait pas que j'irais là-bas. L'épave, paraît-il, appartenait à la compagnie d'assurances.

Moore hocha la tête. « Bien sûr ! Elle en est devenue propriétaire après avoir payé. J'ai signé un bon de décharge et renoncé à mes droits de récupération en échange du chèque d'indemnité. Vous aussi, j'imagine ?

— Et pourquoi ce champ de force ? s'exclama Brandon. Pourquoi ces cachotteries ?

— Je l'ignore.

— Ce bâtiment n'a plus d'autre valeur que son poids de ferraille. Les frais de transport seraient prohibitifs.

— En effet, acquiesça Shea. Ce qui est marrant,

c'est qu'ils étaient allés récupérer les débris dans l'espace. Il y en avait toute une pile. Je les ai vus. Rien que des morceaux de carcasse tordus... J'ai appris que des navires ne cessaient de faire la navette pour en ramener d'autres. La compagnie payait chaque fragment selon un barème déterminé de sorte que tous les astronefs qui croisaient dans les parages allaient à la pêche. La dernière fois que je me suis rendu sur Vesta, cet ossuaire s'était considérablement étendu.

— Veux-tu dire qu'ils continuent les recherches ? s'enquit Brandon, les yeux brillants.

— Je ne sais pas. Ils ont peut-être arrêté. Tout ce que je sais, c'est que le tas était plus gros la dernière fois : donc, à l'époque, ils continuaient. »

Brandon se carra dans son fauteuil et croisa les jambes. « C'est quand même bizarre. Très bizarre... Une compagnie d'assurances à l'esprit pratique qui dépense de l'argent comme s'il en pleuvait pour passer au peigne fin l'espace dans les parages de Vesta afin de mettre la main sur les débris d'une épave datant de vingt ans...

— Peut-être essaient-ils de prouver qu'il y a eu sabotage, suggéra Moore.

— Vingt ans après ? Même s'ils y parvenaient, ils ne rentreraient pas dans leurs frais. La cause est perdue d'avance.

— Peut-être ont-ils renoncé depuis longtemps à l'heure qu'il est. »

Brandon se leva avec détermination.

— On va s'informer. Cette histoire-là est anormale et je suis suffisamment jabrifié et anniversarisé pour avoir envie d'en savoir plus long.

— D'accord mais auprès de qui vas-tu t'informer ? lui demanda Shea.

— Il n'y a qu'à poser la question à Multivac.

Shea ouvrit de grands yeux.

— Multivac ! Dites donc, Mr Moore, vous avez une liaison Multivac chez vous ?

— Oui.

— Je n'en ai jamais vu et en voir une est mon rêve le plus cher.

— Le spectacle n'a rien de particulièrement impressionnant, Mike. Cela ressemble à une vulgaire machine à écrire. Ne confonds pas la liaison Multivac avec Multivac lui-même. À ma connaissance, personne n'a jamais vu Multivac.

Moore sourit à cette idée. Il y avait fort peu de chances pour qu'il ait l'occasion de rencontrer avant de mourir un seul membre de la petite poignée de techniciens qui passaient le plus clair de leurs journées dans les entrailles de la terre à couver la super-ordinatrice d'un kilomètre et demi de long qui recelait la somme des connaissances humaines, dirigeait l'économie, avait la haute main sur la recherche scientifique, aidait les responsables à prendre des décisions politiques et possédait en outre des millions de circuits destinés à répondre à toutes les questions des simples citoyens pourvu que celles-ci ne violassent point la liberté individuelle.

Les trois hommes gagnèrent le second étage où était installé le groupe énergétique. « J'ai songé à acquérir une liaison Multivac junior pour les gosses. Pour leurs devoirs et des choses comme ça, tu comprends ? Mais j'ai peur que ce ne soit un encouragement onéreux à la paresse. Comment as-tu résolu le problème, Warren ?

— Mes enfants me montrent d'abord les questions qu'ils veulent poser. C'est moi qui décide s'il y a lieu de les transmettre à Multivac. »

La liaison Multivac avait en effet les apparences d'une banale machine à écrire. Mais elle était un peu plus que cela.

Moore mit en place les coordonnées qui la branchaient aux circuits dont les ramifications enserraient la planète tout entière.

— Maintenant, écoutez-moi, dit-il quand il eut terminé. Je tiens à vous déclarer pour le principe que je suis contre cette initiative. Si je marche, c'est uniquement parce que c'est l'anniversaire et parce que je suis assez idiot pour être piqué de curiosité. Bon... Comment formuler la question ?

Ce fut Brandon qui répondit :

— De la façon suivante : les Assurances Transspatiales continuent-elles encore à rechercher les débris de la *Reine d'Argent* au large de Vesta ? La réponse sera oui ou non.

Moore haussa les épaules et pianota sur le clavier sous le regard respectueux de Shea.

— Comment Multivac répond-il ? voulut-il savoir. Il parle ?

Moore rit sans bruit. « Oh non ! Je ne suis pas assez riche pour faire des dépenses pareilles. Ce modèle se contente de taper la réponse sur un ruban qui sort de cette fente. »

Comme il disait ces mots, une bande de papier en jaillit. Moore l'arracha, y jeta un coup d'œil et dit :

— Eh bien, Multivac répond : oui.

— Ah ! s'exclama Brandon. Qu'est-ce que je vous disais ? À présent, demande-lui pourquoi.

— Tu es idiot ! Une question pareille est manifestement en contradiction avec la clause de conscience. Tu recevras tout simplement une feuille jaune te demandant d'expliquer pourquoi tu la poses.

— On verra bien. Le travail de récupération auquel se livre la compagnie d'assurances n'est pas un secret. Peut-être que le motif de cet acharnement n'en est pas un, lui non plus.

Derechef, Moore haussa les épaules et tapa : Pourquoi la Transspatiale s'est-elle lancée dans l'entreprise de récupération de l'épave dont il était fait mention dans la question précédente ?

Presque aussitôt, il y eut un déclic et un ruban jaune sortit de la fente, sur lequel on pouvait lire : *Veuillez préciser la raison pour laquelle vous souhaitez obtenir cette information.*

— Eh bien, explique-lui que nous sommes les trois survivants du naufrage et que nous avons le droit de savoir, fit Brandon sans se laisser déconcerter. Vas-y ! Dis-lui ça.

Moore obéit, s'efforçant d'éliminer toute résonance émotionnelle de sa formulation. La machine cracha une nouvelle bande de papier jaune : *Raison insuffisante. Il n'est pas possible de répondre à la question posée.*

— Je ne vois pas de quel droit ils gardent le secret, s'insurgea Brandon.

— C'est Multivac qui tranche. Il analyse tes motivations et c'est à lui de décider si la clause de conscience doit jouer ou non. Le gouvernement lui-même ne peut rompre la règle du secret sans un arrêt de cour et les tribunaux n'ont jamais démenti Multivac une seule fois en dix ans. Alors qu'allons-nous faire ?

Brandon sauta sur ses pieds et se mit à arpenter la pièce à toute vitesse selon son habitude. « Bon... Il faut réfléchir. Le problème est de savoir pourquoi la Transspatiale se donne tant de peine. Nous avons conclu que, au bout de vingt ans, ce n'est pas pour essayer de prouver qu'il y a eu sabotage. Donc elle cherche autre chose. Quelque chose d'extrêmement important puisqu'elle n'a pas renoncé depuis tout ce temps. La question est de savoir ce qui peut bien avoir autant de valeur.

— Tu es un rêveur. Mark », murmura Moore.

Apparemment, Brandon ne l'entendit pas car il poursuivit : « Il ne peut s'agir ni de bijoux, ni d'argent, ni de titres. Cela ne justifierait pas un pareil acharnement pour une simple raison de rentabilité. Non... Même si la *Reine d'Argent* était en or fin ! Qu'est-ce qui peut être assez précieux pour justifier tout ce travail ?

— La notion d'objet précieux est indéfinissable, lui fit observer Moore. Une lettre ayant, au poids du papier, une valeur de quelques centimes peut représenter cent millions de dollars pour une société. Tout dépend de ce qu'il y a écrit dessus. »

Brandon eut un énergique hochement de tête.

— Tu as parfaitement compris. Il peut s'agir de documents, de papiers importants. Quel passager aurait pu avoir en sa possession des papiers valant des milliards de dollars ?

— Comment veux-tu qu'on puisse répondre à une pareille question ?

— Il y a le Dr Horace Quentin. Qu'en penses-tu, Warren ? C'est le seul dont on se souvienne encore parce que ce n'était pas le premier venu. Il transportait peut-être des documents. Des détails relatifs à une découverte inédite, qui sait ? Bon Dieu ! Si seulement je l'avais vu à bord, il aurait pu me dire quelque chose au cours d'une conversation banale Et toi, Warren, l'as-tu vu ?

— Je ne m'en souviens pas. En tout cas, je ne lui ai pas parlé. Bien sûr, il m'est peut-être arrivé de le croiser sans savoir qu'il s'agissait de lui.

— Bien sûr, répéta Shea d'un air songeur. Il y a quelque chose qui me revient. Je me rappelle un passager qui ne sortait pas de sa cabine. Le steward y a fait allusion. Il restait enfermé même à l'heure des repas.

Brandon cessa de faire les cent pas et dévisagea intensément le spationaute. « C'était Quentin ?

— Peut-être. Oui... C'était peut-être lui. J'ai beau chercher, personne ne me l'a précisé et je ne me rappelle pas. Toutefois, il s'agissait certainement d'un gros bonnet : à bord d'un astronef, on ne sert pas les passagers dans leurs cabines quand ce ne sont pas des huiles lourdes.

— Et le Dr Horace Quentin était la personnalité marquante du voyage, s'exclama Brandon d'un air satisfait. En conséquence, il gardait quelque chose dans sa cabine. Quelque chose qui avait une grande valeur. Et qu'il cachait.

— À moins qu'il n'ait eu tout simplement le mal de l'espace, objecta Mike. Pourtant... » Il plissa le front et laissa sa phrase en suspens.

— Que voulais-tu dire ? s'enquit Brandon. Tu te souviens de quelque chose ?

— Je ne sais pas. J'étais le voisin de table du Dr Hester lors du dernier dîner. Je vous l'ai déjà dit. Au cours de la conversation, il m'a fait part de son désir de rencontrer Quentin. Jusque-là, il n'avait pas réussi à le voir.

— Dame ! s'exclama Brandon. Puisque Quentin ne mettait pas les pieds hors de sa cabine...

— Hester ne m'a pas dit exactement cela. Pourtant, nous avons parlé d'Horace Quentin... Voyons... Qu'est-ce qu'il m'a raconté ?

Moore se prit la tête à deux mains comme pour essayer d'extraire de force de sa cervelle un souvenir vieux de vingt ans. « Naturellement, je suis bien incapable de vous répéter ses propos mot à mot. Pour autant que je me le rappelle, il prétendait que Quentin faisait de la mise en scène, du théâtre ou quelque chose comme ça. Tous deux devaient participer à un colloque scientifique sur Ganymède. Et Quentin gardait secret le titre de sa communication.

— Tout cela colle magnifiquement ! s'écria Brandon en se remettant à marcher de long en large à toute vitesse. Il avait fait une découverte extraordinaire sur laquelle il était muet comme une carpe parce qu'il voulait que cela éclate comme une bombe quand il monterait à la tribune. S'il ne sortait pas de sa cabine, c'est sans doute parce qu'il craignait que le Dr Hester n'essaie de lui faire lâcher le morceau... Et je parie qu'Hester n'aurait pas hésité ! Sur ce, voilà qu'une météorite éventre l'astronef. Quentin est tué. La Transspatiale enquête, des rumeurs lui parviennent sur cette grande découverte et elle se dit que, si elle parvient à se l'approprier, elle rentrera dans ses frais et en retirera, en plus, des bénéfices gros comme ça. Alors, elle s'arrange pour racheter les droits de sauvetage et, depuis ce jour, s'efforce de récupérer les archives d'Horace Quentin. »

Moore sourit.

— C'est une admirable théorie, Mark, dit-il avec affection. À elle seule, elle donne toute sa valeur à cette soirée. C'est merveilleux de t'entendre ainsi fabriquer quelque chose à partir de rien.

— De rien ? Vraiment ? Eh bien, adressons-nous à nouveau à Multivac. C'est moi qui réglerai la quittance du mois.

— Tu es fou ! Tu es mon hôte. Toutefois, si tu n'y vois pas d'inconvénient, j'ai bonne envie de dire deux mots à cette bouteille de Jabra. Il me faut boire encore un petit coup pour être sur la même longueur d'onde que toi.

— Moi aussi, approuva Shea.

Brandon s'assit devant le clavier et, tremblant d'excitation, tapa d'une main mal assurée la question suivante : *Quelle était la nature des recherches auxquelles se livrait le Dr Horace Quentin au moment de sa mort ?*

Moore était arrivé avec la bouteille et les verres quand la réponse sortit. Cette fois, elle était rédigée sur une bande blanche. Elle était longue, imprimée en tout petits caractères et son contenu consistait pour l'essentiel en références à des revues scientifiques vieilles de vingt ans.

— Je ne suis pas un physicien, fit Warren après y avoir jeté un coup d'œil, mais j'ai l'impression que Quentin s'intéressait aux problèmes optiques.

Brandon secoua la tête avec impatience.

— Mais tout cela a été publié ! Ce qu'il nous faut, c'est quelque chose d'inédit.

— Nous ne trouverons jamais rien d'inédit.

— Comment a fait la compagnie d'assurances ?

— Ça, c'est ta théorie !

Brandon se malaxait le menton. « On va encore poser une question à Multivac. »

Sur ce, il se rassit devant la machine et tapa : *Je veux avoir le nom et le numéro de tube des confrères du Dr Horace Quentin encore vivants avec lesquels il travaillait à la faculté.*

— Comment sais-tu qu'il avait une chaire ? s'enquit Moore.

— S'il n'en avait pas, Multivac nous le dira.

Un ruban de papier jaillit de la fente. Il portait un seul nom.

— Tu veux appeler ce type-là ? demanda Moore.

— Tu parles ! Otis Fitzsimmons. Avec un numéro de tube de Détroit. Est-ce que je peux...

— Vas-y, mon vieux. Tu es mon invité.

Brandon décrocha le combiné et composa le numéro. Ce fut une femme qui répondit. Il demanda à parler au Dr Fitzsimmons.

Il y eut une brève attente puis une voix grêle retentit dans l'écouteur.

— Allô ?

Le timbre était celui d'un homme âgé.

— Dr Fitzsimmons ? fit Brandon. Je représente les Assurances Transspatiales et je vous téléphone au sujet de feu le Dr Horace Quentin...

— Tu es fou, Mark ! chuchota Moore.

Mais, d'un geste vif. Brandon le fit taire.

Le silence se prolongea si longtemps qu'il commença à se demander s'il n'avait pas été coupé. Enfin, la voix sénile résonna à nouveau :

— Encore ? Après tout ce temps !

Brandon fit claquer ses doigts, incapable de réprimer cette réaction de triomphe. Mais ce fut d'un ton doux, presque patelin, qu'il poursuivit : « Voyez-vous, Dr Fitzsimmons, nous persistons à vous torturer dans l'espoir que vous vous souviendrez peut-être de tel ou tel détail concernant la dernière découverte du Dr Quentin. »

À l'autre bout de la ligne, il y eut une exclamation d'impatience.

— Je vous ai déjà dit que je ne sais rien. J'en ai assez d'être importuné avec cette histoire ! Je ne sais rien, absolument rien ! Tout ce que je peux vous dire, c'est que le Dr Quentin passait son temps à faire allusion à un quelconque gadget.

— Quel gadget, docteur ?

— Je l'ignore. Une fois, il a prononcé un nom que je vous ai rapporté. Je ne crois pas que ce soit important.

— Nous n'avons pas ce nom dans nos archives.

— Eh bien, vous devriez l'avoir. Voyons... Qu'est-ce que c'était ? Ah oui ! Un Optikon.

— Avec un K ?

— Un C ou un K, je n'en sais rien et je m'en moque. Maintenant, je souhaite ne plus être dérangé. Adieu, monsieur.

Un grognement hargneux parvint encore à l'oreille de Brandon, puis la communication fut coupée.

Mark paraissait satisfait.

— Tu n'aurais vraiment pas pu faire quelque chose

de plus stupide, Mark ! s'écrie Moore. Utiliser un tube sous une fausse identité est interdit par la loi. Si ce gars-là veut te faire des ennuis...

— Pourquoi veux-tu qu'il m'en fasse ? Il a déjà oublié notre conversation. Mais essaie de comprendre, Warren ! La Transspatiale l'a interrogé à ce sujet. Il m'a expliqué en long et en large qu'on lui avait déjà posé la question.

— D'accord. Mais tu t'en doutais au départ. Qu'as-tu appris de plus ?

— Nous savons à présent que le gadget de Quentin s'appelait un Optikon.

— Fitzsimmons n'en avait pas l'air tellement sûr. D'ailleurs, dans la mesure où nous savons que Quentin s'était spécialisé dans l'optique à la fin de sa vie, un nom pareil ne nous mène pas très loin.

— Toujours est-il que la compagnie d'assurances recherche cet Optikon ou les documents qui s'y rapportent. Peut-être que Quentin conservait les caractéristiques de son instrument dans sa tête et ne possédait qu'une seule maquette de l'objet. Selon Shea, la transspatiale mettait la main sur tous les trucs métalliques qu'elle pouvait trouver. C'est bien cela ?

— Il y avait des tas de machins en métal entassés, confirma Shea.

— Ils auraient laissé toute cette ferraille dans l'espace si c'étaient des documents qui les intéressaient. Donc, ce qu'il nous faut, c'est un instrument qui puisse s'appeler un Optikon.

— Même si toutes tes conjectures sont fondées, mon cher Mark, et si notre but est de retrouver cet Optikon, nous n'avons désormais aucune chance de réussir, déclara carrément Moore. À mon avis, il ne reste pas plus de dix pour cent des débris en orbite autour de Vesta. La vitesse de fuite du planétoïde est pratiquement nulle. Ça a été un coup de chance invraisemblable si le compartiment dans lequel nous étions s'est trouvé dans des conditions favorables et a pu ainsi revenir. Tout le reste du bâtiment s'est éparpillé au petit bonheur à travers le système solaire.

— La Transspatiale a récupéré un certain nombre de fragments, fit observer Brandon.

— Oui, les dix pour cent qui ont été capturés par Vesta. Un point, c'est tout.

Brandon n'insista pas. La mine méditative, il murmura : « Supposons que l'objet en question ait été là et qu'on ne l'ait pas trouvé. Quelqu'un d'autre peut-il l'avoir récupéré ? »

Mike Shea éclata de rire. « Nous, nous étions là, mais nous n'avons rien ramené hormis notre propre peau — et ça nous suffisait amplement ! Alors, en dehors de nous...

— C'est juste, fit Moore. D'ailleurs, si quelque anonyme a mis la main sur l'instrument, pourquoi garde-t-il la chose secrète ?

— Peut-être parce que l'anonyme en question ne sait pas de quoi il s'agit.

— Dans ce cas-là, comment voulez-vous que nous... »

Moore s'interrompit brusquement et se tourna vers Shea. « Qu'est-ce que tu disais ?

— Qui ? Moi ? »

Shea le regardait d'un air parfaitement incompréhensif.

— Oui... Tu disais qu'on était là.

Les yeux de Moore s'étaient rétrécis. Il hocha la tête comme pour s'éclaircir les idées et murmura dans un souffle : « Grande Galaxie !

— Qu'y a-t-il, Warren ? demanda Brandon d'une voix tendue.

— Je ne suis pas sûr... Vous me rendez dingue avec vos théories ! À tel point que je commence à les prendre au sérieux ! Voyons... On a quand même ramené des restes du naufrage. En dehors de nos vêtements et de nos possessions personnelles. En tout cas, moi, j'en ai ramené.

— Comment cela ?

— Oui... Quand je rampais sur l'épave. Par l'espace, j'ai l'impression d'y être à nouveau ! C'est tellement net dans ma mémoire... J'ai ramassé un ou deux trucs que j'ai fourrés dans la poche de mon vidoscaphe. Machinalement. Et, ces objets, je les ai conservés. Comme souvenirs, sans doute.

— Où sont-ils ?

— Je n'en sais rien. J'ai déménagé plusieurs fois.

— Tu ne les as quand même pas flanqués en l'air ?

— Non. Mais quand on déménage, on perd toujours quelque chose.

— Si tu ne les as pas jetés, ils sont quelque part dans la maison.

— À condition qu'ils ne se soient pas égarés. Je ne les ai pas vus depuis quinze ans, parole !

— Qu'est-ce que c'était ?

— Si je me rappelle bien, il y avait un stylo. Une véritable pièce d'antiquité. Un de ces machins qui marchait avec une cartouche d'encre, si tu vois ce que je veux dire. Mais c'est à l'autre truc que je pense. C'était une petite lorgnette d'une quinzaine de centimètres de long. Tu vois où je veux en venir ? Une lorgnette ?

— Un Optikon ! hurla Brandon. Pas de problème !

— Ce n'est qu'une simple coïncidence, répliqua Moore qui s'efforçait de conserver son sang-froid. Rien qu'une coïncidence curieuse.

— Une coïncidence... des clous ! s'exclama Brandon. Si la Transspatiale n'a trouvé l'Optikon ni dans l'épave ni dans l'espace, c'est parce que tu l'avais pris !

— Tu es fou...

— Il faut en avoir le cœur net. »

Moore exhala un soupir. « Bon... Si tu y tiens vraiment, je vais chercher mais je crains fort de ne rien trouver. Allons-y ! Commençons par la remise. C'est l'endroit le plus logique. »

Shea pouffa. « L'endroit le plus logique est généralement celui où l'on fait chou blanc ! »

Mais les trois hommes se dirigèrent néanmoins vers la réserve.

Il régnait dans la pièce l'odeur de renfermé et de moisi propre aux lieux inhabités. Moore mit le précipitron en marche.

— Cela doit faire deux ans que nous n'avons pas précipité la poussière, dit-il. Vous voyez comme je viens souvent ici ! Bon... Réfléchissons... Si c'est quelque part, ce devrait être dans la collection du célibataire... J'entends par là tout le fatras que j'ai entassé dans ma jeunesse. Commençons par ça.

Et Warren se mit à farfouiller dans des classeurs de plastique tandis que Brandon regardait avec passion par-dessus son épaule.

— Tu sais ce que c'est que ça ? Mon album de collège ! J'étais un chasseur de son enragé à cette époque. La vraie passion ! Figure-toi que j'ai la voix de tous les étudiants dont j'ai pris la photo, ajouta-t-il en tapotant affectueusement l'album. On dirait de simples images tridimensionnelles classiques mais, dans chacune, la voix...

S'apercevant soudain de la grimace de Brandon, il s'interrompit : « D'accord... Je continue à chercher. »

Il ouvrit un lourd coffre suranné en bois artificiel et en vida les divers compartiments.

— Eh ! Ce n'est pas ça ? s'exclama Brandon en désignant un petit cylindre qui était tombé et roulait sur le sol.

— Je ne... Mais si ! C'est le stylo ! Le voilà ! Et voici la longue-vue... Ni l'un ni l'autre ne marchent, naturellement. Ils sont hors d'usage. Je suppose, tout au moins, que le stylo est cassé. Quand on le secoue, il y a quelque chose à l'intérieur qui cliquette. Tu entends ? Comme je n'ai pas la moindre idée de la façon dont on le remplit, je suis bien incapable de savoir s'il est ou non en état de fonctionner. Il y a des années qu'on ne fabrique plus de cartouches d'encre pulvérisatrice.

— Il y a des initiales sur le corps, dit Brandon qui examinait l'objet sous la lampe.

— Tiens ? Je ne m'en souvenais pas.

— C'est très usé. On dirait... J. K. Q.

— Q. ?

— Oui. Ce n'est pas une lettre fréquente pour un patronyme. Ce stylo appartenait sûrement à Quentin. C'était sans doute un héritage qu'il conservait comme mascotte... ou par sentimentalité. Peut-être avait-il appartenu à un arrière-grand-père à l'époque où l'on se servait encore de stylographes. Un arrière-grand-père qui s'appelait Jason Knight Quentin, ou Judah Kent Quentin, ou quelque chose dans ce goût-là. On peut toujours demander son arbre généalogique à Multivac.

Moore acquiesça.

— Pourquoi pas ? Tu vois, tu as si bien fait que je suis devenu aussi loufoque que toi !

— Et si mon hypothèse est juste, c'est la preuve que c'est dans la cabine de Quentin que tu as ramassé ce stylo. Et la lorgnette ?

— Attends... je ne suis pas sûr qu'elle était au même endroit. Le souvenir de mon activité de pilleur d'épaves n'est pas précis à ce point-là !

Brandon inspecta la lorgnette sur toutes les coutures.

— Je ne vois pas d'initiales.

— Tu escomptais en trouver ?

— En réalité, je ne vois rien sinon cette étroite rainure.

Il fit glisser l'ongle de son pouce dans l'imperceptible fente et essaya sans succès de dévisser l'instrument. « C'est d'une seule pièce », murmura-t-il. Il colla son œil à l'oculaire. « Cette longue-vue ne marche pas.

— Je t'ai dit qu'elle était cassée. Il n'y a pas de lentilles... »

Shea intervient :

— Quand un astronef entre en collision avec un météore de bonne taille et s'éparpille en petits morceaux, il est normal que les choses soient un peu abîmées.

— Eh bien, conclut Moore avec un regain de pessimisme, si nous avons effectivement mis la main sur ce fameux Optikon, cela nous fait une belle jambe !

Il prit la lorgnette des mains de Brandon et explora du bout du doigt l'ouverture ronde, veuve de lentilles.

— On ne peut même pas savoir comment s'inséraient les verres. On ne sent aucun filetage. C'est comme si cet instrument n'avait jamais comporté de... Eh ! lança-t-il d'une voix tonnante.

— « Eh ! » quoi ? s'enquit Brandon.

— Le nom... le nom de ce truc...

— De l'Optikon, tu veux dire ?

— Je ne veux pas du tout dire ça ! Tout à l'heure, au tube, nous avons cru que Fitzsimmons avait dit « un Optikon ».

— C'est bien ce qu'il a dit, fit Brandon.

— En effet, renchérit Shea. J'ai entendu.

— Tu as cru entendre. En réalité, Fitzsimmons a dit « Anoptikon ». Vous comprenez ? Pas « un Optikon » en deux mots mais « Anoptikon » en un seul.

— Ah ! Et quelle est la différence ? demande Brandon, décontenancé.

— Une différence énorme ! « Optikon » définirait un instrument possédant des lentilles mais dans « Anoptikon » en un seul mot, il y a le préfixe grec *an* qui exprime la privation. C'est vrai pour tous les mots dérivant du grec. Anarchie veut dire « qui n'a pas de gouvernement », anémie « qui n'a pas de sang », anonyme « qui n'a pas de nom » et Anoptikon...

— Qui n'a pas de lentilles ! s'écria Brandon.

— Exactement ! Quentin a réalisé un instrument d'optique dépourvu de lentilles. C'est peut-être celui que nous avons entre les mains. Et il est peut-être en état de marche.

— Mais on ne voit rien quand on regarde à travers, objecta Shea.

— Probablement parce qu'il est au point mort. Il y a sûrement un dispositif de réglage.

Comme Brandon l'avait déjà fait, Moore essaya de dévisser le cylindre. L'objet résistait : il redoubla d'efforts.

— Ne casse rien ! l'adjura Brandon.

— Ça vient. C'est coincé ou corrodé.

Il examina la lorgnette avec irritation et la posa à nouveau devant son œil. Pivotant sur lui-même, il dépolarisa une fenêtre et braqua l'instrument sur la ville aux lumières scintillantes.

— Je veux bien qu'on me balance dans l'espace ! fit-il dans un souffle.

— Qu'est-ce qu'il y a ? demanda Brandon.

Sans mot dire, Moore lui tendit l'objet. À peine l'eût-il essayé à son tour que Mark poussa un cri : « C'est un télescope !

— Fais voir », dit aussitôt Shea.

Ils passèrent près d'une heure à jouer avec l'appareil qui fonctionnait dans un sens comme un télescope et, dans l'autre, comme un microscope.

Brandon n'arrêtait pas de demander : « Comment ça fonctionne ? » et Moore n'arrêtait pas de lui répondre : « Je n'en sais rien. »

Finalement, Warren dit :

— Je suis sûr qu'il utilise des champs de force concentrés. Pour le régler, on se heurte à une résistance de champ considérable. Avec des appareils plus gros, un système d'assistance serait nécessaire.

— C'est un petit gadget rudement astucieux, déclara Shea.

— C'est beaucoup plus qu'un gadget. Ou je me trompe fort ou l'Anoptikon représente un tournant phénoménal dans le domaine de la physique théorique. Il focalise la lumière sans lentilles et on peut augmenter la profondeur de champ sans modifier la distance focale. Je suis sûr qu'on pourrait obtenir d'un côté la réplique du télescope de cinq cents pouces de Cérès et avoir un microscope électronique de l'autre. En outre, je n'ai constaté aucune aberration chromatique : donc, toutes les longueurs d'ondes lumineuses subissent une déviation égale. Peut-être cet engin parvient-il à distendre la gravité si la gravité est une espèce de radiation particulière. Peut-être...

Shea l'interrompit pour demander tout crûment :

— Ça vaut de l'argent ?

— Des fortunes... À condition que quelqu'un comprenne comment ça marche.

— Eh bien, nous allons l'apporter à la Transspatiale. Mais il faudra d'abord voir un avocat. Avons-nous renoncé à ces objets en abandonnant nos droits de prise ? Tu les avais déjà en ta possession avant de signer. D'ailleurs, la renonciation est-elle valable dans la mesure où nous ne savions pas ce que nous signions ? Cela peut, peut-être, être considéré comme de la fraude.

— En outre, je ne sais pas si une société privée peut être propriétaire d'une chose aussi importante, dit Moore. Nous devrions nous informer auprès des pouvoirs publics. S'il y a de l'argent à ramasser...

Brandon s'envoya un coup de poing retentissant sur la cuisse.

— Au diable l'argent, Warren ! Bien sûr, je ne demande pas mieux que d'empocher toute la galette que je rencontre sur mon chemin mais ce n'est pas le plus important. Nous allons être célèbres, mon vieux ! Célèbres ! Non mais tu te rends compte ? Un trésor fabuleux dans l'espace... une société gigantesque qui passe le cosmos au peigne fin depuis vingt ans pour mettre la main dessus. Et, depuis vingt ans, le trésor est là, en notre possession à nous, les oubliés. Et, le jour du vingtième anniversaire du naufrage, nous retrouvons le trésor perdu ! Si ça marche, si l'anoptique devient une nouvelle et grandiose technique scientifique, on ne nous oubliera jamais plus !

Le sourire de Moore se mua en un éclat de rire.

— Tu as raison, Mark. Tu as réussi ! Tu as fait ce qu'on te demandait de faire : grâce à toi, nous allons être les rescapés de l'oubli.

— Nous avons mis tous les trois la main à la pâte. Mike a tout fait démarrer en nous fournissant les informations fondamentales et indispensables, j'ai concocté la théorie et toi, tu avais l'appareil.

— O.K. Il est tard et ma femme va bientôt rentrer. Nous n'avons pas de temps à perdre. Multivac nous dira à quel service il convient de nous adresser et qui...

— Non, s'insurgea Brandon. D'abord, les rites. Nous avons un toast d'anniversaire à porter. À toi l'honneur, Warren.

Il tendit à Moore la bouteille d'eau de Jabra encore à moitié pleine.

Moore remplit soigneusement les verres à ras bord.

— Messieurs, lança-t-il d'une voix solennelle en levant son verre, imité par les deux autres. Messieurs, au souvenir de la *Reine d'Argent*... et à ses *souvenirs* !

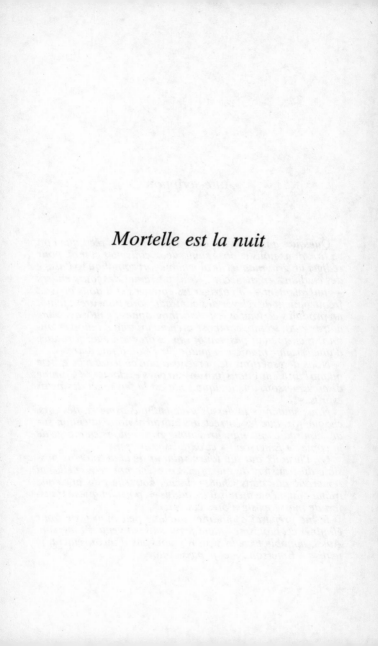

Mortelle est la nuit

Ante-scriptum

Quelques années avant que ne fût publié le récit que l'on va lire, nous nous étions réunis, deux collègues et moi, pour rédiger un gros manuel de biochimie fort compliqué à l'usage des étudiants en médecine. Nous passâmes des jours entiers — littéralement — à corriger les épreuves et il nous arrivait fréquemment de relever des contradictions mineures : tantôt un produit s'écrivait avec telle orthographe et tantôt avec une autre, tantôt tel mot composé prenant un trait d'union et tantôt il n'en prenait pas, tantôt une expression était formulée d'une certaine manière et tantôt elle l'était d'une autre.

Nous désespérions de parvenir à une concordance exacte quand l'un d'entre nous finit un jour par s'exclamer : « Comme disait Emerson, une logique sotte est le feu follet des petits esprits. »

Nous sautâmes là-dessus avec enthousiasme et, dès lors, chaque fois que les correcteurs attiraient notre attention sur des contradictions mineures, nous griffonnions en marge de la copie : « Emerson ! » et on laissait passer.

Or, l'histoire qui suit tourne autour de la découverte possible du transfert de masse et, en préparant ce recueil, j'ai remarqué que dans Chante-cloche, nouvelle plus ancienne traitant du même thème, il est admis en postulat que le transfert de masse existe d'ores et déjà.

Je me préparai à modifier quelque peu mon texte pour éliminer cet illogisme quand je me suis souvenu d'Emerson. Aussi, aimable lecteur, si tu n'y vois pas d'inconvénient, je te dis : « Emerson ! » et je passe outre.

C'était une réunion de promotion et, encore qu'elle ne fût pas placée sous le signe de la jovialité, il n'y avait aucune raison de penser qu'elle dût être gâchée par un drame.

Edward Talliaferro, qui arrivait de la Lune et dont la pesanteur plombait encore les jambes, retrouva les autres dans la chambre de Stanley Kaunas qui se leva pour l'accueillir. Battersley Ryger, quant à lui, resta assis et se contenta de le saluer d'un signe de tête.

Talliaferro, gêné par une gravité à laquelle il n'était pas accoutumé, se posa précautionneusement sur le divan en grimaçant un peu, sa lèvre charnue se tortillant à l'intérieur du cercle de poils qui enrobait son menton et ses joues.

Tous trois s'étaient déjà rencontrés au cours de la journée mais plus protocolairement. Ils ne s'étaient pas encore retrouvés en petit comité.

— C'est un grand jour, en quelque sorte, dit Talliaferro. La première fois que nous nous sommes réunis depuis dix ans. Depuis notre diplôme, en fait.

Le nez de Ryger se plissa. Ce nez, il se l'était fait casser peu de temps avant l'obtention de ce fameux

diplôme et il avait un pansement autour de la tête
quand on lui avait remis le parchemin.

— Quelqu'un a-t-il commandé du champagne ?
grommela-t-il. Du champagne ou quelque chose ?

— Allons ! s'exclama Talliaferro. C'est la première
grande convention astronomique et interplanétaire
de l'histoire ! Le moment est mal choisi pour bouder.
Surtout qu'on est entre amis.

— C'est la Terre, rétorqua Kaunas. Il y a quelque
chose qui ne colle pas. Je ne peux pas m'y habituer.
Il secoua la tête mais conserva son air sombre.

— Je sais, soupira Talliaferro. Ce que je suis lourd !
Ça me pompe toute mon énergie. Tu as plus de
chance que moi, Kaunas. La gravité sur Mercure est
de 0,4 par rapport à la normale. Sur la Lune, elle n'est
que de 0,16.

Il coupa la parole à Ryger qui commençait à ron-
chonner pour ajouter :

— Et sur Cérès, on dispose de champs de pseudogravité réglés à 0,8. Tu n'as pas de problèmes, Ryger.

L'astronome cérien fit la moue. « Moi, c'est de me
promener à l'air libre... Sortir sans scaphandre, c'est
épouvantable !

— Tu as raison, l'approuva Kaunas. Et baigner
dans la lumière du Soleil, c'est terrible.

Insensiblement, Talliaferro se laissait emporter
vers le passé. Les autres n'avaient guère changé. Et
lui non plus. Sauf qu'ils avaient tous dix ans de plus,
naturellement. Ryger s'était empâté, le visage étiré
de Kaunas s'était quelque peu parcheminé mais il les
aurait reconnus tous les deux n'importe où en les
rencontrant par hasard.

— Je ne crois pas que ce soit la Terre qui nous abat ainsi, dit-il. Il faut regarder les choses en face.

Kaunas lui jeta un coup d'œil acéré. C'était un garçon de petite taille dont les mains s'agitaient nerveusement et dont les vêtements paraissaient toujours avoir une pointure de trop.

— Oui, je sais, fit-il. C'est Villiers. Il m'arrive parfois de penser à lui.

Et il conclut avec une sorte de désespoir : « Il m'a écrit. »

Ryger se redressa. Son teint olivâtre s'assombrit encore et il s'écria avec véhémence : « Sans blague ? Quand ? »

— Il y a un mois.

Il se tourna vers Talliaferro. « Et toi ? »

Talliaferro cligna des yeux et hocha placidement la tête.

— Il est devenu fou, enchaîna Ryger. Il prétend avoir découvert une méthode pratique pour réaliser le transfert massique à travers l'espace. Il vous en a parlé à tous les deux, n'est-ce pas ? Oui... Il avait toujours été un peu tordu. Maintenant, il a perdu les pédales.

Il se frotta vigoureusement le nez et Talliaferro se rappela le jour où Villiers lui avait brisé cet appendice.

Depuis dix ans, Villiers les hantait tous les trois comme le spectre indécis d'une culpabilité qui n'était pas vraiment la leur. Ils avaient fait leurs études ensemble : c'étaient quatre hommes triés sur le volet, quatre idéalistes que l'on avait préparés à une profession qui s'était élevée à de nouveaux sommets en cet âge placé sous le signe de la navigation interplanétaire. On édifiait sur d'autres mondes des observatoires qu'entourait le vide, sans atmosphère qui pût brouiller les images que recevaient les télescopes.

Il y avait l'observatoire lunaire d'où l'on étudiait la Terre et les planètes intérieures, monde de silence dans le ciel duquel flottait la planète natale.

L'observatoire de Mercure, le plus proche de l'astre central, était installé au pôle Nord, là où la ligne terminatrice était d'une stabilité presque totale, où le soleil demeurait fixe sur l'horizon et pouvait être étudié jusque dans ses plus infimes détails.

L'observatoire de Cérès était le plus récent et le plus moderne. Son rayon d'action s'étendait de Jupiter jusqu'aux galaxies extérieures.

Il y avait évidemment les inconvénients. La spationavigation était encore malaisée et les congés étaient rares : la vie que l'on menait là-haut n'avait pas grand-chose à voir avec l'existence normale. Mais ils appartenaient à une génération qui avait de la chance. Les savants qui viendraient ensuite n'auraient plus qu'à moissonner des champs de connaissance déjà ensemencés et, tant que l'on n'aurait pas mis au point le propulseur interstellaire, aucune frontière d'une immensité comparable ne serait ouverte à l'humanité.

Les quatre heureux élus, Talliaferro, Ryger, Kaunas et Villiers, devaient se trouver dans la situation d'un Galilée qui, du fait qu'il possédait le premier télescope, ne pouvait braquer celui-ci au hasard dans le ciel sans faire une découverte importante.

Et puis Romano Villiers était tombé malade. On avait diagnostiqué qu'il souffrait de rhumatismes articulaires. Était-ce à cause de cela ? Il avait eu depuis des ennuis avec son cœur qui avait des ratés.

C'était l'élément le plus brillant du quatuor, celui qui promettait le plus, le plus passionné, et il ne put même pas terminer ses études et être sacré docteur.

Pis encore : il était clans l'incapacité de quitter la Terre, l'accélération d'un astronef l'aurait tué.

Talliaferro fut affecté sur la Lune, Ryger sur Cérès et Kaunas sur Mercure. Seul Villiers restait prisonnier de la Terre.

Ils avaient tenté de lui exprimer leur sympathie mais il avait repoussé leurs avances avec une sorte de haine. Il s'était répandu en invectives, il les avait injuriés. Ryger avait perdu son sang-froid et avait levé le poing. Villiers s'était jeté sur lui, le blasphème à la bouche. C'est ainsi que Ryger avait eu le nez cassé.

De toute évidence, il ne l'avait pas oublié car il était en train d'en caresser l'arête d'un doigt maladroit.

Le front de Kaunas n'était plus qu'un écheveau de rides. « Il est délégué à la convention, vous savez. Il a une chambre à l'hôtel. Le 405 ».

— Je ne tiens pas à le voir, laissa tomber Ryger.

— Il va venir. Il a dit qu'il voulait nous parler. Il sera là à neuf heures si je ne me trompe, c'est-à-dire d'une minute à l'autre.

— En ce cas, si vous n'y voyez pas d'inconvénients, je vais me retirer.

— Attends encore un peu, fit Talliaferro. Qu'est-ce que cela peut te faire de le voir ?

— La question n'est pas là. Il est fou.

— Et alors ? Ne soyons pas mesquins. Aurais-tu peur de lui ?

— Peur ? cracha Ryger avec mépris.

— Ou alors, tu es inquiet ? Pourquoi cette nervosité ?

— Je ne suis pas nerveux, rétorqua Ryger.

— Oh si, tu l'es ! Écoute... Nous faisons tous les trois un complexe de culpabilité totalement injustifié. Nous ne sommes pour rien dans ce qui est arrivé. Mais il se tenait sur sa défensive et il en avait conscience.

Au même instant, le ronfleur de la porte retentit. Tous les trois sursautèrent et se tournèrent d'un air gêné vers le panneau qui s'interposait comme une barrière entre eux et Villiers.

La porte s'ouvrit et Romano Villiers fit son entrée. Les trois hommes se levèrent tant bien que mal pour l'accueillir et restèrent debout, embarrassés, la main tendue.

Villiers les contempla d'un œil sardonique.

« Lui, il a changé », songea Talliaferro.

Oui, il avait changé. Il s'était rétréci dans tous les sens, eût-on dit. Son dos voûté le rapetissait. La peau de son crâne luisait sous ses cheveux clairsemés, des veines sinueuses et bleuâtres saillaient sur le dos de ses mains. Il avait l'air malade. Le seul trait d'union qui le rattachait encore au passé était le geste qu'il avait pour mettre sa main en visière au-dessus de ses yeux quand un spectacle l'intéressait et sa voix, lorsqu'il parla, avait toujours le même timbre égal, la même sonorité de baryton.

— Mes bons amis ! fit-il. Mes chers amis coureurs d'espace ! Nous avons perdu le contact.

— Salut, Villiers, dit Talliaferro.

Villiers le dévisagea.

— Tu vas bien ?

— Pas trop mal.

— Et vous deux ?

Kaunas parvint à sourire faiblement et bredouilla quelque chose d'indistinct.

— On va très bien, Villiers, aboya Ryger. Où veux-tu en venir ?

— Toujours soupe au lait, ce Ryger ! Comment se porte Cérès ?

— Elle était en pleine forme quand je l'ai quittée. Comment se porte la Terre ?

— Tu peux t'en rendre compte de visu. Mais il y avait une soudaine tension dans la voix de Villiers. Il poursuivit : J'espère que si vous êtes venus tous les trois à la convention, c'est pour entendre la communication que je dois faire après-demain.

— Quelle communication ? s'enquit Talliaferro.

— Je vous ai écrit à ce sujet. Ma méthode de transfert de masse.

Un rictus retroussa les lèvres de Ryger.

— Oui, en effet, tu nous as écrit. Mais ta lettre ne mentionnait pas cette communication et, si ma mémoire est bonne, tu n'es pas inscrit sur la liste des orateurs.

— C'est exact. Je ne suis pas inscrit et je n'ai pas non plus rédigé un résumé destiné à la publication.

Villiers était devenu écarlate. « Ne t'énerve pas, dit Talliaferro sur un ton conciliant. Tu n'as pas l'air dans son assiette. »

Villiers pivota sur ses talons et lui fit face, les traits convulsés : « Mon cœur tient parfaitement le coup, je te remercie.

— Voyons, Villiers, dit Kaunas, si tu n'es pas parmi les orateurs inscrits et si tu n'as pas rédigé une...

— Écoutez-moi, messieurs... Il y a dix ans que j'attends ce jour ! Vous avez tous un emploi spatial. Moi, je suis obligé de faire des cours sur la Terre. Mais je surclasse n'importe lequel d'entre vous.

— Je n'en disconviens pas..., commença Talliaferro.

— Et je n'ai rien à faire de votre condescendance. Mandel est mon garant. Je suppose que vous avez entendu parler de lui ? Il préside la commission astronautique de la convention et je lui ai fait une démonstration de ma découverte. Je me suis servi d'un appareil rudimentaire qui a sauté après usage. Mais... M'écoutez-vous ?

— Mais oui, nous t'écoutons, répondit sèchement Ryger. Pour ce que cela compte !

— Il est d'accord pour que je fasse une communication sur mon invention. Et drôlement d'accord ! Impromptu ! Sans faire-part ! Ça fera l'effet d'une bombe. Je vois d'ici le pandémonium qui se déchaînera quand je donnerai la formule de la relation fondamentale ! Tous les délégués s'égailleront comme des lapins pour la vérifier dans leurs laboratoires et fabriquer le matériel indispensable. Et ils s'apercevront que ça marche. J'ai fait l'expérience avec une souris. Elle a disparu pour réapparaître à l'autre bout du labo. Mandel a assisté à la démonstration. »

L'œil flamboyant, il dévisagea successivement chacun de ses anciens condisciples. « Vous ne me croyez pas, n'est-ce pas ?

— Si tu ne veux pas de publicité, pourquoi nous mets-tu dans la course ? demanda Ryger.

— C'est un cas particulier. Vous êtes des amis. Mes anciens camarades d'université. Vous êtes allés dans l'espace et vous m'avez laissé le bec dans l'eau.

— Nous n'avons pas choisi », protesta Kaunas d'une voix aigre et haut perchée.

Villiers, sourd à l'objection, poursuivit : « Je tiens à ce que vous soyez au courant. Cela a marché avec une souris et il n'y a pas de raison pour que cela ne marche pas avec un homme. Une créature vivante a été déplacée de trois mètres dans un labo : pourquoi une autre créature vivante ne franchirait-elle pas un million de kilomètres dans l'espace ? J'irai sur la Lune, sur Mercure, sur Cérès, où je voudrai... n'importe où ! Je vous égalerai tous. Qu'est-ce que je raconte ? Je vous dépasserai ! J'ai fait plus pour le progrès de l'astronomie avec ma chaire de professeur et mes cellules grises que vous trois avec vos observatoires, vos télescopes, vos caméras et vos astronefs.

— Eh bien, tu m'en vois enchanté, dit Talliaferro. Peux-tu me donner une copie de ta communication ?

— Oh non ! » Les poings de Villiers se crispèrent devant sa poitrine comme pour tirer un fantôme de drap protecteur. « Tu feras comme les autres : tu attendras. Il n'en existe qu'un seul exemplaire et personne ne le lira avant que je ne sois prêt. Pas même Mandel.

— Un seul ! s'exclama Talliaferro. Si tu l'égares...

— Je ne l'égarerai pas. N'importe comment, j'ai tout dans ma tête.

— Si tu... Un peu plus, Talliaferro allait dire : Si tu meurs, mais il s'arrêta à temps et enchaîna après un imperceptible temps d'arrêt... Si tu as, peu que ce soit de bons sens, tu devrais le spectrocopier.

— Non, répondit brutalement Villiers. Vous entendrez ma communication après-demain et vous verrez que, d'un seul coup, l'horizon humain s'est élargi comme il ne l'a encore jamais fait. »

Son regard intense scruta chacun de ses anciens condisciples.

— Dix ans ! murmura-t-il. Au revoir.

— Il est fou ! explosa Ryger en regardant la porte comme si Villiers y était encore adossé.

— Tu crois ? dit Talliaferro d'une voix rêveuse. Oui, en un sens, il doit l'être. Il nous déteste pour des raisons irrationnelles. Et ne pas avoir pris la précaution de spectrocopier son texte...

Talliaferro, en disant cela, tripotait son petit spectro-enregistreur de poche. C'était un banal cylindre de couleur neutre, un peu plus gros et un peu plus court qu'un crayon. Au cours des dernières années, cet objet était devenu le symbole du savant presque au même titre que le stéthoscope du médecin ou le micro-ordinateur du statisticien. On le glissait dans sa poche, on l'accrochait à sa manche, on le posait derrière l'oreille ou on le balançait au bout d'un cordon. Parfois, quand il était d'humeur philosophique, Talliaferro se demandait comment faisaient les chercheurs à l'époque où ils étaient contraints de prendre laborieusement des notes ou de classer des reproductions plein format. Que cela devait être incommode ! À présent, on se contentait d'explorer à l'aide de cet instrument n'importe quel document imprimé ou manuscrit pour en obtenir un micronégatif qu'il ne restait plus qu'à développer à loisir. Talliaferro avait déjà enregistré ainsi toutes les synthèses des communications inscrites au programme du congrès. Il ne doutait pas un seul instant que Kaunas et Ryger en avaient fait autant.

— Les choses étant ce qu'elles sont, se refuser à

faire une spectrocopie, c'est de la démence ! laissa-t-il
tomber.

— Mais, par l'espace, sa communication n'existe
pas ! s'exclama Ryger avec véhémence. Il n'a rien
découvert. Il est prêt à tous les mensonges pour nous
impressionner.

— En ce cas, que fera-t-il après-demain ? demanda
Kaunas.

— Que veux-tu que j'en sache ? Il est fou, je te
répète !

Talliaferro jouait toujours avec son spectrocopieur
tout en se demandant distraitement s'il ne devrait pas
se mettre à développer les microfilms que recelait le
chargeur. Il prit la décision de remettre la décision à
plus tard.

— Il ne faut pas sous-estimer Villiers, dit-il. C'est
une intelligence.

— Il y a dix ans, je ne dis pas le contraire, répliqua
Ryger. Mais, aujourd'hui, c'est un cinglé. Si vous voulez mon avis, oublions-le !

Enflant la voix comme pour exorciser Villiers et
tout ce qui concernait celui-ci par la seule violence
du verbe, il se mit à parler de Cérès et de son travail
qui consistait à explorer la Voie Lactée à l'aide des
tout derniers radioscopes à ultrarésolution capables
d'isoler les étoiles individuelles. Kaunas l'écoutait en
hochant la tête, l'interrompant pour apporter certains
renseignements relatifs aux radio-émissions des
taches solaires, thème de l'article qu'il se proposait
de donner à la presse, et à sa théorie sur le rapport
existant entre les tempêtes de protons et les gigan-
tesques geysers d'hydrogène que vomissait la cou-
ronne solaire.

Talliaferro ne se montrait guère bavard. Par comparaison, le travail qu'il effectuait sur la Lune était bien terne : les toutes dernières informations qu'il pouvait donner sur les prévisions météorologiques à long terme obtenues par observation des jetstreams de l'atmosphère terrestre ne faisaient pas le poids en face des radioscopes et des tempêtes de protons. Et, surtout, il ne parvenait pas à chasser Villiers de son esprit. Villiers, c'était un cerveau. Ils en étaient tous conscients. Ryger lui-même, en dépit de ses fanfaronnades, était sûrement persuadé que si le transfert massique était possible, il était logique que Villiers l'eût découvert.

Au terme de cet échange de vues, tous trois furent contraints d'admettre à contrecœur que leur apport respectif était assez insignifiant. Talliaferro s'en était tenu à la littérature existante et il ne se le cachait pas. Ses études étaient d'un intérêt secondaire. Quant à Kaunas et à Ryger, ni l'un ni l'autre n'avait publié quoi que ce fût de vraiment important. Il fallait voir les choses en face : aucun d'eux n'avait bouleversé la spatiologie. Les rêves grandioses qu'ils avaient caressés du temps qu'ils étaient étudiants ne s'étaient pas réalisés — le fait était là. Ils étaient tous les trois des spécialistes compétents faisant un travail de routine, rien de plus, et ils le savaient.

Villiers aurait fait mieux qu'eux. Cela aussi, ils le savaient. Et c'était parce qu'ils le savaient et parce qu'ils avaient un complexe de culpabilité qu'il existait entre eux une certaine animosité.

Talliaferro se disait avec réticence que, en dépit de tout, Villiers leur était encore supérieur. Les autres pensaient probablement la même chose et le senti-

ment que l'on a de sa propre médiocrité peut devenir
intolérable. Villiers lirait sa communication sur le
transfert de masse et, en définitive, il ferait figure de
grand bonhomme, ce à quoi il avait toujours été apparemment destiné, alors que, bien qu'ils fussent avan-
tagés par rapport à lui, ses anciens condisciples pas-
seraient sous la table. Perdus dans la foule, ils applau-
diraient : à cela se bornerait leur rôle.

Talliaferro avait honte d'éprouver ces sentiments
de jalousie et de dépit mais il ne pouvait rien y faire.

La conversation finit petit à petit par se tarir. Soudain, le regard dans le vide, Kaunas proposa :

— Pourquoi n'irions-nous pas rendre visite à l'ami
Villiers ?

Il avait parlé avec une jovialité artificielle et une
nonchalance affectée qui ne trompait personne.
« À quoi bon garder de la rancune ? », ajouta-t-il.

« Cette histoire de transfert de masse le tracasse et
il veut en avoir le cœur net, songea Talliaferro. Il tient
à s'assurer qu'il ne s'agit que des divagations d'un
dément. Alors, il pourra dormir sur ses deux oreilles. » Mais Talliaferro était lui-même intrigué et il ne
fit pas d'objections. Ryger, à son tour, haussa les
épaules et murmura avec mauvaise grâce :

— Pourquoi pas, après tout ?

Il était un peu moins de vingt-trois heures.

Une sonnerie insistante réveilla Talliaferro. Dans
l'obscurité, il se dressa sur un coude, se sentant personnellement outragé. D'après la vague lueur qui
émanait de l'indicateur du plafond, il n'était pas
encore quatre heures du matin.

— Qui est-ce ? cria-t-il.

La sonnerie continua de résonner, saccadée.

Maugréant, Talliaferro enfila sa robe de chambre, ouvrit la porte et, ébloui par la lumière du couloir, battant des paupières, il reconnut l'homme qui se tenait sur le seuil pour l'avoir souvent vu à la télé en relief.

— Hubert Mandel, se présenta ce dernier dans un souffle.

— Très heureux, murmura Talliaferro.

Mandel était l'une des sommités de l'astronomie. Sa réputation éminente lui avait valu un poste important au Bureau Astronomique Mondial et la présidence de la commission astronautique de la convention. Talliaferro se remémora subitement que Villiers avait affirmé que le même Mandel avait assisté à sa démonstration de transfert massique. À la pensée de Villiers, il se rembrunit.

— Vous êtes bien le Dr. Edward Talliaferro ? s'enquit Mandel.

— Parfaitement.

— Bon ! Habillez-vous et suivez-moi. C'est très important. Il s'agit d'une de nos relations communes.

— Le Dr. Villiers ?

Une lueur s'alluma dans le regard de Mandel. Ses sourcils et ses cils étaient si blonds que ses yeux donnaient l'impression d'être nus, imberbes. Il avait les cheveux fins et soyeux et portait la cinquantaine.

— Pourquoi mentionnez-vous son nom ?

— Il a parlé de vous dans la soirée. Villiers est, à ma connaissance, notre seule relation commune.

Mandel hocha la tête. Quand Talliaferro se fut habillé, il fit demi-tour et sortit le premier.

Ryger et Kaunas attendaient dans une chambre de l'étage supérieur. Kaunas avait les yeux congestionnés et troubles, Ryger tirait nerveusement sur sa cigarette.

— Eh bien, s'exclama Talliaferro, nous voilà à nouveau réunis en petit comité.

La remarque tomba à plat. Il s'assit. Ses trois anciens camarades se dévisagèrent. Ryger eut un haussement d'épaules.

Mandel, les mains dans les poches, se mit à faire les cent pas. « Je vous prie de bien vouloir m'excuser de vous avoir dérangés, messieurs, commença-t-il, et je vous remercie de votre coopération. Je compte en abuser. Notre ami Romano Villiers est mort. Le corps a été enlevé il y a une heure. Le verdict des médecins est : décès dû à un arrêt du cœur. »

À ces mots succéda un silence stupéfait. Ryger laissa retomber sa main avant même que sa cigarette eût touché ses lèvres.

— Le malheureux ! s'exclama Talliaferro.

— C'est affreux, murmura Kaunas d'une voix rauque. Il était...

Sa voix le trahit et il n'acheva pas sa phrase.

Ryger se ressaisit le premier. « Il était cardiaque. Il n'y a rien à faire dans ces cas-là.

— Si, corrigea Mandel d'une voix douce. Guérir...

— Que voulez-vous dire ? » fit sèchement Ryger.

Mandel ne répondit pas directement : « Quand l'avez-vous vu pour la dernière fois ? »

Ce fut Talliaferro qui prit la parole :

— Au début de la soirée. Il se trouve que nous avons eu une réunion. La première depuis dix ans. Une rencontre assez déplaisante, en définitive, je regrette d'avoir à le dire. Villiers considérait qu'il avait certaines raisons de nous en vouloir et il s'est montré désagréable.

— À quelle heure, cette réunion ?

— Vers vingt et une heures. Je parle de la première.

— La première ?

— Nous l'avons revu un peu plus tard.

— Il nous avait quittés en colère, précisa Kaunas non sans une certaine gêne. Nous ne pouvions pas en rester là. Il fallait tenter d'arranger les choses. Nous étions des amis de longue date, n'est-ce pas ? Aussi sommes-nous allés chez lui et...

Mandel le coupa net :

— Vous vous êtes rendus tous les trois dans sa chambre ?

— Oui, répondit Kaunas, étonné.

— Quelle heure était-il ?

— Onze heures, me semble-t-il.

Il jeta un coup d'œil interrogateur aux deux autres. Talliaferro confirma d'un hochement du menton.

— Et combien de temps êtes-vous restés chez lui ?

— Deux minutes, s'écria Ryger. Il nous a flanqués à la porte comme si nous étions venus dans l'intention de lui dérober le texte de sa communication.

Il ménagea une pause, s'attendant apparemment que Mandel lui demandât de quelle communication il s'agissait mais comme ce dernier gardait le silence, il enchaîna :

— Je crois bien qu'il le conservait sous son oreiller. En tout cas, quand il nous a ordonné de déguerpir, Villiers était couché en travers de l'oreiller.

— Il est peut-être mort tout de suite après notre départ, murmura Kaunas dans un souffle.

— Pas immédiatement, dit laconiquement Mandel.

Vous avez donc probablement laissé tous les trois des empreintes digitales ?

— Probablement, dit Talliaferro. Le respect automatique qu'il éprouvait pour Mandel commençait de s'effilocher et il éprouvait un sentiment grandissant d'irritation. Mandel ou pas Mandel, il était quatre heures du matin ! « Enfin, où voulez-vous en venir ? demanda-t-il.

— La mort de Villiers, messieurs, a des implications qui dépassent l'événement brut lui-même. Sa communication, dont, à ma connaissance, il n'existait qu'un seul et unique exemplaire, a été jetée dans le vide-ordures désintégrateur et il n'en subsiste plus que quelques fragments. Je ne l'ai pas vue. Je ne l'ai pas lue mais j'en sais suffisamment pour être prêt à affirmer sur la foi du serment devant un tribunal, si nécessaire, que les débris retrouvés dans le vide-ordures, sont bien les vestiges du texte qu'il avait l'intention de porter à la connaissance de la convention. Vous ne paraissez pas convaincu, Dr. Ryger... »

Ryger eut un sourire acide. « Je ne suis nullement convaincu qu'il aurait fait cette communication. Si vous voulez mon avis, cet homme était fou. Il est resté dix ans prisonnier de la Terre et a imaginé cette histoire de transfert massique. C'était pour lui un moyen d'évasion. Sans doute était-ce cela qui lui a permis de continuer à vivre. Il s'est arrangé pour faire une démonstration truquée. Je ne dis pas qu'il se soit agi d'une fraude délibérée. Sans doute était-il sincère dans son délire. Cette idée fixe a atteint son point culminant au cours de la soirée. Il est venu nous voir — il nous haïssait parce que nous avions, nous, échappé à la Terre — afin de nous écraser sous son triomphe. Il y avait dix ans qu'il rêvait de cette confrontation, ç'avait été sa raison de vivre. Peut-être a-t-il alors subi un choc qui lui a fait en partie recouvrer la raison. Il a réalisé qu'il ne lirait jamais ce rapport parce qu'il n'avait rien à lire. Sur le coup de l'émotion, son cœur n'a pas tenu. C'est lamentable ! »

Mandel avait écouté l'astronome en manifestant tous les signes d'une vive désapprobation. « Vous êtes fort éloquent, Dr. Ryger, mais vous vous trompez du tout au tout, dit-il. Contrairement à ce que vous semblez croire, je ne suis pas homme à me laisser facilement mystifier par une expérience truquée. Cela dit, si j'en crois les renseignements qui sont en ma possession et que, par la force des choses, je n'ai pu vérifier que de façon hâtive, vous avez fait vos études ensemble tous les quatre. C'est bien exact ? »

Les trois hommes acquiescèrent silencieusement.

— Y a-t-il d'autres de vos anciens condisciples parmi les délégués à la convention ?

— Non, répondit Kaunas. Nous étions les seuls de cette promotion à avoir reçu le diplôme de docteur en astronomie. C'est-à-dire que Villiers l'aurait obtenu, lui aussi, s'il...

— Oui, je comprends. Eh bien, en ce cas, l'un d'entre vous a rendu une dernière visite à Villiers sur le coup de minuit.

Il y eut un court moment de silence. Puis Ryger jeta d'une voix âpre : « Ce n'est pas moi. » Kaunas, qui ouvrait de grands yeux, secoua la tête.

— Que sous-entendez-vous ? demanda Talliaferro.

— L'un de vous trois est allé le voir à minuit et a insisté pour lire son rapport. Pour quel motif ? Je n'en sais rien. On peut penser que c'était dans l'intention délibérée de déclencher une crise cardiaque. Villiers s'est écroulé et le criminel, si je puis le qualifier ainsi, a alors spectrocopié le document qui, ajouterai-je, était probablement caché sous l'oreiller. Cela fait, il a détruit l'original en le jetant dans le désintégrateur. Mais il s'est trop pressé et tout n'a pas été entièrement détruit.

Ryger interrompit Mandel : « Comment savez-vous que les choses se sont déroulées de cette façon ? Avez-vous été témoin de ces événements ?

— Presque. Villiers n'était pas tout à fait mort. Après le départ de l'assassin, il a réussi à décrocher le téléphone et m'a appelé. Il est parvenu à prononcer quelques mots étranglés, suffisamment pour que je puisse comprendre *grosso modo* ce qui était arrivé. Hélas, je n'étais pas dans ma chambre car j'avais une réunion qui s'est prolongée tard. Toutefois, lorsque je m'absente, je branche l'enregistreur téléphonique. Une habitude bureaucratique. J'ai auditionné la bande en rentrant et j'ai immédiatement rappelé Villiers. Il était mort.

— Eh bien, qui a fait le coup ? demanda Ryger.

— Il n'a pas prononcé le nom du coupable. Ou, s'il l'a fait, c'était inintelligible. Cependant, quelques mots de son message étaient parfaitement compréhensibles. Les mots : *camarade d'université.* »

Talliaferro sortit son spectrocopieur de sa poche, le tendit à Mandel et dit d'une voix calme :

— Si vous voulez développer le film, qu'à cela ne tienne. Vous ne trouverez pas la communication de Villiers là-dedans.

Kaunas imita l'exemple de Talliaferro et Ryger, l'air hargneux, en fit autant.

Mandel prit les trois appareils et jeta sur un ton sec :

— Je présume que celui d'entre vous qui est le coupable a d'ores et déjà mis en sûreté la partie de la pellicule exposée. Toutefois...

Talliaferro haussa les sourcils.

— Si vous voulez, vous pouvez me fouiller et perquisitionner ma chambre.

— Hé là ! Une minute, gronda Ryger, la mine toujours aussi furibarde. Appartenez-vous à la police ?

Mandel le regarda dans le blanc des yeux : « Désirez-vous vraiment que la police intervienne ? Que le scandale éclate et que l'un de vous trois soit inculpé d'homicide volontaire ? Voulez-vous que notre convention éclate et que, d'un bout à l'autre du Système, la presse fasse ses choux gras de l'astronomie et des astronomes ? Il se peut que la mort de Villiers ait été accidentelle. Il avait le cœur fragile, c'est vrai. Peut-être ne s'agit-il pas d'un assassinat prémédité. Si celui qui détient le négatif le restitue, cela nous épargnera beaucoup d'ennuis.

— Cela en épargnera-t-il aussi au meurtrier ? » demanda Talliaferro.

Mandel haussa les épaules.

— Il est bien possible qu'il en ait. Je ne lui promets pas l'immunité. Mais, en tout cas, il ne sera pas publiquement déshonoré et échappera à la prison à perpétuité alors qu'il en irait tout autrement si nous faisions appel à la police.

Silence..

— Le coupable est l'un de vous trois, fit Mandel.

Silence...

— Je crois pouvoir deviner le raisonnement qui a

été le sien, poursuivit Mandel. Une fois les documents détruits, personne, en dehors de nous quatre, ne serait au courant de la découverte et moi seul ai assisté à une démonstration de transfert de masse. Par-dessus le marché, en ce qui concerne mon témoignage, vous n'aviez que sa parole — et c'était peut-être la parole d'un dément. Villiers mort d'un arrêt du cœur et le texte de sa communication détruit, quoi de plus facile que d'adhérer à la théorie du Dr. Ryger, à savoir que le transfert massique n'existe pas, n'a jamais existé ? D'ici un an ou deux, le criminel, ayant en main toutes les données techniques, pourra les rendre publiques petit à petit, réaliser des expériences, publier avec circonspection des articles et, au bout du compte, apparaître comme le véritable inventeur avec tout ce que cela implique sur le plan financier et en termes de célébrité. Ses anciens condisciples eux-mêmes ne soupçonneront rien. Tout au plus penseront-ils que l'affaire Villiers, depuis longtemps enterrée, aura été sa source d'inspiration, l'aura conduit à faire des recherches dans cette direction. Et voilà tout...

Le regard aigu de Mandel se posa successivement sur chacun des trois hommes.

— Seulement, maintenant, il n'est plus question que les choses se déroulent suivant ce plan. Si l'un d'entre vous déclarait qu'il a mis au point le transfert de masse, il se dénoncerait *ipso facto* comme l'assassin de Villiers. J'ai assisté à la démonstration. Je sais que cette invention est une réalité et je sais que l'un d'entre vous a une spectrocopie des spécifications de l'appareillage en sa possession. Ce document est donc inutilisable. Je demande à celui qui le détient de le restituer.

Silence...

Mandel se dirigea vers la porte. À mi-chemin, il se retourna :

— Je vous serais reconnaissant de bien vouloir rester ici jusqu'à mon retour. Je pense que je peux me fier aux deux innocents pour empêcher le coupable de fuir... ne serait-ce que par mesure de protection personnelle.

Sur ces mots, Mandel s'en fut.

Il était cinq heures du matin. Ryger jeta un coup d'œil indigné à sa montre. « C'est scandaleux ! Moi, j'ai envie de dormir !

— Nous pouvons piquer un somme, dit philosophiquement Talliaferro. Quelqu'un envisage-t-il de passer aux aveux ? »

Kaunas détourna le regard. Un rictus retroussa la lèvre de Ryger.

— Je suppose que c'est un espoir auquel il faut renoncer.

Talliaferro ferma les yeux, appuya sa tête massive contre le dossier du fauteuil et poursuivit avec lassitude : « Sur la Lune, c'est la morte-saison. La nuit dure deux semaines, c'est le coup de feu. Ensuite, pendant deux autres semaines, le soleil est là et on fait des calculs, des analyses, on tient conférences de travail sur conférences de travail. C'est le moment le plus dur. S'il y avait un peu plus de femmes, si je pouvais me débrouiller pour avoir une liaison permanente... »

Kaunas se plaignit d'une voix sourde : sur Mercure,

il était impossible d'observer le Soleil dans sa totalité au-dessus de l'horizon à travers les télescopes. Mais quand l'extension prévue de l'observatoire serait réalisée, cela ferait trois kilomètres de mieux — il faudrait tout déplacer, ce qui représentait une dépense d'énergie motrice invraisemblable ; aussi utiliserait-on directement celle du Soleil pour ce faire, on pourrait améliorer la situation. On l'améliorerait !

Ryger lui-même consentit à parler de Cérès après avoir écouté le dialogue chuchotant de ses compagnons. Le gros problème était celui du cycle de rotation de la planète. Une période de deux heures. Ce qui signifiait que la vitesse angulaire des astres qui passaient dans le ciel était douze fois supérieure à ce qu'elle était sur la Terre. Il fallait tout multiplier par trois, les télescopes, les radioscopes et autres bidules, pour avoir une continuité dans l'observation tellement leur passage était accéléré.

— Pourquoi ne vous êtes-vous pas implantés sur un pôle, s'enquit Kaunas.

— Cette solution serait valable pour Mercure et pour le Soleil, répondit Ryger sur un ton impatient. Même aux pôles, il y a distorsion et on ne peut étudier que cinquante pour cent du ciel. Évidemment, si le Soleil éclairait toujours la même face de Cérès comme il en va sur Mercure, nous aurions en permanence un ciel nocturne sur lequel les étoiles tourneraient lentement avec une période de trois ans.

L'aube se leva progressivement.

Talliaferro dormait à moitié mais il s'accrochait farouchement pour conserver une sorte de demi-conscience. Il ne voulait pas s'endormir alors que les deux autres resteraient éveillés. Et il songeait que tous les trois se demandaient : « Qui est-ce ? Qui est-ce ? »

Sauf le coupable, naturellement.

Talliaferro ouvrit vivement les yeux quand Mandel entra. Le ciel, à présent, était azuréen. Il constata avec satisfaction que la fenêtre était fermée. Naturellement, l'hôtel était climatisé mais les Terriens qui avaient des idées toutes faites sur l'air frais les ouvraient pendant la bonne saison. À cette idée, Talliaferro, conditionné par l'existence lunaire, frissonna, pris d'un véritable malaise.

— L'un d'entre vous a-t-il une déclaration à faire, messieurs ? demanda Mandel.

Tous les trois le regardèrent dans le blanc des yeux. Ryger fit un signe de dénégation.

— J'ai développé les films que contenaient vos spectrocopieurs et les ai examinés.

Il posa les trois instruments et étala les clichés sur le lit. « Il n'y a rien. Je suis navré mais le reste est exposé. Excusez-moi. La question qui se pose est celle du film qui a disparu. »

— À condition qu'il ait effectivement disparu, répliqua Ryger, accompagnant son commentaire d'un prodigieux bâillement.

— Je vous suggère de m'accompagner tous les trois dans la chambre de Villiers.

Kaunas le dévisagea d'un air stupéfait.

— Pour quoi faire ?

— C'est de la psychologie ? demanda Talliaferro. Faire revenir l'assassin sur le lieu du crime pour lui arracher sa confession sous le coup du remords ?

— Mon motif est beaucoup moins mélodramatique. Je souhaite simplement que les deux innocents m'aident à retrouver la pellicule sur laquelle est enregistrée la communication que devait faire Villiers.

— Vous croyez qu'elle est dans sa chambre ? fit Ryger sur un ton de défi.

— C'est une possibilité. Disons un point de départ. En un second temps, nous pourrons perquisitionner dans vos propres chambres. Le symposium sur l'astronautique ne s'ouvrira qu'à dix heures. Cela nous donne un peu de temps.

— Et après ?

— Après... peut-être ferai-je appel à la police.

Mal à l'aise, ils entrèrent dans la chambre de Villiers. Ryger était écarlate, Kaunas était pâle, Talliaferro luttait pour conserver son calme.

Quelques heures auparavant, ils avaient vu la même pièce à la lumière artificielle, ils avaient vu un Villiers échevelé, cramponné, agrippé à son oreiller, hagard, leur ordonner de déguerpir. À présent, le parfum inodore de la mort emplissait la pièce.

Mandel manœuvra le polarisateur de la fenêtre parce qu'il faisait trop sombre et la lumière entra à flots.

Kaunas se cacha les yeux derrière le bras en hurlant : « Le Soleil ! » Les autres se figèrent sur place.

Le masque de Kaunas se convulsa en une grimace de terreur comme s'il s'agissait de l'aveuglant soleil de Mercure.

Talliaferro grinça des dents en songeant à ce que signifierait pour lui d'être exposé à l'air libre.

Tous trois étaient déformés par les dix ans qu'ils avaient passés loin de la Terre.

Kaunas se rua vers la fenêtre, tripota le polarisateur et poussa un énorme gémissement.

Mandel le rejoignit. « Qu'y a-t-il ? » Les deux autres s'approchèrent à leur tour de la fenêtre.

La ville s'étageait sous leurs yeux, s'étirant jusqu'à l'horizon, hérissement déchiqueté de pierres et de briques inondé de soleil dont l'ombre portée était braquée sur eux. D'un coup d'œil furtif et inquiet, Talliaferro embrassa le panorama du regard.

Kaunas, apparemment incapable d'exhaler un son tant sa poitrine était contractée, contemplait autre chose. Une chose beaucoup plus proche. Le rebord de la fenêtre présentait un défaut, une crevasse à l'intérieur de laquelle on distinguait un fragment de pellicule d'un gris laiteux à la lumière du soleil levant.

Mandel poussa un cri étranglé, un cri de fureur, ouvrit brutalement la fenêtre et s'empara du morceau de film, long de deux centimètres, qu'il examina d'un regard fiévreux. Ses yeux étaient rouges et brûlants.

— Attendez-moi ! ordonna-t-il.

Il n'y avait rien à répondre. Quand il eut disparu, les trois hommes s'assirent et s'entre-regardèrent stupidement.

Mandel revint au bout de vingt minutes. Il dit d'une voix calme — mais on avait le sentiment que sa sérénité venait du fait qu'il était désormais au-delà, bien au-delà de la fureur : « La partie du film qui se trouvait à l'intérieur de la fissure n'était pas surexposée. J'ai pu déchiffrer quelques mots. C'est effectivement le texte de la communication de Villiers. Le reste est détruit. Annihilé. Définitivement.

— Qu'allez-vous faire, maintenant ?, lui demanda Talliaferro.

Mandel haussa les épaules avec lassitude. « Pour le moment, je ne m'en soucie pas. Le transfert massique est anéanti. Il faudra attendre qu'un esprit aussi brillant que Villiers le découvre à nouveau. Je travaillerai à la question mais je ne m'illusionne pas sur mes propres capacités. À présent, que vous soyez coupables ou innocents, cette affaire n'offre plus aucun intérêt pour vous. » Il était tellement désespéré qu'il paraissait s'être ratatiné.

— Je ne suis pas de votre avis, lança Talliaferro d'une voix sèche. À vos yeux, l'un de nous trois est l'assassin. Moi, par exemple. Vous êtes une sommité scientifique et, désormais, vous ne direz jamais un mot en ma faveur. Aussi, on pensera peut-être que je suis incompétent... ou pire encore. Je ne veux pas que l'ombre d'un soupçon puisse briser ma carrière. Il faut tirer les choses au clair.

— Je ne suis pas un détective, soupira Mandel.

— Eh bien, pourquoi n'appelez-vous pas la police, que diable ?

Ryger intervint : « Attends un peu, Tal. Est-ce que tu insinues que c'est moi le coupable ?

— Je dis seulement que je suis innocent.

— Ce sera la psychosonde pour tous les trois, s'écria Kaunas d'une voix que la terreur faisait trembler. Pensez aux dommages mentaux... »

Mandel leva les bras : « Messieurs ! Messieurs, s'il vous plaît ! En dehors de l'enquête policière, il existe une autre solution. Le Dr. Talliaferro a raison : laisser les choses en l'état serait porter préjudice à l'innocence. »

Ils le dévisagèrent tous avec plus ou moins d'hostilité.

— Que proposez-vous ? demanda Ryger.

— J'ai un ami du nom de Wendell Urth. Je ne sais si vous avez entendu parler de lui. Je pourrais peut-être m'arranger pour le rencontrer ce soir.

— Où cela nous mènera-t-il ? fit Talliaferro.

— Urth est un homme étrange, répondit Mandel avec hésitation. Un homme très étrange. Et extrêmement brillant dans sa spécialité. Il a déjà eu l'occasion de rendre service à la police et peut-être pourra-t-il nous aider.

Le spectacle de la pièce et de son occupant suscitait un invincible ébahissement chez Edward Talliaferro. Celle-ci et celui-là donnaient l'impression d'être totalement isolés de l'univers, d'appartenir à quelque monde inconnu. Les sons de la Terre étaient arrêtés par les parois capitonnées de cet asile dépourvu de fenêtre, sa lumière et son atmosphère étaient neutralisées par l'éclairage artificiel et le conditionnement d'air.

C'était une vaste bibliothèque sombre et encombrée. Les quatre hommes s'étaient frayé leur voie tant bien que mal à travers le fouillis pour s'installer sur un canapé que l'on avait hâtivement débarrassé des filmolivres qui s'y empilaient et qui, maintenant, formaient un tas informe repoussé dans un coin.

Quant à l'homme, il avait une tête lunaire et grassouillette plantée sur un corps rondouillard et trapu. Il se déplaçait allègrement sur une paire de jambes courtaudes et, tout en parlant, secouait spasmodiquement la tête au risque de faire dégringoler les lunettes aux verres épais en équilibre précaire sur un nez évanescent en bouton de bottine. Ses yeux aux paupières épaisses et quelque peu protubérants brillaient d'un regard myope, encore que jovial, en se posant sur les visiteurs tandis qu'il s'installait au fauteuil-bureau sur lequel était braqué le projecteur constituant l'unique source de lumière.

— Je vous remercie de vous être donné la peine de venir, dit le gros homme. Ayez l'amabilité, je vous prie, d'excuser le désordre.

D'une main aux doigts boudinés, il dessina dans l'air un cercle aléatoire. « Je suis en train de faire l'inventaire de la multitude d'échantillons que j'ai recueillis et qui ont tous une grande valeur extraterrologique. C'est là une tâche monumentale. Par exemple... »

Il s'extirpa de son siège, comme propulsé par un ressort, et plongea dans la masse d'objets hétéroclites qui s'entassaient derrière son bureau et de laquelle il ne tarda pas à extirper une chose d'un gris fumeux, semi-translucide et approximativement cylindrique.

— Cette pièce, qui provient de Callisto, est peut-être une relique héritée d'entités intelligentes et non humaines. Le problème n'a pas encore reçu de solution irréfutable. À ma connaissance, il n'en existe pas plus d'une douzaine et ce spécimen est le plus parfait qui ait jamais été découvert.

Il jeta négligemment l'objet et Talliaferro sursauta.

— C'est incassable, fit l'obèse en le regardant droit dans les yeux.

Il se rassit, croisa ses doigts potelés sur son ventre qui allait et venait lentement au rythme de sa respiration.

— Bon... Et que puis-je faire pour vous, messieurs ?

Hubert Mandel avait fait les présentations et Talliaferro était perdu dans ses pensées. Il était sûr et certain qu'un dénommé Wendell Urth avait récemment publié un ouvrage intitulé *Processus Évolutifs Comparés sur les Planètes à Base d'Eau et d'Oxygène*. Il était impossible que cet individu fût l'auteur de ce livre !

— Dr. Urth, est-ce vous qui avez écrit les *Processus Évolutifs Comparés* ?

Un sourire béat s'épanouit sur les traits du Dr. Urth.

— Vous l'avez lu ?

— Euh... Non. Mais je...

L'expression d'Urth se fit sévère.

— C'est un tort. Il faut que vous le lisiez. Et tout de suite. Tenez... J'en ai justement un exemplaire.

À nouveau, il s'éjecta de son siège.

— Attendez, Urth ! s'écria Mandel. Chaque chose en son temps. Il s'agit d'une affaire grave.

Il obligea virtuellement Urth à se rasseoir et se mit à lui exposer les faits en parlant très vite pour lui interdire toute échappatoire. Sa relation des événements fut un chef-d'œuvre d'économie verbale.

À mesure qu'il parlait, le teint du Dr. Urth virait légèrement au cramoisi. Il remit en place ses lunettes qui étaient en passe de glisser et s'exclama : « Le transfert de masse ! »

— Je l'ai vu de mes propres yeux.

— Et vous ne m'en avez jamais parlé !

— J'avais juré de garder le secret. L'homme en

question était... était un peu original. Je vous l'ai expliqué.

Urth frappa son bureau du poing. « Mandel, comment avez-vous pu admettre qu'une pareille découverte demeurât la propriété d'un excentrique ? Vous auriez dû lui essorer la cervelle en utilisant la psychosonde si nécessaire ! »

— Cela l'aurait tué, protesta l'astronome.

Urth se balançait d'avant en arrière en se prenant la tête à deux mains. « Le transfert de masse ! Le seul moyen de transport décent pour un homme digne de ce nom ! Le seul ! Le seul qui soit concevable ! Ah, si j'avais su... si j'avais été là... Mais votre hôtel est à quarante-cinq kilomètres de chez moi... »

— Je crois savoir qu'il existe une aéroligne directe conduisant au siège de la convention, dit Ryger qui paraissait s'ennuyer ferme. Vous auriez pu vous y rendre en dix minutes.

Urth se raidit et lui décocha un regard inquiétant. Ses joues se gonflèrent, il sauta sur ses pieds et disparut précipitamment.

— Que lui arrive-t-il ? demanda Ryger.

— Nom d'une pipe ! J'aurais dû vous prévenir, murmura Mandel.

— Que voulez-vous dire ?

— Le Dr. Urth se refuse à utiliser aucun mode de locomotion existant. C'est une phobie. Il ne se déplace qu'à pied.

Kaunas battit des paupières.

— Mais n'est-il pas extraterrologiste ? J'avais cru comprendre que c'était un spécialiste des formes de vie originaires des autres planètes...

Talliaferro s'était levé. Il était maintenant planté

devant le modèle d'une lentille galactique posée sur un socle et examinait les systèmes stellaires au brasillement incertain. Il n'avait jamais vu lentille aussi volumineuse, aussi élaborée.

— Oui, c'est un extraterrologiste, répondit Mandel, mais il ne s'est jamais rendu sur les planètes étrangères dont il a cependant une connaissance exhaustive et il ne s'y rendra jamais. Depuis trente ans, il ne s'est pas éloigné de plus quelque kilomètres de chez lui.

Ryger s'esclaffa.

Le teint de Mandel prit une teinte rouge brique. « Il se peut que vous trouviez cela comique, fit-il avec colère, mais je vous serais reconnaissant de bien vouloir faire attention à vos propos lorsque le Dr. Urth sera de retour. »

Quelques instants plus tard Wendell Urth réapparut, la démarche hésitante.

— Je vous prie de bien vouloir m'excuser, messieurs, fit-il dans un souffle. Maintenant, penchons-nous sur le problème qui me vaut votre visite. Peut-être l'un d'entre vous désire-t-il faire une confession ?

Un rictus amer tordit les lèvres de Talliaferro. L'extraterrologiste adipeux, prisonnier de son embonpoint, avait un aspect assez terrifiant pour arracher un aveu à n'importe qui. Heureusement, son concours serait inutile.

— Êtes-vous en rapport avec la police, Dr. Urth ? s'enquit-il.

Une sorte de vague euphorie fit s'épanouir la physionomie rubiconde de Wendell Urth. « Pas officiellement, Dr. Talliaferro, répondit-il. Mais j'ai d'excellentes relations avec elle sur un plan officieux.

— En ce cas, je suis en mesure de vous apporter une information que vous pourrez transmettre à vos amis policiers. »

Urth entreprit de sortir de son pantalon un pan de chemise avec lequel il se mit à polir ses lunettes. L'opération terminée, les verres à nouveau juchés précautionneusement sur l'arête de son nez, il dit : « Je vous écoute. »

— Je sais qui était présent quand Villiers est mort. Je sais qui a scopé son rapport.

— Vous avez résolu l'énigme ?

— J'ai tourné cela dans ma tête toute la journée et je crois que j'ai la solution.

Talliaferro savourait la sensation que ces mots venaient de créer.

— Eh bien, parlez.

Talliaferro respira profondément. Cela n'allait pas être facile quoiqu'il y eût des heures qu'il se préparait.

— Il est évident que le Dr. Hubert Mandel est l'assassin.

Mandel, estomaqué, le fusilla du regard et s'écria :

— Attention, Dr. Talliaferro ! Si vous avez une base d'accusation...

D'une voix suave, Urth l'interrompit :

— Laissez-le dire ce qu'il a à dire, Hubert. Vous l'avez-vous même soupçonné et il n'existe pas de loi qui lui interdise de vous soupçonner à son tour.

Mandel, furieux, se tut.

— C'est plus qu'un soupçon, Dr. Urth, enchaîna Talliaferro en contrôlant sa voix pour qu'elle ne vacillât point. C'est l'évidence même : cela saute aux yeux. Nous sommes quatre à être au courant de cette histoire de transfert massique mais le Dr. Mandel est le seul à avoir assisté à une démonstration. Il savait que cette découverte n'était pas une plaisanterie. Il savait qu'il existait un rapport noir sur blanc. Pour Kaunas, pour Ryger et pour moi-même, Villiers n'était qu'un personnage plus ou moins déséquilibré. Oh, certes, il se pouvait qu'il y eût une chance que sa découverte fût réelle. Si nous lui avons rendu visite à vingt-trois heures, je crois que c'était uniquement pour en avoir le cœur net, encore qu'aucun d'entre nous ne l'ait dit explicitement. Mais l'attitude de Villiers a plus que jamais été celle d'un fou. Passons à un autre point. La personne qui a vu Villiers à minuit (laissons-lui l'anonymat pour l'instant), la personne qui l'a vu s'écrouler et qui a scopé le document a dû éprouver un choc terrible quand Romano, apparemment revenu à la vie, lui a parlé par le truchement du téléphone. À ce moment, le criminel a réalisé qu'il lui fallait à tout prix se débarrasser de la spectrocopie car c'était une pièce à conviction qui l'accusait. Et ce film non développé, il fallait qu'il s'arrange pour qu'on ne puisse le découvrir mais, aussi, pour qu'il lui soit possible de le récupérer si jamais il était lavé de tout soupçon. Le rebord extérieur de la fenêtre constituait une cachette idéale. Il se hâta d'y dissimuler la pellicule compromettante. Dès lors, même si Villiers survivait et même si son message téléphonique donnait des résultats, ce serait la parole de l'un contre la parole de l'autre. Et il serait facile de prouver que Villiers était mentalement déséquilibré.

Talliaferro se tut, triomphant. Son raisonnement était irréfutable.

Wendell Urth le dévisagea en clignant des yeux et demanda : « Que concluez-vous de ces prémisses ?

— Ce que j'en conclus ? Que quelqu'un a ouvert
la fenêtre et a déposé le film à l'extérieur, en plein
air. Or, depuis dix ans, Ryger vit sur Cérès, Kaunas
sur Mercure, moi sur la Lune, et les congés dont nous
bénéficions sont peu fréquents. Pas plus tard qu'hier,
nous nous sommes plaints les uns et les autres de la
difficulté que nous avons à nous acclimater à la Terre.
Les mondes sur lesquels nous travaillons sont
dépourvus d'atmosphère. Nous ne pouvons sortir
sans vidoscaphe. Pour nous, il est impensable de s'exposer au milieu ambiant sans protection. Pour ouvrir
la fenêtre, il nous aurait fallu livrer un terrible combat
intérieur. Mais le Dr. Mandel, lui, n'a jamais quitté
la Terre. Ouvrir une fenêtre n'est pour lui qu'un simple effort musculaire. Il pouvait le faire : pas nous.
Par conséquent, c'est lui le coupable.

Talliaferro se renversa sur son siège, un léger sourire aux lèvres.

— Par l'espace, il a mis dans le mille ! s'écria Ryger
avec enthousiasme.

— C'est absolument faux ! gronda Mandel qui se
leva à moitié comme s'il éprouvait la tentation de
bondir sur Talliaferro. C'est une infamie, une calom-
nie montée de toute pièce ! Je démens formellement
cette version. Vous oubliez que je possède l'enregistrement de l'appel de Villiers. Il a employé l'expression *camarade d'université*. Il apparaît à l'évidence à
l'écoute de la bande...

Talliaferro lui coupa la parole : « Ses propos étaient
ceux d'un moribond. Vous avez vous-même reconnu
qu'une grande partie de ce qu'il disait était inintelligible. Je n'ai pas auditionné la bande et je vous pose
cette question, Dr. Mandel : la voix de Villiers n'est-

elle pas déformée au point d'en être méconnaissable ?

— C'est-à-dire que...

Mandel avait l'air embarrassé.

— Je suis sûr qu'elle est méconnaissable. Rien ne nous empêche donc de supposer que vous avez truqué l'enregistrement en vous arrangeant pour que l'expression *camarade d'université* sorte clairement.

— Mais comment aurais-je su que d'anciens condisciples de Villiers assisteraient à la convention ? Comment aurais-je su qu'ils étaient au courant de sa découverte ?

— Villiers a pu vous le dire et je présume qu'il l'a fait.

— Réfléchissez, fit Mandel. Vous l'avez vu tous les trois à vingt-trois heures : il était vivant. Le médecin légiste qui a examiné le cadavre un peu après trois heures affirme catégoriquement que le décès remontait au minimum à deux heures. Donc, il est mort entre vingt-trois heures et une heure du matin. Cette nuit-là, j'ai assisté à une conférence qui s'est prolongée tard. Je peux prouver que j'étais à je ne sais combien de kilomètres de l'hôtel entre vingt-deux heures et deux heures du matin. Une douzaine de témoins dont la parole ne saurait être mise en doute peuvent le confirmer. Cela vous suffit-il ?

— Même dans ce cas, cela ne change rien, répondit Talliaferro avec entêtement après quelques secondes de silence. Supposons que vous soyez rentré à l'hôtel vers deux heures et demie. Vous êtes allé chez Villiers pour discuter de son rapport avec lui. Vous avez trouvé la porte ouverte ou vous aviez un double de la clé. Toujours est-il qu'il était mort. Vous avez profité de l'occasion pour enregistrer sa communication avec votre scope.

— S'il était déjà mort et, par conséquent, dans l'incapacité de téléphoner, pourquoi aurais-je caché le film ?

— Pour écarter tout soupçon. Il n'est nullement exclu que vous ayez une seconde copie en votre possession. En vérité, nous n'avons que votre parole pour conclure que ce film a été détruit.

— Cela suffit ! s'exclama Urth. C'est là une hypothèse intéressante, Dr. Talliaferro, mais son seul défaut est de s'écrouler d'elle-même.

Talliaferro plissa le front. « C'est peut-être votre avis... »

— Ce sera l'avis de toute personne apte à réfléchir. Ne voyez-vous pas qu'Hubert Mandel en aurait trop fait pour être l'assassin ?

— Non, je ne le vois pas.

Wendell Urth eut un sourire bon enfant. « En tant qu'homme de science, Dr. Talliaferro, vous êtes indéniablement trop averti pour tomber amoureux de vos propres théories en restant sourd et aveugle aux faits et au raisonnement. Voulez-vous me faire la grâce d'adopter une attitude de détective ?

« Si le Dr. Mandel avait tué Villiers et s'était fabriqué un faux alibi ou s'il l'avait trouvé mort et en avait profité, il aurait eu assurément bien peu de mal à se donner ! Pourquoi scoper le rapport ? Pourquoi même accuser quelqu'un de l'avoir fait ? Il n'aurait eu qu'à s'emparer de l'original. Qui, en dehors de lui, en connaissait l'existence ? Personne. Il n'y a aucune raison de penser que Villiers ait parlé de sa découverte à quelqu'un d'autre. Il avait un goût quasi pathologique du secret. Tout porte à croire qu'il est resté muet comme une carpe là-dessus.

« D'autre part, le Dr. Mandel était seul à savoir que Villiers allait faire une communication. Celle-ci n'était pas annoncée. Aucune étude préalable n'a été publiée. Le Dr. Mandel pouvait s'en aller avec le rapport dans sa poche, tranquille et le front haut.

« Peut-être a-t-il appris que Villiers avait mis ses anciens condisciples au courant de ses projets ? Et alors ? Pour ceux-ci, ce n'étaient que des propos en l'air tenus par quelqu'un qu'ils considéraient comme un déséquilibré.

« Bien au contraire, en proclamant à haute et intelligible voix que le rapport Villiers était détruit, en soutenant que cette mort n'était peut-être pas naturelle, en s'acharnant à retrouver le film — bref, en faisant tout ce qu'il a fait, le Dr. Mandel a fait naître des soupçons qui ne seraient venus à l'esprit de personne s'il avait gardé le silence après avoir commis un crime parfait. À supposer que ce soit lui l'assassin, ce serait un criminel d'une stupidité colossale, d'une sottise monumentale dépassant tout ce qu'il m'a été donné de connaître au cours de ma carrière. Et le Dr. Mandel n'est ni stupide ni sot. »

Talliaferro médita intensément mais n'ouvrit pas la bouche.

— Alors, qui a tué Villiers ? demanda Ryger.

— Un de vous trois. C'est l'évidence même.

— Mais lequel ?

— C'est tout aussi évident. J'ai su qui était le coupable dès que le Dr. Mandel m'eut expliqué ce qui s'était passé.

Talliaferro dévisagea l'extraterrologiste obèse d'un

air écœuré. Il était insensible au bluff mais les deux autres étaient ébranlés. Ryger pinçait les lèvres et la mâchoire inférieure de Kaunas pendait mollement — on aurait dit un crétin congénital. Ils ressemblaient tous les deux à des poissons.

— Eh bien, dites-nous son nom ! s'écria Talliaferro. Allez-y...

Les paupières de Wendell Urth battirent. « Tout d'abord, je tiens à préciser sans équivoque que ce qui compte avant tout, c'est la découverte du transfert massique. Il est encore possible de retrouver les documents. »

— Que diable voulez-vous dire, Urth ? lança sur un ton agressif le Dr. Mandel qui continuait de faire la tête.

— La personne qui a scopé le rapport était probablement absorbée par l'opération. Je doute qu'elle ait eu le temps ou la présence d'esprit de lire la communication. Et, si elle l'a lue, je doute qu'elle puisse se la rappeler de façon consciente. Mais nous disposons de la psychosonde. Si elle a jeté ne serait-ce qu'un coup d'œil sur le texte original, la sonde révélera l'image qui a impressionné sa rétine.

Les autres s'agitèrent, mal à l'aise, et Urth se hâta de poursuivre : « Il n'y a aucune raison d'avoir peur du psychosondage. Quand il est effectué par des gens qui connaissent leur affaire, on ne court aucun risque, surtout si le sujet est volontaire. Lorsqu'il y a des dommages, c'est en général à cause d'une résistance inutile de la part du sondé, une sorte de rupture mentale, comprenez-vous ? Aussi, si le coupable est prêt à passer librement aux aveux et à me remettre... »

Le rire strident de Talliaferro résonna bruyamment

dans l'atmosphère feutrée de la pièce. La psychologie d'Urth était vraiment transparente et sans finesse !

Cette réaction parut presque méduser l'extraterrologiste qui regarda gravement Talliaferro par-dessus ses lunettes et dit :

— J'ai assez d'influence sur la police pour que les résultats du sondage restent confidentiels.

— Ce n'est pas moi qui l'ai tué ! fit Ryger sur un ton farouche.

Kaunas secoua la tête.

Talliaferro dédaigna de répondre.

Urth poussa un soupir.

— Eh bien, je vais être obligé de dénoncer moi-même le coupable. Ce sera traumatisant et compliquera la situation.

Il comprima plus fortement sa bedaine et ses doigts se tortillèrent.

— Le Dr. Talliaferro a déclaré que le film avait été caché sur le rebord extérieur de la fenêtre pour qu'on ne le découvre pas et qu'il demeure indemne. Je suis d'accord avec lui.

— Merci, murmura sèchement Talliaferro.

— Mais une question se pose : pourquoi viendrait-il à l'idée de quelqu'un que le rebord extérieur d'une fenêtre constitue une cachette particulièrement sûre ? C'est là un endroit que la police n'aurait pas manqué d'examiner. Or, la pièce à conviction a été récupérée sans même que la police ait eu à intervenir. On peut reposer la question autrement : qui aurait tendance à considérer que n'importe quelle partie de la façade extérieure d'un bâtiment constitue une cachette à toute épreuve ? Manifestement, une personne qui aurait longtemps vécu sur un monde dépourvu d'atmosphère et qui n'aurait jamais l'idée, de par l'entraînement qu'elle a subi, de s'aventurer hors d'un espace clos sans prendre de minutieuses précautions.

« Pour quelqu'un qui habite sur la Lune, par exemple, un objet dissimulé à l'extérieur d'un dôme est relativement à l'abri. On ne se risque guère sur la surface du satellite à moins de devoir le faire par nécessité professionnelle. Aussi, un habitué des conditions d'existence lunaire pourrait se forcer à ouvrir une fenêtre et à s'exposer à ce qu'il considérerait de manière subconsciente comme le vide afin de mettre un objet à l'abri. Sa pensée réflexe serait : *ce qui se trouve à l'extérieur d'un édifice habité est en sécurité*. Et le tour sera joué.

— Pourquoi faites-vous allusion à la Lune, Dr. Urth ? demanda Talliaferro entre ses dents serrées.

— C'était un simple exemple, répondit Urth avec affabilité. Tout ce que j'ai dit s'applique à vous trois. Mais nous en arrivons maintenant au point crucial, à la nuit mortelle.

Talliaferro fronça le sourcil.

— Vous voulez dire la nuit où Villiers est mort ?

— Je veux dire la nuit en général. N'importe quelle nuit... Même si l'on accepte l'hypothèse qu'un rebord de fenêtre constitue une cachette sûre, lequel d'entre vous serait assez fou pour considérer que c'est une cachette sûre *pour un film impressionné* ? Certes, l'émulsion de ce genre de pellicule manque de sensibilité. Elle est conçue pour pouvoir être développée dans des conditions défavorables. La luminosité diffuse de la nuit ne l'affecte pas gravement mais la clarté diffuse du jour la détériorerait en quelques minutes et l'exposition directe au soleil voilerait instantanément le film. Tout le monde sait cela.

— Continuez, Urth, dit Mandel. Où ce préambule nous mène-t-il ?

— N'essayez pas de me bousculer, répondit Urth avec une moue aux proportions colossales. Je tiens à ce que les choses soient parfaitement claires. L'assassin voulait avant tout mettre le film en lieu sûr. C'était un document en unique exemplaire ayant une importance suprême pour lui-même et pour le monde entier. Pourquoi l'aurait-il déposé dans un endroit où le soleil levant allait immanquablement anéantir cette précieuse pellicule ? Pour une raison bien simple : il ne prévoyait pas que le soleil se lèverait. Il pensait, en quelque sorte, que la nuit était immortelle.

Mais les nuits ne sont pas immortelles. Sur Terre, elles meurent pour céder la place au jour. Même la nuit polaire qui dure six mois finit par mourir. Sur Cérès, la nuit ne dure que deux heures et, sur la Lune, elle est de deux semaines. Ce sont aussi des nuits mortelles : le Dr. Talliaferro et le Dr. Ryger savent que le jour succède invariablement à la nuit.

Kaunas se leva :

— Attendez...

Wendell Urth le regarda dans les yeux.

— Il n'est plus besoin d'attendre davantage, Dr. Kaunas. Mercure est le seul objet céleste d'une taille significative du système qui présente toujours la même face au soleil. Même si l'on tient compte de la libration, les trois huitièmes de sa surface demeurent éternellement plongés dans les ténèbres et ne voient jamais le soleil. L'observatoire polaire est situé à la frontière de la zone nocturne. Au cours des dix années que vous avez passées sur Mercure, vous vous êtes habitué au fait que les nuits sont immortelles, que ce qui est dans l'obscurité demeure à jamais dans l'obscurité. Aussi avez-vous fait confiance à la nuit de la Terre pour protéger la pellicule impressionnée, oubliant dans l'état de surexcitation où vous étiez que les nuits sont mortelles...

Kaunas avança vers lui et répéta :

— Attendez...

Mais Urth poursuivit inexorablement :

— Si j'en crois ce qui a été dit ici, lorsque Mandel a manœuvré le polarisateur dans la chambre de Villiers, la vue de la lumière vous a arraché un cri. Pourquoi avez-vous eu cette réaction ? À cause de la terreur, devenue pour vous une seconde nature, que le soleil de Mercure suscite en vous ? Ou parce que vous avez soudain compris que la lumière solaire réduisait votre plan à néant ? Vous vous êtes précipité à la fenêtre. Était-ce pour régler le polarisateur ou pour contempler le film détruit ?

Kaunas tomba à genoux.

— Je n'avais pas l'intention de le tuer. Je voulais lui parler. Je voulais simplement lui parler. Il a hurlé et il s'est écroulé. Je l'ai cru mort. Son rapport était sous l'oreiller et tout le reste s'est enchaîné. Une chose en amenait une autre et, avant même de m'en être rendu compte, j'étais pris dans l'engrenage. Mais je ne voulais pas cela. Je vous jure que je ne le voulais pas.

Les autres avaient formé le cercle autour de Kaunas qui gémissait. Il y avait de la compassion dans le regard de Wendell Urth.

L'ambulance était repartie. Finalement, Talliaferro prit sur lui et dit avec raideur à Mandel :

— J'espère, Docteur, que personne ne conservera de rancune pour les paroles qui ont été prononcées ici.

Mandel répondit sur un ton tout aussi gourmé :

— Je pense qu'il est préférable pour tout le monde d'oublier autant que faire se peut ce qui s'est produit depuis vingt-quatre heures.

Ils étaient debout devant la porte, prêts à prendre congé Wendell Urth, le sourire aux lèvres, inclina la tête et murmura :

— Reste à régler la question de mes honoraires.

Mandel le dévisagea d'un air stupéfait.

— Je ne demande pas d'argent, fit l'extraterrologiste en toute hâte. Mais, dès que le premier dispositif de transfert massique à l'usage humain aura été mis au point, je veux faire un voyage.

L'expression de Mandel était toujours aussi abasourdie.

— Comme vous y allez ! Les voyages dans l'espace ne sont pas pour demain !

Urth secoua la tête dans un mouvement saccadé.

— Il ne s'agit pas de voyager dans l'espace. Absolument pas ! J'aimerais aller dans le New Hampshire. À Lower Falls.

— Ah bon... Mais pourquoi ?

Urth leva les yeux au ciel et Talliaferro nota, médusé, qu'il arborait soudain une expression où la timidité se mêlait en partie égale à l'impatience.

— Jadis... il y a bien longtemps... j'ai connu une jeune fille là-bas. Cela fait pas mal d'années... mais, parfois, je me demande si...

Post-scriptum

Certains lecteurs ont peut-être remarqué que cette nouvelle, originellement parue en 1956, est dépassée par les événements. En 1965, les astronomes ont découvert que Mercure ne présente pas toujours la même face au Soleil mais que cette planète a une période de rotation de l'ordre de cinquante-quatre jours, de sorte que toutes les parties de sa surface sont à un moment ou à un autre éclairées.

Que voulez-vous que je fasse sinon déplorer que les astronomes ne commencent pas par se mettre d'accord avec eux-mêmes ?

Et je me refuse catégoriquement à modifier cette histoire pour satisfaire leurs caprices !

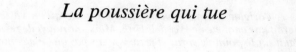

La poussière qui tue

Ante-scriptum

À l'origine, j'avais envisagé que l'histoire qu'on va lire serait une enquête de Wendell Urth. Mais une nouvelle revue était sur le point de sortir et je ne voulais pas que ma contribution puisse donner trop nettement l'impression d'être un laissé pour compte sorti des fonds de tiroirs d'un autre magazine. Je modifiai mon texte en conséquence. À présent, je le regrette un peu. J'ai vaguement songé à récrire cette nouvelle de façon à y faire intervenir le Dr. Urth. Mais mon apathie naturelle a triomphé de ces velléités.

Comme tous ceux qui travaillaient sous la direction du grand Llewes, Edmund Farley en arriva un jour à songer avec nostalgie au plaisir qu'il éprouverait à faire passer le goût du pain au susdit grand Llewes.

Quelqu'un qui n'a pas eu ce dernier comme patron ne peut pas entièrement comprendre les sentiments de Farley Llewes (tout le monde avait oublié son prénom ou fini par croire qu'il s'appelait Grand avec un G majuscule) était le prototype du pionnier de la recherche : un esprit à la fois acharné et brillant qui ne capitulait pas devant l'échec et qui trouvait toujours un mode d'approche inédit et plus ingénieux pour arriver à ses fins.

Spécialiste de la chimie organique, Llewes avait mis le système solaire au service de cette science. Le premier, il avait utilisé la Lune pour réaliser des réactions à grande échelle dans le vide à la température de l'eau bouillante ou de l'air liquide — il suffisait de choisir la période du mois convenable. La photochimie devint quelque chose de neuf et de prodigieux lorsque l'on mit en orbite autour des stations spatiales des instruments soigneusement élaborés.

Mais la vérité était que Llewes était un pirate qui s'appropriait les idées des autres, péché quasiment impardonnable. C'était un étudiant anonyme qui avait un jour imaginé de disposer des instruments scientifiques sur la surface de la Lune. C'était un technicien oublié qui avait conçu le premier réacteur spatial autonome. Or, ces deux inventions portaient maintenant le label de Llewes.

Et il n'y avait rien à faire. Un collaborateur qui eût donné sa démission sur un mouvement de colère aurait perdu l'appui de Llewes et aurait eu du mal à trouver un autre emploi : sa parole contre celle du patron n'aurait pas pesé lourd. En revanche, ceux qui restaient avec lui et avalaient les couleuvres avec résignation entraient dans ses bonnes grâces et sa recommandation était le garant de toute réussite future.

Entre-temps, ils avaient au moins la douteuse satisfaction de formuler leurs griefs en vase clos.

Edmund Farley avait toutes les raisons de rallier le chœur des mécontents. Il arrivait de Titan, le plus gros des satellites de Saturne, où, avec l'aide exclusive de quelques robots, il avait mis en place les installations requises pour tirer pleinement bénéfice de l'atmosphère réductrice de ce corps céleste. L'atmosphère des grandes planètes était constituée pour une grande part d'hydrogène et de méthane. Mais Jupiter et Saturne étaient trop massives. Quant à Uranus et Neptune, elles étaient trop éloignées pour que l'opération soit économiquement rentable. Or, Titan, qui avait la taille de Mars, était à la fois assez petit et assez volumineux pour être exploité et sa température était suffisamment basse pour que puisse s'y maintenir une atmosphère hydrogène-méthane moyennement raréfiée. Ce milieu permettait de réaliser sur grande échelle des réactions qui, sur Terre, auraient posé de sérieux problèmes cinétiques. Farley avait travaillé d'arrache-pied. Il avait enduré les conditions qui régnaient sur Titan pendant six mois et était revenu avec des données stupéfiantes. Néanmoins, presque aussitôt, tout le mérite de ses découvertes avait mystérieusement été porté au crédit de Llewes.

Ses collègues compatirent, haussèrent les épaules et l'accueillirent dans leur fraternité. Le visage acnéique de Farley se durcit, il serra les dents et prêta l'oreille aux projets homicides dont se gargarisaient ses camarades.

Jim Gorham était le plus violent. Farley avait tendance à le mépriser quelque peu car c'était un « homme du vide » qui n'avait jamais quitté la Terre. « Llewes est facile à tuer en raison de ses habitudes régulières, voyez-vous ! disait Gorham. On peut lui faire confiance sur ce point. Prenez, par exemple, sa volonté bien arrêtée de toujours manger seul. Il boucle son bureau à midi pile et le rouvre à une heure pile. C'est vrai, n'est-ce pas ? Entre midi et une heure, personne n'y pénètre. Aussi, le poison aurait tout le temps de faire son effet.

— Du poison ? fit Belinsky sur un ton dubitatif.

— Aucune difficulté ! Il y en a à revendre, ici. Dis-moi le produit que tu veux et je te le procure. Bon... Llewes mange du fromage suisse et du pain de seigle avec une sauce spéciale bourrée d'oignons. Nous le savons tous. On est empuanti tout l'après-midi et personne n'a oublié le ramdam qu'il a fait, au printemps dernier, quand il n'y avait plus de sauce à la cantine. En dehors de lui, personne ne goûte à cette ragou-

gnasse. Aussi, si on empoisonne cette cochonnerie,
ce sera lui, et lui seul, qui en fera les frais... »

Il ne s'agissait là que de chimères auxquelles on
s'abandonnait à l'heure du déjeuner. Mais il en allait
autrement pour Farley.

Grave et farouche, il décida d'assassiner Llewes.

Cela finit par devenir une obsession. Son sang
bouillonnait quand il imaginait le Grand mort, quand
il songeait aux honneurs qu'il était légitimement en
droit d'attendre après avoir passé six mois dans une
petite bulle d'oxygène, après avoir péniblement
rampé à travers l'ammonium gelé pour recueillir des
échantillons et opérer des réactions nouvelles sous
des rafales glacées d'hydrogène et de méthane.

Mais il fallait trouver le moyen de tuer Llewes sans
sacrifier qui que ce soit d'autre. Cet impératif amena
Farley à se concentrer sur la chambre atmosphérique
de Llewes. C'était un local tout en longueur, bas de
plafond, isolé des autres laboratoires par des parois
de ciment et des portes à l'épreuve du feu. Nul n'y
mettait les pieds hors de la présence et sans l'autori-
sation expresse de Llewes. Pourtant, la chambre
n'était jamais fermée à clé. La tyrannie du patron était
efficace et le morceau de papier jauni portant la mention « Défense d'entrer », suivie de ses initiales, était
un obstacle plus infranchissable que n'importe quelle
serrure... sauf pour quelqu'un dont la volonté homicide éclipserait toute autre considération.

Quel parti tirer de la chambre atmosphérique ?
Llewes vérifiait tout et ses précautions étaient presque infinies. Il ne laissait rien au hasard. Tout sabotage, à moins que l'on procédât avec une subtilité
inusitée, serait certainement décelé.

Alors, le feu ? Il y avait chez Llewes des produits inflammables mais il ne fumait pas et avait parfaitement conscience des risques d'incendie. Personne ne manifestait autant de prudence que lui en face de ce danger.

Farley éprouvait de l'irritation envers cet homme dont il était apparemment si malaisé de tirer une vengeance légitime, ce forban qui faisait joujou avec ses petites cuves de méthane et d'hydrogène alors que lui, Edmund Farley, avait travaillé avec des kilomètres cubes de ces gaz. Pour Llewes, de petites cuves et la gloire — pour Farley des kilomètres cubes et l'oubli !

Tous ces réservoirs ! Chacun peint d'une couleur particulière, chacun contenant son atmosphère synthétique. Des cylindres rouges pour l'hydrogène, des cylindres à rayures rouges et blanches pour le méthane, le mélange des deux reproduisant l'atmosphère des planètes extérieures. L'azote dans des cylindres marron et l'anhydride carbonique dans des cylindres argentés — c'était l'atmosphère de Vénus. Les cylindres jaunes contenaient de l'air comprimé et les cylindres verts de l'oxygène. Cela, c'était pour les réactions réalisables dans l'atmosphère terrestre. Un véritable arc-en-ciel de couleurs conventionnelles fixées depuis des siècles.

Une pensée jaillit soudain dans l'esprit de Farley. Sans douleur. Comme ça... En l'espace d'une seconde, un plan germa et s'épanouit. Il savait désormais comment agir.

Il patienta péniblement un mois. Il lui fallait en effet attendre le 18 septembre. Le 18 septembre était la Journée de l'Espace. Elle célébrait l'anniversaire du premier succès spatial de l'homme et personne ne travaillerait cette nuit-là. De tous les jours fériés, la Journée de l'Espace était celui qui représentait le plus de choses pour les hommes de science et Llewes lui-même, ce bourreau de travail, ne manquerait pas de participer aux réjouissances.

Dans la nuit du 18 septembre, Farley pénétra dans le Centre de Recherches Organiques — c'était sa désignation officielle — avec la certitude de passer inaperçu. Les laboratoires n'étaient ni une banque ni un musée. Ils ne couraient pas le risque d'être cambriolés et les veilleurs de nuit qui en assuraient la surveillance avaient de façon générale une attitude plutôt décontractée en face de leur travail.

Après avoir refermé avec soin la porte derrière lui, Farley s'engagea lentement dans les couloirs enténébrés pour gagner la chambre atmosphérique. Il était équipé d'une torche électrique, d'un petit flacon rempli d'une poudre noire et d'un fin pinceau dont il avait fait l'emplette, trois semaines auparavant, dans un magasin de peinture situé à l'autre bout de la ville. Il portait des gants.

Le plus difficile fut de s'introduire dans la chambre atmosphérique. L'« interdiction » dont elle était frappée le paralysait encore plus que celle qui prohibait l'homicide. Cependant, une fois qu'il fut à l'intérieur et qu'il eut surmonte cet obstacle intellectuel, le reste fut facile.

Il repéra sans hésiter le cylindre qui l'intéressait. Son cœur battait si fort qu'il avait presque l'impression d'en être assourdi, son souffle était saccadé et la main qui tenait la lampe tremblait. Il coinça sa torche sous son bras et plongea le pinceau dans la poudre noire. Les grains se collèrent aux poils et Farley approcha l'instrument de la valve du cylindre. Plusieurs secondes s'écoulèrent, qui lui parurent durer une éternité, avant que la brosse pût s'enfoncer dans le méat.

Farley fit délicatement tourner le pinceau, reprit encore un peu de poudre et recommença l'opération. Il la répéta à maintes et maintes reprises, presque hypnotisé par l'intensité même de sa concentration. Enfin, il essuya la partie extérieure de la valve à l'aide d'un coin de kleenex humecté de salive, indiciblement soulagé à l'idée qu'il était arrivé au bout de ses peines et aurait bientôt quitté les lieux.

Soudain, sa main se figea et une écœurante vague de peur et d'incertitude s'empara de lui. La lampe tomba bruyamment par terre.

Imbécile ! Incroyable idiot ! Il n'avait pas réfléchi !

Sous le coup de l'émotion et de l'angoisse, il s'était trompé de cylindre.

D'un geste vif, il ramassa la torche, l'éteignit et, le cœur battant d'inquiétante façon, il tendit l'oreille.

Comme rien ne brisait le silence de mort qui régnait, il recouvra en partie son sang-froid et entreprit de se convaincre que ce qui avait été fait une fois pouvait encore être refait. Il avait trafiqué le mauvais cylindre : en deux minutes, il pouvait saboter le bon. Cela ne ferait jamais que deux minutes de plus... Il se remit à travailler du pinceau. Au moins avait-il la satisfaction de n'avoir pas laissé choir le flacon contenant la poudre fatale — la poudre de mort. Cette fois, c'était le bon cylindre.

Enfin, il essuya la valve d'une main qu'agitaient de

terribles tremblements. Le faisceau lumineux de la
torche balaya la pièce et s'immobilisa, braqué sur une
bouteille de réactif. Du toluène. Cela ferait l'affaire.
Il dévissa le bouchon de plastique, répandit un peu
du liquide par terre et, laissant le récipient débouché,
s'enfuit comme dans un rêve. Il regagna en trébuchant l'asile de sa chambre. À sa connaissance, personne ne l'avait vu.

Il se débarrassa du kleenex qui lui avait servi à
nettoyer les valves en le jetant dans le vide-ordures
à dispersion moléculaire. Le pinceau eut le même
sort.

Pour détruire le flacon de poudre, il eût fallu modifier le dispositif et Farley préféra s'en abstenir par
mesure de sécurité. Le lendemain, il irait au travail
à pied comme cela lui arrivait souvent et jetterait le
flacon compromettant du haut du pont de Grand
Street...

Ce matin-là, Farley, clignant des paupières, s'étudia
dans le miroir en se demandant s'il oserait se rendre
à son travail. Question superflue : il n'oserait pas ne
pas s'y rendre ! Ce n'était surtout pas aujourd'hui
qu'il fallait faire quelque chose susceptible d'attirer
l'attention.

Avec un morne désespoir, il se contraignit à reproduire tous les actes banals et insignifiants qui étaient
le tissu dont était faite une journée. Il faisait beau et
chaud. Il gagna le centre à pied. Un geste infime du
poignet suffit pour faire disparaître le flacon qui
creva l'eau avec un plouf, se remplit et coula à pic.

Un peu plus tard, Farley était à son bureau, les
yeux fixés sur son ordinateur de poche. Il avait fait

tout ce qu'il y avait à faire. Mais cela marcherait-il ?
L'odeur du toluène échapperait peut-être à Llewes.
Pourquoi pas ? Elle était désagréable mais pas écœu-
rante. Les chimistes en avaient l'habitude.

Alors, si Llewes se passionnait toujours autant
pour les procédés d'hydrogénisation que Farley avait
ramenés de Titan, il ne tarderait pas à mettre le cylindre en service. Immanquablement ! Après un jour de
chômage, il brûlerait d'envie de reprendre sa tâche.

Dès qu'il aurait tourné le pointeau de la valve, le
gaz fuserait et se transformerait en une nappe de feu.
Si la proportion de toluène qui imprégnait l'air de la
salle était suffisante, ce serait l'explosion...

Farley était si profondément plongé dans sa rêverie
que la sourde déflagration lui parut être un jeu de
son imagination, le contrepoint à ses pensées,
jusqu'au moment où il entendit un bruit de pas pré-
cipités.

Il leva la tête et, la gorge nouée s'écria : « Qu'est-ce
que c'est ? Qu'est-ce que...

— On ne sait pas, répondit une voix. Un pépin
dans la chambre atmosphérique. Une explosion.
C'est dans un drôle d'état. »

Les extincteurs fusaient, des hommes s'efforçaient
d'éteindre les flammes. Ils réussirent à sortir Llewes
grièvement brûlé des décombres. Le savant avait
encore un souffle de vie mais il mourut avant que le
médecin eût le temps de pronostiquer sa fin imminente.

Edmund Farley se tenait à la périphérie du groupe
qui piétinait avec une sinistre curiosité. Sa pâleur et
son épiderme luisant de sueur ne le différenciaient
en rien de ses collègues. Il regagna son bureau d'une

démarche mal assurée. Il pouvait maintenant se permettre le luxe d'être malade. Personne n'y prêterait attention.

Pourtant, il ne fut pas malade. Il tint le coup jusqu'à la fin de la journée et, ce soir-là, il lui sembla que le poids qu'il portait était moins accablant. Un accident est un accident, n'est-ce pas ? Tous les chimistes courent des risques professionnels, en particulier lorsqu'ils travaillent sur des substances inflammables. Personne ne se poserait de question.

Et même si quelqu'un s'en posait, comment pourrait-on remonter jusqu'à Edmund Farley ? Il avait suivi sa routine ordinaire comme si rien ne s'était passé.

Rien ? Grand Dieu ! À présent enfin, on reconnaîtrait le mérite de ses travaux sur Titan. À présent, il allait être un grand homme.

Oui, son fardeau était beaucoup moins pesant. Il dormit bien.

Jim Gorham avait quelque peu fondu en l'espace de vingt-quatre heures. Ses cheveux blonds étaient hirsutes et si l'on ne se rendait pas compte qu'il avait besoin d'un bon coup de rasoir, c'était parce qu'il avait la barbe claire.

— Nous avons tous parlé de le tuer, dit-il.

Seton Davenport, du Terrestrial Bureau of Investigation, pianotait méthodiquement sur le plateau du bureau avec tant de légèreté que l'on n'entendait rien. C'était un homme trapu au visage volontaire et aux cheveux noirs dont le nez mince et proéminent avait des fonctions plus utilitaires qu'esthétiques. Une cicatrice en forme d'étoile s'irradiait sur sa joue.

— Sérieusement ?

Gorham eut un geste de dénégation véhément :
« Non. En tout cas, je n'ai pas pensé que c'était
sérieux. Nous avons évoqué des projets délirants :
garniture de sandwiches empoisonnée, acide dans le
moteur de l'hélicoptère... des choses de ce genre.
Pourtant, quelqu'un a dû en définitive prendre cela
au sérieux C'est de la démence ! Pour quelle raison
l'a-t-on assassiné ?

— Si j'en crois vos propos, parce que la victime
s'était approprié le fruit du travail des autres, me
semble-t-il.

— Et puis après ? s'exclama Gorham. C'était le
prix à payer pour tout le reste. Il était le ciment qui
soudait notre équipe. Il en était les muscles, il en était
le cœur. C'était Llewes qui se battait pour obtenir
des crédits du Congrès. C'est lui qui a arraché l'auto-
risation de lancer des programmes spatiaux, d'envoyer des hommes sur la Lune ou ailleurs. Il faisait
luire l'espoir de futurs paquebots intersidéraux et les
industriels lâchaient des millions de dollars à la pelle.
C'est lui qui a organisé le Central Organique.

— Et vous avez pris conscience de tout cela du
jour au lendemain ?

— Pas exactement. Je l'ai toujours su mais que
pouvais-je faire ? Je me suis dégonflé. J'avais peur de
voyager dans l'espace et je cherchais des excuses pour
ne pas partir. J'étais un homme du vide et je ne me
suis jamais rendu sur la Lune. La vérité, c'est que
j'avais peur Peur, surtout, que les autres ne se ren-
dent compte que j'avais peur. Il s'en fallut de peu
qu'il ne crachât de mépris.

— Et maintenant, vous cherchez un bouc émissaire ? fit Davenport. Vous voulez vous racheter devant le Llewes mort du crime commis contre le Llewes vivant ?

— Mais non ! Laissons la psychiatrie en dehors de cela. Je vous dis que c'est un meurtre ! Il est impensable que ce n'en soit pas un. Vous ne connaissiez pas Llewes. C'était un maniaque de la sécurité. Pour qu'une explosion se soit produite près de l'endroit où il se trouvait, il faut qu'elle ait été minutieusement préparée. »

Davenport haussa les épaules. « Et qu'est-ce qui a explosé, Dr. Gorham ?

— Allez le savoir ! Il manipulait toutes sortes de composés organiques inflammables — benzène, éther, pyridine...

— Il se trouve que j'ai fait des études de chimie, voyez-vous ? Si ma mémoire est bonne, aucun de ces corps n'est susceptible d'exploser à la température de la pièce. Pour cela, il faut une source de chaleur. Une étincelle. Une flamme...

— Il y a eu un bel incendie, non ?

— Comment a-t-il éclaté ?

— Je suis incapable de formuler une hypothèse. Il n'y avait ni brûleurs ni allumettes dans la salle. Tous les circuits électriques étaient blindés. Même le petit matériel de laboratoire, comme les pinces, était fabriqué en alliages spéciaux à base de béryllium et de cuivre, par exemple, pour éviter les étincelles. Llewes ne fumait pas et il aurait flanqué immédiatement à la porte quelqu'un qui se serait approché à moins de cent mètres de la salle d'atmosphère avec une cigarette allumée.

— Sur quoi portait sa dernière expérience ?

— C'est difficile à dire. Le local était dévasté.

— Je présume que tout est déblayé à l'heure qu'il est ?

— Certes pas, s'écria Gorham avec chaleur. Je m'y suis formellement opposé. J'ai dit qu'une enquête s'imposait parce qu'il fallait prouver que l'accident n'était pas dû à une négligence. Mon objectif était d'éviter une sorte de contre-publicité, comprenez-vous ? Aussi n'a-t-on touché à rien. »

Davenport hocha la tête. « Parfait. Allons jeter un coup d'œil sur place. »

Les deux hommes se rendirent dans le laboratoire ravagé aux murs noircis.

— Quel était le matériel le plus dangereux ? s'enquit Davenport.

Gorham balaya la pièce du regard et tendit le bras.

— Les réservoirs d'oxygène comprimé, répondit-il.

Davenport examina les cylindres diversement colorés alignés contre la paroi. Certains étaient de guingois à cause de la déflagration.

— Et celui-là ? fit Davenport en posant le bout de son soulier sur un récipient rouge qui gisait au milieu de la salle.

Il était lourd et ne bougea pas.

— C'est une bouteille d'hydrogène.

— Et l'hydrogène est explosif, n'est-ce pas ?

— Oui... À condition d'être chauffé.

— Pourquoi me disiez-vous donc que l'oxygène comprimé était le produit le plus dangereux ? L'oxygène n'explose pas, si je ne m'abuse !

— En effet. Il ne brûle même pas. Mais il entretient la combustion, voyez-vous ? Les choses brûlent dans l'oxygène.

— Et alors ?

— Je vais vous expliquer.

La voix de Gorham s'était faite vibrante. Il était maintenant dans la peau du savant exposant quelque chose de simple à un profane intelligent. « Parfois, on peut accidentellement mettre un peu de lubrifiant sur la valve avant de la visser au cylindre pour qu'elle soit plus étanche. Ou y faire tomber malencontreusement un produit inflammable. Alors, quand on ouvre la valve, l'oxygène fuse et la substance étrangère explose. Le gaz continue d'être éjecté et le cylindre décolle alors comme une fusée miniature et traverse le mur. La chaleur dégagée par l'explosion suffirait à mettre le feu à tous les liquides inflammables qui se trouvent dans les environs.

— Or, toutes les bouteilles d'oxygène stockées ici sont intactes.

— Elles sont intactes. »

Davenport envoya un coup de pied au cylindre d'hydrogène. « L'indicateur volumétrique est au zéro. Je suppose qu'il faut en conclure que cette bouteille était en service au moment de l'explosion et qu'elle s'est vidée toute seule.

— Probablement, acquiesça Gorham.

— Peut-on faire exploser de l'hydrogène en barbouillant la valve d'huile ?

— Absolument pas. »

Davenport se gratta le menton. « En dehors d'une étincelle, qu'est-ce qui peut enflammer l'hydrogène ?

— Je ne sais pas... un catalyseur, murmura Gorham. Le plus efficace serait le noir de platine. C'est-à-dire du platine pulvérisé. »

Davenport eut l'air stupéfait. « Vous en avez ici ? »

— Bien sûr. C'est coûteux mais rien ne vaut la mousse de platine pour catalyser une réaction d'hydrogénisation. Il se tut et contempla longuement la bouteille d'hydrogène. Le noir de platine, finit-il par dire à voix basse. Je me demande...

Davenport l'interrompit : « Le noir de platine provoquerait donc l'inflammation de l'hydrogène ? »

— Oui. Ce catalyseur permet à l'hydrogène et à l'oxygène de se combiner à la température de la pièce. Aucun apport de chaleur n'est nécessaire. Mais l'explosion serait en tout point analogue à une déflagration consécutive à un dégagement de chaleur.

Une certaine animation perçait dans le ton de Gorham qui s'agenouilla devant le cylindre pour passer le doigt sur le bec noirci de la valve. Ce pouvait être du noir de fumée. Ce pouvait être aussi...

Il se redressa. « Monsieur l'inspecteur, les choses ont sûrement dû se passer de cette manière. Je vais recueillir jusqu'à la dernière parcelle de la substance étrangère qui se trouve sur cette valve et en faire l'analyse spectographique.

— Combien de temps cela vous prendra-t-il ?

— Donnez-moi un quart d'heure. »

Gorham réapparut au bout de vingt minutes. Davenport, qui avait consacré ce temps à fouiller minutieusement le laboratoire saccagé, leva la tête : « Alors ?

— C'est bien ça ! s'exclama triomphalement Gorham. Il n'y en a pas beaucoup mais c'est bien ça. »

Il brandissait un cliché sur lequel on distinguait des lignes parallèles blanches, irrégulièrement espacées et plus ou moins brillantes. « Il s'agit presque uniquement d'une substance d'origine extérieure. Regardez ces raies... »

Davenport étudia le négatif avec attention. « C'est extrêmement ténu. Pourriez-vous affirmer sous serment devant le tribunal qu'il y avait du platine ?

— Oui, répondit instantanément Gorham.

— Et un autre chimiste ? Si ce spectrogramme était soumis à un chimiste commis par la défense, pourrait-il valablement affirmer que ces raies sont trop immatérielles pour constituer une preuve irréfutable ? »

Gorham garda le silence.

Davenport haussa les épaules.

— Mais c'est du platine ! s'exclama l'autre. Le jet de gaz et l'explosion ont éliminé la quasi-totalité de la poudre. Il ne peut en rester que des traces, c'est facile à comprendre !

Davenport dévisagea son interlocuteur d'un air songeur. « Je le comprends. J'admets qu'il existe une chance raisonnable pour que nous ayons affaire à un assassinat. Maintenant, ce qu'il nous faut, ce sont d'autres preuves, des preuves plus éloquentes. Pensez-vous que ce cylindre soit le seul qui ait été saboté ? »

— Je n'en sais rien.

— En ce cas, il faut commencer par vérifier toutes les bouteilles. Et le reste de l'équipement. S'il s'agit bien d'un meurtre, il est vraisemblable que le coupable a disposé d'autres pièges. Nous devons en avoir le cœur net.

— Je vais m'en occuper immédiatement..., fit Gorham avec enthousiasme.

— Non, pas vous. Je vais mettre un de nos spécialistes là-dessus.

Le lendemain matin, Gorham était à nouveau dans le bureau de Davenport. Cette fois, il y avait été convoqué.

— Eh bien, c'est effectivement un attentat criminel, annonça l'inspecteur. Un autre cylindre a été saboté.

— Quand je vous le disais !

— Un cylindre d'oxygène. Il y avait du noir de platine à l'intérieur du pointeau de la valve. Et en quantité appréciable.

— Du noir de platine ? Dans une bouteille d'oxygène ?

Davenport confirma d'un signe de tête. « Eh oui. Alors, que pouvez-vous en conclure ? »

Gorham haussa les épaules : « L'oxygène ne brûle pas et rien ne peut le faire brûler. Pas même le noir de platine.

— Donc le meurtrier s'est trompé de récipient sous le coup de l'émotion. J'imagine qu'il s'est aperçu de son erreur et a rectifié le tir. Mais il a laissé la preuve que la mort de Llewes n'est pas un accident mais un attentat délibéré.

— Je suis de votre avis. Il ne reste plus qu'à trouver le coupable. »

Davenport sourit et la cicatrice qui s'étoilait sur sa joue se contracta de manière inquiétante. « Il ne reste plus qu'à le trouver, dites-vous, Dr. Gorham ? Mais comment allons-nous nous y prendre ? L'enquête n'a rien donné. Un grand nombre de gens qui travaillent ici avaient un motif pour tuer Llewes. Un nombre encore plus grand d'individus sont des chimistes suffisamment avertis pour avoir pu commettre ce meurtre et en avoir eu les moyens. Est-il possible de remonter à l'origine de ce noir de platine ?

— Non, répondit Gorham d'une voix hésitante. N'importe qui pouvait se rendre à la réserve sans éveiller les soupçons. Mais les alibis ?

— Des alibis couvrant quelle période ?

— La nuit qui a précédé l'explosion. »

Davenport se pencha en avant. « À quel moment le Dr. Llewes a-t-il utilisé pour la dernière fois ce cylindre d'hydrogène ?

— Je l'ignore. Il travaillait sans témoins et c'était un homme très secret. Comme cela, il avait l'assurance que ce serait à lui et à lui seul que reviendrait le crédit de ses recherches.

— Oui, je sais. Nous avons enquêté sur ce point. Dans ces conditions, le noir de platine aurait aussi bien pu avoir été glissé à l'intérieur de la valve huit jours plus tôt.

— Que faire ? soupira Gorham.

— À mon avis, le maillon faible, c'est ce cylindre d'oxygène. La présence de noir de platine dans la valve est inexplicable et c'est peut-être là que gît le lièvre. Mais je ne suis pas chimiste. En revanche, vous l'êtes. Sil y a une solution, c'est à vous de la trouver. Le meurtrier a-t-il pu confondre l'hydrogène et l'oxygène ? »

Gorham secoua la tête. « Non. Il existe un code de couleurs. Une bouteille verte contient de l'oxygène. Une rouge contient de l'hydrogène.

— Et si l'assassin était daltonien ? »

Cette fois, Gorham prit le temps de réfléchir.

Enfin, le verdict tomba : « Non. En principe, le daltonisme est incompatible avec le métier de chimiste. Le repérage des couleurs en cours de réactions est beaucoup trop important. Et si l'un de nos collègues était daltonien, il aurait un jour ou l'autre eu des ennuis et tout le monde le saurait. »

Davenport approuva du chef.

— D'accord, fit-il en caressant distraitement sa cicatrice. Dans l'hypothèse où ce ne serait ni par ignorance ni par accident que du noir de platine a été répandu sur la valve, peut-on considérer qu'il se soit agi d'une volonté délibérée ?

— Je ne comprends pas.

— Peut-être que l'assassin avait un plan logique en tête quand il a saboté la bouteille d'oxygène et qu'il a ensuite changé d'avis. Le noir de platine mis en présence d'oxygène peut-il constituer un danger dans certaines conditions ? En tant que chimiste, vous devez le savoir.

Gorham plissa le front et fit non de la tête. « C'est impossible. À moins que...

— À moins que ?

— C'est ridicule mais... si vous envoyez un jet d'oxygène dans un réservoir d'hydrogène ayant des traces de noir de platine, cela pourrait effectivement être dangereux. Seulement bien sûr, il faudrait un très gros récipient pour provoquer une explosion... satisfaisante.

— Supposons que notre meurtrier ait eu l'intention de remplir la pièce d'hydrogène, puis d'ouvrir la bouteille d'oxygène. »

Gorham eut un demi-sourire. « Pourquoi se mettre martel en tête pour obtenir une atmosphère hydro-

génée alors que... » Son sourire s'effaça et ses joues
prirent une teinte livide. « Farley ! cria-t-il Edmund
Farley !

— Pardon ?

— Farley revient tout juste de Titan où il a passé
six mois, dit le chimiste avec une excitation grandis-
sante. Titan possède une atmosphère hydrogène-
méthane. Et Farley est le seul homme à avoir eu
l'expérience d'une atmosphère de ce type. Tout s'en-
chaîne ! Sur Titan, un jet d'oxygène entre en combinaison avec l'hydrogène ambiant sous l'action de la
chaleur ou en présence de noir de platine. Un jet
d'oxygène mais pas un jet d'hydrogène. Exactement
l'inverse de ce qui se passe sur la Terre. Farley est
notre homme, il n'y a pas de question ! Quand il est
entré dans le labo de Llewes avec l'idée de tout faire
sauter, il a déposé instinctivement du noir de platine
sur la valve de la bouteille d'oxygène. Et puis, il s'est
rappelé qu'il n'était pas sur Titan et que, sur la Terre,
la situation était diamétralement opposée. Mais il
était trop tard : ce qui était fait, était fait. »

Davenport hocha le menton avec une satisfaction
farouche.

— Eh bien, il me semble que voilà l'affaire réglée.

Il tendit la main vers l'interphone et ordonna à son
invisible correspondant :

— Envoyez quelqu'un au Central Organique avec
un mandat d'arrestation au nom du Dr. Edmund Farley.

Le carnet noir

Ante-scriptum

J'ai honte d'avouer que l'idée de cette histoire m'est venue en lisant dans le Times *de New York la notice nécrologique d'un confrère, écrivain de science-fiction lui aussi. J'ai commencé à me demander si, quand j'en serai arrivé là à mon tour, mon éloge funèbre serait aussi long. De cette interrogation au récit que voici, il n'y avait qu'un tout petit pas à franchir.*

Lancelot, mon mari, lit toujours le journal pendant le petit déjeuner. Ce que je vois de lui lorsqu'il apparaît, c'est un visage étroit à l'expression absorbée, l'air perpétuellement courroucé et vaguement autant qu'incompréhensiblement frustré. Il ne me dit pas bonjour et le journal que j'ai pris soin de déplier à son intention s'interpose aussitôt entre sa figure et moi.

Un peu plus tard, son bras, et son bras seul, émerge de derrière cet écran pour saisir la seconde tasse de café dans laquelle j'ai mis l'indispensable cuiller de sucre remplie à ras bord — ni trop ni trop peu sous peine d'être transpercée d'un regard venimeux.

Cela a cessé de me chagriner. Au moins, je mange tranquillement.

Ce matin-là, toutefois, Lancelot rompit le silence, pour laisser soudain tomber d'une voix hargneuse :

— Dieu du ciel ! Cet abruti de Paul Farber est mort ! D'un infarctus...

Ce nom ne me disait pas grand-chose. Lancelot l'avait déjà mentionné par hasard et je savais que Farber était un de ses collègues, un spécialiste de la physique théorique, lui aussi. À en juger par l'épithète malsonnante employée par mon mari, j'avais de bonnes raisons de penser que ce Paul Farber jouissait d'une petite réputation, qu'il avait trouvé le succès qui avait toujours échappé à Lancelot.

Il posa le journal et me décocha un regard furibond.

— Pourquoi les avis de décès sont-ils toujours bourrés de mensonges infâmes ? s'écria-t-il. Cette notice nécrologique le présente comme un nouvel Einstein sous prétexte qu'il est mort d'une crise cardiaque !

S'il y avait un sujet de conversation que j'avais appris à éviter, c'était bien les notices nécrologiques ! Je n'osai même pas approuver d'un hochement du menton.

Lancelot repoussa le journal, se leva et sortit sans avoir fini ses œufs, sans avoir trempé ses lèvres dans la seconde tasse de café.

Je poussai un soupir. Que pouvais-je faire d'autre ? Qu'avais-je jamais pu faire d'autre ?

Mon mari ne s'appelle pas vraiment Lancelot Stebbins. J'ai changé les noms et le contexte dans toute la mesure du possible afin de protéger la personne coupable. Néanmoins, même si j'avais conservé les vrais noms, vous n'auriez pas reconnu mon époux.

C'est que Lancelot était doué sous ce rapport : il avait le don de passer inaperçu. Chaque fois qu'il découvrait quelque chose, quelqu'un l'avait invariablement découvert avant lui ; ou alors, une autre découverte plus importante rejetait la sienne dans l'ombre. Dans les congrès scientifiques, il y avait toujours peu de monde pour entendre ses communications car un confrère faisait immanquablement dans une autre salle un rapport beaucoup plus intéressant.

Naturellement, cet état de choses avait eu une influence sur lui. Cela l'avait transformé.

Quand nous nous étions mariés, il y avait vingt-cinq ans, c'était un parti enviable. Grâce à un héritage, il était à son aise et c'était déjà un physicien expérimenté que dévorait une puissante ambition et qui promettait beaucoup. En ce qui me concerne, je crois que j'étais jolie, à l'époque. Mais cela n'a pas duré longtemps. Ce qui a duré, en revanche, ce furent mon introversion et mon incapacité à aider sur le plan mondain un jeune universitaire ambitieux qui a besoin de sa femme pour se faire des relations.

Peut-être était-ce simplement là un autre signe du talent de Lancelot à passer inaperçu. Une autre épouse, qui sait ? l'aurait peut-être rendu visible... par réflection.

S'en est-il rendu compte au bout d'un certain temps ? Fut-ce la raison pour laquelle il commença de se détacher de moi après deux ou trois années raisonnablement heureuses ? Parfois, je le croyais et me faisais d'amers reproches.

Mais je me disais alors que c'était seulement sa soif d'honneurs, plus lancinante de n'être point étanchée, qui lui dictait son comportement. Il démissionna de son poste et se fit construire un laboratoire personnel en dehors de la ville. Parce que le terrain n'était pas cher et qu'il désirait la solitude, affirmait-il.

L'argent ne constituait pas un problème. L'État ne lésinait pas sur les subventions quand il s'agissait d'un spécialiste de la physique théorique et il n'avait qu'à demander pour être servi. Par-dessus le marché, il utilisait les fonds du ménage sans restriction.

J'essayai de résister : « Mais ce n'est pas nécessaire, Lancelot, lui disais-je. Ce n'est pas comme si nous avions des difficultés financières. Ou si on ne voulait pas de toi à l'université. Moi, tout ce que je demande, ce sont des enfants et une vie normale. »

Mais un brasier brûlait en lui, qui le rendait aveugle et sourd à tout le reste. « Il y a quelque chose qui doit passer avant tout, répondait-il avec colère. Il faut que le monde scientifique se rende compte de ce que je suis. Qu'il reconnaisse que je suis un... un... un grand savant. »

En ce temps-là, il hésitait encore à s'appliquer le qualificatif de génial.

Rien n'y fit. La malchance s'obstinait à le poursuivre. Sans répit. Son laboratoire bourdonnait d'une intense activité, il engagea des assistants auxquels il offrait des salaires somptueux, il se tuait à la tâche.

Tout cela en vain.

Je continuais d'espérer qu'il finirait par renoncer, par revenir en ville. Qu'il nous permettrait de mener une existence normale et calme. J'attendais. Mais chaque fois que force lui était d'admettre une nouvelle défaite, il repartait au combat pour tenter de prendre d'assaut les bastions de la gloire et de la célébrité. Chaque fois, il se lançait à la charge en bouillonnant d'enthousiasme et, chaque fois, il retombait au plus profond des abîmes du désespoir.

Et, automatiquement, il me le faisait payer cher. Car si le monde l'écrasait, il lui était loisible de m'écraser en retour. Je ne suis pas quelqu'un de courageux mais je commençais à songer au divorce.

Et puis...

Il était visible que, depuis un an, il se préparait à partir une fois de plus en guerre. Sa dernière bataille, pensais-je. Jamais je ne l'avais vu aussi intense, aussi frémissant. Il avait une façon étrange de marmonner tout seul et d'être secoué de brèves crises d'hilarité sans rime ni raison. Il passait des jours entiers sans manger, des nuits entières sans dormir. Il imagina même d'enfermer ses cahiers de laboratoire dans le coffre-fort de la chambre comme s'il se méfiait de ses propres assistants.

Bien sûr, j'avais la certitude fataliste que ce combat était d'avance un combat perdu... comme les précédents. Mais s'il échouait à l'âge qu'il avait, il serait contraint de reconnaître que c'était sa dernière chance qui s'évanouissait. Alors, il serait forcé de renoncer.

Je décidai donc d'attendre et de m'armer de patience.

Mais cette histoire de notice nécrologique me porta un coup. Il m'était arrivé un jour, dans des circonstances analogues, de lui faire observer qu'il pouvait être sûr, en tout cas, qu'on parlerait de lui avec une certaine considération dans son avis de décès.

Sans doute cette remarque n'était-elle pas très intelligente : mes remarques ne sont jamais très intelligentes. Mon intention était de lancer un commentaire allègre pour l'empêcher de sombrer dans la dépression car je savais d'expérience que, dans ces cas-là, il était plus insupportable que jamais.

Peut-être y avait-il eu également une part de mépris inconscient dans mon commentaire. En toute sincérité, je n'en sais rien.

Toujours est-il que cela mit le feu aux poudres. Son corps étriqué fut pris de frissons et ses sourcils ténébreux se froncèrent au-dessus de ses yeux caves tandis qu'il s'écriait d'une voix de fausset : « Mais je ne lirai jamais ma notice nécrologique ! Même cela me sera refusé ! »

Et il me cracha en pleine figure.

Délibérément.

Je partis en courant m'enfermer dans ma chambre.

Il ne me fit pas d'excuses mais au bout de quelques jours pendant lesquels je l'évitais de mon mieux, nous reprîmes nos rapports placés sous le signe de la froideur. Ni lui ni moi ne fîmes aucune allusion à l'incident.

Et, cette fois, il y avait un nouvel avis mortuaire.

Et comme j'étais là, assise en face de lui en train de prendre mon petit déjeuner, j'eus le sentiment que c'était l'ultime goutte d'eau, le point culminant d'une carrière qui n'était qu'un interminable tissu d'échecs.

Je pressentais l'imminence d'une crise et ne savais si je devais la redouter ou l'accueillir avec joie. Tout compte fait, la parole était à la joie. Si jamais quelque chose devait changer, ce ne pourrait être que dans le bon sens.

Peu de temps après le déjeuner, il vint me retrouver dans le salon où il y avait une corbeille à ouvrage pour m'occuper les mains avec un peu de couture inutile et la télévision pour m'occuper l'esprit.

— Je vais avoir besoin que tu m'aides, m'annonça-t-il sans autre préambule.

Il y avait vingt ans au bas mot qu'il ne m'avait tenu pareil langage et, instinctivement, je perdis ma réserve et me tournai vers lui. Il semblait être en proie à une sorte de surexcitation malsaine. Ses joues, ordinairement pâles, étaient écarlates.

— Si je peux te rendre service, ce sera avec plaisir, Lancelot.

— Tu peux. J'ai donné un mois de congé à mes assistants. Ils partent samedi et, à partir de ce jour, je travaillerai seul avec toi au labo. Je préfère te prévenir dès maintenant pour que tu prennes tes dispositions afin d'être libre la semaine prochaine.

Je me recroquevillai sur moi-même.

— Mais, Lancelot, tu sais que je suis incapable de t'aider dans ton travail. Je ne...

— Je sais, laissa-t-il tomber avec un mépris glacé. Mais il est inutile que tu comprennes. Je te donnerai quelques instructions simples que tu n'auras qu'à appliquer à la lettre. Figure-toi que j'ai enfin découvert quelque chose qui me permettra d'accéder, cette fois, à la place à laquelle j'ai droit...

— Oh ! Lancelot ! murmurai-je sans le faire exprès, car c'était là un refrain que je n'avais que trop souvent entendu.

— Écoute-moi, crétine, et tâche pour une fois de te comporter comme une adulte. Oui... J'ai réussi. À présent, ça y est ! Personne ne peut me couper l'herbe sous le pied parce que mon invention est fondée sur un principe si peu orthodoxe qu'aucun physicien vivant, moi excepté, n'a assez de génie pour le concevoir. Je suis en avance d'au moins une génération. Et quand la nouvelle éclatera comme une bombe sur le monde, je serai probablement considéré comme le plus grand savant de tous les temps.

— Eh bien, j'en suis ravie, Lancelot.

— J'ai dit : probablement. Ce n'est pas une certitude absolue. Il y a beaucoup d'injustice dans la célébrité scientifique, j'en ai fait la triste expérience. Aussi, il ne me suffit pas de me contenter de publier ma découverte. Si je le faisais, tout le monde se précipiterait par la brèche et, plus tard, je ne serais plus qu'un nom dans les livres d'histoire. Toute la gloire sera accaparée par les ouvriers de la treizième heure.

S'il m'a tenu ce discours trois jours avant de pouvoir se mettre à l'œuvre, c'était, j'en suis certaine, uniquement parce qu'il ne pouvait plus se contenir. Il frétillait littéralement et moi seule était assez insignifiante pour qu'il pût s'épancher en toute liberté.

— Je tiens à ce que ce soit si spectaculaire, à ce que le coup de tonnerre de cette découverte soit si assourdissant qu'aucun nom ne puisse jamais être l'égal du mien.

Il allait trop loin et je commençai à redouter les conséquences d'une nouvelle déception. L'échec ne le ferait-il pas sombrer dans la folie ?

— Allons, Lancelot... à quoi bon perdre le boire et le manger ? Pourquoi ne pas tout laisser tomber ? Pourquoi ne pas prendre des vacances prolongées ? Tu as travaillé assez dur et assez longtemps. Ne serait-ce pas une bonne idée que de faire un voyage en Europe ? J'ai toujours désiré...

Il se mit à trépigner.

— Cesse donc de bêler comme une idiote ! Samedi, je t'attends au labo.

Je passai trois nuits exécrables. Je n'avais jamais été dans un état pareil. Je n'arrêtais pas de me demander s'il n'était pas déjà devenu fou.

Oui, ce pouvait être de la folie. Une folie née d'une déception ayant pris un caractère intolérable et dont cette notice nécrologique avait été le déclic. Lancelot s'était débarrassé de son personnel et, maintenant, voilà qu'il voulait que je lui serve d'assistante. Jusqu'à présent, il ne m'avait jamais permis de mettre les pieds dans son laboratoire. Il avait sûrement l'intention de m'utiliser, de se servir de moi pour Dieu sait quelle expérience extravagante. Ou, tout bonnement, de m'assassiner.

Au cours de ces nuits blanches, hantée par l'épouvante, j'envisageai d'appeler la police, de m'enfuir, de... de faire n'importe quoi.

Mais quand le jour se levait, je me raisonnais : non, il n'était sûrement pas fou, il n'userait sûrement pas de violence à mon égard. Même l'épisode du crachat ne pouvait être considérée comme un véritable acte de violence et il n'avait jamais essayé de me brutaliser physiquement.

Tant et si bien que je finis par attendre ce samedi avec impatience et me dirigeai vers ce qui était peut-être ma mort avec la soumission d'un mouton docile.

Muets l'un et l'autre, nous nous rendîmes de compagnie au laboratoire, installé à l'extérieur de la maison.

Ce labo était déjà, à lui seul, quelque chose d'assez effrayant et ce fut avec hésitation que j'en franchis la porte.

— Allons ! s'exclama Lancelot. Cesse de regarder comme ça autour de toi comme si je te menais à l'abattoir ! Tu n'auras qu'à faire ce que je te dirai de faire.

— Oui, Lancelot.

Il me fit entrer dans une petite pièce cadenassée. Elle était bourrée d'objets extrêmement étranges et il y avait des fils électriques partout.

— Bien... commença-t-il. Tu vois ce creuset de fer ?

— Oui, Lancelot.

C'était un récipient petit mais profond, fait d'un métal épais et dont la surface portait des taches de rouille. Une sorte de grille à grosses mailles le recouvrait.

Lancelot m'obligea à m'approcher et je vis à l'intérieur du creuset une souris blanche assise sur ses pattes de derrière et dont le fin museau palpait le grillage avec une curiosité frétillante. À moins que ce ne fût avec angoisse. J'avoue avoir tressailli car voir une souris quand on ne s'y attend pas, cela donne un choc. Moi, tout au moins, ça me secoue.

— Elle ne te fera pas de mal, grommela Lancelot. Maintenant, mets-toi contre le mur et regarde.

À ces mots, toutes mes craintes revinrent à la charge. Horrifiée, j'étais sûre et certaine qu'un éclair allait fulgurer et me réduire en cendres, que je ne sais quelle monstrueuse chose de métal allait jaillir pour me broyer, que...

Je fermai les yeux.

Mais il ne se passa rien. En ce qui me concernait, en tout cas. J'entendis seulement une espèce de *pfuitt* comme si un petit pétard mouillé éclatait en faisant long feu.

La voix de Lancelot s'éleva :

— Eh bien ?

Je rouvris les yeux. Il me regardait, rayonnant de fierté. Je le dévisageai d'un air inexpressif.

— Alors ? Tu ne vois pas, sombre idiote ? Là !

Il y avait un second creuset à trente centimètres du premier. Je n'avais pas vu Lancelot le poser sur la table.

— Que faut-il que je regarde ? Le second creuset ?

— Ce n'est pas exactement un second creuset : c'est la réplique du premier. Mais, pratiquement, ils sont identiques à l'atome près. Tu n'as qu'à les comparer. Tu verras qu'ils ont exactement les mêmes taches de corrosion.

— Tu as fabriqué le deuxième à partir du premier ?

— Oui mais selon une technique très particulière. La création de matière exige ordinairement une dépense d'énergie prohibitive. Même dans des conditions de rendement idéales, il faudrait désintégrer de façon totale cent grammes d'uranium pour obtenir un gramme de matière artificielle. Le raccourci que j'ai découvert peut s'exprimer par la formule suivante : pour reproduire un objet dans le futur, il faut une quantité d'énergie très faible à condition que cette énergie soit correctement appliquée. Cet exploit, ma... ma chère amie, revient à ceci : en créant dans le futur la réplique d'un objet et en la ramenant dans le présent, j'ai réalisé l'équivalent du voyage dans le temps.

Le fait qu'il m'ait appelé sa « chère amie » donne toute la mesure de sa joie triomphale.

— C'est remarquable ! m'exclamai-je, car, en vérité, j'étais impressionnée, inutile de le nier. La souris est-elle revenue, elle aussi ?

Tout en posant la question, je me penchai sur le creuset numéro deux.

Et j'éprouvai à nouveau un choc des plus désagréables. Il recelait une souris blanche. Une souris blanche et morte.

Les joues de Lancelot rosirent. « Il y a effectivement un défaut. Je puis faire revenir du futur de la matière vivante mais pas sous forme de matière vivante. Elle revient morte.

— Oh ! Quel dommage ! Pourquoi ?

— Je ne le sais pas encore. J'imagine que la duplication est parfaite au niveau atomique. En tout état de cause, il n'y a aucune détérioration visible. Les dissections l'ont démontré.

— Tu pourrais demander...

Au coup d'œil qu'il me jeta, je m'interrompis tout net. Mieux valait ne pas suggérer l'éventualité d'une collaboration : l'expérience m'avait appris que c'était invariablement les collaborateurs de Lancelot qui s'arrogeaient le mérite de ses découvertes.

— J'ai demandé, fit-il avec une amère satisfaction. Un biologiste éprouvé a autopsié quelques-uns de mes sujets mais il n'a rien trouvé. Naturellement, il ignorait la provenance des animaux et j'ai pris soin de les récupérer avant que ne se produise quelque chose qui lui mette la puce à l'oreille. Mes assistants eux-mêmes ignorent l'objet de mes recherches.

— Mais pourquoi les entoures-tu d'un tel secret ?

— Tout simplement parce que je ne parviens pas à faire revenir les animaux vivants. Je suppose que la responsabilité de cet état de choses incombe à une subtile altération moléculaire. Si je publiais à l'heure actuelle mes résultats, quelqu'un d'autre pourrait fort bien trouver une méthode pour pallier cet inconvénient, apporter une amélioration insignifiante à ma découverte et s'en attribuer toute la gloire en utilisant, par exemple, un homme qui rapporterait des renseignements du futur.

Je voyais cela comme si j'y étais. Le conditionnel était superfétatoire : cela se passerait comme il le prévoyait. C'était inévitable. En fait, quoi que Lancelot pût faire, son nom ne sortirait pas de l'anonymat. J'en étais certaine.

— Mais je ne peux pas attendre plus longtemps, ajouta-t-il, plus pour lui-même que pour moi. Il faut que je rende mon invention publique mais de telle façon qu'elle soit définitivement et à jamais associée à mon nom. Il faut que ce soit tellement spectaculaire que, plus tard, personne ne puisse faire allusion au voyage temporel sans parler de moi, quelles que soient les découvertes que d'autres feront dans l'avenir. Je vais organiser une mise en scène et tu auras un rôle à y jouer.

— Que veux-tu donc que je fasse, Lancelot ?

— Que tu sois ma veuve.

Je lui étreignis le bras. « Lancelot, veux-tu dire... »

Je serais bien incapable d'analyser les sentiments contradictoires qui m'assaillirent en cette minute.

Il me repoussa avec brusquerie. « Seulement à titre temporaire. Je n'ai nulle intention de me suicider. Je projette seulement de faire un voyage de trois jours dans l'avenir.

— Mais tu reviendras mort !

— Le "moi" qui reviendra sera un cadavre, en effet. Mais mon véritable "moi" n'aura jamais été aussi vivant. Les choses se passeront exactement comme avec cette souris blanche. »

Son regard se posa sur un cadran et il dit : « Ah ! »

Dans quelques secondes, ce sera l'heure H. Regarde bien le deuxième creuset et la souris morte. »

Sous mes yeux, la souris blanche disparut et il y eut un nouveau *pfuitt*.

— Où est-elle partie, Lancelot ?

— Nulle part. Ce n'était qu'une réplique. À l'instant précis où le duplicata avait été créé, quand le passé a fait sa jonction avec le futur, le double s'est évanoui tout naturellement. L'original, la souris numéro un, est en parfaite santé. Il en ira de même avec moi. Mon double réapparaîtra à l'état de cadavre mais mon « moi » authentique restera vivant. Au bout de trois jours, nous retrouverons le moment de la création de mon propre duplicata, fabriqué avec, comme modèle, mon « moi » véritable, et de sa projection dans le passé sous forme de cadavre. Alors, mon double mort disparaîtra et mon « moi » vivant continuera de vivre. C'est clair, non ?

— Cela me paraît une expérience dangereuse.

— Pas du tout ! Lorsque mon corps mort se matérialisera, le médecin signera le permis d'inhumer, les journaux annonceront mon décès et les pompes funèbres prépareront l'enterrement. Et puis, je reviendrai à la vie et j'expliquerai comment j'ai procédé. Alors, je ne serai pas seulement l'homme qui aura inventé le voyage temporel : je serai l'homme qui sera revenu d'entre les morts. Il y aura une telle publicité que, jamais plus, on ne dissociera le nom de Lancelot Stebbins du voyage dans le temps.

— Mais pourquoi ne pas te borner à faire un rapport sur ta découverte ? Tout cela me semble beaucoup trop compliqué. Une simple communication suffira à te rendre célèbre. Alors, nous pourrons nous installer à nouveau dans un appartement en ville.

— Silence ! Tu feras ce que je te dirai de faire.

J'ignore depuis combien de temps Lancelot tournait cela dans sa tête quand la notice nécrologique, lui tombant sous les yeux, eut fait office de détonateur. Je ne minimise absolument pas son intelligence. En dépit de la malchance phénoménale qui le poursuivait, c'était un esprit brillant, il n'y a pas de question.

Il avait mis, avant leur départ, ses assistants au courant des expériences qu'il avait soi-disant l'intention de tenter durant leur absence. Quand leurs témoignages auraient été entendus, il semblerait on ne peut plus naturel que Lancelot se soit selon toute apparence empoisonné au cyanure au cours de ses recherches.

— Il faudra donc que tu t'arranges pour que mes collaborateurs prennent immédiatement contact avec la police. Tu sais où on peut les toucher. Je ne veux en aucun cas que l'on fasse allusion à un meurtre ou à un suicide. Il ne doit s'agir que d'un accident, un accident naturel et logique... rien d'autre. Je veux également que le médecin signe rapidement le certificat de décès et que les journaux soient prévenus sans délai.

— Mais, Lancelot, si l'on découvre ton vrai « moi » ?

— Pourquoi veux-tu qu'on le trouve ? grinça-t-il. Quand on a un cadavre sous les yeux, on ne se met pas en quête de sa réplique vivante ! Personne ne me recherchera et entre-temps, je resterai tranquillement

bouclé dans la chambre temporelle. Il y a des sani-
taires et j'aurai une provision de sandwiches suffisante.

Il ajouta sur un ton de regret : « Pourtant, il faudra
que je me passe de café jusqu'à ce que tout soit terminé. J'aurais bonne mine si quelqu'un humait un
inexplicable arôme de moka alors que tout le monde
me croira mort ! Enfin... je ne manquerai pas d'eau
et cela ne durera que trois jours ».

Nouant et dénouant nerveusement mes doigts, je
murmurai : « Mais même si l'on te trouvait, ce serait
pareil, non ? Il y aura un "toi" mort et un "toi"
vivant... »

C'était moi-même que je m'efforçais de réconfor-
ter, moi-même que j'essayais de préparer à l'inéluc-
table désillusion.

Mais il se contenta de hurler :

— Non ! Ce ne serait pas du tout pareil ! Si l'on
me trouve, ce ne sera qu'un canular raté. Certes, je
deviendrai célèbre. Mais à titre de cinglé !

— Tu sais, Lancelot, dis-je précautionneusement,
il y a toujours quelque chose qui marche de travers.

— Pas cette fois-ci.

— Chaque fois, tu dis « pas cette fois ». Pourtant,
il y a toujours...

Il était livide de rage et ses iris étaient devenus
incolores. Il m'agrippa par le coude avec tant de bru-
talité que cela me fit très mal mais je n'osai pas crier.
« Il n'y a qu'une seule chose qui peut aller de travers :
toi ! Si tu bronches, si tu ne joues pas ton rôle à la
perfection, si tu ne suis pas mes directives à la lettre,
je... je... » Il donnait l'impression de chercher le châtiment adéquat. « Je te tuerai ! »

Je tournai la tête, terrifiée, essayant de m'arracher à son étreinte mais il l'accentua impitoyablement. La force qu'il était capable de développer sous le coup de la colère était quelque chose d'inouï.

— Écoute-moi ! Tu m'as porté un grave préjudice en étant telle que tu es et je me suis reproché, d'abord de t'avoir épousée, ensuite de n'avoir jamais trouvé le temps de divorcer. Mais, à présent, et malgré toi, l'occasion se présente pour moi de faire de mon existence une réussite magistrale. Cette chance, si tu la détruis, je te tuerai. Crois-moi : ce ne sont pas des paroles en l'air !

Il n'avait nul besoin de me le préciser. « Je ferai tout ce que tu me diras de faire », murmurai-je.

Il me lâcha.

Il passa une journée à régler ses appareils.

— Jusqu'à présent, je n'ai jamais transféré plus de cent grammes, fit-il d'une voix calme et songeuse.

Je pensai : ça ne marchera pas. Comment cela pourrait-il marcher ?

Le lendemain, il ajusta les instruments de façon que je n'eusse plus qu'à tourner un bouton. Il exigea que je manipule à blanc ce maudit bouton pendant un temps qui me parut interminable.

— Est-ce que tu comprends, maintenant ? Est-ce que tu saisis exactement comment il faut faire ?

— Oui.

— Bien. Tu tourneras le bouton quand le voyant s'allumera, pas une seconde avant.

Ça ne marchera pas, pensais-je.

— Oui, répondis-je.

Il s'installa, flegmatique et silencieux. Il portait un tablier de caoutchouc par-dessus sa blouse.

Le voyant s'illumina et mes réflexes jouèrent : je tournai machinalement le bouton sans même réfléchir à ce que je faisais, sans même hésiter.

Un instant, je vis deux Lancelot côte à côte devant moi, tous deux habillés de la même façon. Mais l'un des deux avait des vêtements fripés. Puis le Lancelot numéro un s'effondra et demeura inerte.

— Et voilà ! s'exclama mon mari vivant en franchissant le cercle fatal. Aide-moi. Prends-le par les jambes.

J'étais sidérée. Comment pouvait-il porter son propre cadavre, son corps décalé de trois jours dans le temps, sans sourciller, sans la moindre gêne apparente ? Il ne manifestait pas plus d'émotion que si sa dépouille avait été un vulgaire sac de charbon.

J'eus un haut-le-cœur quand mes mains se refermèrent sur les chevilles de l'autre Lancelot. Il était encore chaud. Un mort nouveau-né... Avec notre fardeau, nous suivîmes le couloir, montâmes à l'étage, prîmes un nouveau couloir et entrâmes dans une chambre. Mon mari avait déjà tout arrangé. Une solution bouillonnait dans un bizarre montage de verre enfermé dans un compartiment étanche que celait une glace coulissante. Des instruments étaient éparpillés un peu partout, destinés, sans aucun doute, à prouver qu'une expérience était en cours. Un flacon sur l'étiquette duquel les mots *Cyanure de Potassium* s'étalaient en grosses lettres était posé sur le bureau, bien en vue, parmi d'autres bouteilles. Il y avait quelques cristaux épars. Des cristaux de cyanure, je présume.

Lancelot disposa avec soin le cadavre de façon à donner l'illusion que l'expérimentateur avait basculé de son tabouret, déposa quelques cristaux dans sa main gauche et en sema sur son tablier de caoutchouc. Dernière touche ; il en plaça un peu sur le menton de son double.

— Avec ça, s'ils ne comprennent pas... murmura-t-il.

Après un dernier regard, il ajouta : « Parfait ! Maintenant, rentre à la maison et appelle le docteur. Tu lui raconteras que tu es venue m'apporter un sandwich parce que je n'étais pas rentré déjeuner. Le voilà. » Du doigt, il désigna une assiette cassée et un sandwich à la débandade que j'étais, sans doute, censée avoir laissé choir. « Pleure un peu mais n'en rajoute pas. »

Je n'eus aucune difficulté à hurler et à sangloter en temps utile. Il y avait des jours que j'en avais envie et j'éprouvais un véritable soulagement à m'abandonner à l'hystérie.

Le médecin eut exactement l'attitude que Lancelot avait prévue. Le flacon de cyanure fut la première chose qu'il vit, pour ainsi dire. Il fronça les sourcils.

— Dieu me pardonne, Mrs Stebbins, votre mari était un chimiste bien imprudent !

— Vous avez raison, larmoyai-je. Il n'aurait pas dû mettre lui-même la main à la pâte. Mais ses assistants étaient en congé.

— Il est vraiment déplorable que quelqu'un prenne du cyanure pour du sel !

L'homme de l'art hocha la tête d'un air moralisateur. « Il faut que je prévienne la police, Mrs Stebbins.

Il s'agit d'un empoisonnement accidentel au cyanure mais comme c'est une mort violente, la police...

— Oui ! Oui ! Appelez-la ! »

Je me serais giflée d'avoir parlé sur un ton aussi impatient qui pouvait prêter à soupçons.

La police arriva ainsi qu'un médecin légiste qui poussa un grognement de dégoût à la vue des cristaux de cyanure éparpillés sur la main, le tablier et le menton du défunt. Les enquêteurs, totalement indifférents, se bornèrent à enregistrer les détails d'état-civil. Ils me demandèrent si je pouvais m'occuper moi-même des formalités de l'inhumation. Je m'en chargerai, répondis-je. Sur quoi, ils vidèrent les lieux.

J'alertai immédiatement les journaux et deux agences de presse. Vous apprendrez la mort de mon mari par la police, dis-je, et j'espère que l'on n'insistera pas sur la maladresse. J'avais adopté le ton de la veuve qui espère que l'on ne dira pas de mal de son défunt. J'ajoutai : c'était un physicien atomiste plutôt qu'un chimiste et j'avais, depuis quelque temps, l'impression qu'il avait des soucis.

En cela, je suivais mot à mot le scénario de Lancelot. Et cette déclaration fit merveille. Un savant atomiste qui a des soucis ? Des espions ? Des agents ennemis ?

Les reporters affluèrent en se léchant les babines. Je leur donnai un portrait de Lancelot datant de quelques années et un photographe prit quelques clichés des bâtiments. J'autorisai la presse à pénétrer dans le laboratoire pour en prendre d'autres. Personne, ni la police ni les journalistes, personne ne posa de questions sur la porte cadenassée. Personne ne parut même la remarquer.

Je donnai à mes interlocuteurs une foule de renseignements d'ordre professionnel et biographique que Lancelot avait préparés à cette intention et leur citai diverses anecdotes destinées à mettre en évidence l'humanité et la brillante intelligence de feu mon époux. Je m'efforçai d'appliquer les instructions de Lancelot à la virgule près. Pourtant, j'étais inquiète. Il y aurait quelque chose qui marcherait de travers...

Alors, il m'en rendrait responsable. Et, cette fois, il avait juré qu'il me tuerait.

Le lendemain, je lui apportai les journaux. Il les lut et les relut, l'œil brillant. Le *Times* de New York lui consacrait un encadré en bas de la première page. Ni ce journal ni l'Associated Press ne présentaient sa mort sous un jour mystérieux mais une gazette titrait en caractères d'affiche :

MORT ENIGMATIQUE D'UN SAVANT ATOMISTE

À cette vue, Lancelot s'esclaffa. Quand il eut passé tous les journaux en revue, il reprit le premier de la pile.

Il me décocha un regard acéré.

— Ne t'en va pas. Écoute ce qu'ils racontent.

— Je les ai déjà lus, Lancelot.

— Écoute, je te dis...

Et il se mit à lire les articles à haute voix en s'étendant longuement sur les éloges funèbres dont il était l'objet.

— Alors ? fit-il enfin, rayonnant de satisfaction. Penses-tu toujours que cela va marcher de travers ?

— Si la police revient, répondis-je avec hésitation,

pour me demander pourquoi je pensais que tu avais des ennuis...

— Tu es restée suffisamment dans le vague. Tu expliqueras à ces messieurs que tu as fait de mauvais rêves. Si jamais ils se décident à pousser davantage leurs investigations, il sera trop tard.

Il avait raison : tout marchait à merveille mais je ne pouvais pas imaginer que cela continuerait. Pourtant, l'esprit humain est une drôle de mécanique ! Il persiste à espérer au-delà de l'espoir.

— Lancelot, murmurai-je, quand tout sera terminé, quand tu seras illustre, vraiment illustre, tu prendras ta retraite, n'est-ce pas ? Nous retournerons en ville où nous vivrons paisiblement ?

— Bougre d'idiote ! Ne te rends-tu pas compte que, une fois que mon mérite aura été reconnu, je serai obligé de continuer ? Des tas de jeunes gens afflueront ici. Ce laboratoire deviendra un institut de recherches temporelles de renommée universelle. Je serai une légende vivante. J'aurai une telle série de triomphes à mon actif que, après, il n'y aura plus, comparés à moi, que des nabots intellectuels !

Il se dressa sur la pointe des pieds, les yeux étincelants, comme s'il voyait déjà le piédestal du haut duquel il dominerait les foules.

Ç'avait été ma dernière bribe d'espoir. L'espoir modeste d'un peu de bonheur personnel.

Je poussai un soupir.

Je demandai à l'organisateur des pompes funèbres que le corps, une fois mis en bière, restât dans le laboratoire avant d'être inhumé dans le caveau de famille des Stebbins, à Long Island. J'exigeai qu'il ne fût pas embaumé et proposai de le laisser dans la chambre froide où la température était maintenue à 5°. Je m'opposai à ce qu'il fût exposé au salon funéraire.

Le représentant des pompes funèbres fit transporter le cercueil dans le laboratoire avec toutes les marques d'une réprobation manifeste. Sans nul doute, cette réprobation se traduirait dans la facture. Mes explications — je voulais ne pas me séparer encore du défunt et souhaitai que ses assistants eussent l'occasion de le voir une dernière fois — étaient boiteuses et sonnaient faux.

Pourtant, les instructions de Lancelot avaient été on ne peut plus précises et je les appliquais aveuglément.

Une fois le cercueil installé, couvercle ouvert, je me rendis auprès de mon mari.

— L'homme des pompes funèbres m'a paru rempli d'animosité, lui dis-je. J'ai l'impression qu'il flaire quelque chose d'insolite.

— Parfait ! fit Lancelot avec satisfaction.

— Mais...

— Nous avons encore vingt-quatre heures à attendre. D'ici là, rien ne peut se produire qui soit susceptible de cristalliser ses soupçons. En principe, le cadavre doit disparaître demain matin.

— En principe ? Tu penses que ce n'est pas sûr ? Je le savais ! Je le savais !

— La dématérialisation peut intervenir avec un certain retard ou, au contraire, un peu plus tôt que prévu. Je n'ai jamais effectué le transfert d'une masse aussi volumineuse et j'ignore jusqu'à quel point mes équations sont exactes. Il y a là un travail d'observation fondamental qui s'impose : c'est l'une des raisons pour lesquelles j'ai tenu à ce que le cadavre demeure ici au lieu d'être exposé dans une chapelle ardente.

— Mais, au salon funéraire, il disparaîtrait devant témoins.

— Et tu penses qu'ici, quelqu'un pourra songer qu'il y a eu fraude ?

— Naturellement.

Ma réponse parut l'amuser.

— Les gens se diront : pourquoi s'est-il débarrassé de ses assistants ? Pourquoi s'est-il tué en s'astreignant à réaliser personnellement des expériences à la portée d'un bambin ? Pourquoi la disparition du corps s'est-elle produite à huis clos ? Cette histoire ridicule de voyage dans le temps ne repose sur rien, diront-ils. Il s'est drogué pour se mettre en état de transe cataleptique et les docteurs n'y ont vu que du feu.

— En effet, balbutiai-je.

Comment comprenait-il tout cela ?

— Et quand je m'entêterai à affirmer que j'ai indiscutablement résolu le problème du voyage temporel, poursuivit-il, que j'ai été formellement déclaré mort ce qui ne m'empêche pas d'être bien vivant, tous les savants orthodoxes m'accuseront avec véhémence d'être un simulateur. Ils n'auront que ce mot à la bouche. Alors, je proposerai de faire une démonstration de transfert temporel devant tous les hommes de science qui souhaiteront y assister. Je proposerai que cette démonstration soit télévisée sur toutes les chaînes. La pression de l'opinion publique obligera les savants à accepter, et la télévision à mettre ses antennes à ma disposition. Peu me chaut de savoir ce qu'espéreront voir les téléspectateurs — un miracle ou un lynchage. L'essentiel, c'est qu'ils seront devant leur petit écran. Et je triompherai ! Quel homme de science a-t-il jamais bénéficié d'un pareil tremplin de son vivant ?

J'étais comme matraquée mais, tout au fond de moi-même, quelque chose me soufflait : c'est trop long, trop compliqué. Ça tournera mal.

Dans la soirée, les assistants de Lancelot arrivèrent et firent de leur mieux pour manifester une douleur respectueuse devant la dépouille mortelle de leur patron.

Deux témoins de plus qui jureraient avoir vu Lancelot mort. Deux témoins de plus pour faire tambouriner la grosse caisse.

À quatre heures du matin, emmitouflés dans nos manteaux, nous attendions l'heure H dans la chambre froide.

Lancelot, au comble de l'exaltation, n'arrêtait pas de vérifier ses instruments et de faire Dieu sait quoi avec ses appareils. Son ordinateur de bureau bourdonnait inlassablement et je ne sais vraiment pas comment ses doigts frigorifiés pouvaient voleter avec une telle agilité sur le clavier.

Moi, j'étais profondément déprimée. Il faisait froid, il y avait ce cadavre dans le cercueil. Et l'avenir tellement incertain...

Nous étions là depuis une éternité — c'était, du moins ce qui me semblait — quand Lancelot ouvrit enfin la bouche.

— Ça marchera ! Ça marchera comme prévu ! Au maximum, la disparition du corps interviendra avec cinq minutes de retard, compte tenu de la masse en jeu. Mon analyse des forces temporelles a été magistrale, en vérité.

Il me sourit. Mais adressa le même sourire chaleureux au cadavre.

Je remarquai que sa blouse, qu'il n'avait pas quittée depuis trois jours — je suis même certaine qu'il dormait avec —, était froissée et chiffonnée. Comme celle du Lancelot numéro deux quand il s'était matérialisé.

Il dut lire dans mes pensées ou, peut-être seulement dans mon regard, car il inclina la tête et dit :

— Ah oui ! Il faut que je mette le tablier de caoutchouc. Mon second « moi » le portait quand il est apparu.

— Et si tu ne le mettais pas ? lui demandai-je d'une voix blanche.

— Il le faut. C'est indispensable. Je ne pouvais pas l'oublier. Sinon, mon double n'aurait pas eu de tablier.

Ses paupières se plissèrent : « Crois-tu toujours qu'il se produira un accroc ? »

— Je ne sais pas, murmurai-je.

— Penses-tu que le cadavre ne disparaîtra pas ou que ce sera moi qui disparaîtrai à sa place ?

Comme je restais muette, il reprit en criant presque :

— Ne vois-tu pas que la roue a enfin tourné ? Ne vois-tu pas que la chance est avec moi et que tout se déroule de façon parfaite conformément à mes plans ? J'accéderai à une célébrité sans précédent. Allez... Fais chauffer de l'eau pour le café.

D'un seul coup, il avait recouvré tout son calme.

« Ce sera une façon de fêter le départ de mon double et mon retour à la vie. Le premier café que je boirai depuis trois jours ! »

Ce ne fut qu'un sachet de café instantané qu'il me tendit mais au bout de trois jours, comme il disait, il ne fallait pas être trop difficile. J'avais les doigts gelés et ce fut avec beaucoup de maladresse que j'allumai le chauffe-plats électrique. Finalement, Lancelot me repoussa avec rudesse et posa un ballon de verre rempli d'eau sur la plaque.

— Cela prendra un moment, fit-il.

Il consulta sa montre et examina plusieurs cadrans encastrés dans le mur. « Mon double aura disparu avant que l'eau n'entre en ébullition. Approche-toi pour voir. » Il fit un pas vers le cercueil.

J'hésitai.

— Viens ! m'ordonna-t-il sur un ton péremptoire.

J'obéis.

Nous attendîmes, les yeux fixés sur le cadavre. Lancelot était exultant.

Une fois de plus j'entendis le *pfuitt* familier et mon mari s'écria : « Même pas deux minutes d'écart ! »

Le corps n'était plus là. Il s'était volatilisé sans avertissement en une fraction de seconde. Le cercueil ne contenait plus qu'un tas de vêtements. Naturellement, ce n'étaient pas ceux dans lesquels le double était apparu. C'étaient de vrais vêtements, enracinés dans le réel : le linge de corps enrobé dans la chemise et le pantalon, la cravate prise dans le col de la chemise, celle-ci fourrant la veste, des chaussettes sortant des souliers vides. Mais de corps, point.

L'eau commença de bouillonner dans le ballon.

— D'abord, le café ! dit Lancelot. Après, nous

appellerons la police et nous téléphonerons aux journaux.

Je préparai deux tasses, une pour lui, une pour moi. Je plongeai dans le sucrier une cuiller que je remplis à ras bord comme à l'accoutumée — ni trop ni trop peu — par la force de la routine quoique, dans les circonstances présentes, je savais que la dose avait peu d'importance.

Je bus une gorgée de café. J'ai l'habitude de le prendre nature, sans lait et sans sucre. La chaleur du breuvage me revigora presque.

Lancelot remua sa cuiller dans la tasse.

— Il y a si longtemps que j'attends cela ! fit-il doucement.

Et il porta la tasse à ses lèvres qu'étiraient un sourire triomphant.

Ce furent ses dernières paroles.

Maintenant que tout était fini, une véritable frénésie s'emparait de moi. Je réussis à le déshabiller, à lui enfiler les vêtements qui se trouvaient dans le cercueil et j'eus assez de force pour le soulever afin de le coucher dans la bière. Je lui croisai les mains sur la poitrine.

Ensuite, je rinçai les tasses et le sucrier dans l'évier. Le robinet coula longtemps. Jusqu'à ce qu'il ne demeurât plus la moindre trace du cyanure par lequel j'avais remplacé le sucre.

Cela fait, je rangeai sa blouse et ses autres vêtements dans la panetière où, trois jours plus tôt, j'avais mis ceux de son double... qui, bien entendu, s'étaient volatilisés, eux aussi.

Et j'attendis.

À la fin de la journée, le corps était froid à point et j'appelai les entrepreneurs de pompes funèbres. Ils n'avaient aucune raison de se montrer curieux. Ils s'attendaient à trouver un cadavre : il y avait un cadavre. Le même. Exactement le même. Il était même bourré de cyanure comme le premier était censé l'être.

Sans doute, les spécialistes peuvent-ils s'apercevoir de la différence qu'il y a entre un corps mort depuis douze heures et un corps mort depuis trois jours et demi, même conservé en chambre froide. Mais pour quelles raisons se seraient-ils montrés pointilleux ?

Ils ne le furent point. Ils clouèrent le cercueil, l'enlevèrent et l'inhumèrent.

C'était le meurtre parfait.

À la vérité, dans la mesure où Lancelot était officiellement mort aux yeux de la loi au moment où je l'avais tué, je me demande si, à strictement parler, ce fut réellement un meurtre. Mais je n'ai nulle intention de consulter un avocat à ce sujet.

À présent, je mène une vie tranquille. Une vie paisible et heureuse. J'ai suffisamment d'argent. Je vais au théâtre. Je me suis fait des amis.

Et je n'éprouve pas de remords. Certes, Lancelot n'aura jamais la gloire d'être l'inventeur du voyage temporel. Le jour où l'on fera à nouveau cette découverte, son nom restera plongé dans l'obscurité et l'anonymat du Styge. Je lui avais bien dit que, quels que fussent ses plans, il passerait au travers ! Si je ne l'avais pas tué, il y aurait eu quelque chose d'autre pour lui mettre des bâtons dans les roues. Et alors, c'est lui qui m'aurait assassinée.

Non, je n'ai pas de remords.

En fait, je lui ai tout pardonné. Tout sauf de m'avoir craché à la figure. Aussi je trouve qu'il y a une certaine ironie dans le fait qu'il a connu un instant de bonheur avant de mourir. En effet, il a bénéficié d'une faveur insigne rarement accordée aux humains et qu'il a savourée plus que quiconque.

Contrairement au regret qu'il avait exprimé avec rage ce jour-là, au petit déjeuner, quand il m'a craché au visage, Lancelot a eu l'occasion de lire son propre éloge funèbre.

La bonne étoile

Les mots tombaient, tranchants et rageurs, parfaitement audibles, du haut-parleur :

— Trent ! Vous ne pouvez pas nous échapper. Nous couperons votre orbite dans deux heures et, si vous essayez, de résister, nous vous vaporiserons !

Trent sourit et ne répondit pas.

Il n'était pas armé et tout combat était inutile. Bien avant que ce délai de deux heures ne soit écoulé, l'astronef serait entré dans l'hyper-espace et on ne le trouverait jamais. Trent avait à bord près d'un kilo de krillium, de quoi fabriquer suffisamment de circuits mentaux pour équiper des milliers de robots — soit une valeur de quelque dix millions de crédits en poche. Sur n'importe quel monde de la galaxie, il trouverait preneur. Et on ne lui poserait pas de questions.

C'était le vieux Brennmeyer qui avait mis toute l'affaire au point. Plus de trente ans, il avait travaillé dessus ! L'œuvre de toute une vie...

— C'est l'évasion, mon jeune ami, avait-il dit. Et voilà pourquoi j'ai besoin de vous. Vous êtes capable de faire décoller un astronef et de le piloter. Moi pas.

— Ce n'est pas une solution, Mr. Brennmeyer, avait répondu Trent. Au bout de deux heures, on sera capturé.

— Pas si nous faisons le Grand Saut, avait rétorqué Brennmeyer d'un air matois. Pas si nous nous enfonçons dans l'hyper-espace et mettons des années-lumière entre nous et nos poursuivants.

— Il faudrait une demi-journée pour programmer le Grand Saut et, même si nous avions assez de temps, la police alerterait tous les systèmes stellaires.

— Non, Trent, s'était exclamé le vieil homme en lui agrippant la main dans une étreinte tremblante. Pas tous les systèmes stellaires ! Seulement une douzaine d'entre eux... Ceux du voisinage. La galaxie est grande et, depuis cinquante mille ans, les colons ont perdu le contact entre eux.

Il avait continué avec animation. La galaxie, avait-il dit, était, à présent, semblable à la surface de la planète originelle, le berceau de l'humanité — la Terre, comme on l'appelait — telle qu'elle se présentait aux temps préhistoriques : des hommes éparpillés d'un bout à l'autre des continents mais chaque groupe ne connaissant que la région limitrophe de son habitat.

— Si nous faisons le Grand Saut au petit bonheur, nous aboutirons n'importe où à cinquante mille années-lumière de distance et on aura à peu près autant de chances de nous retrouver que de trouver un caillou déterminé dans un essaim de météores.

Trent avait hoché la tête.

— Et nous serons perdus ! Nous serons dans l'impossibilité absolue de mettre le cap sur une planète habitée.

Brennmeyer avait jeté un regard furtif autour de lui. Il n'y avait personne à proximité mais il baissa le ton quand même et répondit dans un murmure :

— Depuis trente ans, j'ai réuni toutes les données relatives a la totalité des planètes habitables de la galaxie. J'ai consulté toutes les vieilles archives. J'ai franchi des milliers d'années-lumière, j'ai été plus loin qu'aucun pilote spatial. À l'heure qu'il est, les coordonnées de chacune des planètes habitables sont stockées dans le bloc mémoriel de la plus perfectionnée des ordinatrices qui soit au monde.

Trent avait poliment haussé les sourcils.

— Mon métier, mon cher Trent, est de concevoir des ordinatrices et je possède la meilleure. J'ai également repéré la localisation exacte de toutes les étoiles de classes spectrographiques F. B. A et O. Ces informations sont également stockées dans les circuits de l'ordinatrice. Lorsque nous aurons accompli le Grand Saut, elle explorera les cieux et comparera ses observations avec la carte galactique dont elle est équipée. Dès qu'elle aura reconnu une étoile convenable — et cela se produira tôt ou tard —, elle déterminera le point exact de l'astronef qui sera automatiquement guidé et passera à nouveau dans l'hyper-espace d'où il émergera dans les parages de la planète habitée la plus proche.

— Cela me paraît bien compliqué.

— L'échec est impensable. Il y a trente ans et plus que je travaille la question et il n'y a aucun risque. Il me reste dix ans pour vivre dans la peau d'un milliardaire. Mais vous, vous êtes jeune : vous serez milliardaire beaucoup plus longtemps que moi.

— Quand on fait le Grand Saut, on risque d'émerger au beau milieu d'une étoile.

— Il n'y a pas une chance sur cent trillions pour que cela se produise, Trent. Certes, nous pouvons émerger si loin d'une étoile lumineuse que l'ordinatrice sera dans l'incapacité d'établir un relevé de point conforme à son programme. Ou ne franchir qu'une ou deux années-lumière et nous apercevoir que la police est toujours sur nos talons. Mais de telles éventualités sont encore plus improbables. Si vous avez envie de vous faire de la bile, autant craindre de mourir d'un infarctus à l'instant précis du départ. Il y a encore plus de chances que cela ait lieu !

— Vous pourriez avoir une crise cardiaque au moment du départ, vous, Mr. Brennmeyer. Vous êtes plus âgé que moi.

Brennmeyer haussa les épaules :

— Je ne compte pas. L'ordinatrice fera tout ce qu'il faudra faire de façon totalement automatique.

Trent secoua la tête. Il se rappelait...

Il était minuit. L'astronef était prêt à appareiller. Brennmeyer était arrivé, une valise à la main. Pleine de krillium. Cela n'avait pas posé de problèmes pour lui : il jouissait d'une confiance absolue. Arthur Trent avait pris la valise d'une main. Son autre main avait agi promptement et avec précision.

Un couteau, c'était encore le mieux. Aussi rapide qu'un dépolarisateur moléculaire, aussi fatal et tellement plus silencieux !

Il avait laissé l'arme dans le corps sans même prendre la peine d'effacer ses empreintes. À quoi bon ? Les autres ne mettraient jamais la main sur lui.

À présent, l'astronef filait dans l'espace, talonné par les croiseurs de la police. Trent éprouvait la tension qui précédait invariablement le Grand Saut. Aucun physiologiste ne pouvait expliquer ce phénomène mais tous les pilotes chevronnés en connaissaient les effets.

Il eut fugitivement l'impression que son corps se retournait comme un gant à l'instant où le bâtiment pénétra dans le non-espace et le non-temps, devint non-matière et non-énergie, avant de se reconstituer de façon instantanée dans une lointaine région de la galaxie.

Trent sourit. Il était toujours vivant. Il n'y avait pas une seule étoile dangereusement proche et il y en avait des milliers à une distance raisonnable. Le ciel grouillait d'astres et ces constellations avaient un aspect si étrange que l'astronaute comprit qu'il était très loin au-delà de Jupiter. L'ordinatrice aurait largement de quoi faire. Elle ne mettrait pas longtemps à calculer le point.

Trent se carra confortablement sur son siège pour observer le panorama embrasé qui pivotait lentement autour du navire. Une étoile entra dans son champ de vision. Une étoile particulièrement lumineuse. Elle n'était sûrement pas à plus de deux années-lumière et son instinct de pilote avertit Trent que c'était une étoile chaude. Une bonne étoile. L'ordinatrice l'utiliserait comme base de référence pour se repérer. À nouveau, il songea : elle ne va pas mettre longtemps.

Pourtant, elle mit longtemps. Les minutes s'égrenaient. Déjà, une heure s'était écoulée et l'ordinatrice continuait de cliqueter avec ardeur, clignotant de tous ses voyants.

Trent plissa le front. Comment se faisait-il qu'elle ne reconnaisse pas ce paysage stellaire ? Il était enregistré dans ses circuits mémoriels. Brennmeyer avait passé de longues années à inventorier le contenu du ciel. Impossible qu'il eût oublié une étoile ou qu'il l'eût située ailleurs qu'à sa place.

Certes, les étoiles naissaient, elles mouraient et, entre-temps, elles se mouvaient dans l'espace. Mais ces changements étaient lents, infiniment lents. Les données patiemment réunies par Brennmeyer ne subiraient pas de modifications perceptibles avant un million d'années...

Une vague de panique prit soudain Trent à la gorge. Non... Ce n'était pas possible ! Il y avait encore moins de chances pour qu'une telle éventualité se produise que pour que l'astronef émerge à l'intérieur d'un astre !

Quand l'étoile éclatante réapparut dans le hublot, il ajusta le télescope d'une main tremblante et le régla sur l'agrandissement maximum. Le noyau incandescent était auréolé d'un voile de gaz turbulent dont le spectacle était éloquent. On aurait dit la photo d'un objet en pleine vitesse.

C'était une nova !

Un corps obscur qui était brusquement devenu incandescent, il y avait à peine un mois. Jusque-là, l'étoile appartenait à une classe spectrographique trop insignifiante pour solliciter l'attention de l'ordinatrice : il n'y avait pas lieu d'en tenir compte.

Mais cette nova qui scintillait dans l'espace était absente des circuits mémoriels de l'appareil. Elle n'existait pas quand Brennmeyer avait dressé son catalogue. Tout du moins, elle n'existait pas en tant qu'étoile lumineuse.

— N'y fais pas attention ! hurla Trent d'une voix aiguë. Fais comme si elle n'existait pas !

Mais c'était un mécanisme automatique qu'il exhortait. Un mécanisme qui comparerait la nova aux données spectrographiques injectées dans sa mémoire, qui ne trouverait rien et continuerait néanmoins à chercher, à chercher, à chercher aussi longtemps que la réserve d'énergie du vaisseau ne serait pas épuisée.

La réserve d'air serait, elle, loin de durer aussi longtemps. La vie de Trent prendrait fin beaucoup plus tôt.

Il s'affala au fond de son fauteuil avec accablement, les yeux fixés sur le scintillement moqueur des constellations et le martyre de l'attente commença.

Ah ! Si seulement il avait gardé son couteau...

Post-scriptum

Depuis quelques années, un certain nombre d'étudiants en lettres ou en sciences se sont mis à analyser mes romans et mes nouvelles, voire à en faire des sujets de thèses. J'en suis extrêmement flatté, bien sûr, mais cela me terrorise aussi quelque peu car ils découvrent dans ma carrière littéraire une foule de choses que j'avais toujours ignorées.

Il y a, par exemple, une certaine similitude entre La bonne étoile *et* Chante-cloche — *similitude dont je ne me suis rendu compte qu'en relisant ces deux récits pour composer le présent recueil. En outre,* La poussière qui tue *ressemble d'une autre façon, à* Chante-cloche. *Je suppose que cela tient au fait que c'est le même cerveau vieillissant qui a imaginé ces trois histoires.*

Je ne doute pas que, pour les personnes qui jettent les yeux sur les prières d'insérer de mes ouvrages, de telles analogies sautent aux yeux. Mais pour qu'on n'en tire pas de conclusions dénuées de fondements, qu'on me permette de proclamer bien haut que je demeure providentiellement dans l'ignorance totale de ce genre de chose tant que je n'ai pas relu les récits litigieux à la file.

La clef

Ante-scriptum

La nouvelle ci-dessous fut conçue sous les plus heureux auspices. MM. Ferman, père et fils, responsables de The Magazine of Fantasy and Science Fiction, *avaient décidé de publier un numéro spécial en mon honneur.*

Je feignis d'être accablé de modestie mais, en réalité, cet appel du pied à ma vanité fut absolument irrésistible. Quand ces messieurs me dirent qu'ils souhaitaient que j'écrive tout spécialement une histoire pour le numéro en question, je m'empressai d'accepter.

Je m'installai donc devant ma machine à écrire et c'est ainsi que vit le jour la quatrième enquête de Wendell Urth, dix ans tout juste après la troisième. Ce fut merveilleux de reprendre le collier, merveilleux de feuilleter le numéro spécial quand il parut ! Ed Emshwiller, dessinateur S.F. sans égal, avait fait le portrait de l'auteur, qui en ornait la couverture et avait réussi un tour de force : ce portrait me ressemblait et, en même temps, j'avais l'air beau. Ah, si seulement j'avais pu convaincre l'éditeur de faire figurer cette œuvre en frontispice du présent recueil, vous auriez vu !

J'ajouterai en passant, que, en préparant ce volume, j'ai constaté que le niveau de la technologie sur Terre et sur la Lune est, dans ce récit, très en arrière par rapport à ce qu'il est dans Chante-cloche. *Je m'écrie donc : « Emerson ! »* *(voir plus haut).*

Karl Jennings savait qu'il allait mourir. Il n'avait plus que quelques heures à vivre. Et il avait énormément à faire.

La peine à laquelle il était condamné ne pouvait pas être commuée, pas ici, sur la Lune, sans aucun moyen de communication.

Même sur Terre, il y avait encore quelques coins perdus où, démuni de radio, un homme pouvait mourir loin de la main consolatrice d'un autre homme, loin de la pitié de ses frères, loin de tout œil humain qui pût découvrir son cadavre. Sur certains coins de la Lune, il en allait autrement.

Bien sûr, les gens de la Terre savaient qu'il était sur la Lune. Il faisait partie d'une expédition géologique... Non ! Sélénologique ! Bizarre comme son cerveau, polarisé sur la Terre, tenait au « géo » !

Tout en travaillant, il se mit à réfléchir avec lassitude. Il avait beau agoniser, il n'échappait pas à la lucidité artificiellement imposée à ses processus mentaux. Il regarda autour de lui avec angoisse.

Mais il n'y avait rien à voir. Il baignait dans l'ombre éternelle de la paroi intérieure nord du cratère. Seuls

les éclairs intermittents de sa torche en déchiraient
les ténèbres. Intermittents parce qu'il ne voulait pas
épuiser les piles tant qu'il n'aurait pas fini et parce
qu'il tenait à réduire au minimum le risque de se faire
repérer.

À sa gauche, côté sud, un éclatant croissant de
lumière délimitait l'horizon. La lumière du soleil...
Derrière cet horizon, se dressait, invisible, la lèvre
opposée du cratère. Jamais le soleil n'éclairait le fond
de celui-ci. Au moins Karl Jennings n'avait-il rien à
craindre des radiations.

Enfermé dans son vidoscaphe comme une momie
dans son sarcophage, il creusait le sol avec des gestes
minutieux et maladroits. Son côté le faisait abomina-
blement souffrir.

La roche pulvérulente et raboteuse ne présentait
pas l'aspect « château de fées » caractéristique des
régions de la surface lunaire exposées à l'alternance
du jour et de la nuit, de la chaleur et du froid. Ici,
dans cette zone éternellement glacée, le lent effrite-
ment de la paroi du cratère avait simplement abouti
à fabriquer une masse hétérogène de fine poussière.
Il serait malaisé de se rendre compte que quelqu'un
l'avait affouillée.

Se méprenant l'espace d'un instant sur l'inégalité
de la noire surface, il laissa choir par inadvertance
une poignée de débris. Les particules tombèrent avec
la lenteur typique de la Lune ; pourtant, leur chute
semblait être d'une rapidité vertigineuse car il n'y
avait pas d'air pour leur faire obstacle et les éparpiller
en une sorte de brume poudreuse.

Jennings alluma sa lampe une seconde et, d'un

coup de pied, repoussa le fragment de rocher déchiqueté qui le gênait.

Il n'avait pas beaucoup de temps. Il continua de creuser plus profondément dans la poussière.

Bientôt, il pourrait mettre l'Objet au fond du trou et commencer à le recouvrir. Il ne fallait surtout pas que Strauss le trouve.

Strauss !

Son coéquipier. À qui reviendrait cinquante pour cent de la découverte et cinquante pour cent de la gloire.

S'il avait seulement prétendu s'arroger tout le mérite de la trouvaille, Jennings se serait volontiers désisté : elle dépassait amplement la gloriole individuelle. Mais Strauss voulait beaucoup plus. Et Jennings devait faire l'impossible pour l'empêcher de parvenir à ses fins.

Il était, entre autres, prêt à mourir pour faire échec à Strauss.

Et il était en train de mourir.

Ils avaient découvert la chose ensemble. En fait, Strauss avait découvert le vaisseau. Les vestiges du vaisseau, plus exactement. Ou, pour être encore plus précis, ce qui pouvait être les vestiges de quelque chose qui ressemblait à un vaisseau.

— C'est du métal, avait-il dit après avoir ramassé un fragment aux arêtes vives et sans forme définie.

C'était à peine si l'on distinguait son visage et ses yeux à travers l'épaisse visière de verre au plomb de son casque mais sa voix rocailleuse résonnait clairement dans les écouteurs.

Jennings, qui se trouvait à quelque cinq cents mètres de lui, le rejoignit en flottant.

— C'est bizarre, avait-il dit. Il n'y a pas de métal à l'état libre sur la Lune.

— Il ne devrait pas y en avoir. Mais tu sais bien que l'on n'a pas exploré plus d'un pour cent de la surface lunaire. Qui sait ce que l'on peut y trouver ?

Jennings avait acquiescé d'un grognement et tendu sa main gantée pour prendre l'échantillon.

C'était vrai : les gens au courant savaient qu'il était possible de trouver à peu près n'importe quoi sur la Lune. Cette expédition sélénographique était la première mission scientifique financée par des fonds privés à se poser sur le satellite. Auparavant, il n'y avait eu que quelques expéditions officielles et arbitraires aux objectifs anarchiques. Le fait que la Société Géologique avait pu se permettre d'envoyer deux hommes sur la Lune pour effectuer uniquement des études sélénologiques était le signe que l'âge de l'espace sortait de l'enfance.

— On dirait que ça a été poli, avait dit Strauss.

— Tu as raison. Il y a peut-être d'autres fragments.

Effectivement, ils en trouvèrent trois. Deux débris d'une taille insignifiante et un objet irrégulier présentant des traces de soudure.

— Allons porter ça au navire.

Ils avaient pris leur petit glisseur pour regagner le bord. À peine la porte du sas refermée, ils s'étaient débarrassés de leurs combinaisons. C'était toujours un bon moment pour Jennings. Il s'était vigoureusement gratté la poitrine et frotté les joues au point que son épiderme s'était marbré de taches rouges.

Invulnérable à ce genre de faiblesse, Strauss s'était immédiatement mis au travail. Sous l'action du rayon laser, la surface de l'objet s'était grêlée de petits entonnoirs et le spectrographe avait analysé la composition de la vapeur dégagée. De l'acier au titane pour l'essentiel avec un soupçon de cobalt et un rien de molybdène.

— Aucun doute : c'est un objet manufacturé, avait dit Strauss.

Son visage osseux était toujours aussi sévère, toujours aussi dur. Il ne manifestait pas le moindre signe d'excitation alors que le cœur de Jennings commençait à battre à tout rompre.

Peut-être était-ce l'ivresse qu'il éprouvait qui l'avait poussé à lâcher « manufacturellement » avec une œillade pour souligner l'astuce.

Mais Strauss lui avait décoché un regard empreint d'un mépris si glacial qu'il avait renoncé à poursuivre plus avant dans la voie du calembour.

Il avait soupiré. C'était bizarre mais il était incapable de s'empêcher de faire des jeux de mots. Il se rappelait qu'à l'Université... Enfin... C'était sans importance. La découverte qu'ils avaient faite valait plus que toutes les contrepèteries qu'il pouvait imaginer pour dérider l'austère Strauss.

Quand même, il était impensable que celui-ci ne se fût pas rendu compte de l'importance de leur trouvaille.

À dire vrai, Jennings le connaissait mal. Il savait seulement que c'était un sélénologiste distingué. Enfin, il avait lu les communications de Strauss et il présumait que Strauss avait lu les siennes. Les deux hommes ne s'étaient rencontrés qu'après avoir posé l'un et l'autre leur candidature pour cette expédition. Candidature qui, bien entendu, avait été acceptée.

Tout au long de la semaine qu'avait duré le voyage,

Jennings avait observé avec un malaise grandissant son compagnon à la silhouette massive, aux cheveux d'un roux pâle, aux yeux bleus qui donnaient l'impression d'être en porcelaine, aux mâchoires proéminentes pleines de muscles qui tressautaient quand il mangeait. Jennings, qui était beaucoup moins corpulent, qui avait aussi les yeux bleus mais dont la chevelure était brune, se rétractait instinctivement en face de l'énergie et du dynamisme poisseux qui semblaient sourdre de Strauss.

— Les archives ne font état d'aucun atterrissage sur cette partie de la Lune, avait dit Jennings. Et il n'y a certainement pas eu de navire qui s'y soit écrasé.

— S'il s'agissait des restes d'un bâtiment, ces débris seraient lisses et polis. Or, cet objet est érodé. Dans la mesure où il n'y a pas d'atmosphère, cela signifie qu'il a été soumis pendant un laps de temps prolongé au bombardement des micrométéorites.

Donc, l'importance de la trouvaille n'avait pas échappé à Strauss !

— C'est un objet artificiel d'origine non humaine, s'exclama Jennings avec une sorte d'exaltation farouche. Des créatures extra-terrestres sont venues sur la Lune ! Qui sait quand ?

— Qui sait ? répéta Strauss sur un timbre métallique.

— Dans notre rapport...

— Attends ! Il sera temps de rédiger un rapport quand nous aurons quelque chose à signaler. Si ce sont bien là les restes d'un navire, il doit y en avoir d'autres à récupérer.

Mais il n'eût pas été sage de repartir tout de suite sur les lieux. Ils étaient restés de longues heures sur

place et étaient en retard d'un repas et d'une période
de sommeil. Mieux valait se reposer et se remettre
en pleine forme au travail pour tout le temps qu'il
faudrait. Les deux hommes étaient tombés tacite-
ment d'accord sur ce point.

À l'Est, la Terre, basse sur l'horizon, lumineuse et
veinée de bleu, était presque à son plein. Tout en se
restaurant, Jennings la contemplait et, comme à
l'accoutumée, son cœur se serrait de nostalgie.

— Quelle paix ! avait-il murmuré. On ne dirait pas
qu'il y a six milliards d'êtres humains qui grouillent
sur ce globe !

À ces mots, Strauss avait émergé du rêve intérieur
dans lequel il semblait plongé pour lancer :

— Six milliards d'êtres qui le ravagent !

Jennings avait froncé les sourcils :

— Tu n'es pas un Ultra, quand même.

— Qu'est-ce que tu racontes ?

Et Jennings avait rougi. Avec son teint clair, quand
il rougissait c'était spectaculaire. Et il trouvait extrêmement embarrassant de révéler ainsi son émotion.

Sans rien ajouter, il s'était à nouveau penché sur
son assiette.

Depuis une génération, on avait réussi à stabiliser
la population de la Terre. Il était impossible de permettre une nouvelle poussée démographique. Chacun l'admettait. Toutefois, certains pensaient que dire
« arrêtons-nous là » n'était pas suffisant, qu'il importait de faire des coupes claires dans cette population.
Jennings lui-même n'y était pas hostile. Ses habitants
étaient en train de dévorer vive la planète.

Mais comment faire baisser le taux démographique ? Au hasard, en encourageant les gens à limiter

les naissances selon leur bon plaisir ? Depuis quelque temps, des voix de plus en plus nombreuses s'élevaient pour réclamer non seulement un abaissement global de la population mais encore un abaissement sélectif... La théorie de la survivance du plus apte, exigée par ceux-là qui se considéraient eux-mêmes comme les plus aptes et revendiquaient le droit de définir eux-mêmes les critères de l'aptitude à la survivance.

« Je suppose qu'il considère que je l'ai insulté », avait songé Jennings.

Plus tard, au moment de s'endormir, il réalisa brusquement qu'il ignorait pratiquement tout du caractère de son coéquipier. Et si Strauss caressait le projet de se lancer tout seul dans une expédition de récupération pour n'avoir pas à partager la gloire de la découverte ?

Jennings, le cœur serré par l'inquiétude, s'était redressé sur un coude.

Mais le souffle de Strauss était régulier et, petit à petit, sa respiration s'était muée en ronflement.

Trois jours durant, ils avaient recherché de nouveaux débris. Ils en avaient trouvé quelques-uns. Ils avaient même trouvé quelque chose d'encore plus important : une zone vaguement phosphorescente indiquant la présence de bactéries lunaires.

L'existence de telles bactéries n'avait rien que de banal mais, jusqu'à ce jour, nul n'avait jamais signalé une intensité bactérienne aussi massive. Massive au point d'être phosphorescente !

— Cela peut indiquer le passage d'une créature organique, avait déclaré Strauss. Ou ses restes. La

créature en question est morte mais les micro-organismes qu'elle contenait ne sont pas morts et ils ont
fini par la consumer.

— Et ils ont peut-être proliféré. Qui sait si ce n'est
pas précisément l'origine de toute la faune bactérienne lunaire ? Les bactéries lunaires ne sont peut-
être pas indigènes. Si cela se trouve, elles sont le
résultat d'un processus de contamination remontant
à la nuit des temps.

— On peut pousser ce raisonnement plus loin.
Puisque les bactéries lunaires sont fondamentalement différentes des micro-organismes terrestres, les
créatures qu'elles parasitaient, si l'on admet que celles-ci furent à l'origine de celles-là, devaient, elles
aussi, être fondamentalement différentes des formes
de vie terrestres. Indice supplémentaire de leur possible origine extra-terrestre.

La piste bactérienne qu'avaient suivie les deux
hommes aboutissait à un petit cratère.

— C'est un travail de fouille colossal, avait dit Jennings, la gorge nouée. Le mieux est d'envoyer un
rapport pour demander des renforts.

Strauss avait répondu d'une voix farouche : « Non.
Il est fort possible que cela ne justifie pas une
demande d'aide. Ce cratère s'est peut-être formé un
million d'années après que le navire s'est écrasé au
sol.

— Tu veux dire qu'il se serait presque intégralement volatilisé et qu'il n'en reste que les fragments
que nous avons trouvés ? »

Strauss avait acquiescé d'un signe de tête.

— Essayons quand même. Autant creuser un peu.

Strauss avait accepté à contrecœur et s'était mis au

travail avec réticence. En conséquence, ç'avait été Jennings qui avait fait la véritable découverte. Certainement, cela comptait ! Si Strauss avait mis la main sur le premier fragment métallique, c'était Jennings qui avait trouvé l'Objet lui-même.

Car c'était un objet. Un objet manufacturé qui gisait à un mètre de profondeur au fond d'une dépression laissée par un bloc de rochers qui avait dégringolé. Il était resté là pendant un million d'années ou plus, à l'abri des radiations, des micrométéores, des sautes de température de sorte qu'il paraissait neuf.

Jennings l'avait immédiatement appelé l'Objet avec un O majuscule. Il ne ressemblait à aucun instrument courant, même de loin. Mais pourquoi eût-il ressemblé à quelque chose de connu ?

— Je ne vois pas de cassure franche, avait-il murmuré. Peut-être n'est-il pas brisé.

— Cela n'empêche pas que certaines de ses parties peuvent avoir disparu.

— Je ne dis pas non mais il n'y a apparemment pas de pièces mobiles. C'est d'un seul tenant. Un fourbi tellement fourbi qu'il est trop poli pour être correct.

S'apercevant qu'il s'était encore laissé aller à jouer sur les mots, Jennings s'efforça tant bien que mal de reprendre le fil de son raisonnement. « Voilà ce dont nous avons besoin ! Un morceau de métal usagé ou une zone riche en bactéries, ce ne sont que des sujets de débats, ce n'est qu'un champ d'hypothèse. Mais ce que nous avons en main, c'est du concret. Un Objet artificiel d'origine manifestement extra-terrestre. »

La Chose était posée sur la table entre eux deux et ils la contemplaient d'un air grave.

— Rédigeons dès maintenant un rapport préliminaire, avait repris Jennings.

— Non ! s'était exclamé Strauss avec véhémence. Pas question !

— Pourquoi ?

— Parce que la Société prendrait immédiatement cette histoire à son compte. On enverrait une nuée d'enquêteurs et, en définitive, tout ce à quoi nous aurions droit, ce serait une petite note en bas de page. Non ! Il faut qu'on essaye d'en tirer le maximum avant le déferlement des harpies.

Jennings avait médité sur ces paroles. Il ne souhaitait pas, lui non plus, comment le nier ? que la gloire de la découverte aille à d'autres. Pourtant...

— C'est un risque que je répugne à prendre, Strauss.

Pour la première fois, il avait eu la tentation d'appeler son compagnon par son prénom mais il y avait résisté. « À mon sens, nous n'avons pas le droit de tergiverser. Si ce vestige a une origine extra-terrestre, il ne peut provenir que d'un autre système planétaire. Il n'existe pas dans tout le système solaire une seule planète où une forme de vie supérieure soit susceptible de se maintenir, la Terre exceptée.

— Cela ne prouve absolument rien, grommela Strauss. Mais continue quand même.

— Dans ces conditions, il faudrait admettre que les occupants de ce navire connaissaient les principes de la navigation interstellaire, donc qu'ils possédaient une technologie beaucoup plus avancée que la nôtre. Qui sait ce que cet Objet peut nous apprendre sur leurs connaissances techniques ? Peut-être est-il la clef de... de... Je ne sais pas... D'une inconcevable révolution scientifique.

— Tu es trop romanesque et tu dis des absurdités. Si ce machin est le produit d'une technologie plus avancée que la nôtre, nous ne pourrons rien en tirer. Si Einstein ressuscitait et si tu lui montrais un micro-protorégule, qu'en tirerait-il ?

— Rien ne prouve que nous n'arriverons pas à en apprendre quelque chose.

— Et alors ? À supposer que tu aies raison, en quoi un bref ajournement serait-il préjudiciable ? Pourquoi ne pas prendre les mesures qui conviennent pour nous assurer, à nous, tout le bénéfice de notre découverte ? Emmenons-le avec nous pour avoir la certitude qu'il ne nous échappera pas.

— Mais voyons, Strauss, suppose que nous fassions naufrage ? Imagine que nous ne revenions jamais sur Terre ? Il est impossible de prendre un tel risque.

Jennings caressa l'Objet d'un geste presque affectueux. « Il faut envoyer un rapport sur-le-champ. Il faut que des navires viennent le chercher. C'est une chose trop précieuse pour... »

Jennings, emporté par l'émotion, eut l'impression que l'Objet devenait soudain chaud sous sa main. Et une partie de sa surface émettait une lueur phosphorescente.

Il leva le bras dans un geste convulsif et l'Objet perdit aussitôt sa luminosité.

Mais ç'avait été suffisant : Jennings avait vécu une seconde infiniment révélatrice.

— Ça a été comme si ton crâne s'ouvrait, avait-il

dit à Strauss d'une voix étranglée. J'ai lu dans ton esprit.

— Et moi, j'ai lu dans le tien. Ou je suis entré dedans, je ne sais pas.

À son tour, il palpa l'Objet d'un geste purement mécanique. Rien ne se produisit.

— Tu es un Ultra, s'exclama Jennings avec rage. Quand je l'ai touché...

À nouveau, il toucha l'Objet. « Cela recommence. Je vois. Es-tu fou ou quoi ? Peux-tu sincèrement croire qu'il est juste et humain de condamner la quasi-totalité de la race des hommes à la disparition, de détruire d'un seul coup toute la diversité de l'espèce ? »

Écœuré de la vision qu'il avait eue, Jennings laissa tomber son bras et l'Objet redevint terne. Strauss tenta une fois encore de le caresser précautionneusement. Ce fut en vain.

— Inutile de nous lancer dans une discussion, Jennings ! C'est un instrument de communication... Un amplificateur télépathique. Cela n'a rien d'absurde. Les cellules cérébrales possèdent un potentiel électrique caractéristique. Il est possible de matérialiser la pensée sous forme d'un flux électromagnétique...

Jennings lui tourna le dos. Il n'avait plus envie de lui parler.

— Nous allons envoyer un rapport immédiatement, laissa-t-il tomber. La gloire, je m'en balance. Je t'en fais cadeau. Tout ce que je veux, c'est confier cet Objet à des mains plus qualifiées que les nôtres.

Pendant quelques instants, Strauss demeura plongé dans ses pensées, la mine sombre. Enfin, il reprit la parole :

— C'est plus qu'un communicateur. Il réagit aux émotions et les amplifie.

— Que veux-tu dire ?

— À deux reprises, il vient de répondre à ton contact alors que tu l'avais manipulé toute la journée et qu'il était resté inerte. Il est également resté inerte quand je l'ai touché.

— Et alors ?

— Il a réagi alors que tu étais en proie à une émotion intense. Je suppose que c'est là la condition nécessaire à son activation. Quand tu l'avais en main et que tu jetais feu et flammes à propos des Ultras, j'ai éprouvé l'espace d'un instant les sentiments qui t'agitaient.

— Bravo !

— Écoute-moi ! Es-tu tellement sûr d'avoir raison ? Il n'est pas un homme raisonnable sur Terre qui ne sache que tout irait bien mieux si la population de la planète s'élevait, disons à un milliard d'êtres au lieu de six milliards. Si nous utilisions à plein l'automation — et, à l'heure actuelle, la populace nous l'interdirait —, tout fonctionnerait de façon parfaitement viable et avec une efficacité absolue avec une population qui n'excéderait pas... peut-être cinq millions d'âmes. Écoute-moi, Jennings ! Ne te bouche pas les oreilles !

Strauss faisait un tel effort pour être raisonnable et convaincant que sa voix perdait presque son âpreté. « Mais nous ne pouvons pas réduire la population par des moyens démocratiques. Tu le sais. Le problème ne réside pas dans la sexualité : sinon il y a longtemps que les blocages utérins l'auraient résolu. Tu le sais aussi. L'obstacle, c'est le nationalisme. Chaque groupe ethnique souhaite que ce soient les autres qui prennent l'initiative de réduire leur population. Et je suis d'accord ! Je souhaite que ce soit mon groupe ethnique, le nôtre, Jennings, qui ait la primauté. Je souhaite que ce soit l'élite, c'est-à-dire les hommes comme toi et moi, qui hérite de la Terre. Nous sommes la véritable humanité et les hordes de singes nus qui nous étouffent nous détruisent tous autant que nous sommes. N'importe comment, ils sont condamnés. Alors, pourquoi ne pas assurer notre propre sauvegarde ? »

— Non ! protesta Jennings. Aucun groupe n'a le monopole de l'humain. Tes cinq millions de surhommes identiques, dépouillés de toute la souplesse et de toute la variété qui constitue la race humaine, mourront d'ennui... Et ce sera bien fait pour eux !

— C'est là un argument passionnel et ridicule. Tu n'y crois pas. Si tu y adhères, c'est simplement parce que tu es conditionné par ces imbéciles d'égalitaristes. Un peu de bon sens, mon vieux ! Cet Objet, c'est exactement ce dont nous avons besoin. Même si nous ne parvenons ni à en reproduire d'autres ni à comprendre son fonctionnement, il assurera notre victoire. Si nous pouvons contrôler ou influencer la pensée des hommes clefs, nous réussirons progressivement à faire prévaloir nos vues. Nous sommes déjà organisés. Si tu as lu dans mon esprit, tu dois le savoir. Et notre organisation est mieux élaborée et mieux motivée que toutes celles qu'a jamais connues la Terre dans le passé. De jour en jour, nous voyons venir à nous les plus éminents de nos contemporains. Pourquoi pas toi ? Cet instrument est une clef, comme tu l'as dit. Mais une clef qui n'ouvre pas simplement la porte à une petite extension de la science. C'est la clef de la solution finale des problèmes humains. Il faut que tu rallies notre parti, Jennings, il le faut !

Jamais Jennings ne l'avait vu dans un tel état de surexcitation.

La main de Strauss retomba sur l'Objet qui scintilla une seconde ou deux, puis s'éteignit.

Jennings eut un sourire sans joie. Il comprenait le dessein de son compagnon : celui-ci s'était délibérément efforcé de se mettre en état de transe passionnelle afin de pouvoir activer l'Objet. Et c'était raté !

— Tu ne peux pas le faire marcher, dit Jennings. Tu es un tel surhomme, n'est-ce pas ? Ton self-control est trop parfait. Rien à faire pour briser ton empire sur toi-même !

Il prit l'Objet dans ses mains tremblantes et, aussitôt, celui-ci se remit à scintiller.

— Eh bien, ce sera à toi de le faire fonctionner. Tu feras figure de sauveur de l'humanité.

— Jamais de la vie ! balbutia Jennings.

Il était en proie à une émotion telle qu'il en avait presque le souffle coupé. « Je vais faire immédiatement un rapport.

— Non. » Strauss prit un couteau sur la table. « Regarde comme il est pointu.

— Cet argument n'est pas assez tranchant », répliqua Jennings qui, en dépit de sa tension, était ravi de son calembour. « Je vois clairement dans tes plans. Avec l'Objet, tu convaincras tout le monde que je n'ai jamais existé. Tu assureras la victoire des Ultras. »

Strauss approuva du chef.

— Tu déchiffres mes pensées à merveille.

— Mais il n'y aura rien à faire, avait rétorqué Jennings d'une voix haletante. Pas tant que je le garderai dans ma main.

Il voulait immobiliser Strauss. Celui-ci tenta de se précipiter sur lui mais se figea sur place. Il étreignait le couteau d'une main tremblante mais était dans l'incapacité de faire un pas. Les deux hommes transpiraient d'abondance.

— Tu ne... pourras pas... le garder à la main... toute la journée, avait sifflé Strauss entre ses dents serrées.

La sensation qu'éprouvait Jennings était claire (claire et nette — clarinette !) mais il eût été difficile de la définir, faute de mots. Pour employer une image physique, c'était comme s'il maintenait une bête gluante d'une force gigantesque qui n'arrêtait pas de frétiller. Il fallait qu'il se concentre sur l'idée d'immobilité.

L'Objet ne lui était pas familier et il ne savait pas s'en servir avec adresse. Comment espérer que quelqu'un qui n'a jamais vu une épée de sa vie puisse manier la flamberge avec la grâce d'un mousquetaire ?

— Eh oui... Justement, avait laissé tomber Strauss qui suivait le cheminement de la pensée de son coéquipier.

Trébuchant, il fit un pas en avant.

Jennings savait que, face à une aussi farouche détermination, il ne faisait pas le poids. Et Strauss le savait également. Mais il y avait le glisseur. Il fallait qu'il s'échappe. Avec l'Objet.

Seulement Jennings n'avait pas de secrets. Strauss lisait dans ses pensées et il était déterminé à l'empêcher de rejoindre le radeau.

Jennings redoubla d'efforts. L'immobilité était insuffisante. C'était l'inconscience qu'il fallait. Dors, Strauss, ordonna-t-il désespérément. Dors !

Et Strauss s'effondra sur les genoux, les paupières closes.

Le cœur battant, Jennings bondit. S'il pouvait le frapper avec quelque chose, s'emparer de ce couteau...

Mais son attention avait cessé de se concentrer sur l'idée de sommeil : Strauss l'empoigna par la cheville et le tira de toutes ses forces pour le faire tomber. Sans hésitation, son bras armé se leva et retomba. Jennings éprouva une douleur déchirante tandis que la peur et le désespoir lui obscurcissaient l'esprit.

La puissance de ses émotions était telle que l'Objet devint incandescent. L'étreinte de Strauss se relâcha et il roula sur lui-même, le visage convulsé.

Jennings, qui hurlait en silence de frayeur et de rage, sauta sur ses pieds et recula, s'efforçant de fermer son esprit à tout ce qui n'était pas sa volonté de maintenir Strauss inconscient. S'il cherchait à entreprendre une action violente, cela saperait toute son énergie spirituelle, une énergie que, faute d'expérience, il était incapable de canaliser pour qu'elle se manifestât avec sa pleine efficacité.

Il regagna le glisseur. À bord, il y avait une combinaison... Une trousse de secours...

Le radeau n'était pas conçu pour couvrir de longues distances. D'ailleurs, Jennings était désormais incapable de franchir une longue distance. En dépit du pansement, son flanc était poisseux et le sang suintait dans son vidoscaphe.

Le navire n'était pas là mais il viendrait tôt ou tard. Ses détecteurs décèleraient le nuage électrisé laissé par les réacteurs ioniques du glisseur.

C'était en vain que Jennings avait essayé d'établir un contact radio avec la station lunaire. Ses appels demeuraient sans réponse et, à bout de forces, il y avait renoncé. Ces signaux ne pouvaient qu'aider Strauss à le localiser.

Il n'était pas absolument impossible de rallier la station lunaire par ses propres moyens mais il ne pensait pas pouvoir y parvenir. Il serait abattu avant. Il s'écraserait au sol et mourrait avant. Non... Il ne réussirait pas. Il fallait d'abord mettre l'Objet en sécurité.

L'Objet...

Peut-être se trompait-il. Peut-être l'Objet serait-il catastrophique pour la race humaine. Mais il était infiniment précieux. Devait-on le détruire ? C'était le seul vestige d'une vie intelligente non humaine. Il recelait les secrets d'une technologie avancée, il était l'instrument d'une nouvelle science de l'esprit. Quels que fussent les dangers, si l'on considérait la valeur... la valeur potentielle...

Non, il fallait que Jennings le cache de façon qu'on puisse le retrouver plus lard. Mais de façon, aussi, que ce soient les Modérantistes éclairés du gouvernement et non les Ultras qui le retrouvent...

Le glisseur suivait le bord septentrional d'un cratère que Jennings avait identifié. Il était possible d'y enterrer l'Objet. Mais si, par la suite, il ne pouvait ni parvenir à la station lunaire ni l'atteindre par radio, il fallait qu'il laisse un indice. Loin, très loin de la cachette elle-même. Une clef qui permettrait à d'autres de la localiser.

Ses pensées avaient une clarté surnaturelle. Était-ce dû à l'influence de l'Objet qu'il étreignait ? Celui-ci stimulait-il son cerveau en lui soufflant le texte d'un message parfait ? Ou ce message n'était-il que les hallucinations d'un agonisant, des divagations qui seraient lettre morte pour autrui ? Il l'ignorait mais il n'avait pas le choix. Il fallait essayer.

Car Karl Jennings savait qu'il allait mourir. Il n'avait plus que quelques heures à vivre. Et il avait énormément à faire.

Selon Davenport, de la section américaine du Terrestrial Bureau of Investigation, caressa d'un doigt distrait la cicatrice en forme d'étoile qui s'étalait sur sa joue gauche.

— Je suis parfaitement conscient du danger que représentent les Ultras, chef.

M.T. Ashley, le patron de la section américaine du T.B.I., scruta attentivement les traits de son interlocuteur. La désapprobation creusait de rides son visage décharné. Ses doigts se refermèrent avidement sur une tablette de chewing-gum qu'il décortiqua, pétrit et fourra dans sa bouche d'un air morose, habitude qu'il avait prise depuis que, une fois de plus, il avait renoncé au tabac. Il vieillissait et, en vieillissant, il devenait plus amer. Sa moustache grise et rase crissa quand ses phalanges l'effleurèrent.

— Vous ne soupçonnez pas à quel point ils sont dangereux, Davenport. Je me demande s'il y a quelqu'un qui s'en doute. Ils ne sont pas nombreux mais ils abondent chez les puissants qui, somme toute, ne demandent pas mieux que de se considérer comme l'élite. Personne ne sait avec exactitude ni où ils se tapissent ni quels sont leurs effectifs.

— Pas même le Bureau ?

— Le Bureau n'a pas l'initiative. Même nous, nous ne sommes pas à l'abri de la contagion. Et vous ?

— Je ne suis pas un Ultra, fit Davenport en fronçant les sourcils.

— Je n'ai pas dit que vous en étiez un. Je vous demandais seulement si vous étiez certain de ne pas être contaminé. Avez-vous réfléchi à ce qui s'est passé sur la Terre au cours des deux derniers siècles ? Ne vous est-il pas venu à l'esprit qu'une baisse modérée de la population serait une bonne chose ? N'avez-vous jamais songé qu'il serait merveilleux d'être débarrassé des imbéciles, des incapables, des culs-de-plomb ? Moi si !

— Oui, j'avoue avoir parfois eu de telles pensées. Mais entre un vœu pieux et un plan d'action concerté de type hitlérien, il y a un monde !

— Le fossé entre l'intention et l'acte n'est pas si profond que vous le croyez. À partir du moment où l'on est persuadé que l'objectif a suffisamment d'importance et que le danger est suffisamment grand, les moyens vous paraissent de moins en moins scandaleux. Tenez... Puisque l'affaire d'Istanbul est réglée, je vais un peu éclairer votre lanterne. En comparaison, cette histoire était insignifiante. Connaissez-vous l'agent Ferrant ?

— Celui qui a disparu ? Non, pas personnellement.

— Figurez-vous que, il y a deux mois, on a repéré un navire abandonné sur la Lune. Il appartenait à une mission sélénographique privée. La Société Géologique Russo-Américaine, qui avait patronné l'expédition, avait signalé la disparition de cet astronef. Une enquête de routine a permis de le repérer aisément à peu de distance du point où le dernier rapport de la mission avait été émis. Il n'avait pas d'avaries mais son glisseur avait disparu en compagnie d'un des deux membres de l'équipage, un certain Karl Jennings. L'autre, James Strauss, était vivant mais il délirait. Aucune trace d'agression physique n'a été relevée sur sa personne mais il avait perdu la raison. Il ne l'a toujours pas recouvrée, ce qui a son importance.

— Pourquoi ?

— Pourquoi ? Parce que les médecins qui l'ont examiné ont fait état d'anomalies neurochimiques et neuro-électriques sans précédent. Ils n'avaient jamais vu un cas semblable. Aucune force humaine n'a pu produire de tels dommages.

L'ombre d'un sourire effleura le visage solennel de Davenport.

— Soupçonnez-vous des envahisseurs extra-terrestres d'avoir cherché noise à ce garçon ?

— Peut-être, répondit Ashley, le visage de bois. Mais laissez-moi continuer. Les recherches faites à proximité de l'astronef n'ont pas permis de retrouver le radeau. Puis la station lunaire a signalé qu'elle avait capté des signaux faibles d'origine incertaine. On a supposé qu'ils provenaient de la bordure occidentale de la Mer des Embruns mais il était impossible d'affirmer avec certitude qu'ils étaient de source humaine. En outre, il n'y avait apparemment aucun vaisseau dans cette région. En définitive, on n'a pas

tenu compte de ces signaux. Cependant, les enquêteurs, qui songeaient au glisseur, sont partis pour la
Mer des Embruns. Et ils ont trouvé l'esquif. À l'intérieur, il y avait le cadavre de Jennings, tué d'un coup
de couteau au flanc. Il est d'ailleurs étonnant qu'il ait
survécu aussi longtemps. Entre-temps, les toubibs qui
s'occupaient de Strauss, déconcertés par ses propos
incohérents, ont contacté le Bureau et deux de nos
agents — l'un d'eux était Ferrant — sont arrivés sur
place.

« Ils ont analysé les enregistrements. Il eût été
inutile d'interroger Strauss car il n'y avait, et il n'y
a toujours, aucun moyen de l'atteindre. Un mur, sans
doute définitif, s'interpose entre l'univers et lui.
Toutefois, il est possible de trouver un sens à ses
élucubrations délirantes, décousues et monotones.
Ferrant s'est efforcé de reconstituer cette espèce de
puzzle. Il semble que Strauss et Jennings sont tombés
sur un objet dans lequel ils ont vu un produit manufacturé non humain, vestige du naufrage d'un cos-
monef qui aurait eu lieu il y a des millénaires. Apparemment, ledit objet est capable d'agir sur l'esprit
humain.

Davenport interrompit Ashley :

— Et cet objet a saboté l'esprit de Strauss, c'est
bien cela ?

— Exactement. Strauss était un Ultra — on peut
employer l'imparfait car il n'est que techniquement
vivant — et Jennings n'a pas voulu lui remettre l'objet
en question, ce en quoi il a eu tout à fait raison : dans
son délire, Strauss a avoué son intention de l'utiliser
pour aboutir à la liquidation volontaire des indésira-
bles... pour reprendre son expression. Il rêvait d'une

population idéale stabilisée à cinq millions d'individus. Il y a eu une bagarre. Manifestement, Jennings
a utilisé cet objet psychique au cours de cette rixe.
Mais Strauss avait un couteau. Au bout du compte,
Jennings a été poignardé mais l'esprit de son coéquipier était détruit.

— Et cet objet psychique, où était-il ?

— L'agent Ferrant est passé à l'action avec décision. Il a fouillé le vaisseau et le site, sans rien trouver,
d'ailleurs, sinon des concrétions lunaires naturelles
ou les produits d'une technique manifestement
humaine. Ayant ainsi fait chou blanc, il a examiné de
la même façon, et sans plus de succès, le glisseur et
ses parages.

— La première équipe d'enquêteurs, celle qui
n'était au courant de rien, n'a-t-elle pas pu emporter
quelque chose ?

— Les intéressés jurent que non et il n'y a aucune
raison de penser qu'ils mentent. Sur ces entrefaites,
le collègue de Ferrant...

— Qui était-ce ?

— Gorbansky.

— Je le connais. Nous avons travaillé ensemble.

— Je sais. Que pensez-vous de lui ?

— C'est un agent compétent et honnête.

— Eh bien, Gorbansky a trouvé quelque chose.
Pas un objet extra-terrestre, non. Quelque chose de
parfaitement banal et humain, au contraire : un simple morceau de carton qui avait été roulé et glissé
dans le médius du gantelet droit de Jennings. On
peut présumer que celui-ci y avait griffonné un message avant de mourir et que ce message représentait

la clef, l'indice conduisant à la cachette du fameux objet.

— Quelles raisons avez-vous de penser qu'il l'avait caché ?

— Je vous répète que nous ne l'avons trouvé nulle part.

— Je veux dire qu'il l'a peut-être détruit, estimant que c'était une chose trop dangereuse...

— C'est fort peu vraisemblable. Si nous prenons comme hypothèse de départ que la reconstitution, faite par Ferrant à partir des divagations de Strauss, du dialogue entre les deux hommes — et il semble que ce soit presque du mot à mot —, il ressort que Jennings considérait que cet objet psychique avait une importance cruciale pour l'humanité. C'était à ses yeux « la clef d'une inconcevable révolution scientifique », je cite ses propres paroles. Il n'aurait pas détruit quelque chose d'aussi capital. De toute évidence, son intention a été de dissimuler l'objet pour que les Ultras ne se l'approprient pas et de tenter de faire savoir au gouvernement où il était caché. Sinon, pourquoi aurait-il laissé un message chiffré ?

Davenport hocha la tête.

— Votre raisonnement tourne en rond, patron. Vous dites qu'il a laissé un indice parce que vous pensez qu'il y a un objet caché... et vous pensez qu'il y a un objet caché parce qu'il y a un indice !

— Je l'admets. Tout cela est très flou. Les propos incohérents de Strauss ont-ils une signification ? La reconstitution de Ferrant a-t-elle une valeur ? La clef laissée par Jennings est-elle vraiment une clef ? Existe-t-il véritablement un objet psychique, l'Objet comme il disait, ou n'y a-t-il rien ? Toutes ces questions sont sans objet. Pour le moment, nous devons agir à partir du postulat que cet Objet existe et qu'il faut le retrouver.

— Parce que Ferrant a disparu ?

— Tout juste.

— Les Ultras l'ont kidnappé ?

— Pas du tout. La carte a disparu en même temps que lui.

— Oh... Je vois.

— Il y a longtemps que nous soupçonnions Ferrant d'être un Ultra camouflé. Il n'est d'ailleurs pas le seul membre du Bureau sur lequel nous avons des doutes. Mais nous n'avions pas suffisamment de preuves pour intervenir ouvertement. Il nous fallait nous contenter de nos soupçons sous peine de casser le T.B.I. Mais il était surveillé.

— Par qui ?

— Par Gorbansky, naturellement. Par chance, celui-ci a pu photographier la carte et transmettre le cliché au quartier général sur la Terre. Toutefois, il reconnaît que ce message n'avait aucun sens à ses yeux et, s'il l'a transmis, c'était uniquement pour respecter la procédure de routine. Ferrant, en revanche, — je suppose que c'était le plus intelligent des deux hommes — en a compris toute l'importance et il est passé à l'action. Le prix était élevé car, ce faisant, il se trahissait et ne pouvait plus à l'avenir être utile aux Ultras. Mais il est possible que ceux-ci n'aient plus besoin de ses services. Si les Ultras contrôlent l'Objet.

— Peut-être est-il déjà entre les mains de Ferrant.

— Il était surveillé, ne l'oubliez pas. Gorbansky

affirme catégoriquement qu'il n'a fait surface nulle part.

— Il n'a pas réussi à l'empêcher de s'éclipser avec cette carte. Peut-être n'a-t-il pas mieux réussi à l'empêcher de s'éclipser en douce avec l'Objet.

Ashley fit courir ses doigts sur son bureau. Enfin, il interrompit ce pianotage, signe de son embarras, pour dire : « Je me refuse à prendre cette hypothèse en considération. Si nous trouvons Ferrant, nous verrons bien le mal qu'il a fait. Jusque-là, ce qu'il faut, c'est chercher l'Objet. Si Jennings l'a mis en sécurité, il a sûrement essayé de s'éloigner de la cache. Sinon, pourquoi aurait-il laissé une piste ? Ce n'est pas à côté de l'endroit où était son cadavre que la chose est dissimulée.

— Peut-être est-il mort avant d'avoir pu prendre du champ. »

Ashley se remit à pianoter sur son bureau.

— D'après l'enquête, le glisseur ne s'est écrasé au sol qu'après avoir franchi une longue distance à plein régime. Cela cadre avec l'hypothèse selon laquelle Jennings se serait efforcé de mettre le plus d'espace possible entre la cachette et lui.

— Est-il possible de déterminer de quelle direction il venait ?

— Oui mais c'est un détail qui n'a pas grande utilité. D'après l'état des évents latéraux, le pilote avait délibérément fait de multiples zigzags.

Davenport soupira. « J'imagine que vous avez une reproduction de ce message ?

— En effet. La voici. »

Il tendit à son interlocuteur une reproduction de l'original qui avait l'aspect suivant :

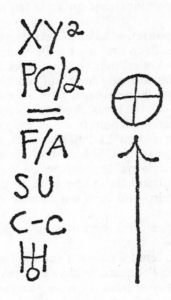

— Je ne vois pas très bien ce que cela signifie, fit Davenport après l'avoir étudiée.

— Ça a été également mon opinion première comme celle des gens dont j'ai pris l'avis. Mais j'ai réfléchi depuis. Jennings pensait certainement que Strauss était à ses trousses. Il devait ignorer que son coéquipier était hors de combat. En tout cas, de façon définitive. Aussi était-il hanté par la crainte qu'un Ultra ne trouve son message avant un Modérantiste. Il n'a pas voulu prendre le risque de laisser un cryptogramme trop facile à percer. Ceci — Ashley tapota sur le bristol — est un message codé superficiellement indéchiffrable mais qui doit être clair pour un esprit assez ingénieux.

— Croyez-vous vraiment qu'on puisse tabler sur une telle hypothèse ? demanda Davenport, dubitatif. Après tout, Jennings était mourant, il crevait de peur et l'influence de l'Objet avait peut-être déformé son esprit. Il est fort possible que ses pensées manquaient de lucidité. Qu'elles n'étaient même pas humaines, qui sait ? D'ailleurs, pourquoi n'a-t-il pas tenté de rallier la station lunaire ? Pratiquement, il a décrit un demi-cercle. Son intelligence était-elle détériorée au point de l'empêcher de raisonner logiquement ? Était-il trop paranoïaque pour faire confiance à la station elle-même ? Pourtant, au départ, il a sûrement cherché à prendre contact avec elle : les signaux qui ont été captés en font foi. À mon avis, ces gribouillages ne sont en réalité rien de plus que des gribouillages.

Ashley hocha solennellement la tête — on aurait dit le battant d'une cloche sonnant le glas.

— Il était en proie à la panique, c'est vrai. Et l'on peut présumer qu'il n'a pas eu assez de présence d'esprit pour essayer de regagner la station lunaire. Il n'avait qu'un seul désir : fuir. Mais, même dans ce cas, son message n'est pas un simple gribouillage. Ce n'est pas possible. Tout colle trop bien. Chacun de ces signes doit avoir un sens et l'ensemble doit tenir debout.

— Quel sens ?

— Vous remarquerez qu'il y a sept jeux de symboles sur la colonne de gauche et deux sur celle de droite. Regardez d'abord le groupe de gauche. Le troisième symbole ressemble au signe de l'égalité.

Est-ce que le signe égale évoque quelque chose de particulier à votre esprit ?

— Une équation algébrique.

— De façon générale, oui. Mais j'ai précisé : quelque chose de particulier.

— Non.

— Pouvez-vous imaginer qu'il s'agisse de deux droites parallèles ?

— Le cinquième postulat d'Euclide ? murmura Davenport d'une voix hésitante.

— Bravo ! Il y a sur la Lune un cratère baptisé Euclide.

Davenport acquiesça. « Je vois où vous voulez en venir. F/A, c'est le produit de la force par l'accélération, la définition de la masse selon la seconde loi du mouvement découverte par Newton...

— Oui. Et il y a aussi sur la Lune un cratère appelé Newton.

— Attendez... Le dernier symbole est la notation astronomique de la planète Uranus et je suis certain qu'il n'existe aucun cratère ni aucun autre objet lunaire, à ma connaissance, portant le nom d'Uranus.

— Vous avez raison sur ce point. Toutefois, Uranus a été découvert par William Herschel et le H de son patronyme est intégré au symbole. Or, il existe un cratère Herschel. Il en existe même trois, le second dédié à Caroline Herschel, la sœur de William, et le troisième à John, son fils.

Après avoir réfléchi quelques instants, Davenport reprit :

— PC/$_2$... la pression multipliée par la moitié de la vitesse de la lumière. Cette équation ne nous dit pas grand-chose.

— Essayez les cratères. P pour Ptolémée et C pour Copernic.

— Et on fait la moyenne ? Cela indiquerait un point situé exactement à mi-distance de Ptolémée et de Copernic ?

— Vous me décevez, Davenport, fit Ashley sur un ton railleur. Je croyais que vous connaissiez mieux l'histoire de l'astronomie. Ptolémée — Ptolemaus en latin — avait imaginé une conception géocentrique du système solaire dont la Terre occupait le centre alors que, dans le système héliocentrique de Copernic, c'était le Soleil qui était au centre. Un astronome a cherché à trouver un compromis entre les deux thèses, un autre système qui serait à mi-chemin de celui de Ptolémée et de celui de Copernic...

— Tycho Brahé ! s'exclama Davenport.

— Précisément ! Et le cirque de Tycho est le relief le plus visible de la surface lunaire.

— Bien. Continuons ! C-C fait penser au symbole habituel de la liaison chimique et, si je ne m'abuse, il existe un cratère nommé Bond [1].

— Eh oui ! W. C. Bond, l'astronome américain.

— Quant au premier symbole, XY²... hummm... XYY. Un X et deux Y. Attendez ! Alphonse X ! L'astronome de la cour d'Alphonse le Sage dans l'Espagne médiévale ! X le Sage. XYY. Le cratère Alphonsus !

— Très bien. Et que pensez-vous de ce SU ?

— Là, patron, je suis sec...

— Je vais vous dire quelle est ma théorie : ce sont les initiales anglaises de Soviet Union, l'ancien nom

1. Bond veut dire « liaison » en anglais.

de la zone russe. C'est l'Union Soviétique qui a, la première, dressé la carte de la face obscure de la Lune et il y a peut-être un cratère de ce côté-là. Tsiolkovsky, par exemple. Vous voyez donc que l'on peut interpréter tous les symboles de gauche comme désignant des cratères : Alphonsus, Tycho, Euclide Newton, Tsiolkovsky, Bond et Herschel.

— Et ceux de la colonne de droite ?

— C'est limpide comme du cristal ! Le cercle frappé d'une croix est le symbole astronomique de la Terre. La flèche pointée sur ce cercle signifie que la cachette se trouve directement à la verticale de la planète.

— Ah ! Le Sinus Medii, la baie intercalaire au-dessus de laquelle la Terre est toujours au zénith... Ce n'est pas un cratère. Voilà pourquoi il se trouve à droite, à l'écart des autres symboles.

— Voilà ! Toutes ces indications ont un sens. En tout cas, on peut leur en attribuer un. Aussi y a-t-il de fortes chances pour que nous n'ayons pas affaire à un simple gribouillage, pour que ce soit un message destiné à nous mettre sur la voie de quelque chose. Mais de quoi ? Nous avons sept cratères, plus un objet qui n'en est pas un. Que pouvons-nous en déduire ? Je suppose que l'objet ne peut se trouver qu'en un seul endroit à la fois !

— Fouiller un cratère, ce n'est pas de la petite bière ! soupira Davenport. Même si l'on part du postulat qu'il s'agit d'un cirque suffisamment important pour que son ombre fasse obstacle au rayonnement solaire, cela représente chaque fois des dizaines de kilomètres à explorer. Et si l'on prenait comme hypothèse de travail que la flèche pointant sur le symbole

de la Terre représente le cratère où Jennings a caché
l'Objet ? Que c'est l'endroit où l'on voit la Terre le
plus près du zénith ?

— On s'est cassé la tête là-dessus, mon vieux. Dans
ce cas-là, cela élimine un endroit et nous laisse avec
sept cratères possibles. Mais lequel des sept ?

Davenport plissait le front. Jusqu'à présent, il arrivait comme les carabiniers : toutes ses suggestions
avaient déjà été examinées. « Il n'y a qu'à les fouiller
tous ! » s'écria-t-il sur un ton brusque.

Ashley ricana.

— C'est précisément ce que nous avons fait au
cours des dernières semaines.

— Et qu'avez-vous trouvé ?

— Rien. Pas ça ! Les recherches se poursuivent
quand même.

— Il est clair qu'un des symboles a été mal interprété.

— Cela crève les yeux !

— Vous me disiez à l'instant qu'il y a trois cratères
portant le nom d'Herschel. Si SU désigne effectivement l'Union Soviétique, donc l'autre côté de la Lune,
ce symbole peut correspondre à n'importe quel cratère
de la face opposée : Lomonosov, Jules Verne, Joliot-
Curie... au choix. Par ailleurs, le symbole de la Terre
peut représenter le cratère Atlas puisque le mythe prétend qu'Atlas portait la Terre sur ses épaules.

— À quoi bon discuter, Davenport ? Mais même
si nous interprétions comme il faut le symbole qu'il
faut, comment reconnaîtrions-nous la bonne interprétation parmi toutes les fausses ? Comment reconnaîtrions-nous le bon symbole parmi tous les faux
symboles ? Il y a certainement quelque chose qui

nous échappe dans ce message. Quelque chose qui devrait nous mettre immanquablement sur la voie. Nous avons tous vainement essayé de le déchiffrer. Ce qu'il nous faut, c'est un œil frais. Que voyez-vous sur cette carte, Davenport ?

— Vous voulez que je vous fasse une suggestion ? Nous pourrions prendre l'avis de quelqu'un que je... Oh ! Mon Dieu !

Il s'était à moitié levé.

— À quoi pensez-vous ? demanda aussitôt Ashley, maîtrisant difficilement son excitation.

Les mains de Davenport tremblaient. Pourvu que mes lèvres ne tremblent pas, elle aussi, songea-t-il.

— Dites-moi, chef... Vous avez enquêté sur le passé de Jennings ?

— Naturellement.

— Où a-t-il fait ses études ?

— A-t-il suivi des cours d'extra-terrologie ?

Davenport tressaillit de joie mais se contint. Ce n'était pas suffisant.

— A-t-il suivi des cours d'extra-terrologie ?

— Bien sûr ! C'est la procédure normale pour passer le diplôme de géologie.

— Parfait ! Savez-vous qui a la chaire d'extra-terrologie à la Eastern University ?

Ashley fit claquer ses doigts.

— Cet espèce de cinglé... comment s'appelle-t-il donc ? Ah ! Wendell Urth !

— Exactement. Un cinglé qui est un esprit brillant à sa façon. Un cinglé qui nous a servi de conseiller en plusieurs occasions et a chaque fois donné entière satisfaction au Bureau. J'allais vous proposer de demander une consultation à ce cinglé, figurez-vous, quand je me suis aperçu que ce message nous donnait justement l'ordre d'aller le voir. Une flèche pointée sur le symbole de la Terre... C'est un rébus enfantin : « Allez voir Urth[1] ». L'homme qui l'a imaginé a eu Urth pour professeur et il le connaissait.

Ashley contempla le message.

— Bigre ! Ce n'est pas impossible ! Mais, si nous n'avons rien trouvé dans ce message, que voulez-vous que Wendell Urth y découvre, lui ?

— Je vous suggère d'aller lui poser la question, répondit Davenport d'un ton aussi patient que courtois.

Ashley regarda avec curiosité autour de lui en battant des paupières. Il avait l'impression de se trouver dans une boutique de curiosités occultes, pleine d'ombres et de périls, où un démon glapissant risquait de surgir à tout instant.

Les murs, perdus dans la pénombre, paraissaient lointains. Des rayonnages inquiétants, remplis de filmolivres allaient du plafond au plancher. Dans un coin luisait doucement une lentille galactique tridimensionnelle derrière laquelle on distinguait vaguement des cartes stellaires. Dans un autre coin, il y avait un globe lunaire... qui, réflexion faite, pouvait aussi bien être un globe martien.

Un spot aveuglant était braqué sur le bureau qui occupait le centre de la pièce, un bureau encombré de papiers et de livres imprimés. Il y avait aussi une petite visionneuse et un antique réveil tout rond qui tictaquait avec allégresse.

1. En anglais, Terre se dit *Earth* et le mot se prononce de la même façon que Urth.

Ashley était incapable de se rappeler que, à l'extérieur, c'était la fin de l'après-midi et que le soleil brillait, immuable, dans le ciel. La pièce était plongée dans une sorte de nuit éternelle. Il n'y avait pas de fenêtres apparentes et l'air pulsé qui circulait ne parvenait pas à lutter contre le sentiment de claustrophobie qui prenait le chef du T.B.I. à la gorge.

Inconsciemment, Ashley se rapprocha de Davenport qui, pour sa part, paraissait insensible à ce décor insolite.

— Il ne va pas tarder, chef, dit l'inspecteur à voix basse.

— C'est toujours comme ça ?

— Toujours. À ma connaissance, il ne met jamais les pieds dehors sauf pour aller faire son cours.

— Messieurs ! fit soudain une voix flûtée. Messieurs ! Je suis enchanté de votre visite. Quel plaisir de vous accueillir !

Un petit bonhomme rondouillard jaillit de la pièce attenante. Le visage épanoui à la lumière, il repoussa sur son front ses lunettes rondes aux verres épais pour mieux voir ses visiteurs. Quand il les lâcha, elles retombèrent aussitôt sur le perchoir précaire d'un nez en bouton de guêtre quasi inexistant. « Je suis Wendell Urth », annonça-t-il.

La barbichette grisonnante à la Van Dyck qui ornait son menton empâté était impuissante à lui conférer la majesté qui faisait remarquablement défaut à son visage souriant et à son torse courtaud et ellipsoïdal.

— Quel plaisir de vous accueillir, messieurs, répéta Urth en se carrant dans un fauteuil.

Et, tout en balançant ses jambes, la pointe de ses

chaussures à trente centimètres du plancher, il ajouta : « Mr. Davenport se rappelle peut-être que... euh... une raison majeure me contraint à me claquemurer. Je n'aime pas voyager. Sauf quand il s'agit d'une petite promenade à pied, bien sûr, et je trouve amplement suffisant de me déplacer pour me rendre au campus. »

Ashley, toujours debout, avait l'air éberlué et Urth l'examinait avec un ahurissement égal. Il extirpa un mouchoir de sa poche, entreprit d'essuyer ses verres, les remit en place et dit :

— Oh ! Je vois votre problème ! Vous voulez des chaises. Naturellement... Eh bien, prenez-en. Il y a des choses dessus. Vous n'avez qu'à les débarrasser. Allez... Débarrassez-les et asseyez-vous.

Davenport libéra une chaise des livres qui l'encombraient et qu'il posa soigneusement par terre. Il la poussa vers Ashley. Cela fait, il ôta la tête de mort qui occupait un second siège et qu'il posa avec encore plus de soin sur le bureau d'Urth. La mandibule, mal assurée par un bout de fil de fer, se détacha pendant le transport et le crâne avait maintenant la bouche béante.

— Aucune importance, fit Urth avec affabilité. Cela ne lui fait pas mal. Alors, messieurs ? Que me vaut l'honneur de votre visite.

Davenport attendit un instant mais, comme Ashley gardait le silence, ce fut avec une certaine satisfaction qu'il prit la parole :

— Dr. Urth, vous souvenez-vous d'un de vos anciens étudiants du nom de Jennings ? Karl Jennings ?

Le sourire de Wendell Urth s'effaça momentané-

ment tant sa concentration intellectuelle était intense
et ses yeux proéminents clignèrent.

— Non, finit-il par répondre. Pas pour le moment.

— Il a passé un diplôme de géologie et a suivi un
cours d'extra-terrologie il y a quelques années. Si cela
peut vous aider, j'ai amené sa photo.

Urth examina le cliché avec une attention de
myope mais cela ne lui fut d'aucun secours.

Davenport passa à l'ordre du jour :

— Il a laissé un message secret pour nous mettre
sur la piste de quelque chose qui revêt une très
grande importance. Jusqu'à présent, nous n'avons pas
réussi à interpréter correctement ce cryptogramme.
Toutefois, nous avons compris qu'il nous conseillait
de nous adresser à vous.

— Vraiment ? Comme c'est intéressant ! Et pour
quelle raison devez-vous donc vous adresser à moi ?

— Probablement pour que vous nous apportiez
votre concours et que vous nous expliquiez le sens
du texte.

— Puis-je le voir ?

Sans mot dire, Ashley tendit la carte à Wendell
Urth. L'extra-terrologiste y jeta un coup d'œil distrait, la retourna et scruta un instant le verso vierge.

— Où est-il dit que vous devez vous adresser à
moi ?

Ashley tressaillit de surprise mais Davenport ne
lui laissa pas le temps de parler.

— La flèche est pointée sur le symbole de la Terre.
Cela semble clair.

— C'est indiscutablement une flèche pointée sur
le symbole de la Terre. Si ce message a été trouvé sur

un autre monde, j'imagine qu'il faut traduire littéralement cette notation par : « Allez sur la Terre. »

— On l'a trouvé sur la Lune, Dr. Urth, et on pourrait en effet l'interpréter de cette façon. Toutefois, lorsque nous avons appris que Jennings vous avait eu pour maître, il nous a paru évident que c'était à vous qu'il faisait allusion.

— Il a suivi un cours d'extra-terrologie ici ? À l'université ?

— Oui.

— En quelle année ?

— En 18.

— Ah ! Eh bien, l'énigme est résolue.

— Voulez-vous dire que vous avez déchiffré ce message ?

— Non ! Absolument pas. Pour moi, il n'a aucune signification. J'entendais l'énigme constituée par mon trou de mémoire. Effectivement, je ne me rappelais plus ce garçon. Maintenant, je m'en souviens. Un élevé très tranquille, anxieux, timide et effacé... Bref, le genre de personne dont on ne garde aucun souvenir. Sans ceci — Urth tapota la carte —, je ne me serais peut-être jamais rappelé cet étudiant.

— En quoi ce bristol change-t-il quelque chose ? demanda Davenport.

— Cette référence à votre serviteur est, en l'espèce, un jeu de mots. L'assonance entre mon nom, Urth, et Earth — la Terre en anglais. Certes, ce n'est pas très fort mais c'est du Jennings tout craché ! Le calembour était sa passion, sa joie. Ceux qu'il lançait de temps en temps sont le seul souvenir net que je conserve de lui. J'aime les calembours, j'adore les calembours — mais Jennings... oui, je le revois par-

faitement maintenant... — Jennings en faisait d'épou-
vantables. Des calembours atroces ou, comme c'est
le cas avec celui-ci, transparents. Il n'avait aucun
talent dans ce domaine. Et pourtant, il ambitionnait
tellement d'en commettre...

Ashley l'interrompit brutalement : « Ce message
est entièrement composé de jeux de mots, Dr Urth.
Du moins le croyons-nous et cela concorde avec votre
opinion.

— Ah ! » Urth ajusta ses lunettes et porta à nouveau toute son attention sur les mystérieux symboles.
Une moue plissa ses lèvres grassouillettes et il
s'exclama joyeusement :

— Je n'y comprends strictement rien.

— En ce cas..., commença Ashley dont les poings
se crispèrent.

— Mais si vous me racontiez les tenants et les abou-
tissants de cette histoire, j'aurais peut-être une idée,
enchaîna l'extra-terrologiste.

— Puis-je parler, chef ? se hâta de demander
Davenport à son patron. Je suis sûr et certain que
l'on peut faire confiance au Dr. Urth... Et peut-être
nous tirera-t-il cette épine du pied.

— Allez-y, marmonna Ashley. Au point où nous
en sommes, qu'avons-nous à perdre ?

Davenport expliqua toute l'affaire avec laconisme,
s'exprimant en phrases télégraphiques. Urth écoutait
attentivement, agitant ses doigts courtauds au-dessus
du plateau luisant et d'un blanc laiteux de son bureau
comme s'il secouait une invisible cendre de cigare.
Comme l'inspecteur arrivait à la dernière partie de
son récit, il croisa les jambes et s'immobilisa dans
cette position, tel un bouddha jovial.

— Auriez-vous par hasard une copie de la conversation telle que Ferrant l'a reconstituée ? demanda-t-il.

— Oui. Voulez-vous la voir ?

— Avec le plus grand plaisir.

Urth glissa le microfilm dans la visionneuse et le parcourut rapidement ; ses visiteurs remarquaient que, de temps en temps, ses lèvres bougeaient silencieusement.

— Et selon vous, ce texte est la clef de toute l'affaire ? s'enquit Wendell Urth. L'indice décisif ?

— Oui, c'est ce que nous croyons.

— Mais ceci est une reproduction... pas l'original.

— En effet.

— L'original est entre les mains de Ferrant n'est-ce pas ? Et vous supposez que ce sont les Ultras qui le détiennent ?

— C'est on ne peut plus possible.

Urth hocha la tête, l'air troublé.

— Nul n'ignore que mes sympathies ne vont pas aux Ultras, murmura-t-il. Je suis prêt à les combattre par tous les moyens. Aussi, je ne crains pas d'être accusé de mauvaise volonté. Mais... Comment pouvez-vous être sûrs que cet Objet prétendument manipulateur d'esprit existe réellement ? Pour l'affirmer, vous n'avez que les divagations d'un névrosé et une série de déductions incertaines faites à partir de la reproduction d'un ensemble de notations mystérieuses qui n'ont peut-être pas la moindre signification.

— C'est la vérité, Dr. Urth, mais nous devons tout essayer.

— Quelle certitude avez-vous que cette reproduction est exacte ? Ne se peut-il que certains détails de l'original en soient absents... quelque chose qui donnerait un sens parfaitement clair au message et faute de quoi celui-ci demeure impénétrable ?

— Nous sommes sûrs de la fidélité rigoureuse de la copie.

— Et le verso ? Il n'y a rien au dos du duplicata. Quelque chose était-il inscrit derrière l'original ?

— L'agent qui a pris la photo nous a garanti que le verso de l'original était vierge.

— Les hommes sont sujets à l'erreur.

— Nous n'avons aucune raison de penser que notre agent en a commis une et force nous est de partir du postulat qu'il n'en a pas commis. C'est en tout cas sur cette hypothèse de travail que nous sommes obligés de nous baser tant que nous n'avons pas récupéré le texte original.

— Donc, à votre avis, ce message ne peut être interprété qu'en fonction des éléments visibles que nous avons sous les yeux ?

— C'est ce que nous pensons, dit Davenport dont l'assurance commençait à s'éroder. Nous en sommes virtuellement certains.

Urth avait toujours l'air hésitant. « Pourquoi ne pas laisser cette chose-là où elle est ? demanda-t-il. Si ni les uns ni les autres ne la trouvent, tant mieux ! Je suis opposé à toute manipulation mentale et je regretterais profondément que mon intervention puisse contribuer au développement d'une telle technique. »

Devinant qu'Ashley allait répliquer, Davenport lui posa la main sur le bras pour le calmer et fit :

— Permettez-moi d'insister sur un point, Dr. Urth : la manipulation mentale ne constitue qu'un aspect de l'Objet. Supposez qu'une expédition terrestre en mission sur une lointaine planète primitive ait oublié sur place un antique appareil de radio. Supposez en outre que les indigènes aient découvert l'électricité mais ignorent encore le tube à vide. Les autochtones en question s'apercevraient peut-être que si la radio est branchée sur le courant, certains éléments de verre qu'elle contient s'échauffent et s'illuminent. Mais, naturellement, ils ne capteraient aucun son intelligible. Dans le meilleur des cas, ils ne recevraient que des crépitements et des craquements. Toutefois, s'il leur arrivait de laisser tomber le poste dans une baignoire, la personne se trouvant en train de prendre un bain risquerait d'être électrocutée. La population de cette hypothétique planète en conclurait-elle que cet appareil est uniquement destiné à tuer les gens ?

— Je devine le sens de votre apologue. Vous pensez que la manipulation mentale n'est rien de plus qu'une fonction accessoire de l'Objet, n'est-ce pas ?

— J'en suis convaincu, répondit Davenport avec chaleur. Si nous parvenions à découvrir sa véritable raison d'être, la technologie terrienne pourrait faire un bond de plusieurs siècles.

— Vous êtes donc du même avis que Jennings, Urth se pencha sur le microfilm, ce pourrait être la clef d'une inconcevable révolution scientifique.

— Parfaitement !

— Pourtant, cet engin est un manipulateur mental, ce qui est infiniment dangereux. Quelle que soit la vocation de votre radio imaginaire, elle peut aussi électrocuter les gens.

— C'est bien pour cela qu'il faut empêcher les Ultras de s'emparer de cette chose.

— Les Ultras... et le gouvernement, peut-être ?

— Attention ! Il convient d'assigner une limite raisonnable à la prudence. Nous devons considérer que les hommes ont de tout temps eu des objets dangereux entre les mains : le premier couteau de silex à l'âge de la pierre, le premier gourdin auparavant. Ces outils pouvaient être utilisés afin de soumettre les plus faibles aux plus forts par la menace, ce qui est également une forme de manipulation mentale. Ce qui compte, Dr. Urth, ce n'est pas l'Objet en soi, si dangereux qu'il puisse être dans l'abstrait, mais les intentions animant ses utilisateurs. Les Ultras, pour leur part, se sont déclarés décidés à exterminer plus de 99,9 % de l'humanité. Le gouvernement, quels que soient les défauts des hommes qui le composent, ne nourrirait jamais de telles intentions.

— Que ferait-il ?

— Il se livrerait à une étude scientifique de l'Objet. La manipulation mentale elle-même peut, qui sait ? se révéler infiniment bénéfique. Mise au service de la connaissance, elle pourrait nous éclairer sur le mécanisme fondamental des structures spirituelles. Nous pourrions apprendre ainsi à éliminer les désordres mentaux, voire à soigner les Ultras. D'une façon générale, l'intelligence humaine aurait la possibilité d'atteindre un niveau supérieur.

— Comment voulez-vous que je croie que l'on réussira à donner une application pratique à ces principes idéalistes ?

— J'ai la conviction que ce serait possible, en ce qui me concerne. Considérez que vous vous trouvez devant le dilemme suivant, Dr. Urth : Si vous nous aidez, il y a un risque pour que le gouvernement utilise mal à propos cette découverte. Mais, si vous ne nous aidez pas, vous avez la certitude que les Ultras la mettront au service de fins néfastes.

Wendell Urth hocha la tête d'un air songeur.

— Vous avez peut-être raison. Écoutez-moi... J'ai une faveur à vous demander. J'ai une nièce qui, je crois, m'aime beaucoup. Elle ne décolère pas sous prétexte que je refuse opiniâtrement à céder à la folie des voyages. Elle n'arrête pas de ressasser qu'elle ne sera satisfaite que le jour où je l'accompagnerai en Europe, en Californie du Nord ou dans je ne sais quel endroit invraisemblable...

Ashley se pencha en avant avec animation et repoussa la main de Davenport posée sur son coude.

— Dr. Urth, si vous nous prêtez assistance pour retrouver l'Objet et si nous parvenons à le faire fonctionner, je vous garantis que nous serons heureux de vous aider à vous débarrasser de votre claustrophobie, de vous permettre d'aller où vous voudrez avec votre nièce.

Les yeux saillants de Wendell Urth s'élargirent et il parut se tasser sur lui-même. Pendant quelques secondes, il jeta un regard affolé autour de lui comme une bête prise au piège. « Non ! haleta-t-il. Pas ça ! À aucun prix ! »

Et il enchaîna d'une voix rauque, à peine audible :

— Je vais vous dire ce que je veux comme honoraires. Si je vous accorde mon assistance, si vous récupérez l'Objet et apprenez à vous en servir et si le public sait que je vous ai apporté mon concours, ma nièce fondra comme une furie sur le gouvernement pour le harceler. Elle est terriblement entêtée. Et elle a de la voix ! Elle lancera des souscriptions publiques, elle organisera des manifestations. Rien ne l'arrêtera.

Mais il faudra être inexorable. Ne céder en rien ! Résister à toutes les pressions ! Mon seul désir est de continuer à mener la vie que je mène actuellement. Telles sont mes exigences catégoriques et minimales.

— Eh bien, si telle est votre volonté, c'est entendu, fit Ashley, écarlate.

— J'ai votre parole ?

— Vous l'avez.

— Ne l'oubliez pas, je vous en supplie. Je compte aussi sur vous, Mr. Davenport.

— Vos volontés seront respectées, fit l'inspecteur sur un ton conciliant. À présent, je suppose que vous êtes capable d'interpréter ces notations ?

— Ces notations ? répéta Urth qui éprouvait apparemment une certaine difficulté à concentrer son attention sur le cryptogramme. Vous voulez dire ces symboles, les XY^2 et compagnie ?

— Oui. Que signifient-ils ?

— Je n'en sais rien. Votre propre interprétation est sans doute aussi valable qu'une autre.

Ashley explosa : « Devons-nous comprendre que tout ce discours sur votre désir de nous aider n'était que paroles en l'air ? Dans ce cas, pourquoi ces circonlocutions à propos de vos honoraires ? »

— J'aimerais vous aider, fit Wendell Urth, manifestement surpris et désorienté.

— Mais vous ne savez pas ce que veulent dire ces symboles !

— Je... Non, je ne sais pas. Mais je sais en revanche ce que veut dire le message.

— Vous le savez ? hurla Davenport.

— Évidemment ! Son sens est transparent. Vous n'étiez pas arrivé à la moitié de votre récit que je m'en doutais déjà. Et je n'ai plus eu la moindre hésitation après avoir lu la reconstitution du dialogue entre Strauss et Jennings. Vous auriez compris de la même façon, messieurs, si seulement vous aviez pris le temps de réfléchir.

— Voyons ! fit Ashley avec exaspération. Vous venez d'affirmer que vous ne savez pas ce que signifient ces notations ?

— Non, je ne le sais pas. Mais je vous répète que je sais ce que signifie le message.

— Qu'y a-t-il donc de particulier au message qui ne se trouve pas dans les symboles ? Serait-ce le papier, par hasard ?

— Oui, en un sens.

— À quoi pensez-vous ? À de l'encre invisible ou à quelque chose du même genre ?

— Non ! C'est invraisemblable que vous ne compreniez pas alors que vous frôlez la vérité !

Davenport se pencha vers Ashley et lui demanda à voix basse :

— Chef, me permettez-vous de prendre la direction de l'entretien ?

L'interpellé eut un reniflement méprisant et répondit d'une voix gourmée :

— D'accord... Allez-y !

— Dr. Urth, auriez-vous l'obligeance de nous exposer votre analyse ?

— Ah ! Si vous voulez... Parfaitement.

Le petit extra-terrologiste se carra dans son fauteuil et s'essuya le front de la manche. « Examinons ce message. Si l'on admet que le cercle frappé d'une croix et la flèche ont pour but de vous conseiller de vous adresser à moi, il nous reste sept éléments. Si ces sept éléments correspondent bien à sept cratères, il y en a au moins six qui ne sont que des diversions puisque l'Objet ne peut de toute évidence se trouver en deux endroits à la fois. Il était d'une seule pièce et ne comportait aucune partie amovible.

« Bien... Cela dit, aucun de ces symboles n'est univoque. Selon votre interprétation, SU peut désigner n'importe quel endroit situé sur la face opposée de la Lune, soit une superficie équivalente à celle de l'Amérique du Sud. PC^2 peut vouloir dire "Tycho" selon la version de Mr. Ashley ou "À mi-chemin entre Ptolémée et Copernic", selon celle de Mr. Davenport. Ou, pourquoi pas ? "À mi-chemin entre Platon et Cassini ?" Certes, XY^2 pourrait indiquer "Alfonsus", — très ingénieuse, cette explication ! — mais ce pourrait tout aussi bien être une référence à un quelconque système de coordonnées, Y étant égal à X au carré, de même. C-C peut vouloir dire "Bond" mais peut aussi se traduire par "à mi-chemin entre Cassini et Copernic". De même, F-A peut vouloir dire "Newton" ou "entre Fabricius et Archimède".

« En d'autres termes, tous ces symboles sont susceptibles d'être interprétés de tant de façons différentes qu'ils ne veulent plus rien dire. Même si l'un d'eux avait un sens, il serait impossible de choisir la bonne solution parmi toutes celles qui existent. Aussi est-il raisonnable de penser qu'il ne s'agit que de leurres.

« Il est donc nécessaire de savoir ce qui, dans ce message, est entièrement univoque, parfaitement clair. Il n'y a qu'une seule réponse possible : ce cryptogramme constitue une clef destinée à nous mettre sur la piste d'une cachette. C'est la seule certitude que nous ayons, n'est-ce pas ? »

Davenport hocha la tête, puis dit prudemment : « En tout cas, nous pensons en être sûrs.

— Bien... Ce message, disiez-vous, est la clef de voûte de toute l'affaire. Vous avez agi comme si c'était l'indice crucial. Jennings lui-même qualifiait l'Objet "d'indice", de "clef". Si nous faisons un rapprochement entre l'aspect sérieux de cette histoire et le penchant de Karl Jennings à faire des jeux de mots, penchant qui a peut-être été encore stimulé par l'influence mentale de l'Objet... Tenez... je vais vous raconter une histoire.

« Dans la seconde partie du XVIᵉ siècle, il y avait un jésuite allemand qui vivait à Rome. C'était un mathématicien et un astronome de grande réputation qui, en 1582, avait aidé le pape Grégoire XIII à réformer le calendrier en effectuant les calculs colossaux que cela impliquait. Cet astronome était un admirateur de Copernic mais il était hostile à l'école héliocentrique. Il s'en tenait au vieux système professant que la Terre était au centre de l'univers.

« En 1650, près de quarante ans après la mort de notre mathématicien-astronome — un autre jésuite italien, l'astronome Giovanni Battista Riccioli, dressa la carte de la Lune. Pour nommer les cratères, il utilisa le nom des anciens astronomes et comme il était, lui aussi, adversaire de Copernic, il attribua aux plus grands, aux plus spectaculaires de ces cratères les noms de ceux qui plaçaient la Terre au centre du système solaire : Ptolémée, Hipparque, Alphonse X, Tycho Brahé. Le plus majestueux de ces cirques lunaires, il le dédia au jésuite allemand, son prédécesseur.

« Le cratère en question est, à l'heure actuelle, le second par les dimensions de tous ceux qui sont visibles sur Terre. Le seul qui le surclasse est Bailly qui se trouve juste sur la circonférence de la Lune et est donc très difficile à distinguer. Riccioli n'en fit pas mention et ce relief fut baptisé du nom d'un astronome ultérieur qui périt guillotiné pendant la Révolution française.

— Qu'est-ce que tout cela a à voir avec notre message ? demanda Ashley dont l'impatience grandissait.

— Mais tout ! s'exclama Urth avec étonnement. N'avez-vous pas dit que le message en question est la clef de l'affaire ? L'indice crucial ?

— Si, bien entendu !

— Eh bien, cela crève les yeux ! Le jésuite allemand auquel je viens de faire allusion s'appelait Christoph Klau. Klau... Alors ? Vous ne voyez pas l'astuce ? »

Sous l'effet du désappointement, le corps d'Ashley parut se ratatiner.

— Mais, Dr. Urth, fit Davenport d'une voix angoissée, il n'existe à ma connaissance aucun relief lunaire nommé Klau.

— Bien sûr que non ! rétorqua Urth avec animation. C'est précisément le nœud du problème. À cette époque, pendant la seconde partie du XVIᵉ siècle, les érudits européens avaient coutume de latiniser leur nom. Klau fit comme ses collègues. Il remplaça le « u » allemand de son patronyme par l'équivalent latin de cette lettre, « v ». Puis il ajouta à ce radical la classique terminaison latine « ius » et Christoph

Klau devint Christophe Clavius. Et je suppose que vous connaissez tous les deux le cratère géant baptisé Clavius ?

— Mais... commença Davenport.

Wendell Urth l'interrompit :

— Il n'y a pas de « mais » qui tienne ! Permettez-moi d'insister : en latin, *clavis* veut dire « clef ». Alors ? Ne voyez-vous pas le double calembour poly-linguistique ? Klau — Clavius — clavis — clef ! Sans l'Objet, jamais Jennings n'aurait pu trouver un calembour à tiroirs jouant sur plusieurs langues. Or, il y est parvenu et je me demande si, dans ces circonstances, sa mort n'a pas été une sorte de triomphe. Et s'il vous a branché sur moi, c'était parce qu'il savait que je me rappellerais son amour du calembour. Et qu'il savait que j'adorais ce genre d'exercice.

Ses deux interlocuteurs le considéraient avec des yeux ronds.

— Si vous voulez un conseil, enchaîna Urth sur un ton solennel, je vous suggère de fouiller la paroi cré-pusculaire du cratère Clavius à l'endroit où la Terre se trouve presque au zénith.

Ashley se leva. « Où est votre vidéophone ?

— Dans la pièce d'à côté »

Davenport s'attarda après le départ précipité de son chef.

— Êtes-vous sûr de votre raisonnement, Dr. Urth ?

— Parfaitement. Mais, même si je me trompe, je crois que cela n'aura pas beaucoup d'importance.

— Qu'est-ce qui n'aura pas d'importance ?

— Que vous trouviez ou non l'Objet. En effet, si les Ultras mettent la main dessus, ils ne pourront probablement rien en faire.

— Qu'est-ce qui vous fait dire cela ?

— Vous m'avez demandé si Jennings avait été un de mes étudiants. Mais vous ne m'avez pas interrogé sur Strauss qui, lui aussi, était géologue. Je l'ai eu comme élève un an après Jennings, si ma mémoire est bonne. Je me souviens fort bien de lui.

— Vraiment ?

— C'était un personnage antipathique. Un garçon extrêmement froid. C'est sans doute la caractéristique des Ultras. Ce sont tous des gens très froids, très austères, très sûrs d'eux. Ils sont incapables d'éprouver des sentiments de sympathie — sinon, ils ne parleraient pas avec un tel cynisme d'exterminer des milliards d'êtres humains. Leurs émotions sont des émotions glaciales, des émotions qui se mordent la queue et qui sont incapables de jeter un pont entre un homme et un autre.

— Je crois que je comprends ce que vous voulez dire.

— Je n'en doute pas. D'après le dialogue que Ferrant a reconstitué à partir des divagations de Strauss, ce dernier était dans l'incapacité de faire fonctionner l'Objet. Il lui manquait la faculté d'éprouver une émotion intense — le genre d'émotion nécessaire. En revanche, Jennings, qui n'était pas un Ultra, a pu l'activer. Je suppose que n'importe quelle personne est capable d'en faire autant à condition que la cruauté délibérée et de sang-froid soit étrangère à sa nature. Un tel individu pourrait peut-être frapper sous le coup de la panique comme Jennings a frappé Strauss mais il ne le ferait jamais par calcul alors que c'est par calcul que Strauss a voulu tuer Jennings. Bref, pour employer une formule banale, je pense que l'Objet peut être activé par l'amour mais en aucun cas par la haine. Or, les Ultras ont la haine comme unique moteur.

Davenport acquiesça : « Je souhaite que vous ayez raison. Mais, dans ce cas... si vous êtes convaincu que les gens qui nourrissent de mauvaises intentions sont impuissants à faire fonctionner l'Objet, pourquoi considériez-vous avec tant de suspicion les motivations des modérantistes du gouvernement ? »

Urth haussa les épaules.

— Je voulais être sûr que vous étiez capable de bluffer et d'user de sophismes pour défendre votre point de vue sans vous laisser démonter. Après tout, vous pouvez fort bien vous trouver un de ces jours en face de ma nièce !

La boule de billard

Ante-scriptum

Ce récit évoque pour moi des souvenirs plus plaisants encore que les précédents. Lors de la Vingt-Quatrième Convention mondiale de la Science-Fiction qui se tint à Cleveland en 1966, j'eus l'honneur de recevoir un Hugo (l'Oscar de la SF) sous les yeux de ma femme et de mes enfants qui faisaient partie du public. Ce fut extrêmement agréable. (Je souris encore bêtement à ce souvenir en tapant ces lignes).

Le magazine de science-fiction If se vit également décerner un Hugo et son rédacteur en chef se mit en tête de demander à tous les lauréats de s'engager à écrire une nouvelle pour un numéro spécial, le numéro Hugo. Pour ne pas accepter, il eût fallu avoir un cœur d'obsidienne — je lui promis donc ma collaboration.

Cette histoire est le résultat de cette promesse. C'est la seule, à ma connaissance, qui allie la criminologie et la théorie de la relativité généralisée d'Einstein.

James Priss — je devrais sans doute écrire le professeur James Priss, encore que tout le monde sache certainement de qui je parle, même sans le titre honorifique — James Priss s'exprimait toujours lentement.

Je le sais pour l'avoir interviewé assez souvent. C'était le plus grand esprit depuis Einstein mais c'était un esprit qui fonctionnait sans se presser. James Priss le reconnaissait bien volontiers. Peut-être était-ce justement à cause de sa lenteur que son esprit était aussi gigantesque.

Il ânonnait quelque chose d'une voix distraite, puis s'abîmait dans ses réflexions avant de continuer. Même quand il s'agissait de considérations banales, son cerveau de titan chipotait avec incertitude, ajoutant une petite touche ici, une autre là.

J'imagine Priss se posant cette question : « Le soleil se lèvera-t-il demain ? » Quelle certitude avons-nous qu'il y aura un demain ? Dans ce contexte, le vocable « soleil » est-il parfaitement univoque ?

Ajoutez à cette lenteur oratoire un maintien affable et plutôt falot, une expression... inexpressive, exception faite d'une sorte d'indécision générale, des cheveux gris tendant à se raréfier coiffés avec un soin méticuleux, des complets de ville d'une coupe invariablement conservatrice — et vous aurez le portrait fidèle du professeur James Priss, personnalité effacée ne possédant pas une once de magnétisme.

Pour cette raison, personne au monde, sauf moi, ne pourrait le soupçonner d'être un assassin. Et encore n'en suis-je pas sûr. Après tout, le fait est qu'il pensait lentement. Toujours lentement. Est-il concevable qu'un jour, en un moment critique, il ait pu s'arranger pour penser vite et passer à l'action sans barguigner ?

Cela n'a pas d'importance. Même s'il a tué, il s'en est tiré impunément. Il est beaucoup trop tard pour vouloir remettre la question sur le tapis et je n'arriverai jamais à changer quoi que ce soit, même si je décidais de publier ces notes.

Edward Bloom avait été le condisciple de Priss. Plus tard, les circonstances avaient fait que les deux hommes s'étaient associés. Ils avaient le même âge et étaient l'un et l'autre des célibataires endurcis. Mais c'était là leur seul point commun. Pour le reste, c'était le jour et la nuit.

Bloom était un feu follet : un garçon pittoresque, grand, large d'épaules, au timbre sonore, culotté et plein d'assurance. Sa pensée avait quelque chose de météorique : d'un coup d'un seul, il appréhendait l'essentiel d'un problème. Brusquement et sans préavis. Contrairement à Priss, ce n'était pas un théoricien : il n'avait pas assez de patience et était incapable de se concentrer de façon suffisamment intense sur une question abstraite. Il le reconnaissait. Et s'en vantait.

Son génie, c'était le talent mystérieux qu'il avait pour discerner l'application concrète d'une théorie, de voir comment la théorie pouvait être mise en pratique. Comme sous l'effet d'un coup de baguette magique, les murailles tombaient et il ne restait plus qu'un appareil qui fonctionnait.

Il est de notoriété publique — et cette renommée n'est pas tellement exagérée — que tout ce que Bloom avait jamais fabriqué marchait, était susceptible d'être breveté ou de rapporter des bénéfices. À quarante-cinq ans, il était l'un des citoyens les plus riches de la Terre.

Et si Bloom le Technicien était plus particulièrement adapté à quelque chose, c'était au mécanisme cérébral de Priss le Théoricien. Les plus remarquables gadgets de l'un avaient été réalisés à partir des plus remarquables idées de l'autre, et plus le premier moissonnait de profits et de gloire, plus le second voyait croître le respect de ses pairs. Un respect phénoménal...

Quand Priss formula sa « théorie du champ double », il était on ne peut plus naturel de s'attendre que Bloom entreprenne aussitôt de réaliser le premier dispositif antigravifique fonctionnel.

Mon boulot consistait à trouver l'intérêt humain de la théorie du champ double pour la plus grande délectation des abonnés de *Tele-News-Press*. Pour cela, il faut s'occuper des individus et non d'abstractions. Comme l'individu que j'avais à interviewer était le professeur Priss, ce n'était pas là une tâche aisée.

Évidemment, mon but était de l'interroger sur les possibilités offertes par l'antigravité qui intéressaient tout le monde et non sur la théorie du double champ que personne ne comprenait.

— L'antigravité ?

Priss serra ses lèvres incolores et réfléchit.

— Je ne suis pas absolument sûr qu'elle soit du domaine du possible, reprit-il. Ou même qu'elle le sera un jour. Je n'ai pas... euh... abouti à des conclusions satisfaisantes sur ce point. Je ne sais pas trop si les équations du champ double sont susceptibles d'avoir une solution finie, solution qu'elles auraient, bien sûr, si...

Il n'alla pas plus loin et se plongea dans de sombres méditations.

Pour le stimuler, je dis :

— Bloom affirme qu'il est possible de construire un dispositif antigravifique.

Priss hocha la tête.

— Oui. Je sais. Mais je me demande... Par le passé, Bloom a montré le talent qu'il a de voir ce que les autres ne voient pas. C'est un esprit exceptionnel. Indubitablement, cela lui a permis de s'enrichir.

L'interview avait lieu chez Priss. Un banal appartement petit-bourgeois. Je ne pouvais m'empêcher de jeter de temps à autre un coup d'œil furtif de-ci, de-là : Priss n'était pas riche.

Je ne crois pas qu'il ait lu dans mes pensées : il vit mon regard. Et je crois que ses pensées étaient parallèles aux miennes.

— D'ordinaire, murmura-t-il, la richesse n'est pas la récompense du véritable savant. Ce n'est même pas une récompense particulièrement désirable.

Je songeai : c'est peut-être vrai. Priss, c'était incontestable, avait eu la récompense qui lui convenait. Il était le troisième savant à avoir reçu deux prix Nobel, le premier à avoir ainsi été honoré à double titre pour ses recherches scientifiques. Et il n'avait eu à partager ses lauriers avec personne. Il n'avait pas à se plaindre et s'il n'était pas riche, il n'était pas pauvre non plus.

Pourtant, il ne donnait pas l'impression d'un homme heureux. Peut-être n'était-ce pas seulement la fortune de Bloom qui l'irritait mais la popularité de ce dernier : où qu'il allât, Bloom était accueilli comme une célébrité alors que, sauf dans les congrès scientifiques et dans les facultés, le lot de Priss était l'anonymat.

Toutes ces pensées se lisaient-elles dans mes yeux ou dans les plis de mon front ? Toujours est-il que Priss s'empressa d'ajouter : « Néanmoins, nous sommes amis. Nous jouons au billard ensemble une ou deux fois par semaine. Je le bats régulièrement ».

(Je n'ai jamais voulu rendre cette déclaration publique. J'ai commencé par m'informer auprès de Bloom qui me démentit catégoriquement ces propos. « Moi ? s'exclama-t-il. Il me bat au billard ? Cette espèce d'âne bâté ! » et la suite prit un tour franchement diffamatoire. En fait, ni Priss ni Bloom n'étaient des novices en matière de tapis vert. J'eus l'occasion, peu de temps après la déclaration de l'un et le démenti de l'autre, de les voir s'expliquer au billard : tous deux maniaient la queue avec une assurance de professionnels. Mieux encore : ces parties n'étaient pas des duels au premier sang. Ils jouaient pour gagner et n'y allaient pas de main-morte.)

— À votre avis, professeur Priss, estimez-vous Bloom capable de fabriquer une machine à antigravité ? poursuivis-je.

— Vous me demandez un pronostic ? Hemm...
Voyons... Réfléchissons, jeune homme. Qu'entendez-
vous exactement par « antigravité » ? Notre notion
de la gravité dérive de la théorie de la relativité généralisée d'Einstein qui, aujourd'hui, est vieille de cent
cinquante ans mais qui, compte tenu de ses limites,
demeure solide. Pour en donner une image, nous pouvons...

J'écoutai poliment. J'avais déjà entendu Priss dis-
courir sur ce thème mais si je voulais ne pas repartir
bredouille — et rien n'était moins certain —, j'étais
dans l'obligation de le laisser faire sa conférence
comme il l'entendait :

— Pour en donner une image, nous pouvons considérer l'univers comme une feuille de caoutchouc
plate, mince, extra-souple et indéchirable. En admet-
tant qu'il existe un rapport direct entre la masse et
le poids ainsi qu'il en va à la surface de la Terre, nous
en concluons qu'une masse posée sur cette surface
de caoutchouc s'y imprimera en creux. Plus la masse
sera importante, plus la poche sera profonde. Dans
notre univers, poursuivit-il, toutes sortes de masses
existent, de telle façon que notre feuille de caoutchouc comporte une infinité de plis. Un objet qui
roulerait suivrait toutes ces fronces, changeant chaque fois de direction. On interprète l'ensemble de ces
changements de direction, de ces détours, comme la
démonstration de l'action d'une force gravifique. Si
le mobile passe suffisamment près du centre de la
concavité et si la vitesse est suffisamment réduite, il
est pris au piège : il se met à tournoyer dans la poche.
En d'autres termes, ce qu'Isaac Newton considérait

comme une force est aux yeux d'Albert Einstein une
distorsion géométrique.

Arrivé là, il fit une pause. Jusqu'à présent, il s'était
exprimé avec volubilité — pour lui, c'était de la volubilité — car il ne faisait que répéter un exposé qu'il
avait déjà sorti bien souvent. Brusquement, son élo-
cution devint plus hésitante.

— Par conséquent, si nous essayons de créer l'antigravité, nous tendons à modifier la géométrie de
l'univers. Poussons plus loin la métaphore : nous ten-
tons de « repasser » la feuille de caoutchouc froncée.
Nous pouvons imaginer que nous nous glissons sous
le creux et le soulevons afin d'empêcher la masse de
déformer la surface. En aplatissant ainsi le caoutchouc, nous créons un univers — ou, tout du moins,
une portion d'univers — où la gravité n'existe pas.
Un corps en mouvement roulera sur cette zone sans
la déformer et sans que sa trajectoire soit modifiée.
Ce que nous pouvons interpréter en disant que la
masse n'exerce pas de force gravifique. Pour réaliser
un tel exploit, néanmoins, il serait indispensable de
disposer d'une contre-masse équivalente à la masse
déformante. Pour produire de cette façon un phénomène d'antigravité sur la Terre, nous serions obligés
de faire intervenir une masse égale à celle de la planète que nous tiendrions à bout de bras, pour ainsi
dire.

Je l'interrompis :

— Mais votre théorie du champ double...

— Précisément. La relativité généralisée n'explique pas le champ gravifique et le champ électromagnétique à l'aide d'un simple jeu d'équations. Einstein a passé la moitié de sa vie à chercher cette

équation simple — en d'autres termes, la théorie du champ unifié — mais ses travaux n'ont pas abouti. Tous ceux qui le suivirent dans la même voie ont rencontré le même échec. En revanche, je suis parti, en ce qui me concerne, de l'hypothèse qu'il existait deux champs non unifiables et j'en ai tiré toutes les conséquences, lesquelles peuvent s'expliquer en partie par l'image de la « feuille de caoutchouc »

Nous en arrivons enfin à quelque chose qui était peut-être inédit.

— Comment cela ? demandai-je.

— Supposez qu'au lieu d'essayer de soulever la masse déformante, nous cherchions au contraire à « amidonner » la feuille de caoutchouc elle-même, à l'empêcher de se froncer. Une certaine fraction de sa surface se contractera alors et s'aplatira. La gravité deviendra plus faible en cet endroit et il en ira de même de la masse car, en termes d'univers plissé, il s'agit fondamentalement du même phénomène. Si nous parvenions à faire en sorte que la feuille de caoutchouc soit parfaitement plane, la gravité et la masse atteindraient une valeur nulle. On pourrait, dans des conditions idéales, utiliser le champ électromagnétique pour compenser le champ gravifique et aplanir ainsi la texture de l'univers en éliminant les fronces. Le champ électromagnétique est infiniment plus puissant que le champ gravifique : aussi serait-il susceptible de triompher de ce dernier.

— Vous avez dit : « dans des conditions idéales », fis-je d'une voix qui manquait d'assurance. Ces conditions idéales sont-elles réalisables, professeur Priss ?

— Ça, je n'en sais rien, répondit-il d'une voix lente et songeuse. Si l'univers était effectivement une feuille de caoutchouc, il faudrait que sa rigidité atteigne une valeur infinie pour qu'une masse étrangère ne la déforme pas. En transportant les choses dans l'univers réel, cela requerrait un champ électromagnétique d'une intensité infinie, ce qui signifie que l'antigravité est irréalisable.

— Mais Bloom affirme...

— Oui. Je suppose qu'il pense qu'un champ fini ferait l'affaire à condition d'être correctement appliqué. Pourtant, si ingénieux soit-il... — un mince sourire étira les lèvres de Priss —... gardons-nous de penser qu'il est infaillible. Il appréhende la théorie de façon imparfaite. Tout à fait imparfaite. Il... il n'a jamais obtenu son diplôme, le saviez-vous ?

J'étais sur le point de répondre que je le savais. Après tout, tout le monde était au courant. Mais l'animation qui vibrait dans la voix de Priss était telle que je levai les yeux à temps pour lire dans son regard le ravissement qu'il éprouvait à colporter cette information. Aussi me contentai-je de hocher la tête comme si je mettais ce renseignement en réserve à toutes fins utiles.

Je décidai de le pousser dans ses derniers retranchements :

— Si je comprends bien, professeur Priss, vous estimez que Bloom a toutes les chances de se tromper et que l'antigravité est impossible ?

Il acquiesça d'un coup de menton et laissa tomber :

— On peut affaiblir le champ gravifique, naturellement. Mais si, par antigravité, nous nous référons à un champ effectif de gravité zéro — c'est-à-dire à l'absence de toute gravité dans un volume d'espace significatif —, eh bien, je pense que, n'en déplaise à Bloom, l'antigravité se révèle être une impossibilité.

En un sens, j'avais obtenu ce que je voulais.

Près de trois mois s'écoulèrent avant que je ne pusse rencontrer Bloom et quand je le vis, il était d'une humeur massacrante

Son dépit, naturellement, était né à l'instant où les déclarations de Priss lui étaient tombées sous les yeux. Et il avait fait savoir à qui voulait l'entendre que ce dernier serait invité à la démonstration de sa machine à antigravité, d'ores et déjà à l'étude, et serait même convié à participer à ladite démonstration. Un journaliste — ce ne fut pas moi, hélas — qui avait réussi à le surprendre entre deux rendez-vous, l'avait prié d'expliciter sa pensée et Bloom avait répondu :

— Cette machine finira par voir le jour. Bientôt, peut-être vous pourrez la voir, vous et tous ceux qu'il plaira à la presse de convoquer. Le professeur James Priss aussi. Il représentera la Science Théorique et lorsqu'il aura vu l'antigravité fonctionner, il n'aura plus qu'à ajuster sa théorie pour en rendre compte. Je ne doute pas qu'il saura la corriger de main de maître et expliquer exactement pourquoi je ne pouvais humainement pas me tromper. Il serait d'ailleurs bien avisé de commencer tout de suite, cela gagnerait du temps, mais je ne pense pas qu'il s'y résolve.

Tout cela était dit le plus poliment du monde mais la hargne perçait sous le flot des paroles.

Cela n'empêchait pas Bloom de continuer de jouer de temps à autre au billard avec Priss et, en de telles occasions, les deux hommes se comportaient avec une parfaite correction. On pouvait deviner les progrès de Bloom d'après l'attitude que l'un et l'autre affichaient en face de la presse : Bloom devenait de plus en plus laconique, de plus en plus irascible alors que l'affabilité de Priss allait croissant

Quand, après je ne sais combien de sollicitations. Bloom accepta enfin de m'accorder un entretien, je me demandais si cela ne signifiait pas qu'il avait remporté la victoire. Je rêvais plus ou moins que ce serait à moi qu'il annoncerait son triomphe en toute exclusivité.

Les choses ne se déroulèrent pas de cette façon. Il m'avait fixé rendez-vous dans son bureau des Entreprises Bloom dont le siège était installé dans le nord de l'État de New York, un endroit merveilleux, loin de toute agglomération. Les bâtiments, nichés dans un paysage admirable, couvraient presque autant de superficie qu'un gros complexe industriel. Deux siècles auparavant, Edison, à l'apothéose de sa carrière, n'avait pas connu une réussite aussi phénoménale que celle de Bloom.

Mais mon interlocuteur était maussade. Il arriva avec dix minutes de retard, grogna quelque chose à l'intention de sa secrétaire et ce fut à peine s'il m'honora d'un signe de tête. Il portait une blouse de laboratoire déboutonnée.

— Je suis désolé de vous avoir fait attendre, fit-il en se laissant tomber dans un fauteuil, mais j'espérais pouvoir vous consacrer plus de temps.

Bloom était un acteur né et était assez fin pour savoir qu'il était préférable de ne pas se mettre la presse à dos mais j'avais le sentiment qu'il avait toutes les peines du monde, en cet instant, à respecter ce principe.

Je me lançai à l'eau :

— D'après ce que j'ai cru comprendre, cher monsieur, vos dernières expériences se sont soldées par des échecs ?

— Qui vous a raconté cela ?

— C'est une opinion couramment répandue.

— Absolument pas ! Ne dites pas de choses pareilles, jeune homme ! Nul ne sait ce qui se passe dans mes laboratoires et mes ateliers. Je suppose qu'en tenant ces propos, vous vous faites le porte-parole de Priss ? Enfin... du professeur Priss !

— Pas du tout ! Je...

— Mais si, mais si ! C'est évident ! N'est-ce pas à vous qu'il a déclaré que l'antigravité était impossible ?

— Il ne s'est pas exprimé de façon aussi catégorique.

— Il ne s'exprime jamais de façon catégorique. Mais, pour lui, c'était une opinion catégorique. Soyez tranquille : je réfuterai encore plus catégoriquement sa sacrée théorie de l'univers en caoutchouc !

— Cela signifie-t-il que vous progressez dans cette voie, Mr. Bloom ?

— Vous le savez bien, grommela-t-il. En tout cas, vous devriez le savoir. Vous n'avez pas assisté à la démonstration qui a eu lieu la semaine dernière ?

— Si.

Je devinai qu'il avait des ennuis. Sinon, il n'aurait pas mentionné cette démonstration. Certes, cela avait marché mais ça n'avait pas cassé quatre pattes à un

canard : une région de moindre gravité avait été créée
entre les deux pôles d'un aimant, voilà tout.

L'expérience avait été fort ingénieuse. Une
balance à effet Mössbauer avait été utilisée pour aus-
culter l'espace interpolaire. Pour ceux qui n'ont
jamais vu une balance à effet Mössbauer à l'œuvre,
je dirai que c'est essentiellement un dispositif permettant de bombarder un champ de basse gravité à
l'aide d'un étroit faisceau monochromatique de
rayons gamma. La longueur d'onde de ces rayons se
modifie, légèrement mais de manière mesurable, sous
l'influence du champ gravifique et si quelque chose
altère l'intensité de ce champ, on constate un déplacement du témoin correspondant aux écarts de la
longueur d'onde. C'est là une méthode extrêmement
délicate d'analyse des champs gravifiques et tout
fonctionna à merveille : il ne faisait aucun doute que
Bloom avait réussi à abaisser la gravité.

L'ennui, c'est qu'il n'était pas le premier à avoir
fait cette expérience. Évidemment, il s'était servi des
circuits facilitant dans une très grande mesure la mise
en évidence de l'effet — son système, d'une ingénio-
sité qui portait sa griffe, avait été dûment breveté et
Bloom soutenait que, grâce à cette méthode, l'antigravité cesserait d'être une simple curiosité scientifique pour devenir quelque chose de sérieux ayant des
applications industrielles.

Peut-être ! Mais le test avait été incomplet et, en
général, Bloom avait plutôt tendance à minimiser ses
fiascos. Il n'aurait pas remis cette affaire sur le tapis
s'il ne souhaitait pas ardemment montrer quelque
chose.

— Si vous voulez mon opinion, lui dis-je, vous avez

obtenu lors de cette démonstration préliminaire une gravité de 0,82 g. Ce qui représente une amélioration par rapport à ce qui a été réalisé au Brésil au printemps dernier.

— Vraiment ? Eh bien, vous devriez calculer la dépense énergétique de chacune de ces deux démonstrations. Vous verriez alors la différence du coefficient d'abaissement gravifique par kilowatt-heure. Vous seriez surpris !

— Il n'empêche que le fait est là : Vous n'avez pas atteint 0 g, la gravité nulle. Le professeur Priss dit justement que c'est impossible. Tout le monde s'accorde à reconnaître que l'abaissement de l'intensité du champ ne constitue pas un exploit pharamineux.

Les poings de Bloom se crispèrent. J'avais l'impression qu'une expérience cruciale avait avorté aujourd'hui même et qu'il avait presque franchi les bornes de l'exaspération.

Bloom avait horreur que l'univers lui mette des bâtons dans les roues.

— Les théoriciens me font mal au ventre, fit-il d'une voix sourde et parfaitement contrôlée comme s'il en avait assez de garder le silence, comme s'il s'était décidé à lâcher tout ce qu'il avait sur le cœur... et tant pis pour les conséquences ! Priss a reçu deux Nobel pour avoir bricolé quelques équations. Mais qu'en a-t-il fait ? Rien ! Moi, je me suis servi de ses équations pour quelque chose et je compte aller plus loin. Que ça lui plaise ou non.

« C'est de moi que l'on se souviendra. C'est moi qui aurai la gloire. Son titre, ses prix et sa vanité d'érudit, il peut se les garder ! Tenez... Je vais vous

dire ce qui le fait enrager : c'est la jalousie, voilà tout !
Il n'admet pas que je tire profit de ce que je réalise.
Ce qu'il voudrait, c'est que ses élucubrations lui rap-
portent.

« Je le lui ai dit une fois... nous jouons au billard
ensemble, vous savez... »

Je l'interrompis à ce moment pour lui faire part de
la déclaration de Priss concernant ce noble jeu et c'est
alors qu'il fit ce démenti. Je ne l'ai pas publié. Ce
n'était qu'une question sans intérêt.

— Oui, nous jouons au billard, enchaîna-t-il quand
il se fut un peu calmé, et j'ai remporté un nombre
honorable de parties. Nos rapports sont cordiaux.
Enfin quoi ! Nous sommes d'anciens condisciples et
toute la lyre ! Quoique je ne sache vraiment pas comment il s'est débrouillé pour décrocher ses diplômes.
Il a eu de bonnes notes en physique et en maths,
d'accord, mais dans les disciplines classiques, il lui a
fallu l'indulgence du jury. Je suppose qu'on a eu pitié
de lui.

— Vous, Mr. Bloom, vous n'avez pas décroché de
diplômes ?

C'était là pure méchanceté de ma part. Cela me
faisait plaisir de le voir monter comme une soupe au
lait.

— J'ai abandonné mes études pour me consacrer
aux affaires, saperlipopette ! Mes notes étaient bien
au-dessus de la moyenne. Tâchez de vous le tenir
pour dit, voulez-vous ? Allons donc ! Quand Priss a
passé son agrég, j'en étais à mon second million de
dollars !

Il poursuivit avec une irritation manifeste : « Toujours est-il que nous étions en train de faire une partie

de billard et que je lui ai dit : "Jim, jamais l'homme de la rue ne comprendra pourquoi tu as deux Nobel alors que c'est moi qui obtient les résultats. As-tu besoin d'en avoir deux ? Donne-m'en un !" Je le revois encore... Il était debout devant moi, occupé à mettre de la craie sur son procédé. Il m'a répliqué de son ton gnangnan : "Tu as deux millions de dollars, Ed. Donne-m'en un." Alors, vous voyez bien : c'est l'argent qui l'intéresse !

— Dois-je en conclure que cela vous est égal qu'il ait l'honneur en partage ? »

L'espace d'un instant, je crus qu'il allait me flanquer à la porte. Mais non ! Il éclata de rire, agita la main comme s'il effaçait quelque chose sur un invisible tableau noir et s'exclama :

— Oh ! Quittons ce terrain ! Toute cette conversation est officieuse. Que voulez-vous ? Une déclaration ? Eh bien, ouvrez vos oreilles. Les choses ont mal marché aujourd'hui et j'avais les nerfs à cran mais cela s'arrangera. Je crois que je sais pourquoi j'ai échoué. Et si ce n'est pas cela, je trouverai la vraie raison. Écoutez-moi... Vous pouvez publier ceci : nous n'avons nul besoin d'une intensité électromagnétique infinie. Nous aplatirons la feuille de caoutchouc ! Nous obtiendrons une gravité nulle ! Et, quand nous l'aurons obtenue, je vous offrirai une démonstration sans précédent. Exclusivement à l'intention de la presse et de Priss. Vous serez invité. Et vous pouvez ajouter qu'elle aura lieu avant longtemps. O. K. ?

— O. K. !

Après cet entretien, j'eus l'occasion de revoir les deux hommes à plusieurs reprises. J'eus même l'occasion de les voir ensemble en train de disputer une partie de billard. Comme je l'ai déjà dit, c'étaient d'excellents joueurs. Cependant, la démonstration n'eut pas lieu aussi rapidement que me l'avait laissé prévoir Bloom : nous fûmes convoqués un an après l'interview, à six semaines près. Au fond, espérer qu'il serait prêt plus tôt était peut-être trop demander.

Je reçus un carton spécialement gravé sur lequel il était précisé qu'il y aurait d'abord un cocktail. Bloom ne faisait pas les choses à moitié et il avait l'intention que son exhibition ait lieu devant un parterre de journalistes euphoriques. La télévision tridimensionnelle serait là, elle aussi. Bloom était manifestement tout à fait sûr de lui ; son assurance était telle qu'il souhaitait que chaque famille puisse assister à sa démonstration d'un bout à l'autre de la planète.

J'appelai le professeur Priss pour m'assurer qu'il était également invité.

Il l'était.

— Comptez-vous venir, professeur ?

Il y eut une pause. Sur l'écran, le visage de mon interlocuteur était l'image même de l'hésitation et du manque d'empressement.

— Ce genre de démonstrations est incompatible avec le sérieux scientifique qui doit présider à une affaire semblable. Je répugne à encourager de telles pratiques.

Je craignais qu'il ne décide de s'abstenir, ce qui aurait rendu l'événement beaucoup moins spectaculaire. Mais la perspective de passer pour un capon aux yeux du monde entier le fit sans doute reculer

— Bloom n'est évidemment pas un homme de science, ajouta-t-il avec un mépris qui sautait aux yeux, mais on ne peut lui refuser sa place au soleil. Je serai présent.

— Pensez-vous qu'Edward Bloom soit en mesure de créer un champ de gravité nulle, professeur ?

— Euh... Mr. Bloom m'a fait tenir une maquette de son invention et... et je ne saurais me prononcer avec certitude. Peut-être en est-il capable s'il... euh... s'il l'affirme. Naturellement...

Nouvelle pause, encore plus prolongée.

— ... Je serais heureux de le voir à l'œuvre.

Moi aussi. Et nous n'étions pas les seuls.

La mise en scène était irréprochable. Tout le rez-de-chaussée du bâtiment central des Entreprises Bloom — celui qui se dressait au sommet de la colline — avait été déménagé. Le cocktail annoncé n'était pas un leurre : il y avait des amuse-gueule à profusion, de la musique douce, de savants éclairages et un Edward Bloom sur son trente et un, qui affichait une jovialité sans contrainte, jouait les hôtes aux petits soins pour ses invités tandis que toute une domesticité courtoise et discrète s'activait à remplacer les verres vides par des verres pleins. La bonne humeur était à son comble et il régnait un étonnant climat de confiance.

James Priss était en retard. Je surpris quelques regards inquiets de Bloom qui examinait la foule. Il commençait à s'assombrir. Enfin, Priss arriva, entouré d'une aura de morne abattement que n'entamaient ni le tapage ni la magnificence absolue de la réception (il n'y a pas d'autre mot. Ou alors, cette impression était due aux deux apéritifs qui m'embrasaient les intérieurs).

À sa vue, le visage de Bloom s'éclaira. Il se préci-

pita sur le nouveau venu qu'il empoigna et entraîna
de force en direction du buffet.

— Jim ! Quelle joie que tu sois là ! Qu'est-ce qui
te tente ? Ma parole, j'aurais tout décommandé si tu
n'étais pas venu ! Sans la vedette, ce n'aurait pas été
possible...

Il se mit à pétrir la main de Priss. « C'est ta théorie,
tu sais ? Nous autres, pauvres mortels, ne pouvons
rien faire si vous, le petit nombre — petit oh combien ! — ne nous montrez pas la voie. »

Il était en pleine effervescence et ne reculait pas
devant la flagornerie ; à présent, il pouvait se le permettre. Il était en train de préparer Priss comme une
oie qu'on gave avant le sacrifice.

Priss fit mine de refuser le verre qui lui était offert
en bredouillant quelque chose d'inintelligible mais on
l'obligea à l'accepter.

— Messieurs ! lança Bloom d'une voix de stentor.
Un peu de silence, je vous prie ! Levons nos verres
en l'honneur du professeur Priss, le plus brillant des
esprits depuis Einstein, deux fois prix Nobel, père de
la théorie du champ double et inspirateur de l'expérience qui va se dérouler sous vos yeux — même s'il
a pu penser qu'elle échouerait et s'il a eu le cran de
le dire publiquement.

Il y eut quelques rires étouffés, encore que dis-
tincts, qui s'apaisèrent presque aussitôt. L'expression
du professeur Priss était morne.

— Mais le professeur Priss est des nôtres, poursuivit Bloom. Maintenant que nous avons bu à sa santé,
passons à la démonstration. Si vous voulez bien me
suivre, messieurs...

Le local choisi pour cette seconde démonstration avait fait l'objet d'au moins autant de soins que celui où avait eu lieu la première. Cette fois, nous étions réunis au dernier étage de l'édifice. Le matériel comportait divers aimants — beaucoup plus petits — et, pour autant que je puisse le dire la balance à effet Mössbauer était toujours là.

Cependant, il y avait une innovation qui stupéfia tout le monde et sur quoi se braqua l'attention générale : une table de billard prise en sandwich entre les deux pôles d'un aimant horizontal. Un trou circulaire d'une trentaine de centimètres de diamètre était percé en son centre exact. Il était évident que si un champ de gravité nulle était créé, il coïnciderait avec ce trou.

Tout se passait comme si la démonstration avait été organisée pour affirmer de façon surréaliste la victoire de Bloom sur Priss : c'était la transposition de leurs interminables confrontations au billard — et Bloom devait gagner cette partie.

J'ignore si les autres journalistes virent la chose du même œil que moi mais je crois que, pour Priss, cela ne fit aucun doute. Je me tournai vers lui. Il tenait encore le verre qu'on lui avait mis de force dans la main. Je savais qu'il buvait rarement. Or, il le porta à ses lèvres et le vida en deux gorgées. Nul besoin d'avoir des dons paranormaux pour deviner, à la manière dont il considérait le billard, qu'il avait l'impression qu'on lui faisait un pied de nez.

Une vingtaine de fauteuils disposés en fer à cheval entouraient trois côtés du billard, le quatrième demeurant libre pour l'expérimentation. Priss fut conduit avec tous les honneurs dus à son rang jusqu'au siège stratégique qui occupait une position centrale et d'où l'on voyait le mieux. Il jeta un bref coup d'œil en direction des caméras tridimensionnelles qui ronronnaient. Peut-être fut-il tenté de repartir comme il était venu mais c'était impossible alors que le monde entier avait les yeux fixés sur lui.

La démonstration en tant que telle était simple : c'était le résultat qui comptait. Des cadrans bien visibles permettaient de mesurer la dépense énergétique. D'autres traduisaient en les amplifiant les écarts qu'accuserait la balance à effet Mössbauer.

Bloom expliqua avec enjouement les diverses étapes de l'expérience, s'interrompant à une ou deux reprises pour se tourner vers Priss afin que celui-ci confirmât ses dires. Ces pauses furent assez discrètes pour ne pas paraître ostensibles mais, néanmoins, suffisamment appuyées pour mettre Priss sur le gril. J'étais en face de lui. On aurait dit un damné souffrant les tourments de l'enfer.

Comme nul ne l'ignore, Bloom se tailla un triomphe. La balance à effet Mössbauer montra que l'intensité gravifique baissait régulièrement à mesure que croissait le champ électromagnétique. Quand l'index indiqua 0,52 g, des applaudissements éclatèrent. Ce seuil était matérialisé sur le cadran par une ligne rouge.

— Nul n'ignore, fit allègrement Bloom, que 0,52 g représente le précédent record en matière d'abaissement de l'intensité gravifique. À présent, nous sommes d'ores et déjà descendus au-dessous de cette limite et la dépense en énergie électrique n'est même pas le dixième de ce qu'elle était la dernière fois. Mais nous n'allons pas nous en tenir là.

À mesure que l'expérience approchait de son terme, Bloom — je suis persuadé qu'il agissait ainsi délibérément afin de créer le suspens — ralentit le rythme de l'abaissement du champ gravifique, laissant les caméras aller et venir du trou percé au milieu du tapis au cadran de lecture de la balance.

Soudain, il reprit la parole :

— Messieurs, il y a des lunettes noires dans la pochette dont est muni chaque fauteuil. Je vous prierai de bien vouloir les mettre Nous allons bientôt parvenir à la gravité zéro et il y aura alors un rayonnement lumineux riche en ultraviolets.

Il mit lui-même une paire de lunettes noires et chacun l'imita, ce qui produisit une brève agitation.

Je crois bien qu'aucun des assistants ne respira pendant la dernière minute. L'index glissait vers le zéro sur lequel il se stabilisa. Au même instant, une colonne de lumière jaillit du trou central, limitée par les deux pôles de l'aimant.

Vingt soupirs spectraux s'exhalèrent en même temps.

— Pourquoi cette radiation, Mr. Bloom ? cria quelqu'un.

— C'est une caractéristique du champ de gravité nulle, répondit Bloom d'une voix amène.

Ce qui, bien sûr, n'était pas une réponse.

Maintenant, les journalistes étaient tous debout et s'aggloméraient autour du billard. D'un geste, Bloom leur fit signe de reculer :

— Messieurs, s'il vous plaît... veuillez vous écarter !

Seul, Priss était resté assis. Il paraissait perdu dans ses pensées et, depuis, j'ai acquis la certitude que c'étaient les lunettes noires qui masquèrent la signification (la signification possible...) des événements qui s'ensuivirent.

Je ne voyais pas ses yeux. Je ne pouvais pas. Aussi ni moi ni personne n'avons pu imaginer ce que, sans ces lunettes, nous aurions été susceptibles de déchiffrer dans ce que trahissait son regard. Évidemment, même dans ce cas, nous n'aurions peut-être rien pressenti. Mais qui est capable de l'affirmer ?

— Messieurs, s'il vous plaît ! répéta Bloom en haussant le ton. La démonstration n'est pas encore terminée. Jusqu'à présent, nous n'avons fait que réitérer une expérience antérieure. J'ai produit un champ de gravité nulle et prouvé que la chose était faisable. Mais je veux vous faire voir de quoi un tel champ est capable. Ce qui va se passer maintenant n'a jamais eu de précédent. Moi-même, je n'ai encore rien vu de tel. En effet, je n'ai pas autant travaillé dans cette direction que je l'aurais souhaité car je considérais que c'était au professeur Priss que devait revenir l'honneur...

Priss leva brusquement la tête. « Qu'est-ce que... qu'est-ce que... »

Un large sourire s'épanouit sur le visage de Bloom :

— Professeur Priss, je souhaite que ce soit vous qui effectuiez la première expérience impliquant l'interaction d'un objet solide et d'un champ de gravité nulle. Ce champ, vous le remarquerez, est situé au centre d'une table de billard. Le monde entier est au courant de votre prodigieuse adresse à ce jeu, professeur, talent qui n'est surpassé que par vos étonnantes aptitudes en physique théorique. Puis-je te demander d'envoyer une boule de billard dans ce volume de gravité zéro, James ?

D'un geste vif, il présenta au professeur une bille et une queue. Priss, les yeux cachés derrière ses lunettes noires, considéra les deux objets. Puis, très lentement et d'un geste extrêmement hésitant, tendit la main pour les prendre.

Je me demande ce qu'on aurait pu lire dans ses yeux. Je me demande aussi dans quelle mesure ça n'avait pas été la remarque de Priss sur les parties au cours desquelles les deux hommes s'affrontaient périodiquement, remarque que j'avais rapportée à Bloom, qui avait poussé ce dernier, par esprit de vengeance, à organiser cette mise en scène. Suis-je, en un sens, responsable du dénouement de cette démonstration ?

— Levez-vous, professeur Priss et cédez-moi votre place. À présent, c'est à vous de jouer. Vas-y, James...

Bloom s'assit dans le fauteuil de Priss.

— Lorsque le professeur Priss aura lancé la bille dans le volume de gravité zéro, enchaîna-t-il d'une voix dont les résonances ressemblaient de plus en plus à celles d'un orgue, cette bille cessera d'être affectée par le champ gravifique de la Terre. Elle sera alors idéalement immobile tandis que la Terre continuera de pivoter sur son axe et de tourner autour du soleil. À la latitude et à l'heure de la journée où nous sommes, j'ai calculé que la Terre décrit un mouvement descendant. Nous nous déplacerons avec elle mais la boule de billard demeurera fixe. Nous aurons l'impression qu'elle s'élèvera et s'arrachera à la Terre. Observez bien.

Priss, debout devant la table, paraissait paralysé.

Était-ce la surprise ? L'étonnement ? Je ne sais. Et je ne le saurai jamais. Ébaucha-t-il réellement un geste pour interrompre le petit discours de Bloom ? Ou fut-ce simplement sa répugnance à jouer le rôle igno-minieux que lui imposait son adversaire qui lui faisait souffrir mille morts ?

Le professeur, enfin, contempla le tapis vert. Puis il se tourna vers Bloom. À nouveau, tous les reporters avaient bondi sur leurs pieds et s'étaient rapprochés le plus possible pour mieux voir. Seul Bloom, le sou-rire aux lèvres, demeurait assis. Lui, ce n'étaient, naturellement, ni la table, ni la bille, ni le champ de gravité nulle qu'il observait. Pour autant que je pouvais m'en rendre compte à travers mes lunettes noires, il regardait Priss.

Ce dernier plaça la boule. Il allait être lui-même l'agent du triomphe ultime et spectaculaire de Bloom — l'agent, aussi, de sa propre faillite : il serait à jamais la risée de tous, lui qui avait affirmé que l'expérience était irréalisable.

Peut-être jugea-t-il à ce moment qu'il n'y avait pas d'issue. À moins que...

D'un coup sec, il mit la bille en mouvement. Elle n'allait pas vite et tous les yeux étaient rivés sur elle. Elle heurta le rebord de la table et fit un carambo-lage. Elle ralentit encore comme si Priss en personne prolongeait le suspens pour rendre plus théâtrale encore la victoire de Bloom.

J'avais une vue parfaite car j'étais juste en face de Priss. Je distinguais la bille qui approchait du champ de gravité zéro et, au-delà de la colonne miroitante, j'apercevais Bloom de façon fragmentaire.

La bille parut hésiter à la lisière du champ, puis

elle s'évanouit dans un éclair éblouissant. Il y eut comme un bruit de tonnerre et je sentis brusquement une odeur d'étoffe brûlée.

Nous poussâmes un hurlement. À l'unisson.

J'ai revu, depuis, la scène sur l'écran de la télévision. Le monde entier l'a vue. Pendant ces quinze secondes de confusion, j'étais là. Mais je n'ai pas réellement reconnu mon visage sur le film.

Quinze secondes !

Quand nous pensâmes à nouveau à Bloom, il était toujours assis dans son fauteuil, les bras croisés sur la poitrine, mais un trou de la taille d'une balle de billard lui perforait l'avant-bras et la poitrine. L'autopsie révéla que la majeure partie du cœur avait été arrachée à l'emporte-pièce.

On arrêta la machine. On appela la police. On entraîna Priss qui était dans un état de totale prostration. Pour être franc, je ne valais guère mieux et si l'un des journalistes présents prétend un jour avoir gardé tout son sang-froid d'observateur impassible, ce sera un fieffé menteur.

Je ne revis Priss que quelques mois plus tard. Il avait perdu un peu de poids, mais autrement paraissait en pleine forme. En vérité, il avait les joues roses et il était rempli d'autorité et d'assurance. Il était, en outre, mieux habillé que d'habitude.

— Je sais maintenant ce qui s'est passé, me confiat-il. Si j'avais eu le temps de réfléchir, j'aurais compris tout de suite. Mais mon cerveau fonctionne lentement et ce pauvre Edward était tellement passionné par son désir de faire une démonstration marquante, sa réussite était si belle que je me suis laissé entraîner.

Naturellement, j'ai essayé de réparer en partie le dommage que j'avais involontairement provoqué.

— Vous ne pouvez pas faire revenir Bloom à la vie, fis-je sèchement.

— En effet, répondit-il sur le même ton. Mais il faut également songer aux Entreprises Bloom. Ce qui a eu lieu le jour de l'expérience sous les yeux du monde entier était la plus mauvaise publicité imaginable pour la gravité zéro et il importait que tout soit tiré au clair. C'est pourquoi je vous ai demandé de venir me voir.

— Oui ?

— Si j'avais eu assez de présence d'esprit, j'aurais su qu'Edward proférait une énormité en prétendant que la boule de billard s'élèverait lentement dans le champ de gravité nulle. C'était impossible ! S'il n'avait pas tenu la théorie dans un pareil mépris, s'il ne s'était pas autant acharné à se vanter de son ignorance en la matière, il l'aurait su. Après tout, le mouvement de la Terre, jeune homme, n'est qu'un mouvement parmi d'autres. Le soleil décrit une vaste orbite dans la Voie Lactée. Et la Voie Lactée, notre galaxie, se déplace elle aussi, encore que la notion que nous avons de sa trajectoire soit un peu floue. Vous pensez peut-être que, soumise aux effets d'une gravité nulle, la boule n'était affectée par aucun de ces mouvements et que, par conséquent, elle entrait brusquement dans un état de repos absolu. Or, le repos absolu, cela n'existe pas !

Priss hocha lentement la tête et poursuivit : « La faille du raisonnement de Bloom, à mon sens, fut d'avoir confondu la gravité zéro avec l'apesanteur qui règne dans un astronef en chute libre où l'on peut voir les gens flotter entre le plafond et le plancher. Il s'attendait que la boule se mette, elle aussi, à flotter en l'air. Mais, dans un astronef, la gravité zéro n'est pas le résultat de l'absence de gravitation : c'est simplement le résultat de la chute de deux objets — le vaisseau et l'homme enfermé dans ses flancs — qui tombent à la même vitesse et réagissent à la gravité exactement de la même façon de sorte que chacun n'est immobile que par rapport à l'autre.

« En ce qui concerne le champ de gravité nulle créé par Bloom, il s'agit d'un aplatissement de la feuille de caoutchouc à quoi nous assimilons l'univers, ce qui se traduit par un amoindrissement effectif de la masse. Tout ce qui se trouvait dans ce champ, y compris les molécules d'air et la boule que j'y avais poussée, tout était entièrement privé de masse. Et un objet entièrement privé de masse ne peut se mouvoir que d'une seule manière. »

Il fit une pause qui était un appel du pied pour que je le questionne. Je le questionnai :

— Quel serait ce mouvement ?

— Un mouvement dont la vitesse serait égale à celle de la lumière. Un objet privé de masse, un neutrino ou un photon, par exemple, se meut nécessairement à la vitesse de la lumière tant qu'il existe. En fait, si la lumière possède sa vitesse caractéristique, c'est pour la bonne raison qu'elle est constituée de photons. À l'instant où la boule de billard est entrée dans le champ de gravité nulle et a perdu sa masse, elle s'est immédiatement envolée à la vitesse de la lumière.

Je hochai la tête à mon tour.

— Mais n'a-t-elle pas retrouvé sa masse en quittant le volume de gravité nulle ?

— Certainement. Et, aussitôt, l'influence du champ gravifique s'est à nouveau exercée sur elle ; elle a ralenti du fait du frottement de l'air et de la résistance du tapis de la table. Mais essayez d'imaginer la force de friction nécessaire pour ralentir un objet de la masse d'une boule de billard animé d'une vitesse égale à celle de la lumière. La sphère a franchi en un millième de seconde la couche atmosphérique épaisse d'une centaine de milles et je doute que la décélération ait été supérieure à quelques milles par seconde. Quelques milles sur 186.282 ! Ce faisant, elle a brûlé le feutre, découpé un trou sans bavures dans le rebord de la table, transpercé le malheureux Edward et crevé la fenêtre. Chaque fois, la perforation était nette et parfaitement régulière parce que le choc était trop rapide pour que ce qui se trouvait au voisinage, même s'agissant d'une matière aussi cassante que le verre, ait eu le temps de se dissocier.

« Nous avons eu beaucoup de chance de nous trouver au dernier étage d'un bâtiment situé en rase campagne. Si cela s'était passé en ville, la boule aurait pu pénétrer dans d'innombrables édifices et tuer une foule de gens. À l'heure qu'il est, elle est dans l'espace, très loin au-delà des frontières du système solaire, et elle continuera de dériver éternellement à une vitesse proche de la vitesse lumique à moins qu'elle ne rencontre un objet suffisamment volumineux pour l'arrêter. Alors, elle y creusera un cratère d'une taille considérable. »

Je méditai sur ces paroles. Il y avait quelque chose qui me chiffonnait.

— Comment est-ce possible ? Quand elle est entrée dans le champ de gravité nulle, elle était presque immobile. Je l'ai vu. Et vous dites qu'elle s'en est échappée avec une quantité incroyable d'énergie cinétique. Cette énergie, d'où venait-elle ?

Priss haussa les épaules :

— De nulle part ! La loi de la conservation de l'énergie ne se vérifie que dans des conditions telles que la relativité généralisée soit valable. Autrement dit, dans un univers semblable à une feuille de caoutchouc plissé. Là où l'on efface ces plis, la relativité généralisée perd sa validité. Alors, il y a création et destruction libres d'énergie. Cela rend compte du phénomène de radiation observé le long de la surface cylindrique du volume de gravité zéro. Rappelez-vous : Bloom ne l'a pas expliqué et il ne pouvait pas l'expliquer, je le crains. Ah ! Si seulement il avait davantage approfondi l'expérimentation préalable ! Si seulement il n'avait pas eu la bêtise de vouloir faire sa grande mise en scène..

— Comment s'explique cette radiation ?

— Par l'action des molécules d'air emprisonnées dans le volume de gravité nulle. Chacune a été projetée à l'extérieur du champ à la vitesse de la lumière. Ce n'étaient que des molécules, pas des boules de billard. Aussi ont-elles été freinées. Mais leur énergie cinétique s'est convertie en énergie lumineuse. Si le phénomène était continu, c'est parce que de nouvelles molécules d'air pénétraient sans trêve à l'intérieur du champ et en étaient aussitôt expulsées à la vitesse lumique.

— Il y a donc eu création permanente d'énergie ?

— Précisément. Et c'est cela qu'il faut faire clairement comprendre au public. L'antigravité n'est pas fondamentalement un moyen de faire décoller des astronefs ou d'apporter une révolution en mécanique. C'est au contraire une source inépuisable d'énergie libre puisqu'une part de l'énergie produite peut être utilisée pour conserver le champ qui assure la rigidité de la fraction de l'univers impliquée. Ce qu'Edward Bloom a inventé sans le savoir, ce n'est pas simplement l'antigravité : c'est la première machine à mouvement perpétuel de première catégorie fonctionnant de façon satisfaisante — une machine qui fabrique de l'énergie à partir du néant.

— N'importe lequel d'entre nous aurait pu être tué par cette boule de billard, n'est-ce pas, professeur ? murmurai-je d'une voix lente. Elle pouvait être éjectée dans n'importe quelle direction...

— En fait, les photons dépourvus de masse jaillissent de toute source de lumière dans tous les azimuts. C'est pour cela qu'une bougie rayonne sa clarté de toute part. Les molécules d'air dépourvues de masse émergeaient, elles aussi, du volume de gravité nulle dans toutes les directions : c'est pourquoi le cylindre était totalement illuminé. Mais la boule n'était qu'un objet isolé. Elle a suivi une trajectoire aléatoire. Et il s'est malencontreusement trouvé que cette trajectoire passait par Edward Bloom.

Voilà...

Chacun connaît les conséquences de cet événement. L'humanité possède désormais le moyen de produire de l'énergie libre et c'est la raison pour laquelle le monde a maintenant le visage qui nous est familier. Le professeur Priss a été chargé d'exploiter la découverte par le conseil d'administration des

Entreprises Bloom. Il est maintenant plus riche et plus célèbre que ne l'a jamais été Edward Bloom. Et, en plus, il a deux prix Nobel.

Pourtant...

Je continue de me creuser la cervelle. Les photons jaillissent d'une source lumineuse dans toutes les directions parce qu'ils sont créés au fur et à mesure et il n'y a pas de raison pour qu'ils prennent une direction privilégiée plutôt qu'une autre. Les molécules d'air sont expulsées d'un champ de gravité nulle dans toutes les directions parce qu'elles y affluent de toutes les directions.

Mais quand il s'agit d'une boule de billard qui pénètre dans un champ de gravité nulle selon un angle bien précis ? Le quitte-t-elle en suivant la même direction ou sa trajectoire de sortie est-elle quelconque ?

J'ai mené une enquête discrète mais les physiciens théoriques sont hésitants et je n'ai trouvé aucun document révélant que les Entreprises Bloom, la seule société travaillant sut les champs de gravité nulle, aient jamais fait des expériences dans ce sens. L'un des collaborateurs de la firme m'a dit un jour que le principe d'incertitude garantit qu'un objet pénétrant dans le champ, quelle que soit sa direction d'origine, en ressort selon un itinéraire imprévisible. Mais pourquoi n'essaye-t-on pas de vérifier la chose expérimentalement ?

Se pourrait-il que...

Se pourrait-il que, pour une fois, l'esprit de Priss ait fonctionné à toute vitesse ? Se pourrait-il que, stimulé par le désir qu'avait Bloom de l'écraser, il ait brusquement tout compris ? Il avait étudié le phénomène de rayonnement lié à la gravité zéro. Il a pu en comprendre la cause et acquérir la certitude que tout ce qui pénétrait à l'intérieur du champ en sortait à la vitesse de la lumière.

Alors, pourquoi n'a-t-il rien dit ?

Une chose est certaine. Rien de ce qu'a fait Priss à la table de billard n'a pu être accidentel. C'était un expert et la boule a fait exactement ce qu'il voulait qu'elle fît. J'étais là. Je l'ai vu regarder Bloom, puis le tapis. Comme s'il évaluait l'angle d'impact.

Je l'ai vu frapper la boule. J'ai vu celle-ci rebondir sur le heurtoir et rouler vers le volume de gravité nulle. Selon une trajectoire bien précise.

Car, lorsque Priss l'a envoyée en direction du champ — et les films tridimensionnels en sont témoins —, sa trajectoire visait le cœur de Bloom. Directement.

Accident ?

Coïncidence ?

Ou... assassinat ?

Post-scriptum

Un mien ami, après avoir lu cette histoire, me suggéra de lui donner un autre titre. Bille en tête, *par exemple. Ou* C'est du billard.

J'ai été tenté de céder mais m'en suis finalement abstenu car c'étaient là des titres trop désinvoltes pour un aussi grave sujet — à moins que je n'aie tout simplement été jaloux de ne pas les avoir trouvés le premier.

Quoi qu'il en soit, maintenant que j'ai relu tous les récits composant le présent volume et retrouvé les souvenirs liés à chacun d'entre eux, je ne peux dire qu'une seule chose : « Fichtre ! C'est sensationnel d'être un auteur de science-fiction ! »

DU MÊME AUTEUR

LES ROBOTS
UN DÉFILÉ DE ROBOTS
TYRANN
LES FILS DE FONDATION
LE ROBOT QUI RÊVAIT
ASIMOV PARALLÈLE
LES ROBOTS ET L'EMPIRE

Aux Éditions Pocket

TOUT SAUF UN HOMME
LÉGENDE
MAIS LE DOCTEUR EST D'OR
L'AUBE DE FONDATION
L'ENFANT DU TEMPS
NÉMÉSIS
AZAZEL
LES COURANTS DE L'ESPACE
PRÉLUDE À FONDATION
DESTINATION CERVEAU
L'AVENIR COMMENCE DEMAIN

En Omnibus

VERS UN NOUVEL EMPIRE
LE DÉCLIN DE TRANTOR
LA GLOIRE DE TRANTOR
PRÉLUDE À TRANTOR

Aux Éditions 10/18

PUZZLES AU CLUB DES VEUFS NOIRS
LE CLUB DES VEUFS NOIRS
CASSE-TÊTE AU CLUB DES VEUFS NOIRS
À TABLE AVEC LES VEUFS NOIRS

Composition IGS.
Impression Société Nouvelle Firmin-Didot
à Mesnil-sur-l'Estrée, le 2 août 2006.
Dépôt légal : août 2006.
1er dépôt légal : décembre 2002.
Numéro d'imprimeur : 80751.

ISBN 2-07-042680-7/Imprimé en France.

146080